THE QUEEN'S COUNCIL

Rose und Rebell

Was, wenn das Happy End nur der Anfang war?

Entdecke die The-Queen's-Council-Serie:
Rose und Rebell
Feder und Flamme

Wir produzieren nachhaltig

- Klimaneutrales Produkt
- Papiere aus nachhaltigen und kontrollierten Quellen
- Hergestellt in Deutschland

FSC
www.fsc.org
MIX
Papier | Fördert gute Waldnutzung
FSC® C014496

978-3-551-28091-6

Die deutsche Ausgabe erscheint bei:
Carlsen Verlag GmbH, Völckersstraße 14–20, 22765 Hamburg

Originaltitel: Rebel Rose (© Disney 2020)
Text: Emma Theriault
Übersetzung: Ellen Kurtz

Lektorat: Imke Sörensen
Redaktion: Constanze Steindamm
Cover: awendrich grafix, Hamburg
Satz: Pinkuin Satz und Datentechnik, Berlin
Herstellung: Nadine Beck

www.carlsen.de

THE QUEEN'S COUNCIL

ROSE UND REBELL

EMMA THERIAULT

CARLSEN

Für alle, die von Abenteuern in der großen weiten Welt träumen.

Vincit qui se vincit.
Es siegt, wer sich selbst besiegt.

Prolog

Orella war in die Haut einer alten Bettlerin gehüllt zum Schloss gekommen.

Sie hatte absichtlich eine jämmerliche Gestalt abgegeben – vermummt, in Lumpen gekleidet und durchnässt bis auf die Knochen von dem eisigen Regen, der wie spitze Nadeln vom tiefschwarzen Himmel fiel. Gesegnet mit der Gabe der Voraussicht hatte noch keine ihrer Visionen Orella so stark heimgesucht wie die, die sie gerade vor sich sah. Eine blutige Revolution rollte auf Frankreich zu, wie sie auch schon Amerika erfasst hatte und eines Tages das Russische Reich treffen würde. Der Tod war auf dem Vormarsch und würde sich etliche Tausend Menschen holen. Ihr blieb keine andere Wahl, als zu versuchen, das Volk von Aveyon vor diesem Schicksal zu bewahren.

Im Schloss tat der Prinz genau das, was sie vorhergesehen hatte. Er lehnte ihre Bitte um eine einfache Unterkunft im Austausch für eine blutrote Rose ab. Sie erkannte den Schmerz in ihm – den herben Verlust der Liebe seiner Mutter und die schmerzhafte Abwesenheit seines Vaters. Plötzlich Waise, war er ohne Halt zurückgelassen in einer Welt, die er kaum verstand, mit dem Gewicht eines ganzen Königreiches auf seinen unerfahrenen Schultern. Seine Grausamkeit war wie ein Schild, der um sein Herz gewachsen war und es in Stein verwandelt hatte. Manch einer mochte glauben, dass der Prinz aus dieser Lieblosigkeit herauswachsen würde, die in ihm wütete wie eine schwere Krankheit, aber Orella wusste es besser.

Ohne ihr Eingreifen würden Armeen von Menschen über verkohlten Boden marschieren und um die letzten Reste einer zerstörten Welt kämpfen. In Versailles hatte sie getan, was sie konnte, doch ohne Erfolg. Wenn sie in Aveyon ebenso scheiterte, würde das Königreich zum dunklen Mahnmal für den Rest Europas und darüber hinaus werden.

Sie wusste bereits, was geschehen würde, aber trotzdem brach ihr das Herz, als der Prinz sie ein zweites Mal abwies und so sein Schicksal besiegelte. Sie warf die Hülle ihrer Verkleidung ab und ließ ihre wahre Gestalt den Raum erfüllen. Orella war eine Flamme in der Dunkelheit, zugleich so alt wie die Erde selbst und so jung wie die ersten Knospen des Frühlings. Sie las die Furcht in seinen Augen und in dem Wort, das atemlos auf seinen Lippen lag. *Zauberin.*

Sie war keine Zauberin, aber es kam ihr gelegen, ihn in seinem Glauben zu belassen. In Wahrheit war sie mehr und weniger als eine Zauberin. Ihre Macht war weitaus größer, aber ihre Bestimmung enger gefasst. So wie jetzt vor einem Prinzen zu erscheinen, war etwas, von dem sie nie geglaubt hätte, es jemals tun zu müssen.

Der Prinz flehte um Vergebung, schwor, dass er sich ändern könnte, und erst in diesem Augenblick entdeckte sie einen Funken der Güte, die in ihm verborgen lag, eine Ahnung von dem König, zu dem er eines Tages werden könnte. Aber Versprechen, die aus Furcht geboren werden, haben nicht dasselbe Gewicht wie Versprechen, die aus Liebe erwachsen. Ein Schwung ihrer Finger verwandelte den Prinzen, fesselte ihn an eine monströse Gestalt, die ihn dazu zwingen würde, sich im Herzen zu ändern. Ein weiterer Schwung legte einen mächtigen Zauber auf das Schloss und all jene, die darin lebten, und tilgte sie aus den Erinnerungen der Menschen vor seinen Mauern. Dabei empfand Orella kein Vergnügen. Sie wollte ihm erklären, dass der Fluch einen Zweck verfolgte, wollte ihn vor der Feuersbrunst warnen, die sie auf Frankreich hatte zurollen sehen, und vor der Schreckensherrschaft, die darauf folgen würde. Aber sie hatte sich bereits zu sehr eingemischt.

Stattdessen überließ Orella ihm die einzigen Gaben, die ihr in den Sinn kamen: einen magischen Spiegel, um ihn an die Welt zu binden, die er zurückließ, und die Rose, die sie ihm angeboten hatte, nun verzaubert, um sicherzustellen, dass er keine Zeit verlor.

Als sie das Schloss verließ, hatte Orella plötzlich die flackernde Vision eines Mädchens in einem blauen Kleid mit weißer Musselinschürze, das eine Krone auf dem Kopf trug. In der einen Sekunde war der Körper des Mädchens verbrannt, in der nächsten unversehrt. Das Bild war zu undeutlich, als dass sie es hätte fassen können. Zu viel konnte sich noch verändern, bevor es Wirklichkeit wurde. Aber die Krone auf dem Kopf des Mädchens verriet Orella, dass sie zumindest das erreicht hatte, was sie mit ihrem Besuch im Schloss bezweckt hatte.

Sie hatte die beiden auf einen Pfad geschickt. Alles Weitere mussten Belle und der Prinz selbst schaffen.

KAPITEL EINS

ZEHN JAHRE SPÄTER – JULI 1789

Es war einmal vor langer Zeit, da verliebte sich ein verfluchter Prinz in ein eigensinniges Mädchen und gemeinsam retteten sie ein Königreich. Aber das lag in der Vergangenheit. Alles, woran Belle denken konnte, während ihre Kutsche über das unebene Pflaster des Pont Neuf rumpelte, war die Zukunft.

Paris war noch genau so, wie sie es in Erinnerung hatte – so voll, chaotisch und von dichtem Rauch verhangen, dass es ein Mädchen, das an weite Felder und offene Märkte gewohnt war, zu überwältigen drohte.

Sie lehnte sich aus dem Fenster, um nach Tagen der eintönigen Landschaft die Stadt in sich aufzusaugen. Lumière schlief weiter ungestört zusammengekauert in seiner Ecke – in derselben Haltung, in der er schon den Großteil der Reise verbracht hatte. Hinter ihr hatte sich die Hand ihres Ehemannes in ihre Röcke gekrallt, wie um sie an sich zu binden, aber sie konnte sich einfach nicht von dem Anblick losreißen. Die Stadt dort draußen sprühte vor Leben. Auf der Brücke tummelten sich allerlei Menschen: Buchhändler mit ihren Karren voller alter Wälzer und Manuskripte, Quacksalber auf erhöhten Podesten, die ihre Tinkturen in kleinen Glasfläschchen feilboten, Gaukler, die ihr Bestes gaben, um die jungen Grisetten nach einem langen Arbeitstag auf dem Weg nach Hause zu beeindrucken. Belle beobachtete mit einer Mischung aus Faszination und Ekel, wie ein Barbier einer armen Seele einen Zahn aus dem Kiefer zog und sich dabei mit einem Fuß am Geländer der Brücke abstützte, um genügend Kraft aufzubringen. Und unter all dem glitzerte die trübe Seine immer noch im Licht der Nachmittagssonne, während die Pariser ihre Ufer bevölkerten, um sich an dem kühlen Strom von der Sommerhitze zu erholen.

Belle weidete sich an diesem Anblick, jetzt nicht weniger als vor langer Zeit, als sie all das zum ersten Mal vom Wagen ihres Vaters aus gesehen hatte, eingeklemmt auf der Ladefläche zwischen seinen Erfindungen. Jahrelang war sie bei dem Versuch gescheitert, sich einzureden, dass die Stadt überhaupt nicht so großartig war – und das Leben in Aveyon im Vergleich gar nicht so schrecklich schläfrig. Sie hatte sich bemüht, sich nur an den Schmutz und den Gestank von Paris zu erinnern, und beides war auch tatsächlich nicht zu leugnen, aber dahinter pulsierte eine moderne und aufgeklärte Stadt voller Menschen und Geschäfte, voller Dichter und Philosophen, Wissenschaftler und Gelehrter. Es war eine Stadt, die das Wissen schätzte, ganz gleich wo es herkam, anders als ihr eigenes verschlafenes Dörfchen Plesance, wo Belle dafür verspottet wurde, anders zu sein. In ihren Gedanken wurde Paris zu dem Ort, an den sie am liebsten geflohen wäre, bevor sie Lio traf und ihr Leben sich für immer veränderte.

Sie sog die Stadt in sich auf, kaum imstande das Gewusel vor dem Kutschenfenster zu überblicken. „Weißt du, es heißt, dass die Polizei weiß, dass ein Mann Paris verlassen hat, wenn sie ihn drei Tage lang nicht den Pont Neuf überqueren gesehen hat."

„Oh." Lio war still und gedankenverloren, er zog es vor, sich zurückzulehnen und Paris an sich vorbeiziehen zu lassen.

Sie warf ihm einen Blick zu. „Du hast nicht gelogen, als du meintest, dass es keine Anziehungskraft auf dich ausübt."

Er schenkte ihr ein skeptisches Grinsen. „Was?"

„Paris." Belle lehnte sich zu ihm hinüber. „Ich fühle mich, als könnte ich aus der Haut fahren, aber du …"

Er blickte hinaus auf die überfüllte Brücke und seufzte. „Paris ist der Schauplatz vieler meiner weniger glücklichen Erinnerungen." Er sah, wie ihr Lächeln verblasste, und streckte seine Hand nach ihrer aus, fuhr mit dem Daumen sanft über ihre Handfläche. „Ich freue mich, dass du glücklich bist, Belle. Vielleicht können wir beide hier neue Erinnerungen schaffen."

Niemals hätte Belle gedacht, dass sie einmal heiraten würde, aber nachdem sie den Fluch, der den Mann band, den sie liebte, gebrochen und ein ganzes Königreich befreit hatte, erschien ihr die Ehe kaum noch wie eine Herausforderung. Ihre Zeit in dem verzauberten Schloss hatte sie verändert. Als Lio ihr in der Bibliothek, die er ihr geschenkt hatte, den Antrag machte, umgeben von ihrem Vater und der Familie, die sie sich geschaffen hatte, war es ihr wie das Natürlichste auf der ganzen Welt vorgekommen, Ja zu sagen.

Inzwischen lag der Fluch weit hinter ihnen, und obwohl Belle es nicht bereute, sich für Lio entschieden zu haben, so hatte sie doch nicht gänzlich mit den Konsequenzen dieser Entscheidung gerechnet. Sie hätte sich ein Leben in einem Schloss nie vorstellen können – oder die Verpflichtungen, die es mit sich brachte, einen Prinzen zu heiraten. Sie mussten sich ein gemeinsames Leben aufbauen, und Paris sollte der erste Stopp auf ihrer großen Tour durch Europa sein, von der Belle immer schon geträumt hatte. Cogsworth hatte sich natürlich über die Zeitverschwendung und die Ungehörigkeit eines *Prinzen* beschwert, der den Kontinent bereiste, aber Belle beharrte eisern darauf, so viel von der Welt zu sehen, wie sie konnte, bevor sich die Wände von Lios Schloss endgültig um sie herum schlossen. Sie brauchte ein letztes kleines Abenteuer, an dem sie sich festhalten konnte. Lumière hatte beschlossen, sie am Beginn ihrer Reise zu begleiten, ganz versessen darauf, die Küchen von Paris' berühmtesten Restaurants zu besichtigen. Cogsworth hatte ihm das Versprechen abgenommen, sich zu benehmen, aber alle waren sich der Tatsache bewusst, dass das Lumière ziemlich viel abverlangte, der dem Vergnügen und dem Unfug ebenso zugetan war wie seinen Pflichten als Maître d'hôtel.

Lio schüttelte seine melancholische Stimmung ab und fragte: „Ist es so wie in deinen Erinnerungen?"

„Paris hat sich nicht verändert", erwiderte Belle mit einem Seufzen. „Ich bin es, die sich verändert hat."

„Eine Prinzessin, meinst du?“

Sie schlug spielerisch nach seinem Arm, als ihre Kutsche auf die Rue Dauphin einbog. „Keine Prinzessin.“

Belles Weigerung, den Titel anzunehmen, der ihr nach ihrer Heirat mit Lio zugestanden hätte, war ein heikles Thema zwischen den beiden.

Gnädigerweise ließ er das Thema fallen. „Aber gewiss auch nicht mehr das Mädchen, das du damals warst.“

Damit er nicht bemerkte, dass ihr Lächeln erloschen war, richtete sie ihre Aufmerksamkeit auf die tapezierten Wände ihrer Kutsche und zeichnete die eingeprägten Blumen mit der Spitze ihres Fingers nach. Wie konnte sie ihm erklären, dass sie immer dieses Mädchen bleiben würde, dass kein Titel oder teure Kleider sie verändern würden? Sie selbst sah sich als eine verarmte Bäuerin aus der Provinz, die sich eine Stellung weit über ihrem Stand angemaßt hatte. Manchmal fürchtete sie, dass ihr Leben aus Illusionen bestand. In Lios Augen war sie ein Mädchen, das eines Prinzen und eines Königreiches würdig war, und sie selbst redete sich ein ein Mädchen zu sein, das seinen rastlosen Geist im Zaum halten und in der Stille glücklich werden konnte. Sie fragte sich, welche dieser Illusionen wohl als Erste zu Bruch gehen würde.

„Sollen wir alles noch einmal durchgehen?“, wechselte Lio das Thema.

Bella verzog das Gesicht. Den Hof von Versailles zu besuchen, war etwas, das sich beide nicht gewünscht hatten, aber leider war es unumgänglich. Aveyon war ein Fürstentum, und seine Regenten residierten auf Wunsch des Königs von Frankreich seit Jahrhunderten am Französischen Hof. Es war ein Arrangement, das beiden Seiten von Nutzen war und das Lio nun wiederherstellen wollte. Aber er hatte zehn lange Jahre durch seine Abwesenheit bei Hofe geglänzt, gebunden durch einen Fluch, der ihn aus den Erinnerungen all jener, die er einst gekannt hatte, verbannt hatte. Weder Lio noch Belle wussten, welches Ansehen er bei König Louis genoss – er könnte ihm mit unbändigem Zorn begegnen oder aber ihn vollkommen vergessen haben. Das Problem zu ignorieren, war jedoch auch keine Lösung. Eines Tages würden sie sich dem König von Frankreich stellen müssen.

Belle sah, wie nervös ihr Mann war, und bemühte sich um einen leichten Tonfall. „Für den Anfang: Wir sprechen niemanden von höherem Rang an, es sei denn, wir wurden zuerst angesprochen. Dabei fällt mir ein, wo genau steht ein Prince étranger in Bezug auf seinen Rang?"

„Weit unter einem Prince légitimé oder einem Prince du sang, aber über den meisten Adeligen", antwortete Lio.

„Und was ist mit der Frau eines Prince étranger?"

Er warf ihr einen Blick zu und hob eine Augenbraue. „Das hängt ganz davon ab, ob sie den Status einer Prinzessin angenommen hat, was ihr erheblich mehr Respekt einbringen würde, als den Titel abzulehnen."

Sie weigerte sich, den Köder zu schlucken. „Also spreche ich am besten niemanden an." Lio verdrehte die Augen, aber Belle ließ nicht locker. „Bist du sicher, dass dein Cousin uns eine Einladung verschaffen kann?" Der Hof von Versailles war ein wahres Ungetüm aus Protokoll und Etikette, und Belle war überzeugt, dass sie es nie vollkommen verstehen würde.

Lio winkte ab. „Er ist ein Duc, Belle."

„Und du bist ein Prinz", konterte sie tonlos.

„Er ist ein Duc, der sich seit vielen Jahren am Hof von Versailles beliebt gemacht hat. Er kennt sich dort aus. Wenn irgendjemand uns eine Audienz beim König verschaffen kann, dann er."

Eine jüngere, naivere Version von Belle hätte angenommen, dass der Prinz von Aveyon keine Probleme haben würde, an den Hof eingeladen zu werden. Aber die ältere Version von Belle verstand, dass der Hof des Königs von Frankreich in unzählige Lagen aus Komplexität und Windungen verstrickt war, die nur dazu dienten, eben jene Adeligen in Schach zu halten, die den Hof ausmachten. Es bestand die Möglichkeit, dass sie selbst mit der Hilfe von Lios Cousin davon ausgeschlossen wurden. Die Regeln von Versailles waren von König Louis' Großvater festgelegt worden und durften nicht gebrochen werden. Ihr Benehmen musste tadellos sein, wenn sie nicht für immer abgewiesen werden wollten.

Sie brachte ihre größte Sorge zur Sprache. „Sind wir auf die Fragen deines Cousins ausreichend vorbereitet?"

Nachdem Lio endlich seinen Fluch abgeschüttelt hatte, war sein Königreich in einer Welt aufgewacht, die seine Existenz vollkommen vergessen hatte. Lios Bedienstete hatten wieder ihre wahre Gestalt angenommen und waren zu ihren Familien zurückgekehrt, die außerhalb des Schlosses lebten und ihre Abwesenheit nicht einmal bemerkt hatten. Die meisten von ihnen kehrten in ihr altes Leben zurück, ohne allzu genau erklären zu müssen, wo sie all die Zeit gewesen waren. Es war, als hätte der Fluch Aveyon in einen Mantel des Vergessens gehüllt, und als der Bann gebrochen war, wurde ebendieser Mantel einfach gelüftet. Glücklicherweise schien die Welt außerhalb von Lios Schloss gewillt, sie ohne Fragen wieder in ihrer Mitte willkommen zu heißen.

Aber ungeachtet dessen, wie vergleichsweise einfach es gewesen war, eine Geschichte zu erfinden, die glaubhaft genug war, um ein ganzes Königreich zufriedenzustellen, befürchteten Belle und Lio, dass sein Cousin, der ihm einst so vertraut gewesen war wie ein Bruder, eine Ausnahme darstellen könnte.

Lio küsste ihren Handrücken mit einer Zuversicht, von der Belle nicht sicher war, ob er sie selbst verspürte. „Naturlich sind wir das, und sobald die Angelegenheit mit dem König geregelt ist, machen wir uns wieder auf den Weg."

Belle betrachtete ihren Ehemann, studierte das Gesicht, das sie erst seit ein paar Monaten kannte. Sie legte ihren Kopf an seine Brust und lauschte dem Herzschlag, der ihr schon viel länger vertraut war. „Dann soll es unser erster Test sein."

Wenn sie Bastien, den Duc de Vincennes, erfolgreich belügen konnten, bestand vielleicht die Hoffnung, dass ihnen das Gleiche auch beim König von Frankreich gelang.

Kapitel Zwei

Die Kutsche rollte in die reichste Enklave von Paris, und Belle stockte der Atem. Etwas Vergleichbares existierte in Aveyon nicht, wo die Herrenhäuser des Adels über das ganze Land verstreut lagen, kleine Inseln des Reichtums, abgeschieden und umgeben von bescheidenen Dörfern. Der französische Adel lebte größtenteils in Versailles. Der Versuch, abseits des königlichen Hofes zu leben oder ihn auch nur für kurze Zeit zu verlassen, bedeutete für den niederen Adel den Untergang. Allein die reichsten und mächtigsten Angehörigen des französischen Adels unterhielten Anwesen in der Stadt, wo sie nur gelegentlich verweilten. Eines war größer als das andere, wie kleine Schlösser quetschten sie sich in die verstopften Straßen von Paris.

„Ich dachte, die Anwesen in Saint-Germain würden mir kleiner vorkommen, jetzt, wo ich älter bin, aber seltsamerweise scheinen sie noch einschüchternder geworden zu sein“, stellte Belle fest.

Lio blickte hinaus auf die Reihe der Hôtels particuliers, die schemenhaft an ihnen vorbeizogen, und nickte. „So wie Bastien darüber spricht, könnte man meinen, er lebe in einer Hütte anstatt in einem Stadthaus.“

„War er schon immer so …“

„Verwöhnt? Arrogant?“ Lio rutschte unbehaglich auf seinem Platz herum. „Die Wahrheit ist, wir waren uns als Jungen sehr ähnlich. Gemeinsam aufzuwachsen hat uns zu Rivalen gemacht, und mein Onkel hat das nur noch bestärkt. Ich hoffe, wir haben das hinter uns gelassen." Ein Schatten fiel über sein Gesicht, als er sich an den grausamen Jungen erinnerte, der er früher gewesen war. Ganz gleich wie oft Belle ihn an den Wandel in seinem Herzen erinnerte, trug Lio die Jahre der lastenden Schuld weiter auf seinen Schultern wie Atlas das Himmelsgewölbe.

Belle versuchte, die Schatten der Vergangenheit zu durchbrechen. „Wie lange hast du im Haus deines Onkels gelebt?"

„Etwa fünf Jahre, seit ich sechs war."

„Sechs ist ziemlich jung, um von seiner Familie getrennt zu werden." Belle konnte sich nicht vorstellen, jemals die Obhut ihres Vaters verlassen zu haben. Nach dem Tod ihrer Mutter hatten sie nur noch einander gehabt. Sie und Maurice hatten gezwungenermaßen gelernt, ohne sie weiterzuleben, und ihre Beziehung war dadurch stärker geworden.

Lio rückte seinen Kragen zurecht, ein aufwendig besticktes Teil. „Mein Vater bestand darauf, dass ich näher an Versailles großgezogen werde. Ich glaube, er war schon damals besorgt um die Beziehungen zwischen Aveyon und Frankreich. Er hat versucht, mich zu jemandem zu machen, der sich an König Louis' Hof zu Hause fühlt, und nicht zu jemandem, der sich in Aveyon zu Hause fühlt. Und dann ..." Seine Stimme verlor sich, und Belle wusste, dass sie ihn nicht drängen durfte. „Und dann starb meine Mutter. Sie war fort, bevor ich überhaupt wusste, dass sie krank war. Ich kehrte zu ihrer Beerdigung nach Hause zurück, und als mein Vater danach versuchte, mich zurückzuschicken, weigerte ich mich. In Aveyon konnte ich zumindest durch die Korridore gehen, die wir gemeinsam durchschritten hatten, ich konnte auf ihre Gemächer gehen und meine Hand über ihre Kleider gleiten lassen. Ich legte den Namen ab, den mein Vater mir gegeben hatte, und weigerte mich, bei einem anderen Namen als Lio gerufen zu werden. Habe ich dir je erzählt, warum sie mich so genannt hat?"

Belle schüttelte den Kopf.

„Seit meiner Geburt nannte meine Mutter mich ihren petit lionceau, ihr kleines Löwenjunges." Der Ausdruck auf Lios Gesicht war halb Lächeln, halb schmerzhafte Grimasse. „Nur mein Vater hat mich bei meinem richtigen Namen genannt. Mit der Zeit wurde petit lionceau zu Lio verkürzt. Auf einen anderen Namen zu hören, fühlte sich so an, als würde ich ihr Andenken beschmutzen. Es scheint jetzt nicht mehr von Bedeutung, aber ich fühlte mich ihr nach ihrem Tod mehr verbunden als während meiner Zeit in Paris. Ich wusste, dass ich diese Verbindung verlieren würde, wenn ich zurück zu meinem Onkel ging. Mein Vater war furchtbar zornig, aber damals dachte ich, dass wir noch genügend Jahre miteinander haben würden, um unsere Beziehung in Ordnung zu bringen." Sein Blick wanderte wieder zu den Häusern, an denen sie vorbeifuhren. „Ich hätte nie gedacht, dass ich noch vor Ablauf eines Jahres zur Waise werden würde."

Nicht zum ersten Mal musste Belle an die Zauberin denken, die Lio verflucht hatte. Sie spürte, wie der Zorn in ihr loderte. Er war noch ein Junge gewesen, allein gelassen in der Welt, verletzt und wütend, und die Zauberin hatte sich angemaßt, ihn dafür zu bestrafen. Aber da Belle und Lio sich angewöhnt hatten, um das Thema des Fluches herumzutänzeln, sagte sie nichts.

Stille breitete sich zwischen ihnen aus, bis sie vor dem größten Hôtel particulier zum Stehen kamen, das Belle bisher gesehen hatte. Man könnte meinen, sie hätten Paris hinter sich gelassen und wären auf einem üppigen Landsitz gelandet. Als sie das Tor passiert hatten, fanden sie sich in einem weitläufigen Innenhof wieder, gepflastert mit glatten, rosa Steinen. Kunstvoll gestutzte Hecken und kleine Bäume waren überall verstreut und vermischten sich mit den griechischen Statuen, die das Gelände säumten, und den mächtigen römischen Säulen, auf denen das Haus selbst thronte. Es war geradezu absurd protzig, selbst in dieser Straße voll prächtiger Häuser. Aber Belle konnte solche Extravaganz wohl kaum verurteilen, jetzt, da sie selbst in einem Schloss lebte.

Lio rüttelte Lumière sanft wach. Der Maître d'hôtel verschluckte sich an einem Schnarchen, das in ein Gähnen überging. „Sind wir schon da?"

„Das kommt davon, wenn man die ganze Reise verschläft, mein Freund."

„Ah, aber Schlaf war meine einzige Zuflucht vor den ständigen Erklärungen unsterblicher Liebe." Lumière zwinkerte ihnen verschmitzt zu und hüpfte dann aus der Kutsche, um sich ihres Gepäcks anzunehmen. Dieser Aufgabe hatte er sich seit Beginn ihrer Reise angenommen, ungeachtet ihrer Einwände, dass sie wunderbar allein zurechtkämen.

Belle stieg die Stufen der Kutsche hinunter, trat in die drückende Hitze der Sonne und war überrascht, wie viel wärmer die Sommer in Paris waren. Die Wälder und Berge von Aveyon bescherten ihrem Königreich zu jeder Jahreszeit relativ milde Temperaturen. In diesem Teil Frankreichs dagegen konnten die Jahreszeiten stark voneinander abweichen. Das Königreich hatte gerade erst einen harten Winter erlebt, und die Dürre des Vorjahres hatte Frankreichs Bauern mit vernichteten Ernten und knurrenden Mägen zurückgelassen.

Zwischen den Säulen standen livrierte Männer Wache, die in ihren dicken Uniformen unter der brennenden Sonne schwitzten.

„Ist dieses Maß an Schutz wirklich notwendig für einen Duc, der so sehr in der Sicherheit von Saint-Germain eingebettet ist?"

Lio warf den Wachen einen Blick zu und seufzte. „Zweifellos benutzt Bastien sie dazu, seine Stellung zu demonstrieren."

„Ich muss schon sagen, er klingt herzallerliebst", entgegnete Belle trocken.

Lio musste grinsen. „Wenn du die Arroganz und das hochnäsige Gehabe ignorierst, ist er eigentlich ganz charmant." Er zog sie näher zu sich heran. „Vergiss nicht, ich war früher genauso verdorben wie mein lieber Cousin, und du hast es trotzdem geschafft, dich in mich zu verlieben."

„Pass lieber auf, sonst versuche ich noch meine Chancen mit dem Duc."

„Viel Glück damit", murmelte Lio und deutete mit dem Kinn leicht auf den Eingang der Stadtvilla. Belle folgte seinem Blick. Aus dem Inneren trat ein Mann, der nur der Duc de Vincennes sein konnte. Er gab ein prächtiges Bild ab: Seine Perücke war kunstvoll gelockt und mit demselben matten weißen Puder bedeckt wie seine Haut, Aufschläge aus gerüschter Spitze lugten aus seinem samtenen, lachsfarbenen Mantel hervor, ein aufwendig bestickter Kragen reichte ihm bis ans Kinn, und seine grauen Knickerbocker gingen in cremefarbene Strümpfe über, die in Lederstiefeln mit hohem Absatz endeten. Er stolzierte die Treppe hinunter, um sie zu begrüßen, in der Hand einen Gehstock mit einem Griff aus geschnitztem Elfenbein, seine juwelenbesetzten Ringe glitzerten in der Sonne.

„Geliebter Cousin", rief er Lio entgegen und zog sich den spitzen Hut vom Kopf. „Willkommen in meinem bescheidenen Heim. Es ist bereits eine ganze Weile her, dass wir mit der Anwesenheit eines Prinzen beehrt wurden." Sein Tonfall war gerade sarkastisch genug, um den Verdacht zu schüren, dass er Lios Titel für einen köstlichen Witz hielt. „Und das muss deine Braut sein. Ich muss sagen, ihr Name wird ihr kaum gerecht." Er ergriff Belles Hand und brachte sie an die Lippen.

Sie widerstand dem Bedürfnis, ihm ihre Hand rasch wieder zu entziehen. „Es ist eine Freude, dich kennenzulernen, Bastien."

Für den Bruchteil einer Sekunde gefror das Lächeln auf seinen Lippen, bevor er sich wieder im Griff hatte und sich den Hut mit Schwung zurück auf den Kopf setzte. „Und dich, Belle."

Die Abwesenheit des Titels, den er benutzt hätte, wenn sie ihn nicht auf diese Art angesprochen hätte, hing überdeutlich in der Luft. Der Duc mochte es für eine Beleidigung halten, so formlos mit ihr zu sprechen, aber sie zog diese Art vor.

Nun deutete er mit seinem Gehstock auf Lumière und ihren Kutscher und runzelte leicht die Stirn. „Wie merkwürdig, dass du ganz ohne Gefolgschaft angereist bist, Cousin. Wir hatten eine Entourage erwartet." Er zupfte leicht an seinem Kragen und blinzelte hinauf in die Sonne. „Wie dem auch sei … wollen wir aus der Hitze gehen und vielleicht ein Glas Champagner zu uns nehmen, um uns abzukühlen?"

„Dürfen wir dasselbe auch für unsere Gefährten erbitten?", fragte Belle.

Bastien hielt inne, als verstünde er die Frage nicht. Er blickte zu Lio, der seinen Blick mit einem Lächeln erwiderte. „Wenn ihr darauf besteht", erwiderte er schließlich.

Belle war überrascht, aber sie begriff, dass die Art, wie sie Dinge in Aveyon angingen, nicht unbedingt die Art war, wie sie in Paris gehandhabt wurden. Rasch sah sie zu Lumière, der kaum merklich den Kopf schüttelte, wie um ihr zu verstehen zu geben, dass sie es gut sein lassen sollte. Aber sie hatte nicht vor, von ihrer Überzeugung abzuweichen, dass jeder in ihrem Gefolge den ihm gebührenden Respekt verdiente.

Der Duc gab einem seiner Bediensteten ein Zeichen, Lumière mit ihrem Gepäck zu helfen. Der Maître d'hôtel wandte sich ihnen zu und sank in eine formvollendete tiefe, fließende und anmutige Verbeugung.

„Falls Ihr meine Dienste nicht länger benötigt, auf mich wartet eine ganze Stadt voller Gerichte, die es zu kosten gilt", sagte er mit seiner vertrauten übertriebenen Geste und einem verschmitzten Zwinkern.

„Viel Spaß, Lumière", wünschte ihm Belle.

Bastien beobachtete sie irritiert, als versuche er, die seltsame Dynamik zwischen ihnen zu verstehen, bevor er es schließlich aufgab. Er führte Lio und Belle in seine palastartige Stadtvilla, und Belle war augenblicklich überwältigt von ihrem Inneren. Sie hatte Geschichten über das sagenhafte Versailles gehört. Gemessen an dem, was sie hier sah, schien es, als würde Bastien sein Bestes geben, um Frankreichs Monument in Extravaganz in nichts nachzustehen. Die Wände waren mit Spiegeln und Gemälden und Wandbehängen aus reich besticktem Brokat bedeckt, und an jeder Türschwelle stand ein livrierter Diener, bereit, die Tür zu öffnen und in eine Verbeugung zu versinken. Jeder Raum war prächtiger als der vorherige, und während sie durch sein labyrinthartiges Heim schritten, erklärte Bastien, welche Tische seine Mutter bei Madame de Pompadour erstanden hatte, erläuterte den Unterschied zwischen Mobiliar in griechischem und Rocaille-Stil und hielt nur inne, um sie auf die Girlanden aus vergoldeten Lorbeerblättern hinzuweisen, die von etwas herunterhingen, das er als ein original Riesener-Kabinett bezeichnete.

„Er ist Marie Antoinettes bevorzugter Kunsttischler", dozierte er und legte eine Kunstpause ein, damit sie angemessen zum Ausdruck bringen konnten, wie beeindruckt sie waren. Angesichts ihrer mangelnden Begeisterung schnalzte er missbilligend mit der Zunge. „Seine Stücke sind berühmt für ihre Rarität. Dieses hat mich ein hübsches Sümmchen mehr gekostet, als ich zuzugeben bereit bin", fügte er als Erklärung hinzu.

Lio stieß einen leisen Pfiff aus, in dem Belle den Versuch erkannte, Bastien zu beschwichtigen. Sie unterdrückte ein Lachen, als sie den nächsten Flur entlangschritten.

Schon bald blieb Belle hinter den Männern zurück, während sie die Deckenmalereien, die verschlungenen Kristallleuchter und die zahllosen Marmorstatuen bewunderte. Sie hatte Lios Schloss in Aveyon immer für den Höhepunkt an Reichtum gehalten, selbst als es noch heruntergekommen gewesen war. Aber es übertrumpfte Bastiens Heim allein in seiner Größe; in allen anderen Aspekten gewann das Anwesen des Ducs den Vergleich.

Sie nahm ein paar falsche Abzweigungen, bevor sie Lio und Bastien wiederfand. Inzwischen waren sie in einer Art Salon gelandet, vielleicht auch einem Büro, obwohl der Duc ihr nicht wie jemand erschien, der seiner Arbeit passioniert nachging. Bastien stand bei einem Servierwagen, der vor Glaskaraffen geradezu überquoll, und goss Champagner in schlanke Flöten. Als Belle sich zu ihnen gesellte, bot er ihr eine davon an, und sie nahm sie entgegen, wie es die Höflichkeit gebot. Er wandte sich wieder von ihr ab, um Lio ein Glas einzuschenken.

„Weißt du, Cousin, jedes Mal wenn ich versucht habe, deinem entzückenden Fürstentum einen Besuch abzustatten, ist irgendetwas fürchterlich schiefgelaufen“, erzählte er, wandte sich ihnen wieder zu und reichte Lio seine Flöte. „Kutschen verloren Räder, ein Unglück jagte das nächste, eine Jungfrau in Nöten musste gerettet werden. Es war, als hätte das Schicksal sich gegen mich verschworen.“

Lio nahm den Champagner entgegen und legte sich eine Hand an die Brust. „Und was für ein Glück, Bastien, denn ich war schwer erkrankt.“

Belle bemühte sich um höchste Unauffälligkeit, während sie der Lüge lauschte, die sie sich ausgedacht hatten, nachdem sie begriffen hatten, dass Lio durch den Fluch für alle außerhalb des Schlosses schlichtweg seit zehn Jahren in Vergessenheit geraten war.

Kaum war der Bann gebrochen, da fluteten überall im Königreich und darüber hinaus die Erinnerungen zurück, Erinnerungen an den verwöhnten Waisenprinzen, die zehn Jahre lang tief im Inneren der Menschen geschwärt hatten. Das bedeutete, dass sie sich einer Vielzahl Fragen stellen mussten, aber es war ja nicht so, als ob sie irgendjemandem die Wahrheit erzählen konnten. Eine Krankheit schien ihnen so nah an den Tatsachen, wie es nur eben ging, ohne jeden davon in Kenntnis zu setzen, dass Aveyon über ein Jahrzehnt von einem zurückgezogenen Biest regiert worden war.

Bastien zog eine Augenbraue hoch. „Meine Briefe blieben unbeantwortet."

Das ist unser erster Test, rief Belle sich in Erinnerung, um nicht in Panik zu geraten. Wenn alles gut lief, konnten sie den Rest ihres Plans in die Realität umsetzen.

„Bedeutsame Korrespondenz lag außerhalb meiner Möglichkeiten, Bastien. Ich war …"

„Krank, ich weiß." Der Duc leerte seinen Champagner. „Gott und dem König sei Dank für deine letztendliche Genesung, Lio. Ich möchte meinen, dass sich nicht viele von einer zehnjährigen Krankheit erholen." Er taxierte sie beide, womöglich auf der Suche nach einem Riss in ihrer Fassade. Belle schenkte ihm das lieblichste Lächeln, zu dem sie imstande war, und etwas schien sich in der Miene des Ducs zu verändern. Er hob sein leeres Glas. „Auf gute Ärzte."

Die Anspannung wich aus Lios Schultern, aber Belle bezweifelte, dass Bastien es bemerkte. Er erwiderte Bastiens Geste mit seinem vollen Glas. „Und auf die Familie."

„Alte wie neue", fügte Bastien hinzu, erhob sich und ging zu dem Servierwagen. „Ich muss alles über eure stürmische Romanze erfahren, Cousin, aber das kann warten. Zuerst musst du mir berichten, welches Interesse du an Versailles hast. Schließlich hast du in den vergangenen zehn Jahren nicht den leisesten Hauch davon bekundet."

„Ich möchte den König meiner Gefolgschaft versichern. Das bin ich ihm nach meiner langen Abwesenheit vom Hofe schuldig", antwortete Lio.

Bastien warf ihnen über die Schulter einen Blick zu. „Versailles ist nicht mehr so, wie du es in Erinnerung hast, Cousin."

Lio nickte. „Es überrascht mich nicht, das zu hören, da ich nicht mehr im Palast gewesen bin, seit ich ein Junge war."

Bastien schenkte sich Champagner nach. „Aller Wahrscheinlichkeit nach ist König Louis dein bescheidenes Fürstentum vollkommen entfallen. So vieles ist seit deinem letzten Besuch geschehen. Bist du dir sicher, dass du den schlafenden Bären wecken möchtest, im übertragenen Sinne?“

„Ich erinnere mich an Louis als einen vernünftigen Mann, Bastien.“

Darauf machte Bastien theatralisch auf dem Absatz kehrt. „Die Staatskassen sind leer, Cousin. Frankreich ertrinkt in Schulden, nachdem es diese verdammte Amerikanische Revolution unterstützt hat. Sicher hast du bereits von den Unruhen des Dritten Standes gehört?“

Es war erst wenige Monate her, dass Lio, Belle und Aveyon aus dem Fluch erwacht waren, und Diplomatie hatte in ihrem Königreich für lange Zeit nicht an oberster Stelle auf der Tagesordnung gestanden. Sie hatten vereinzelte Gerüchte darüber gehört, worauf Bastien anspielte – dass der Dritte Stand, Frankreichs Bauernklasse, schwere Not litt –, aber diesem Gemunkel keine große Beachtung geschenkt. Belle kam sich schrecklich töricht vor, und Bastien stieß angesichts ihrer Unwissenheit einen schweren Seufzer aus, während er sich niederließ.

„Louis braucht dringend Geld, und er hat versucht, es auf die gleiche Weise zu beschaffen wie schon zuvor – durch Steuern. Aber dieses Mal wollte er, dass der Adel und der Klerus einen Anteil zahlen. Selbstverständlich haben sie sich geweigert.“ Er legte die Füße auf den Tisch vor sich und verschränkte die Arme vor der Brust. „In seiner Verzweiflung hat er zum ersten Mal seit fast zweihundert Jahren die Generalstände einberufen. Unnötig zu sagen, dass das nicht gut ging.“ Er wedelte mit der Hand. „Es wurde als der Versuch gesehen, Einfluss auf das Ergebnis nehmen zu wollen, und infolgedessen bezeichnet sich der Dritte Stand seitdem als die Nationalversammlung und behauptet, nicht die *Stände* Frankreichs zu vertreten, sondern das *Volk*. Sie verlangen die Ausarbeitung einer Verfassung.“ Er gluckste leise und verdrehte die Augen. „Wie schrecklich amerikanisch.“

„Wie schlimm ist es, Bastien?“, erkundigte sich Lio angespannt.

Bastien setzte das verschlagene Lächeln eines Mannes auf, der reich genug ist, um überzeugt zu sein, dass nichts und niemand ihm etwas anhaben kann. „Nun, es ist sicherlich nicht *gut*, Cousin. Wir stecken mitten in einer finanziellen Krise. König Louis hat gerade erst Jacques Necker entlassen, seinen getreuen Finanzminister, sodass jetzt *alle* erzürnt sind: reich, arm, adelig, bürgerlich. Es war nicht gerade der geschickteste Spielzug, wenn du mich fragst."

„Vielleicht sollten wir unseren Besuch in Versailles verschieben", schlug Belle vor.

„Oh, dafür ist es zu spät, denn zweifellos hat sich die Nachricht von eurer Ankunft in Paris bereits wie die Pocken am Hof verbreitet. Ein Prince étranger, zurückgekehrt von den Toten!" Bastien zog sich einen Smaragdring mit einem Juwel von der Größe eines Wachteleis vom Finger und ließ ihn auf dem Tisch kreiseln. „Du wirst das Gesprächsthema in Versailles sein. Es würde mich überraschen, wenn nicht bereits ein Bote mit einer Einladung von Louis auf dem Weg hierher ist. Er wird dich persönlich in Augenschein nehmen wollen."

Lio warf Belle einen raschen Blick zu, die sich allergrößte Mühe gab, nicht unter Bastiens Worten zusammenzusinken. Der Duc schien ihr Unbehagen zu spüren. „Ich kann dich begleiten, Cousin. Louis hat eine Schwäche für mich, von der Königin ganz zu schweigen." Diese anzügliche Andeutung begleitete er mit einem Zwinkern. Belle unterdrückte das Bedürfnis, sich zu übergeben. „Ich kann dir helfen, den Schlag deiner verlängerten Abwesenheit ein wenig abzufedern. Aber wenn ich diese Mühen auf mich nehme, musst du versprechen zumindest zu versuchen, dich bei Hofe anzupassen. Für den Anfang wirst du eine neue Ausstattung benötigen, wenn du auch nur durch die Tore des Palastes gelangen möchtest, und eine ordentliche Menge Puder für deine Haare, wenn du die Höflinge nicht zutiefst beleidigen möchtest."

Lios Haltung versteifte sich. „Vielleicht kann ich mir etwas von dir borgen, Bastien."

Bastien taxierte ihn. „Vielleicht." Sein Blick wanderte zu Belle. „Gehe ich recht in der Annahme, dass du noch bis vor Kurzem eine gemeine Bürgerliche warst?"

Belle rutschte unangenehm berührt in ihrem Kleid umher, einer Robe à l'anglaise, die ihr so vornehm erschienen war, als Madame de Garderobe sie ihr präsentiert hatte. Das Kleid war aus gestreifter blauer und cremefarbener Seide, die feinste Spitze lugte aus ihrem Mieder hervor und bedeckte ihr Dekolleté. Die Ärmel lagen eng an und reichten bis gerade über ihre Ellenbogen. Bastien senkte leicht den Kopf, um ihren Blick aufzufangen, und lächelte verständnisvoll. „Es ist nicht nur das Kleid, Belle. Du trägst deinen früheren Status wie ein Brandzeichen."

„Wie kannst du es wagen …", fuhr Lio ihn an.

In gespielter Unschuld hob Bastien die Hände in die Luft. „Das ist keine Beleidigung ihres Charakters, Cousin. Aber du würdest sie in Versailles den Wölfen zum Fraß vorwerfen." Er bedachte sie mit einem beinahe zärtlichen Blick. „Ich will dir nicht zu nahe treten, Belle, aber du gehörst nicht an König Louis' Hof. Die Höflinge würden deine Schwäche wittern und sie ausnutzen, noch bevor du auch nur die Gelegenheit hattest, in einen Hofknicks zu versinken."

Während Belle nickte, war Lio außer sich. „Belle kann tun und lassen, was ihr gefällt. Wenn jemand ein Problem damit hat, wird er sich vor mir verantworten müssen."

Sie war sich sicher, dass sonst niemandem auffiel, wie sich im Zorn immer noch eine Art Knurren in seine Stimme schlich. Aber Belle hatte länger mit dem Biest zusammengelebt als mit Lio. Sie erkannte die Teile des Fluchs, die noch in seinem Wesen nachklangen, aber sie würde ihm nie davon erzählen.

„Und was ist mit dem König, Cousin? Oder hast du vergessen, dass es als Prince étranger deine Pflicht war, aus politischem Kalkül zu heiraten und nicht aus Liebe? Warst du nicht von Geburt an so gut wie mit einer unbedeutenden Habsburgerin verlobt?" Bastiens Hand flatterte affektiert an seinen eigenen Kragen. „Ich denke, vielleicht wäre es das Beste, die Neuigkeiten über deine Vermählung wie eine erfreuliche Überraschung zu präsentieren, nachdem du wieder in der Gunst des Königs stehst, meinst du nicht?"

Lio öffnete den Mund, um sich ihretwegen weiter zu streiten, aber Belle legte ihm besänftigend eine Hand auf den Arm. „Bitte, Lio. Ich möchte überhaupt nicht mitkommen."

Sein Ärger verpuffte auf der Stelle. Er wandte sich ihr zu und sah ihr in die Augen. „Bist du sicher?"

„Ja, mir hat schon den ganzen Weg über davor gegraust. Ich bin dankbar für jeden Grund, um nicht mitzumüssen. Außerdem würde ich meine Zeit viel lieber damit verbringen, Paris zu Fuß zu erkunden und all die Orte zu besuchen, zu denen mein Vater mich damals mitgenommen hat, und neue zu entdecken."

„Bastien hat uns gerade erst berichtet, dass sich Paris in Aufruhr befindet", wandte Lio ein.

„Oh, mon petit lionceau, du bist so provinziell." Bastien verdrehte die Augen. „Der Dritte Stand ist ein Nichts. Bloße Aufrührer, die nichts Besseres zu tun haben. Das Einzige, was sie erreicht haben, ist die gewaltsame Besetzung der Pariser Zollhäuser. Solange Belle nicht plant, eine Ladung steuerpflichtiger Waren in die Stadt zu bringen, bezweifle ich, dass sie ihre Anwesenheit überhaupt bemerken wird." Er stieß ein hartes Lachen aus. „König Louis hat alles unter Kontrolle. Die Stadt ist vollkommen sicher, das verspreche ich dir."

Belle beobachtete, wie das Lächeln des Ducs verschwand, kaum dass Lio seinen Blick abgewandt hatte. Das war die Art von Sonderbarkeit, auf die ihre Gedanken sich augenblicklich gestürzt hätten, wenn sie nicht so erschöpft von ihrer Reise und wie versessen darauf gewesen wäre, die Orte in Paris wiederzusehen, an die sie sich von den Besuchen mit ihrem Vater erinnerte – ganz zu schweigen davon, neue Orte zu erkunden.

Und so vergrub sie den seltsamen Gesichtsausdruck des Duc tief in ihrem Inneren und schwor sich darauf zurückzukommen, wenn nicht gerade eine ganze Stadt voller Vergnügungen auf sie wartete.

Kapitel Drei

Lio folgte Bastien auf seine Gemächer auf der Suche nach etwas zum Anziehen, das einer Audienz beim König angemessen war. Ein Diener geleitete Belle auf ihre Räumlichkeiten, wo sie endlich einen Moment allein mit sich genoss.

Das Schlafgemach war nicht weniger opulent als der Rest von Bastiens Heim. Belles Füße sanken tief in den plüschigen Teppich ein, der den Großteil des Bodens bedeckte und so aufwendig gewebt war wie der kostbarste Wandbehang. In Gedanken verloren schlenderte sie zu dem lebensgroßen Spiegel hinüber, der an der Wand hing, um ihr Kleid zu betrachten. Das Kleid, das Bastien beleidigt hatte. In ihren Augen war es das edelste Stück, das sie je gesehen hatte, noch schöner sogar als das Kleid, das sie getragen hatte, als sie Lio in jenen atemlosen Tagen noch dem Ende des Fluches geheiratet hatte. Sie hatte es heute Morgen in der Herberge angezogen, in der sie Rast gemacht hatten, und es sich extra für ihre Ankunft in Paris zurechtgelegt. Bei ihrem Anblick hatte Lio nicht verbergen können, wie glücklich es ihn machte, sie so kostbar gekleidet zu sehen. Für ihn bedeutete es einen weiteren Schritt in Richtung ihrer neuen Rolle. Für sie dagegen war es eine Rüstung, ein Hinweis an den Rest der Welt, dass sie sich anpassen konnte.

Jetzt erkannte sie, dass es sich dabei nur um eine weitere Illusion gehandelt hatte – und nicht einmal eine besonders geschickte, da Bastien sie sofort durchschaut hatte. Die Welt des französischen Hofes war nicht die ihre. Sie würde dort nie dazugehören.

Belle riss sich das Kleid beinahe vom Körper, wollte diese Verkleidung nicht länger sehen. Sie wühlte durch ihre Koffer, bis sie das einfachste Kleid fand, das sie eingepackt hatte, ganz am Boden begraben. Schon während sie es sich über den Kopf zog, genoss sie das vertraute Gefühl. Es war blau, wie das Kleid, das sie abgelegt hatte, aber aus einfachem Musselin und bedeckt mit einer dicken weißen Schürze, die sie sich um die Taille band. In Paris, das wusste Belle, war dieser Kleidungsstil sogar in Mode. Er nannte sich Chemise à la reine, so benannt nach Marie Antoinettes Vorliebe für das ländliche Leben. Nur hatte Belle in ihrem Kleid tatsächlich Hühner gefüttert und Wäsche gewaschen. Sie strich über den hartnäckigen Fleck, den sie nie herausbekommen hatte, nachdem Gaston ihr nach seinem unglücklichen Heiratsantrag die Röcke mit Schlamm bespritzt hatte.

Lios Stimme ließ sie zusammenzucken. „Sei mir nicht böse, aber ich glaube, so bist du mir lieber.“

Sie blickte auf und sah ihn in der Ecke des Spiegels hinter sich im Türrahmen stehen, bereits gekleidet für Versailles.

„Nur wenn du mir nicht böse bist, wenn ich sage, dass du lächerlich aussiehst.“

Eine gelockte weiße Perücke verdeckte sein wundervolles, kastanienbraunes Haar, seine warme Haut war mit einer Schicht dickem, weißem Puder überzogen, und seine Kleidung stand der von Bastien in Extravaganz und Qualität in nichts nach. Er war nicht mehr ihr Lio – dieser Lio gehörte nach Versailles.

Verlegen kam er auf sie zu und gesellte sich zu ihr vor den Spiegel. „Ich erkenne mich selbst nicht wieder.“

Trotz ihrer Bedenken konnte Belle nicht bestreiten, wie fürstlich er aussah, wie leicht es ihm fallen würde, von den Höflingen in Versailles akzeptiert zu werden, und wie sehr sie beide sich in Wahrheit voneinander unterschieden, Seite an Seite im Spiegel.

Lio schien ihr die innere Zerrissenheit vom Gesicht ablesen zu können.

„Das ist nur vorübergehend, Belle.“ Er legte ihr eine Hand auf die Schulter und deutete mit der anderen an sich herunter. „Sobald ich wieder in König Louis’ Gunst stehe, wird all das hier verschwinden, das schwöre ich dir.“

„Es passt so gut, mon cœur“, bemerkte sie.

Er zupfte an den Aufschlägen seines waldgrünen Gehrocks. „Wir sind anscheinend sehr ähnlich gebaut, Bastien und ich.“

„Nein, ich meine die ganze Aufmachung. Du siehst aus wie ein Prinz.“

Er bedachte sie mit einem eindringlichen Blick. „Ich war schon ein Prinz, bevor ich mir eine Perücke aufgesetzt und das Gesicht gepudert habe.“

„Ja, natürlich.“ Aber sie konnte das Gefühl nicht abschütteln, dass Lio mit jedem Tag mehr zu der Person wurde, die zu sein ihm vorherbestimmt war, während sie sich immer weiter von ihrem wahren Selbst entfernte.

„Freust du dich darauf, Paris zu erkunden?“, wechselte er das Thema.

Sie versuchte, ihre Sorgen abzuschütteln. „Sehr.“

„Und du bist sicher, dass du nicht doch mit uns nach Versailles kommen möchtest? Mir ist es nämlich egal, was Bastien denkt. Wenn du mitkommen möchtest, dann …“

„Nein, das möchte ich nicht. Versprochen.“ Sie griff nach seiner Hand. „Es ist besser so.“

Jetzt musste Lio sich nicht für seine bürgerliche, provinzielle Frau schämen, und Belle musste nicht so tun, als überhörte sie die getuschelten Beleidigungen, die ihr auf Schritt und Tritt folgen würden. Sie würde sich in den Straßen, Plätzen und Gärten von Paris tausendmal wohler fühlen.

Bastien erschien in der Tür mit frisch gepudertem Gesicht und einem auffälligen Schönheitsfleck auf der Wange. „Die Kutsche ist bereit.“ Sein Ton war unheilschwanger, und Belle konnte nicht anders, als angesichts seiner ernsten Miene zu lachen.

Bastien warf ihr einen fragenden Blick zu, und sie holte tief Luft, um ihr Gelächter zu unterdrücken. „Ach, jetzt komm schon. Es ist Versailles, kein Gefängnis.“

„Der Hof des Königs ist seine ganz eigene Art von Gefängnis, Belle.“

Gemeinsam schritten sie die ausladende Treppe hinab. „Der französische Adel liegt in Ketten, Madame. Sie mögen vergoldet sein, aber Ketten sind es nichtsdestotrotz."

Belle war ziemlich sicher, dass ein Großteil der französischen Arbeiterklasse sich mit Freuden von den goldenen Ketten des Adels hätte fesseln lassen, aber sie hielt ihre Zunge im Zaum, als sie durch die Haustür traten.

Bastien verschwand augenblicklich im Inneren der wartenden Kutsche, während Lio kurz innehielt, um Belles Hände in seine zu nehmen.

„Wir sollten nicht allzu lange fort sein. König Louis hat gewiss wichtigere Angelegenheiten, denen er seine Aufmerksamkeit widmen muss, als einen in Vergessenheit geratenen Prince étranger."

Aus der Kutsche ertönte Bastiens kaltes Lachen. „Sei dir da lieber nicht so sicher, Cousin. Womöglich wirst du feststellen, dass Louis noch Pläne für dich hat."

Lio verdrehte die Augen und zog Belle noch näher zu sich heran. „Zum Teufel mit dem König und seinen Plänen", flüsterte er ihr ins Ohr. „Wir haben unsere eigenen Pläne."

Bastien streckte seinen Kopf aus dem Fenster der Kutsche. „Können wir dich irgendwo absetzen, Belle?"

Die Vorstellung, Zeit mit dem Duc in einem engen und verschlossenen Raum zu verbringen, war, gelinde gesagt, nicht gerade verlockend. „Nein, vielen Dank, Bastien. Ich bin gerne zu Fuß unterwegs."

Er musterte sie von Kopf bis Fuß. „Ja, das kann ich mir vorstellen."

Belle warf ihm einen bösen Blick nach, als er wieder in der Kutsche verschwand. Lio drückte ihre Hand, die er noch immer nicht losgelassen hatte.

„Im Ernst, Lio. Ich komme zurecht. Siehst du?" Sie zog ein Buch aus der Tiefe einer Tasche in ihrem Kleid. „Wenn ich einen Garten und ein Plätzchen im Schatten finde, ist mein Tag gerettet."

Lio küsste sie auf die Stirn. „Wünsch mir Glück mit Louis."

Sie öffnete den Mund, um ihm zu sagen, dass er das nicht nötig hatte, zögerte dann aber. Die Wahrheit war, dass Lio eine gehörige Portion Glück brauchen würde, um Versailles heil zu überstehen.

„Viel Glück“, flüsterte sie und meinte es ernst.

Lio schenkte ihr ein Lächeln, aber sie erkannte die Sorge, die er dahinter zu verstecken versuchte. Er stieg in Bastiens Kutsche, und ein Diener schloss die Tür hinter ihm. Die Pferde trabten an, und schon bald schlängelte die Kutsche sich die Auffahrt entlang.

Belles Herz schlug heftig, während sie zusah, wie die Kutsche immer kleiner wurde. Den Fluch zu brechen, hatte sie in einer Art an Lio gebunden, die sie noch nicht ganz verstand. Als sie mit ansehen musste, wie das Biest gestorben war, besiegt von Gastons Dolch und seinem Hass auf etwas, das er nicht begreifen konnte, da war ein Teil von ihr mit ihm gestorben. Und als sie über seinem Körper geweint hatte, da hatte sie ihm die Wahrheit ins Ohr geflüstert, die sie bis zu diesem Augenblick vor sich selbst geleugnet hatte. Er war als Lio zu ihr zurückgekehrt, sein Körper unversehrt und sein Geist geheilt, und der Teil von ihr, den sie verloren hatte, wurde gleichermaßen wiederhergestellt. Sie fügten sich gegenseitig wieder zusammen, und fortan waren sie eins.

Bei dem Gedanken, dass er sich den Schwierigkeiten von Versailles nun allein stellen musste, wurde ihr übel. *Nicht allein*, dachte sie. *Sein Cousin ist an seiner Seite.*

Aber Belle wusste noch nicht so recht, was sie von dem Duc de Vincennes hielt. Sie konnte nicht sagen, ob er sich als Lios Verbündeter erweisen würde oder seine eigenen Ziele verfolgte. Wahrscheinlich wäre es am klügsten, davon auszugehen, dass jeder an Louis Hof Letzteres tat. Sie hatte mit Sicherheit nicht vor, sich mit irgendwelchen Adeligen anzufreunden, nur weil sie einen geheiratet hatte.

Die Kutsche verschwand aus ihrem Sichtfeld, und Belle versuchte, die Sorge zu verdrängen, die in ihr schwelte. Sie war in Paris, einer Stadt, die in ihrem Herzen weiterlebte, seit sie sie vor Jahren verlassen hatte, an dem Ort, von dem sie geträumt hatte, als sie die Zwänge ihres provinziellen Lebens am stärksten gespürt hatte.

Und es gab nichts, was sie im Augenblick für Lio tun konnte.

Kaum dass sie durch Bastiens Tor auf die Straße getreten war, spürte Belle, wie eine Last von ihren Schultern fiel. Es war, als hätte sie eine andere Welt betreten. Der Innenhof war so abgeschottet, dass der Lärm von Paris ihn nicht erreichte, was ihm ein trügerisches Gefühl der Ruhe inmitten der hektischen Stadt verlieh. Sie hoffte, dass Lumière seine freie Zeit genoss. Insgeheim hegte sie den Verdacht, dass er mehr als nur eine verflossene Liebschaft zu besuchen hatte.

Obwohl der Schmutz der Straßen ihre Stiefel und den Saum ihres Kleides ruinierte, fühlte Belle sich so sehr wie sie selbst wie schon seit Wochen nicht. In ihrer Heimat war sie zu etwas geworden, das größer war als Belle. Die Menschen von Aveyon sahen in Belle ihre Retterin, ob sie nun wussten, dass sie den Fluch gebrochen hatte, oder nicht. Manch einer dachte, sie hätte sie vor einem unaufmerksamen, zurückgezogenen Prinzen bewahrt. Nur wenige wussten, dass sie einen Fluch gebrochen hatte, der das Königreich seit einem Jahrzehnt fest im Griff gehalten hatte. Aber ein jeder wünschte sich, dass sie zu ihrer Prinzessin wurde und ihre neue Rolle bis ins kleinste Detail erfüllte.

Doch sie brachte es nicht übers Herz, genau das zu tun, zumindest noch nicht.

Diese Reise sollte eine Atempause werden. Hier war sie unbekannt, einfach jemand, der seinem täglichen Leben nachging. Ihr einfaches Kleid machte sie unsichtbar. Sie konnte Paris so genießen, wie sie es sich immer vorgestellt hatte, bevor sie in ihr neues Leben zurückkehren musste, das hoffentlich besser zu ihr passte, nachdem sie ein wenig Abstand von ihm bekommen hatte.

Sie bog auf die Rue de l'Université ein und erhaschte zwischen den Gebäuden hindurch einen Blick auf die Seine. Zielstrebig steuerte sie auf das Palais Royal zu, bewaffnet mit dem bruchstückhaften Wissen, das sie von Reisenden zusammengeklaubt hatte, die durch Aveyon gekommen waren und ihr berichtet hatten, dass Philippe, der Duc d'Orléans, seine Gärten vor einigen Jahren für das Volk geöffnet hatte. Belle hatte Gerüchte über den Austausch revolutionärer Ideen gehört, der dort stattfinden sollte, und über die Buchläden und Cafés in den überdachten Arkaden rund um die Gärten. Viele Nächte hatte sie damit verbracht, sich auszumalen, wie es wohl wäre, dort zu sein, Salons zu besuchen und an lebhaften Debatten mit einem aufgeschlosseneren Publikum teilzunehmen, als es in Aveyon zu finden war. Jeder ihrer Schritte trug sie gleichermaßen durch die Erinnerung wie durch einen Traum.

„Madame …" Eine Frau stellte sich ihr in den Weg, eine Hand vor sich ausgestreckt. „Könnt Ihr einen Sou erübrigen? Meine Kinder leiden Hunger." Ihre Haut war von einer kränklichen Farbe, und die dunklen Ringe der Erschöpfung unter ihren Augen reichten tief.

Zwei Kinder versteckten sich hinter ihren Röcken, ihre kleinen Gestalten waren vom Hunger geschrumpft. Belle bestürmten Erinnerungen an ihre eigene Kindheit. Auch sie hatte das unerbittliche Knurren eines leeren Magens gekannt. Als ihre Mutter krank wurde, hatte Maurice jedes bisschen Geld, das er auftreiben konnte, für Ärzte und Stärkungsmittel ausgegeben – leider ohne Erfolg, denn die Krankheit hatte sie trotzdem dahingerafft. Belle und ihr Vater hatten eine Zeit der mageren Nächte durchlebt und sich manchmal nur einen Kanten Brot und etwas verwässerte Brühe geteilt. Doch beide spürten den Schmerz über den Verlust von Belles Mutter stärker als ihre Hungerkrämpfe. Der Frühling kam, und endlich gelang es Maurice, eine seiner Erfindungen zu einem nahen Jahrmarkt zu bringen und zu verkaufen, für die Hälfte ihres Wertes. Aber sie hatten ihre Mägen wieder füllen können.

Ohne zu zögern, griff Belle nach ihrem Geldbeutel und reichte der Frau eine Zwölf-Livre-Münze, genug, um sich und ihre Kinder in den kommenden Tagen zu ernähren.

Die Augen der Frau weiteten sich ungläubig, aber sie nahm die Münze rasch an sich. „Mon dieu, danke, Madame, danke."

Belle wollte noch etwas sagen, aber die Frau und ihre Kinder waren bereits in der Menge verschwunden wie Rauchfahnen im Wind, und zum ersten Mal, seit sie Bastiens Anwesen verlassen hatte, stand Belle einfach nur still da. Um sie herum waberte weiterhin das Chaos von Paris, aber darunter, an seinen Rändern, sah sie ein Elend wie nie zuvor. Erschöpfte Mütter und kreischende Babys, ausgemergelte Männer, verwaiste Kinder, alles drängte sich in den Gassen und den Rissen der Stadt. Jeder von ihnen trug seine Not offen zur Schau – in den Rippen, die sich unter dünnen Hemden abzeichneten, in den schattigen Hautfalten, die sich zu eng an die Schlüsselbeine schmiegten, in den tief in die Schädel eingefallenen Wangen.

Ohne darüber nachzudenken, eilte Belle in die nächstgelegene Gasse und begann, Münzen aus ihrer Börse auszuteilen. Sie versuchte, sich mit jeder Person zu unterhalten, die sie traf, aber schon bald wurde sie von Kindern mit flehentlich ausgestreckten Händen umschwärmt. Sie war froh, eine Münze hineindrücken zu können, wünschte aber, sie könnte mehr tun. Geld war nur eine vorübergehende Lösung. Diese Menschen brauchten langfristige Hilfe: Arbeit, Obdach. Dinge, die sie ihnen nicht so einfach geben konnte. Schuldgefühle nagten an ihr. Sie war mit einem Prinzen verheiratet, und trotzdem lag es nicht in ihrer Macht, das Leid der Menschen zu beenden.

Ein Ruf hallte durch die Gasse, und die Kinder stoben davon. Belle drehte sich um und entdeckte eine Gruppe Soldaten, bewaffnet mit mannshohen Musketen. Ihre blauen Mäntel, roten Kragen und Manschetten mit aufgestickten weißen Borten wiesen sie als Gardes françaises aus.

Einer von ihnen näherte sich ihr. „Alles in Ordnung, Madame?"

„Warum denn nicht?", schnaubte sie.

Er bedachte sie mit einem mitleidigen Blick. „Man kann bei diesen gierigen Bauern nicht vorsichtig genug sein."

Erst da begriff sie, dass er sie nicht als eine von ihnen sah. Sie hatte ihr ganzes Leben als Bürgerliche verbracht, aber seit ihrer Heirat mit Lio hob irgendetwas sie von der Masse ab. Belle konnte nicht sagen, ob es der Glanz ihrer Haare oder die Fülle ihrer Wangen war, aber genau so, wie Bastien sofort erkannt hatte, dass sie keine Adelige war, sahen andere auf der Stelle, dass sie nicht zum gemeinen Volk gehörte. Sie war zwischen zwei Welten gestrandet, von denen sie zu keiner wahrhaftig gehörte.

Ein plötzliches Anschwellen lauter Stimmen lenkte die Aufmerksamkeit der Soldaten wieder auf die Straße hinter ihnen. Belle reckte den Hals, um zu sehen, was den Aufruhr ausgelöst hatte. Eine große Gruppe

Männer marschierte durch die Straßen auf den Palais Royal zu, bewaffnet mit nichts als ihren Stimmen. Sie verstand nicht, was genau sie riefen, aber was ihnen an Verständlichkeit fehlte, machten sie mit Leidenschaft wett.

Neugierig folgte Belle den Soldaten aus der Gasse und fand sich inmitten der Menge wieder. Sie blickte von einer Gestalt zur nächsten, konnte aber keine Gemeinsamkeiten zwischen ihnen feststellen. Sie trugen nicht etwa alle eine bestimmte Art von Kleidung, die ihr Handwerk oder ihren Stand gekennzeichnet hätte. Soweit sie das beurteilen konnte, stammten sie aus jeder Schicht der Pariser Gesellschaft.

Das Menschenmeer überquerte den Pont Royal und ergoss sich mit einer überraschenden Geschwindigkeit in die Palastgärten auf der anderen Seite. Die Soldaten, die ihnen gefolgt waren, wurden an den Toren von rotberockten Gardes suisses gestoppt, die sie brüsk abwiesen. Belle schlüpfte an ihnen vorbei, genauso ein Teil der Menge wie alle anderen, und fand sich an einem Ort wieder, den sie jahrelang nur in ihrer Vorstellung besucht hatte.

Im Garten wimmelte es von Menschen. Große und kleine Gruppen hatten sich um Tische versammelt, brüllten übereinander hinweg, um sich Gehör zu verschaffen. Zu ihrer Linken stand ein Mann auf einer behelfsmäßigen Kanzel, umgeben von gespannten Zuhörern. Er trug den kurzen Mantel und die langen Hosen eines Arbeiters, aber er genoss die Aufmerksamkeit Hunderter Menschen, die sich um ihn versammelt hatten. *Vielleicht gehört er zur Bourgeoisie*, dachte Belle, *und ist eines der wohlhabenderen Mitglieder des Dritten Standes.* Sie kämpfte sich durch die Menge nach vorn und versuchte zu hören, was der Mann zu sagen hatte.

„König Louis verkriecht sich in Versailles und schert sich nicht um unsere hungernden Kinder, und dann besitzt er auch noch die Frechheit, noch mehr von uns zu verlangen. Er versammelt die Stände Frankreichs in seinem Palast und tut so, als bekäme der Dritte Stand eine gleichwertige Stimme, aber wir waren noch niemals gleich! Nicht einmal auf den fremden Schlachtfeldern, wo Frankreichs arme Söhne für Freiheiten kämpfen, bluten und sterben, die sie selbst nie erfahren werden." Er legte eine Pause ein und wartete, bis die Menge sich wieder beruhigt hatte.

„Wir müssen vereint sein in unserer Opposition. Wir dürfen uns nicht entzweien, bis Frankreich eine Verfassung hat!"

Überall um Belle herum erwachte die Menge zum Leben, neben ihr jedoch spuckte ein Mann dem Arbeiter vor die Füße, was mit überraschter Stille quittiert wurde. Er wirkte fehl am Platz mit seiner weißen Perücke und der Culotte.

„Canaille", zischte er. *Abschaum.*

Es dauerte nur wenige Herzschläge, dann stürmte die Menge nach vorn, vereint in ihrem Zorn. Der Mann auf der Kanzel hob die Arme.

„Calmez-vous", flehte er, bevor er sich an den Mann mit der Perücke wandte. „Wenn Frankreich erst einmal von la Noblesse gesäubert ist, dann wird es der Abschaum des Dritten Standes sein, der überlebt, Monsieur."

Jubel übertönte die Antwort des Adeligen, aber Belle bekam noch Fetzen der Drohungen mit, die über seine Lippen strömten. Die Menge verlor sich allmählich im Chaos. Mit einem Schlag war die Anziehungskraft des Palais Royal verschwunden. Belle wollte überall sonst sein, nur nicht hier, gefangen in einer Masse pobelnder, wütender Männer. Sie bahnte sich einen Weg aus der Menge und floh aus dem Garten. Bevor sie das Tor erreicht hatte, drückte ein vorbeilaufendes Mädchen ihr ein Flugblatt in die Hand.

Belle war bereits zurück über die Seine, als sie einen Blick auf den Titel warf und begriff, dass es sich um ein politisches Flugblatt handelte, nicht viel anders als die, die sie zu Hause in Aveyon gesammelt hatte, von Jean-Jacques Rousseau, Émilie du Châtelet, Olympe de Gouges und Nicolas de Caritat, Marquis de Condorcet. Dieses kannte sie noch nicht.

Was ist der Dritte Stand? Alles.

Sie erinnerte sich an Bastiens Behauptung früher am Tag, dass der Dritte Stand für den König nichts weiter als ein Ärgernis war. Sie blickte auf die Flugschrift.

Was war er bisher in der politischen Ordnung? Nichts.

Was fordert er? Etwas zu sein.

Nach allem, was Belle über französische Politik wusste, war es ein täuschend simples Anliegen. In Frankreich lag die Macht in den Händen des

Adels und des Klerus. Das gemeine Volk hatte nichts. So war es schon seit Jahrhunderten. Aber was, wenn es etwas für sich in Anspruch nehmen konnte? Was, wenn der Dritte Stand zu *etwas wurde*?

Es würde die Welt verändern.

Das ist ein gewagtes Unterfangen für die sogenannten Aufrührer, dachte sie. Aber Bastien hatte ihnen bereits berichtet, dass der Dritte Stand sich in etwas Neues verwandelt hatte: die Nationalversammlung. Und bisher war König Louis nicht imstande gewesen, die Menschen zu unterdrücken. Für Belle klang das nach Macht.

Auf ihrem Weg zurück zu Bastien wurde ihr klar, dass sie sich geirrt hatte. Paris war nicht mehr annähernd so wie in ihren Erinnerungen. Die Stadt war ein Pulverfass, und die Bürger, die in den Gärten vom Palais Royal nach einer Revolution riefen, hielten die Zündhölzer in der Hand.

Belle mochte als gewöhnliche Bürgerliche aufgewachsen sein und den Titel, der ihr zugestanden hätte, abgelehnt haben, aber sie gab sich nicht der Illusion hin, dass eine dieser Tatsachen ausreichte, um das Volk von Paris davon zu überzeugen, dass sie nicht wie die Adeligen war, die es verabscheute.

Sie war ein Mädchen, verheiratet mit einem Prinzen. Und sie lebte in einem Schloss, wo es ihr an nichts fehlte. In diesem Moment, als ihre Gedanken zu der Frau zurückwanderten, die sie um eine Münze angefleht hatte, um ihre hungrigen Kinder versorgen zu können, wusste Belle auf einmal nicht einmal mehr, ob sie sich selbst davon überzeugen konnte.

Kapitel Vier

Auf dem Weg zurück zu Bastiens Heim war Belle tief in Gedanken versunken. Sie stimmte dem Flugblatt in ihrer Hand zu – geschrieben von einem Abbé Emmanuel Sieyès – und war der Ansicht, dass der Dritte Stand eine gleichgestellte Vertretung verdiente und ihre Stimmen nach Köpfen gezählt werden sollten und nicht nach Ständen.

Belle hatte genügend von den Denkern der Aufklärung gelesen, um zu wissen, wo sie in Bezug auf Themen wie Gleichheit und Freiheit für alle Angehörigen einer Gesellschaft stand. Dennoch war sie mit einem Prinzen verheiratet, sodass ein Teil von ihr das Gefühl hatte, dass ihre Stimme nicht von Belang war oder gar nicht erst gezählt werden sollte.

Andererseits war sie auch nicht so töricht zu glauben, dass die Revolution, die hier gefordert wurde, frei von Blutvergießen sein würde. Frankreich war ein Teil des blutigen Unabhängigkeitskrieges in Amerika gewesen. Die Männer, die in den Gärten des Palais Royal die Revolution ausriefen, schrien nicht nach friedlichen Verhandlungen oder einem unblutigen Übergang.

Die Worte, die sie gerade gehört hatte, kamen ihr wieder in den Sinn: *Wenn Frankreich erst einmal von la Noblesse gesäubert ist, dann wird es der Abschaum des Dritten Standes sein, der überlebt.* Belle war nicht naiv. Sie wusste, dass der Dritte Stand mit Gewalt rechnete, und sie wusste, dass der König Gleiches mit Gleichem vergelten würde. Wenn der Funken der Revolution erst einmal entfacht war, konnte nichts den Flächenbrand aufhalten. Aveyon war nicht wie die brodelnde Stadt Paris, aber Grenzen würden so ein Feuer nicht hindern.

Eine Wache warf ihr von Bastiens Anwesen aus einen abschätzigen Blick zu und bemerkte ihr Kleid und ihre schmutzigen Stiefel.

„Hallo“, rief sie ihm zu. „Ich bin zu Gast beim Duc.“

Er musterte sie ungläubig und winkte einen zweiten Mann herbei, den sie von vorhin wiedererkannte. Sie besprachen sich einen Augenblick, bevor die erste Wache das Tor öffnete.

„Verzeihung, Madame“, murmelte er, als sie hindurchschritt.

Das Haus war sogar noch größer als in ihrer Erinnerung. Belle hatte zurück zu ihren Gemächern gehen wollen, verlief sich aber in Bastiens Labyrinth von einem Zuhause. Sie streifte ziellos umher, bis sie einen Raum entdeckte, der ihr vertraut war: das Büro. Sie ging hinein, ließ sich auf einen vornehmen Diwan fallen und beschloss, einfach dort auf die Rückkehr der beiden Männer zu warten, anstatt einen armen Bediensteten damit zu belästigen, ihr den Weg zu zeigen.

Es dauerte nicht lang, bis Belle durch Bastiens Regale stöberte. Sie waren gefüllt mit den gewöhnlichen langweiligen Wälzern, die man im Haus eines Aristokraten zu finden erwartete: die aufgezeichneten Stammbäume des französischen Adels, ein makelloses Exemplar von Hobbes' *Leviathan*, von dem Belle sicher war, dass Bastien es noch nie aufgeschlagen hatte, gebundene Gesangbücher, die Staub ansetzten. Es überraschte sie nicht, zu erfahren, dass er genau so langweilig war, wie sie angenommen hatte.

Sie ließ von den Regalen ab. Ihre Füße schmerzten. Sie war es nicht mehr gewohnt, so viel zu laufen wie an diesem Tag. Anscheinend besaß sie inzwischen die Füße einer Edelfrau. In Gedanken machte sie sich eine Notiz, Lio davon in Kenntnis zu setzen, dass sie die Schlossgärten ausweiten wollte, sodass sie dort Gemüse ziehen und sich Schweine und Hühner halten konnte – wie früher.

Sie konnte nicht anders, als zu Bastiens imposantem Schreibtisch zu gehen und den Lederstuhl herauszuziehen, um sich daraufzusetzen. Sie legte die Füße auf die Platte aus Mahagoni, wie sie es ihn am Morgen hatte tun sehen, und verschränkte die Hände hinter dem Kopf. Aus dieser Position heraus musste der Duc sich wirklich mächtig vorgekommen sein. An der gegenüberliegenden Wand hing ein Porträt, das ihr bisher noch nicht ins Auge gesprungen war. Es zeigte Bastiens Vater, den ehemaligen Duc de Vincennes, und zwei Jungen, die nur Bastien und Lio sein konnten – gemalt, kurz bevor Lio Paris für immer verlassen hatte, gemessen an ihrem Alter.

Das Gemälde war ein erlesenes Kunstwerk, und es musste viel Geld gekostet haben, es in Auftrag zu geben. Sie stellte fest, dass Bastien seinem Vater ähnelte, obwohl es der gemalten Version des alten Duc an dem selbstgefälligen Grinsen seines Sohnes fehlte. Der junge Lio wirkte so überheblich wie sein Cousin. Der Ausdruck kalter Arroganz auf seinem Gesicht war Belle fremd. Diese junge Version von Lio wusste noch nichts von dem Verlust seiner Mutter. Ihr Herz schmerzte für ihn, und sie mochte das Gemälde nicht länger ansehen.

Als sie ihre Knie zurück unter den Tisch schob, stieß sie versehentlich gegen seine Unterseite, wodurch anscheinend ein Mechanismus ausgelöst wurde und eine geheime Schublade aufsprang. Belle zögerte kurz, bevor ihre Neugier die Oberhand gewann und sie die Schublade ganz herauszog, in der sich ein versteckter Schatz aus Dokumenten befand. Obenauf lagen Aufsätze von Rousseau, Descartes, Locke, Montesquieu und Voltaire, ebenjenen Philosophen, die Belle seit Jahren studiert hatte. Sie wühlte durch die Papiere und bemerkte, dass es sich bei einer Vielzahl von ihnen um revolutionäre Flugblätter handelte, wie das, das ihr in den Gärten des Palais Royal in die Hand gedrückt worden war. Flugblätter waren ihr nicht fremd, aber diese hatten Leute verfasst, von denen sie noch nie gehört hatte. Informationen drangen oft nur langsam bis nach Aveyon vor, wenn überhaupt. Belle musste sich davon abhalten, ein paar der Blätter in ihre Taschen zu stopfen. Sie fand gebundene Folianten mit der Aufschrift *Cahiers de doléances* und darin die Forderungen des Dritten Standes, die für die États généraux zusammengetragen worden waren, die König Louis Anfang des Jahres einberufen hatte und die von den französischen Bauern als ungerecht bezeichnet worden waren und die Gründung der Nationalversammlung ausgelöst hatten. Sammelte Bastien Informationen für den König? Oder sympathisierte er etwa mit der Sache?

Sie war so vertieft in diese Fülle von Wissen, dass sie nicht hörte, wie Lio den Raum betrat.

„Belle."

Seine Stimme ertönte direkt neben ihrer Schulter, und sie zuckte zusammen. Hastig schlug sie die geheime Schublade zu und drehte sich um. Ihr Ehemann war aschfahl, und das nicht nur wegen der Schlieren weißen Puders auf seinem Gesicht, der inzwischen so verblasst war, dass hier und da ein Flecken Haut durchschien. Belles Gedanken sprangen zu der schlimmstmöglichen Erklärung.

„Was ist? Was ist passiert?", fragte sie atemlos.

Er sank auf den Stuhl, den sie frei gemacht hatte, und sprach, als hätte er sie überhaupt nicht gehört. „Ich erinnere mich, dass Versailles prunkvoll war. Ich erinnere mich, dass es mir die Sprache verschlagen hat, aber, Belle, mon Dieu, es war überwältigend."

Was für ein Empfang einem verloren geglaubten Prince étranger bereitet wurde, konnte sie sich nur ausmalen. Lio hatte sich vermutlich über die Blicke und das Getuschel der Höflinge geärgert, vom König selbst ganz zu schweigen.

„Warst du das Gesprächsthema?"

Er schüttelte den Kopf. „Ich habe kaum einen Höfling zu Gesicht bekommen. Man ließ uns in irgendwelchen vergessenen Gemächern auf Louis warten. Ich dachte schon, Bastien würde den Diener ermorden, der uns dort zurückgelassen hat."

„Das kann ich mir vorstellen." Bastien war ein Mann, der es nicht gewohnt war, vergessen zu werden.

„Und dann war Louis nicht einmal im Ansatz so wie der Louis, den ich von früher kannte. Er war verweichlicht, schwach, paranoid. Es hat ihn überhaupt nicht interessiert, wo ich die letzten zehn Jahre gewesen bin. Er hat nur Forderungen gestellt."

„Forderungen?"

Frustriert riss Lio sich die Perücke vom Kopf und warf sie achtlos auf den Tisch. „Frankreich steckt in einer finanziellen Krise."

Sie wartete darauf, dass er das ausführte. Als er das nicht tat, legte sie ihm sanft eine Hand auf die Schulter. „Das wissen wir doch. Bastien hat es uns erzählt."

„Ich hätte nicht gedacht, dass die Lage so ernst ist. Bastien hat eine Art, alles irgendwie bedeutungslos klingen zu lassen. Es ist ein richtiges Talent." Er stieß ein tiefes Seufzen aus und fuhr sich mit den Händen durch das verfilzte Haar. „Allem Anschein nach hat Louis verstimmten Adeligen jahrelang Steuerfreiheit gewährt, während er von Frankreichs Bauern verlangt, den Amerikanischen Unabhängigkeitskrieg zu finanzieren. Hinzu kommt, dass er die Beförderung zum Offizier aus den unteren Rängen der königlichen Armee abgeschafft und damit verhindert hat, dass ein Bürgerlicher durch treue Dienste und mutige Taten aufsteigen kann. Und er und Marie Antoinette haben das Geld zum Fenster rausgeworfen, immer weiter und weiter und weiter, ohne über die Konsequenzen nachzudenken. Ich begreife nicht, wie er dieses Ende nicht kommen sehen konnte. Es ist schlimmer, als wir dachten, Belle, und der König verlangt meine Hilfe."

Sie schlang die Arme um seine Brust. „Womit?"

Lio lockerte seinen Kragen. „Mit meiner uneingeschränkten Loyalität und Unterstützung in Form von Gold für seine Staatskasse und Männern, um seine Armee zu stärken."

Belle versuchte, ihre Gedanken zu sammeln. „Lio, das können wir nicht tun." Mehr brachte sie nicht über die Lippen. Der Gedanke, Männer aus Aveyon in den Dienst nach Frankreich zu schicken, einen Ort, den sie nicht kannten, regiert von einem König, der sich einen feuchten Dreck um sie scherte, war unvorstellbar. So wenige der Männer, die ihr Königreich verlassen hatten, um in Amerika zu kämpfen, waren jemals zurückgekehrt. Wenn Frankreich auf eine blutige Revolution zusteuerte, dann war es an Lio und ihr, ihre Leute davor zu beschützen und sie nicht als eine Art der Bezahlung dem König zu opfern.

„Ich weiß, aber Louis braucht dringend Verstärkung für seine Truppen.

Er ist überzeugt, dass das Volk sich gegen ihn erheben wird." Er sagte das so, als wäre die Vorstellung vollkommen lächerlich.

„Ich glaube auch, dass es das tun wird." Sie ließ die Arme sinken und stand auf. „Ich glaube, Frankreich befindet sich am Rande eines Bürgerkrieges."

Er starrte sie ungläubig an. „Was meinst du damit?"

„Ich war heute im Palais Royal, und es ist bis zum Bersten gefüllt mit Menschen, die Reden halten, den König offen kritisieren und eine Revolution fordern. Sieh nur." Sie griff in ihre Tasche und zog das Flugblatt von Sieyès hervor. „Ich glaube, dein Cousin irrt sich. Ich glaube, der Dritte Stand ist drauf und dran, zu *etwas* zu werden."

Lio überflog die Zeilen rasch, dann ließ er das Flugblatt entmutigt sinken. „Ich glaube nicht, dass ich mich ihm verweigern kann."

„Du würdest Truppen hierher schicken?"

„Das will ich nicht, aber was kann ich schon erwidern? Den König von Frankreich hat es nicht gekümmert, zu erfahren, was einer seiner Verbündeten in zehn Jahren der Stille getrieben hat. Alles, was ihn interessiert, sind mein Geld und meine Soldaten. Was soll ich tun? Sie ihm verweigern? Mit welcher Begründung?"

„Das ist nicht unser Kampf, Lio. Aveyon ist nicht wie Frankreich."

„Ich weiß, aber als ein Fürstentum sind wir an seine Gesetze und seinen König gebunden. Und Bastien hatte recht: Louis hatte Aveyon vergessen. Unser Steuersatz wurde seit über einem Jahrzehnt nicht mehr verändert. Wenn ich Louis verärgere, wäre es sein gutes Recht, den Steuersatz rückwirkend zu erhöhen und unsere Bürger aufzufordern, die Differenz zu zahlen. Das kann ich ihnen nicht antun."

In fassungsloser Stille saßen sie beieinander, beide zu erschöpft, um nach einem Ausweg aus ihrer prekären Lage zu suchen. Belle sehnte sich nach nichts weiter, als ein heißes Bad zu nehmen und den Rest des Tages zu verschlafen. Vielleicht würden die Dinge am nächsten Morgen schon ganz anders aussehen.

„Nun, ich werde eine große Tasse Tee und ein nicht minder üppiges Nickerchen benötigen, wenn wir uns die Nacht damit um die Ohren schlagen sollen, uns eine Lösung für dieses Dilemma zu überlegen", sagte sie.

Lios Miene verfinsterte sich. „Ich habe vergessen, dir zu erzählen, dass Bastien ein Diner zu unseren Ehren veranstaltet. Er hat all die Höflinge eingeladen, mit denen ich aufgewachsen bin." Er spie die Worte aus, als wären sie Gift.

„Aber doch nicht heute Abend!", rief Belle.

„Die Ersten sind bereits eingetroffen." Er umfasste ihre Hände. „Bastien kann der Versuchung nicht widerstehen, im Mittelpunkt der Aufmerksamkeit zu stehen. Ich verspreche, dass alles bald vorbei sein wird."

Er wirkte so erschlagen von den Ereignissen des Tages, dass Belle es nicht übers Herz brachte, ihm die Wahrheit zu sagen, die in ihr Gestalt angenommen hatte – dass dies erst der Anfang war.

KAPITEL FÜNF

Das Diner verging in einem Rausch aus kreischendem Gelächter und gelegentlichen höhnischen Bemerkungen von Bastiens zahllosen adeligen Freunden. Die ausladende Tafel bog sich geradezu unter dem Gewicht der Speisen: Terrinen mit Rindermadrilène, Muschelcremesuppe und kaltem Gurkenschaum mischten sich mit überladenen Platten voller Rinderragout, in pürierten Kastanien ertränkten Jakobsmuscheln, gebeiztem Lachs und Ramequins mit Käsesoufflé. All diese Gerichte schwitzten in der sommerlichen Abendhitze im Schein von tausenden Kerzen, aber dank der Prioritäten des Ducs war der Champagner angenehm kühl.

Die einzige Atempause, die Belle während dieser Albernheit eines Abendessens vergönnt war, verdankte sie ihrem Sitznachbarn Charles Louis, dem Marquis de Montcalm, der, wie sich rasch herausstellte, ein enger Freund von Olympe de Gouges war, einer Schriftstellerin und Aktivistin, die Belle zutiefst bewunderte.

„Wo habt Ihr Madame de Gouges kennengelernt?", fragte sie zwischen zwei Bissen Ragout.

Der Marquis betupfte sich mit seiner Serviette die Mundwinkel. „Zum ersten Mal sind wir uns in einem Salon von Madame de Montesson begegnet. Olympe war so lebhaft und hat sich so leidenschaftlich für die Menschenrechte und gegen den Sklavenhandel ausgesprochen. Sie hielt den ganzen Raum in Atem."

Belle hing wie gebannt an seinen Lippen. „Ich würde mich sehr freuen, eines Tages ihre Bekanntschaft zu machen."

Der Marquis lächelte. „Ich bin sicher, dass sich das arrangieren lässt, Madame."

Diese Aussicht versetzte Belle in Hochstimmung. Sie hatte nicht erwartet, bei Bastiens Diner auf jemanden wie Charles Louis zu treffen.

Das Abendessen war eine raffiniertere Angelegenheit, als Belle es je erlebt hatte. Die Gänge wurden serviert und wieder abgeräumt, bevor sie überhaupt Gelegenheit hatte herauszufinden, welche ihrer sechs Gabeln zu welchem Gericht passte. Aber das war ihr gleich, sie hatte ohnehin keinen großen Appetit. Ihr Kopf schmerzte unter dem Gewicht der Perücke, auf der Bastien bestanden hatte, da er den Zustand ihres Haares nach einem Tag in den Straßen von Paris als fernab jedweder Grenzen des Akzeptablen betrachtet hatte. Es war ein hoch aufragendes, aufgerolltes Ding, ein oder zwei Nuancen dunkler gefärbt als Belles eigenes Haar, mit Locken, die ihr Gesicht umrahmten. Ihre juckende Kopfhaut flehte um Gnade, und als sie glaubte, dass gerade niemand hinsah, behalf Belle sich mit dem Griff ihrer kleinsten Gabel.

Als auch die letzte der stinkenden Käsesorten wieder verschwunden war, erkannte Belle, dass die Ausschweifungen des Diners reines Schauspiel gewesen waren. Kaum jemand hatte mehr gegessen als sie, sodass genügend Platz blieb für den Champagner danach und das deftigste Gericht des Abends – Tratsch.

Bastien präsentierte Belle wie ein exotisches Tier und stellte sie als Bürgerliche vor, die zur Prinzessin geworden war – offenbar eine Rarität, der keiner seiner Gäste bislang begegnet war. Ihnen zu erklären, dass sie tatsächlich keine Prinzessin war, erwies sich als ermüdende Angelegenheit.

„Aber Ihr seid mit einem Prinzen verheiratet", bemerkte eine Frau mit stark geschminkten Wangen.

„Das bin ich in der Tat", erklärte Belle geduldig. „Aber ich habe den Titel nach meiner Heirat nicht angenommen."

„Warum nicht?", fragte die Frau, und ihre Stimme rutschte dabei eine Oktave höher.

„Es war nichts, wonach ich mich je gesehnt habe", erwiderte Belle kraftlos. Ihr war klar, dass diese Adelige sich nicht für die Komplexität von Belles Gefühlen in dieser Angelegenheit interessierte.

Lio stand am anderen Ende des Raumes, umgeben von Freunden und Bekannten, die er seit seinen Kindertagen nicht mehr gesehen hatte. Ihr Ehemann hatte sich der Perücke und der weißen Schminke, auf der Bastien für Versailles bestanden hatte, entledigt. Dennoch war er gefangen in einem Outfit ganz nach Geschmack seines Cousins, so ungewohnt die Spitzen und Rüschen der Pariser Mode für ihn auch sein mochten. Sein Unbehagen erinnerte Belle an das eine Mal, als Lumière versucht hatte, das Biest in so etwas wie einen höfischen Aufzug zu stecken.

Trotz seiner Ecken und Kanten sah Lio immer noch fürstlich aus, wie er da zwischen den anderen stand und ihr bei jeder sich bietenden Gelegenheit entschuldigende Blicke zuwarf, denn er wusste, dass sie wahrscheinlich in Gedanken eine Liste mit all den Absurditäten erstellte, die sie bis jetzt hatte ertragen müssen. Er schuldete ihr etwas. Sie war beinahe geneigt von ihm zu verlangen, dass er ihr für ihre Mühen eine weitere Bibliothek schenkte.

Der Alkohol floss in Strömen, und die Gäste, obwohl absurd in ihrem Benehmen, waren durchweg von tadelloser Abstammung. Einen Großteil des Diners hatte Lio damit verbracht, ihr Namen ins Ohr zu flüstern.

Das ist der Comte de Chamfort. Als ich ihn das letzte Mal gesehen habe, schlug er gerade einen Diener mit seinem Gehstock, weil er Tee verschüttet hatte. Da waren wir noch Jungen.

Das ist Mademoiselle de Vignerot. Sie ist seit ihrer Geburt einem österreichischen Großherzog versprochen.

Belle wäre am liebsten irgendwo anders gewesen. Bastiens Gäste stellten sich als eine Mischung aus märchenhaft reich und verstörend abgehoben heraus. Sie wusste, dass sie sie unter anderen Umständen wegen ihres Status als Bürgerliche offen zurückgewiesen hätten, ehemalig oder nicht. Aber sie war *interessant*, und für einen Raum voller Höflinge, die ihre Zeit für gewöhnlich unter dem strengen Protokoll von König Louis' Hof verbrachten, war interessant zu sein eine weitaus größere Tugend als

Reichtum oder ein tadelloser Stammbaum. Sie bestürmten sie mit Fragen über die alltäglichsten Aspekte ihres bäuerlichen Lebens und warteten gespannt auf ihre Antworten.

Wie fühlt es sich an, sein eigenes Brot zu backen?

Habt Ihr wirklich Eure Kleidung selbst geflickt?

Ihr sagtet, Euer Vater sei ein Erfinder? Wie entzückend!

Sie kam sich vor, als würde sie in einem Museum ausgestellt, konnte ihren Fragen aber nicht entkommen.

„Mit Sicherheit bin ich nicht die erste Bürgerliche, mit der Ihr Euch unterhaltet", sagte sie zu Mademoiselle de Vignerot, einem Mädchen, das ein paar Jahre jünger als Belle sein musste und ein Kleid trug, das so von Juwelen überkrustet war, dass man unmöglich darin atmen konnte. Die junge Adlige hatte Belles Erzählungen über das ländliche Leben seit einer Viertelstunde gebannt gelauscht, während sie sich Luft zufächelte.

„Madame, wir geben uns alle Mühe, sie zu meiden", gestand sie mit gespieltem Ernst. „Gleichwohl, wenn sie annähernd so sind wie Ihr, verpassen wir vielleicht etwas." Das sagte sie so, als wüsste sie, dass dies nicht der Fall war, und alle Damen, die sich um sie geschart hatten, lachten kreischend auf. Für sie war Belle eine Kuriosität: eine Bäuerin, die höflich genug war, ohne ein Malheur mit ihnen zu speisen. Sie passte nicht in ihre vorgefasste Vorstellung davon, wie eine Bäuerin sich zu verhalten hatte, also behandelten sie sie wie eine Rarität. Es war absurd. Belle selbst war mit vielen intelligenten und aufgeklärten Bürgerlichen aufgewachsen und lernte in dieser einen Nacht mehr als nur ein paar ignorante und stumpfsinnige Adelige kennen.

Sie wandte sich von dem Geschnatter ab und entdeckte hinter einer der Säulen, die den Raum einfassten, ein geeignetes Versteck.

„So schlimm, ja?"

Überrascht fuhr sie herum und stellte erstaunt fest, dass sie nicht die Einzige war, die hier vor den anderen Gästen Zuflucht gesucht hatte. Eine große Frau mit dunkler Haut und dichten schwarzen Locken lehnte an der Wand, in der Hand eine Champagnerflöte, die sie nahe am Mund hielt. Sie musste in Belles Alter sein, vielleicht ein wenig jünger, aber sie hielt sich mit einer gebieterischen Körperhaltung und trug ein Kleid, das so schlicht in seiner Aufmachung war, dass es sie nur noch mehr aus der Menge hervorstechen ließ.

Es geschah nicht oft, dass Belle die Worte fehlten. „Verzeihung?"

„Eure Gäste." Die Frau deutete hinter die Rundung der Säule. „Schreckliche Langweiler, nicht wahr?"

Belle wurde bei dieser Beleidigung ganz warm ums Herz, aber sie kannte die Frau nicht, mit der sie sprach, und eine Unfreundlichkeit, die sich gegen diejenigen richtete, die sie unausstehlich fand, konnte sich im Handumdrehen auch gegen sie selbst richten.

„Verzeiht …", hob sie daher an.

„Das sagtet Ihr bereits."

Belle räusperte sich und zwang ihre Wangen, nicht zu erröten. „Ich glaube nicht, dass wir einander bereits vorgestellt wurden."

Das Mädchen leerte sein Glas. „Ich bin wohl kaum einer Vorstellung wert." Sie wischte sich mit dem Handrücken über den Mund und streckte Belle ihre Hand hin. „Ich bin Marguerite, die Mademoiselle de Lambriquet, sozusagen."

Belle ergriff ihre Hand und versank in einen Knicks, bevor ihr klar wurde, was sie da tat. Marguerite lachte und hielt sie an den Schultern fest. „O bitte, als die Frau eines Prinzen steht Ihr selbst ohne Euren Titel weit über der Tochter eines mittellosen Ducs."

Ein Lächeln umspielte Belles Mundwinkel. „Ihr seid wahrscheinlich die erste Person in ganz Paris, die offen mit mir gesprochen hat."

„Das glaube ich sofort. Ah …" Abermals deutete sie an der Säule vorbei, die sie vor den Blicken der anderen Gäste schützte. „Seht Ihr diesen Flagorneur neben dem Cousin Eures Mannes?" Belle vermutete, dass es sich bei dem Mann, den Marguerite soeben als einen Schleimer bezeichnet hatte, um eben den handelte, der Bastien den ganzen Abend über kaum von der Seite gewichen und zugleich sein einzig wahrer Rivale in Sachen Prahlerei war.

„Das ist mein Bruder Aurelian, Marquis de Lambriquet." Er war kaum älter als Marguerite und auffällig in all den Dingen, in denen seine

Schwester zurückhaltend war. „Er verachtet Bastien und seine *oberflächliche Frivolität*" – sie verzerrte ihre Stimme zu einem unerträglich nasalen Tonfall, von dem Belle annahm, dass er eine Imitation ihres Bruders sein sollte –, „aber er sieht im Duc de Vincennes den sichersten Weg zum Titel und den Ländereien unseres Vaters."

Voller Mitgefühl wandte Belle ihren Blick von dem aufgeplusterten Marquis ab und betrachtete Marguerite. „Mein Beileid, wann ist er verstorben?"

„Verstorben? Oh, nein, mein Vater ist gesund und lebendig. Er weigert sich lediglich, seinen Platz in Versailles zu bekleiden. Somit ist er ein Ausgestoßener ohne Ämter oder Einfluss, der bis zum Äußersten besteuert wird, weil er keine Subventionen erhält, auf die er Anspruch hätte, wenn er teilnehmen würde. Das ist eine Quelle ungemeiner Schmach für Aurelian." Mit einem selbstgefälligen Lächeln auf dem Gesicht zauberte Marguerite eine weitere Champagnerflöte herbei, wie aus der Luft. „Mein Bruder hofft, dass Bastien ihm dabei helfen kann, den König davon zu überzeugen, meinen *undankbaren* Vater seines Titels zu entledigen und ihn seinem Sohn zu übertragen."

„Warum sollte Bastien den König von irgendetwas überzeugen können?"

„Bastien und Louis sind wie Pech und Schwefel, Madame. Das ist allgemein bekannt."

Gerade als Belle mehr Informationen aus ihr herauskitzeln wollte, flog ihr kleines Versteck auf. Mademoiselle de Vignerot tauchte plötzlich hinter der Säule auf und stemmte triumphierend die Hände in die Hüften.

„Hier ist sie!", rief sie, packte Belle am Arm und zerrte sie zurück in den hell erleuchteten Salon. „Wir dachten schon, wir hätten Euch verloren, Madame."

„Was für eine Schande das gewesen wäre", erwiderte Belle mit einem vielsagenden Blick in Marguerites Richtung. Aber den anderen Frauen entging ihr sarkastischer Tonfall.

Mademoiselle Dupont reichte ihr ein Glas Champagner. „Wir haben uns gerade gefragt, wann Ihr Euer Debüt in Versailles plant. Virginie hat die Vermutung geäußert, dass Ihr damit bis zum Herbst warten wollt, um Rose Bertin genügend Zeit zu lassen, Euch eine komplette Garderobe anzufertigen, da Ihr ja eine brauchen werdet."

Belle ignorierte die Beleidigung und konzentrierte sich stattdessen darauf, ihre Absichten vollkommen klarzustellen. „Ich werde nicht bei Hofe erscheinen", erklärte sie.

Die Damen verfielen in abruptes Schweigen, ehrliche Verblüffung auf den Gesichtern. Mademoiselle de Vignerot erholte sich als Erste. „Aber, Madame, Ihr werdet doch sicherlich nicht nach Aveyon zurückkehren. Es ist ganz natürlich für eine Princesse étrangère, ihren Platz bei Hofe einzunehmen. Insbesondere die Königin wird darauf bestehen, dass Ihr ihr vorgestellt werdet."

Belle richtete sich ein wenig höher auf. „Das Volk von Aveyon hat während der Krankheit meines Mannes stark gelitten, daher ist unser Platz bei ihm."

Niemand schien diese Anwandlung nachvollziehen zu können. Mademoiselle Dupont sprach zu Belle, als wäre sie ein Kleinkind. „Aber, Madame, Aveyon wird Euch nach der Zeit in Paris so klein vorkommen. Was genau ist es, womit Ihr *dort* Eure Zeit zu verbringen gedenkt?"

„Damit, meinem Volk zu dienen, selbstverständlich."

„Ja, aber nachdem Ihr das getan habt?"

Belle wusste nicht, was sie darauf erwidern sollte. Wie sollte sie einem Haufen Adeliger erklären, dass sie sich ein Leben wie das ihre nicht vorstellen konnte? Mit viel gutem Willen konnte sie einräumen, dass Bastiens Freunde in einer ganz anderen Welt aufgewachsen waren als sie selbst und dass sie sich selbst vermutlich nicht wiedererkennen würde, wenn sie ähnlich privilegiert erzogen worden wäre. Aber sie dachte auch, dass das Elend auf den Straßen von Paris, das sie heute überall gesehen hatte, sich unmöglich ignorieren ließ. Es sei denn, der Adel zog die Unwissenheit vor. Sie befürchtete, dass es ihr an dem notwendigen diplomatischen Geschick fehlte, um vor Bastiens Gästen den Anstand zu wahren.

„Belle plant, eine ganze Reihe von Salons zu veranstalten", sagte Lio, der wie aus dem Nichts an ihrer Seite aufgetaucht war, in die Stille hinein.

Es war sein erstes Versprechen an sie gewesen, in jenen wilden Tagen, die auf das Brechen des Fluches folgten, als sie fieberhaft über ihre größten Träume sprachen und sich ihre tiefsten Ängste zuflüsterten. Damals war Belles größte Angst ihre eigene Unwissenheit gewesen. Sie hatte ihm von ihrem Wunsch erzählt, nach Paris zu reisen und selbst an einem Salon teilzunehmen, womöglich sogar einem, der ihre liebsten Philosophen und Encyclopédistes zu seinen Mitgliedern zählte. Er hatte erwidert, dass sie nicht groß genug träume und selbst einen Salon veranstalten sollte.

Mademoiselle de Vignerot lächelte höflich und fragte: „Was wäre das Thema?"

„Oh, einfach alles", erwiderte Belle. Ihre Begeisterung rief eine weitere Runde Gelächter hervor, aber sie meinte das todernst.

Der Comte de Chamfort räusperte sich, seine Lippen verzogen sich zu einem herablassenden Lächeln. „Das ist sehr weit gefasst, Madame. Sicherlich habt Ihr ein etwas spezifischeres Interesse. Meine Eltern haben früher den berühmten Literatursalon Bout-du-Banc besucht. Aber das ist lange her."

Belle konterte mit einem geduldigen Lächeln. „Ich wünsche mich nicht zu beschränken, Monsieur. Meine Salons werden Wissenschaftler, Philosophen, Erfinder und Schriftsteller einladen, eigentlich jeden im Besitz einer guten Idee."

Der Comte brach in schallendes Gelächter aus. „Warum um alles in der Welt solltet Ihr so etwas tun?"

„Um von ihnen zu lernen, Monsieur. Ich hätte gedacht, der Grund sei recht offensichtlich."

Marguerite schnaubte in ihr Glas. Belle nippte an ihrem Drink, während Lio ihr eine Hand auf den Rücken legte. Sie war nicht sicher, ob sie das beruhigen oder bestärken sollte.

„Wozu das Ganze?", fragte der Comte mit der bedrohlichen Aura eines Mannes, der entdeckt hat, dass man sich über ihn lustig macht. „Alles, das es wert ist zu lernen, wird bereits gelehrt."

„Wen?" Belle spürte, wie ihr die Hitze in die Wangen stieg. „Ausschließlich die reichen Söhne noch reicherer Väter?" Einige von Bastiens

Gästen schnappten entsetzt nach Luft, waren sie doch selbst die Kinder französischer Aristokraten, aber Belle fasste neuen Mut, als sie Marguerites ermutigendes Lächeln sah. „Ich glaube, dass Bildung ein Grundrecht ist, Monsieur, eines, das viel zu lange nur den Privilegiertesten unter uns zuteilwurde. Meine Salons werden die wahre Realität widerspiegeln."

„Und welche wäre das, Madame?", fragte Marguerite eifrig.

„Dass Gelehrsamkeit das Vorrecht jedes Menschen ist, der sie sich anzueignen wünscht."

Die Stille, die auf diese Aussage folgte, war ohrenbetäubend, und Belle fragte sich, ob sie zu weit gegangen war. Es war mit Sicherheit nicht ihre Absicht gewesen, ihre Ansichten vor Bastiens hochwohlgeborenen Gästen so vehement zu verteidigen.

Charles Louis, der Marquis, mit dem sie sich während des Essens unterhalten hatte, nickte ihr anerkennend zu. „Wie ausgesprochen modern, Madame."

Der Comte stieß ein abfälliges Schnauben aus, seine Wangen waren blutrot. Er wandte sich an Lio. „Ihr solltet Euch in Acht nehmen, Sire."

„Und warum das, Monsieur?" Lios Ton war freundlich, aber die Luft im Raum war mit einem Mal zum Schneiden dick.

„Es scheint, als hättet Ihr eine Revolutionärin geheiratet."

Belle ließ beinahe ihr Glas fallen. Ihr erster Impuls war, sich glühend zu verteidigen, aber sie wusste, dass eine solche Reaktion den Comte nur davon überzeugen würde, dass er in seiner Annahme recht gehabt hatte. Frauen hatten ihre Gefühle im Zaum zu halten, wenn sie von einem Mann wie ihm ernst genommen werden wollten.

Lio nahm die Hand von ihrem Rücken, richtete sich zu seiner vollen Größe auf und sagte: „Nur ein Monarch, der seine Krone wahrhaftig nicht verdient hat, muss ein gelehrtes Volk fürchten."

Der Comte war gefährlich rot im Gesicht, als er entgegnete: „Was hätte ich auch anderes von einem Prinzen erwarten sollen, der bereit ist, sich so weit zu erniedrigen, eine Bäuerin zu heiraten?"

Mehr als nur ein entsetztes Keuchen hallte durch den Raum, und Marguerite ergriff das Wort, bevor Belle oder Lio die Gelegenheit dazu hatten.

„Sie mag eine Bäuerin sein, Monsieur, aber sie besitzt weitaus mehr Anstand, als Ihr je Euer Eigen nennen werden.“

Ihre Erwiderung war das perfekte Gegengift für den Kommentar des Comtes – Marguerite war eine Adelige und den Anwesenden bekannt, sodass ihre Zurechtweisung mit Gelächter quittiert wurde und die angespannte Situation entschärfte. Belle drückte Lios Hand und hoffte, dass er ihre stumme Bitte verstand, nichts weiter zu sagen.

Bastien fing Belles Blick auf und schenkte ihr ein gezwungenes, entschuldigendes Lächeln, bevor er enthusiastisch die Hände zusammenschlug. „Das war in etwa so viel Gerede über Politik, wie ich zu ertragen bereit bin. Wir sollten uns in den Salon zurückziehen und eine weitere Flasche aufmachen, meint ihr nicht?“

Sie war ihm dankbar, als er nicht darauf bestand, dass sie der Menge folgte. Seine Gäste waren beflissen, diese unschöne Szene hinter sich zu lassen, und folgten Bastien ans andere Ende des Raumes, bis nur noch Belle, Lio und Marguerite zurückblieben.

„Habt Dank für Eure Worte“, murmelte Belle.

Marguerite nickte. „Es war gar nichts, Madame. Ich habe mich schon lange nach einer Gelegenheit gesehnt, den Comte in die Schranken zu weisen, seit er sich auf einer Gartenparty gegenüber einer Freundin von mir einfach rüpelhaft aufgeführt hat.“

Lio schenkte ihr eine leichte Verbeugung und ein Lächeln und sah dann zu Belle. „Wollen wir diese Chance ergreifen, um zu fliehen?“

„Unbedingt.“

Lio nahm sie bei der Hand, und sie sah mit einem Anflug von schlechtem Gewissen zu Marguerite hinüber. Die junge Frau schien ihr die Sorge am Gesicht ablesen zu können.

„Macht Euch keine Gedanken um mich, Madame.“ Marguerite zwinkerte ihr zu. „Ich bin an die Meute gewöhnt.“

Lio zog Belle mit sich fort. „Es war mir eine Freude, Euch kennenzulernen“, rief sie noch über ihre Schulter – wohl wissend, dass sie so bald keine Frau wie Marguerite treffen würde.

„Ebenfalls“, erwiderte Marguerite und leerte ein weiteres Glas.

Belle und Lio hasteten durch Bastiens Flure, fest entschlossen, so viel Distanz zwischen sich und die Gäste zu bringen, wie sie nur konnten. Seine Hand drängte sie vorwärts, und als sie aufblickte und ihm in die Augen sah, brachen sie beide in dieses fieberhafte Lachen aus, das sich nicht erklären lässt. Aber ungeachtet der Heiterkeit, die dieser Augenblick ihnen bescherte, kehrte Lios Wut umso heftiger zurück, kaum dass sie ihre Gemächer erreicht hatten.

„Ich fasse nicht, dass er so über dich gesprochen hat, vor allen anderen."

Sie betraten ihre Räumlichkeiten. Belle öffnete die Fenster und hoffte, die kühlere Luft würde ihre erhitzten Gemüter ein wenig besänftigen. „Tust du nicht?"

Lio ignorierte ihren Einwand. „Und ich habe ihre Gesellschaft einmal genossen! Genau genommen war all das hier mal meine Zukunft", schnaubte er und gestikulierte durch das Zimmer. „Kannst du dir vorstellen, was geschehen wäre, wenn ich Paris nie verlassen hätte? Ich wäre so schlimm wie der Rest von ihnen. Nein, ich wäre noch schlimmer, weil ich im Rang über ihnen stehe und dieser ganze Schwachsinn mir früher einmal etwas bedeutet hat."

„Stattdessen bist du ein Außenseiter, so wie ich."

„Wie meinst du das?", fragte er abgelenkt.

„Nun, ich bin eine Außenseiterin wegen meines Status als Bürgerliche. Jeder von Bastiens Freunden wird mich stets als Kuriosität ansehen. Und du bist ein Außenseiter, weil du die Dinge inzwischen anders siehst. Du bist nicht mehr der Junge, den sie kannten. Du bist ein Mann, den sie nicht wiedererkennen. Irgendetwas unterscheidet dich von ihnen, und das werden sie niemals begreifen."

„Weil ich verflucht war." Das war keine Frage, und Belle wusste, dass sie behutsam vorgehen musste.

„Es ist mehr als das. Der Fluch hat dich zur Veränderung gezwungen, aber die Verwandlung war allein deine."

„Nicht nur meine." Er kam auf sie zu und legte sich ihre Hände auf die Brust.

Belle sehnte sich nach seiner Wärme. Lio hob sanft ihr Kinn an und küsste sie so leidenschaftlich, dass ihr trotz der sommerlichen Hitze ein Schauer über den Rücken lief. Sie schlang ihre Hände um seinen Nacken, vergrub ihre Finger in seinem Haar und versuchte, jede Distanz zwischen ihnen zu überbrücken. Jeder Kuss war wie ihr erster – mit der Macht, sie zu zerstören und zugleich wieder zu heilen. Ein sanftes Knurren kam über seine Lippen. Sie löste sich von ihm, sah auf und beobachtete, wie seine blauen Augen weicher wurden.

„Zehn Jahre habe ich in dieser Finsternis verbracht, bis du mir einen Grund gegeben hast, das Licht zu suchen“, murmelte er.

Sie küssten sich erneut.

In dieser Nacht schien der Mond hell durch ihr Fenster. Sie waren beide erschöpft, aber weder Belle noch ihr Mann fanden in den Schlaf.

„Die muss besser sein als unsere“, murmelte Lio und drückte seine Hand in die dicke, daunengefüllte Matratze, auf der sie lagen.

„Es überrascht mich nicht im Geringsten, dass der erlesene Geschmack des Ducs de Vincennes auch vor Matratzen nicht haltmacht.“

Er rollte sich wieder auf seine Seite des Bettes und seufzte. „Ich weiß nicht, wie ich darum herumkommen soll, Louis mit Truppen und Geld zu versorgen. Mit ein bisschen Glück wird sich der Dritte Stand oder die Nationalversammlung – oder wie auch immer sie sich jetzt nennen – bald auflösen, geschwächt durch interne Machtkämpfe und mangelnde Organisation.“

Von der anderen Seite des Bettes aus warf Belle ihm einen skeptischen Blick zu. „Sie haben mehr Unterstützung, als du glaubst, Lio.“

„Wirklich? Jeder, mit dem ich heute Abend gesprochen habe, hat sie als harmlose Aufrührer bezeichnet, die ein bisschen Unruhe stiften wollen.“

„Wundert dich das? Wir haben mit dem französischen Adel gespeist. Dachtest du ernsthaft, dass sie den Menschen, die für ihre Gleichberechtigung kämpfen, eine Stimme zugestehen?“

„Du willst mir doch nicht erzählen, dass *du* sie unterstützt?“

Belle rutschte im Bett umher, bis sie ihm ins Gesicht sehen konnte, und wählte ihre Worte mit Bedacht. „Ich unterstütze mit Sicherheit keine

Gewalt als Mittel zum Zweck, aber ich kann nicht leugnen, dass ich der Meinung bin, dass es sich lohnt, für Gleichberechtigung zu kämpfen."

„Natürlich, aber sie erzwingen? Und dabei genau das System vernichten, das dazu genutzt werden könnte, den Wandel herbeizuführen?"

„Und welche anderen Methoden sollten sie deiner Meinung nach anwenden, Lio? Die Bauern haben keine Stimme, und als sie endlich eine bekommen haben, hat Louis dafür gesorgt, dass es nur eine leere Geste war. Er fürchtet sein eigenes Volk so sehr, dass er gegen es in den Krieg ziehen würde."

„Wahrscheinlich hast du recht, wie üblich." Er zog ihre Hand zu sich herüber und drückte ihr einen Kuss in die Handfläche. „Aber ich bin so erledigt, dass alles sich irgendwie taub anfühlt. Wir brauchen beide unseren Schlaf."

Zwar schreckte Belle nicht vor einer Diskussion über Gleichberechtigung zurück, aber nach dem heutigen Tag war sie nur zu gern bereit, das Thema auf den nächsten Morgen zu verschieben.

Trotzdem lag sie noch lange wach, nachdem Lio längst in einen tiefen Schlaf gefallen war.

Der Tag hatte sich angefühlt wie ein ganzes Jahr. Sie waren erst am Morgen in Paris angekommen, und seitdem war so vieles geschehen. Belle hatte sich so darauf gefreut, in die Stadt zurückzukehren, die schon so lange einen festen Platz in ihrem Herzen einnahm. Aber nun überkam sie plötzlich das schmerzhafte Verlangen, sie hinter sich zu lassen. Paris hob die Unterschiede zwischen Belle und Lio hervor, die sie in Aveyon ignorieren konnten: dass er adelig und sie eine Bürgerliche war – und dass sich derlei niemals vermischte.

Es war ihnen alles so einfach vorgekommen, nachdem sie den Fluch gebrochen hatten und das ganze Leben sich wie ein Märchen angefühlt hatte. Damals hätte Belle gedacht, dass ihre Liebe ausreichen würde, um sie durch jeden Sturm zu tragen – und das glaubte sie auch heute noch. Aber sie hatte nicht damit gerechnet, dass die Stürme mehr und stärker werden würden oder dass sie sich allein auf hoher See wiederfinden würde, unsicher, auf welcher Seite der Kampflinie sie stehen sollte.

Ein Teil von ihr befürchtete, dass sie durch ihre Heirat mit einem Prinzen und ihr Leben im Schloss zu jemandem werden könnte, den sie nicht wiedererkannte, jemandem wie diesen ignoranten Höflingen, die Zugang zu den besten Büchern und der teuersten Bildung hatten, die für Geld zu kaufen war, sie aber nur dafür nutzen, ihre Welt zu verkleinern.

Und dann war da der andere Teil von ihr, der befürchtete, dass sie sich immer weiter von Lio entfremden würde, wenn sie sich dem Wandel widersetzte, und das wollte sie auch nicht.

Ihr Herz gehörte Lio, aber was war mit dem Rest von ihr?

Wo wäre sie jetzt, wenn sie ihm nie begegnet und die Glut der Revolution bis nach Aveyon geschürt worden wäre? Würde sie dann Seite an Seite mit den Männern und Frauen kämpfen, die sie in den Gärten des Palais Royal gesehen hatte?

Morgen würde sie Lio von ihrem Wunsch erzählen, den Rest ihrer Reise abzublasen und nach Hause zurückzukehren. Zumindest konnten sie außerhalb der Stadt wieder ignorieren, was sie voneinander unterschied. Sie stand auf und ging leise zu der geöffneten Balkontür. Von hier konnte sie gerade noch die Seine und dahinter den Rest von Paris ausmachen, den Teil, der dem Volk gehörte.

Als Belle etwas später endlich einschlief, versuchte sie, das Gefühl abzuschütteln, dass auch sie dorthin gehörte und dass keine Heirat und kein Titel jemals etwas daran ändern würden.

Kapitel Sechs

Die Einladung traf ein, noch bevor sie das Frühstück beendet hatten.

Bastien saß an der Stirn der Tafel, eine Schlafmütze auf dem Kopf. Die vorangegangene Nacht steckte ihm eindeutig noch in den Knochen. Seine Gäste hatten ihn wach gehalten und sich erst in ihre Kutschen zurückgezogen, als die Sonne bereits über den Horizont gelugt hatte. Ungeschminkt wirkte er zehn Jahre jünger, doch er reagierte empört, als Belle ihm dies mitteilte.

„Das ist nicht das Kompliment, für das du es hältst."

„Es war nichtsdestotrotz als eines gemeint", erwiderte Belle.

Darauf verdrehte Bastien theatralisch die Augen. „Das Ziel in Paris ist es nicht, jung auszusehen, sondern *reich*."

„Dann nehme ich an, es ist sowohl ein Kompliment als auch eine Beleidigung, wenn ich sage, dass du regelrecht verarmt aussiehst, Bastien."

Er war noch dabei, das Gesicht zu verziehen, als ein Diener mit einem Umschlag auf einem silbernen Tablett auftauchte. Bastien nahm ihn entgegen und winkte den Mann gelangweilt fort. Nachdem er das Siegel gebrochen und den Brief gelesen hatte, weiteten sich seine Augen. „Cousin, steh auf." Er wischte sich den Mund mit einer Serviette. „Du musst einmal mehr meinen Kleiderschrank durchwühlen und dich salonfähig machen."

„Wofür?", stöhnte Lio durch einen Mund voller Toast.

„Deine Anwesenheit in Versailles wird verlangt. Louis wünscht über die nächsten paar Tage mit dir zu verhandeln."

„*Tage?*" Lio ließ entsetzt die Gabel fallen.

Bastien hob mahnend einen Finger. „Sei lieber dankbar, dass Louis in letzter Zeit so abgelenkt ist. Ich habe schon miterlebt, wie er Höflinge für ganze Saisons an den Hof bestellt hat." Er richtete seine Aufmerksamkeit wieder auf den Brief und runzelte die Stirn. „Belle erwähnt er mit keinem Wort."

Erleichterung durchströmte ihren Körper. Wenn der König ihre Anwesenheit gefordert hätte, wäre ihr keine Möglichkeit geblieben, sich zu weigern, da er sie aber vollkommen vergessen hatte, verfügte sie über eine Ausrede, dem Hof fernzubleiben. Nach dem Abend in Gesellschaft von Bastiens Freunden hatte Belle einen Vorgeschmack auf die Pariser Haute volée erhalten und ihn absolut abscheulich gefunden. Sie konnte sich nicht vorstellen, auch nur eine Sekunde innerhalb der vergoldeten Hallen von Versailles zu verbringen.

Aber Lio sah das offensichtlich anders. „Du solltest mich begleiten, Belle. Wir sind ein Team, und so sollten wir auch auftreten."

Seine Forderung war nicht fair, und das wusste er auch. Und Belle war nicht in der Stimmung für einen Kompromiss.

„Ich kann nicht." Die Worte kamen vielleicht etwas schärfer heraus als beabsichtigt, weil ihr Wunsch, sich vom Hof des Königs fernzuhalten, so stark war. „Ich gehöre nicht dorthin, Lio, und würde deinem Anliegen nur schaden."

Er warf ihr einen flehentlichen Blick zu. „Dann muss ich mich alldem ganz allein stellen?"

„Du hast doch Bastien", führte sie kleinlaut an.

„Unglücklicherweise ist meine Anwesenheit anderswo vonnöten, Cousin", wehrte dieser prompt ab.

„Ein Grund mehr, warum Belle mich begleiten sollte."

Bastien legte die Finger übereinander. „Lio, ich denke, Belle hat recht. Es wäre reine Ablenkung, sie mitzunehmen. Wenn du in Wohlwollen verhandeln willst, schlage ich vor, dass du allein gehst. Und außerdem …" Er legte eine kurze Pause ein. „Es könnte einen Grund haben, dass Belle in der Einladung nicht erwähnt wurde."

„Willst du damit etwa sagen, dass sie geschnitten wird?", entgegnete Lio scharf.

Bastien hob die Schultern. „Ist es denn wirklich eine Beleidigung, wenn sie lieber aus der Seine trinken würde, als dich zu begleiten?"

Eine Falte zeichnete sich auf Lios Stirn ab. „Ich befürchte, dass es nicht mehr sicher ist, auf offener Straße herumzulaufen. Belle ist erst gestern dem Mob begegnet."

„Ich komme wunderbar allein zurecht", warf sie ein. Aber die Männer redeten einfach weiter.

„Belle wird hier mehr als sicher sein, gut geschützt vor jedem umherstreifenden Mob", erklärte Bastien.

„Ich benötige keinen Schutz vor meinen eigenen Leuten, Bastien", protestierte sie.

„Belle, meinst du wirklich …"

„Um die Wahrheit zu sagen, fühle ich mich in den Straßen von Paris sicherer, als ich das im Palast von Versailles jemals könnte."

„Ja, du hast deinen Hass auf die Aristokratie überaus deutlich gemacht." Bastien trank einen Schluck Tee. „Seltsam, dass du trotzdem in sie eingeheiratet hast."

Es dauerte keine Stunde, bis Belle sich aus Bastiens Heim stahl.

Sie empfand es nicht direkt als Flucht. Schließlich war sie keine Gefangene, und Bastiens Dienerschaft war nicht explizit angewiesen worden, sie innerhalb der Grundstücksmauern festzuhalten. Trotzdem schlich sie sich von dem Anwesen wie jemand, der eines weitaus schwereren Verbrechens schuldig ist als Langeweile.

Selbst Lumière war eingeschärft worden, ein Auge auf sie zu haben, aber sie entledigte sich seiner Anwesenheit, indem sie ihn beauftragte, die besten Macarons von Paris für sie aufzutreiben. Belle wusste, dass seine Hingabe für diese Aufgabe ihn mindestens ein paar Stunden beschäftigt halten würde.

In der Julihitze war die Luft stickig und der Gestank nach Urin und Rauch beinahe überwältigend, aber sie war froh, Bastiens Monument des Exzesses entkommen zu sein. Ihr einziger Gedanke war Flucht, ohne ein bestimmtes Ziel vor Augen. Belle befürchtete, in dem Moment, in dem sie innehielt, festzustellen, dass das, wovor sie zu floh, ihr neues Leben war. Also setzte sie einen Fuß vor den anderen und versuchte, ihren Geist freizumachen.

Leichtfüßig schritt sie über Pfützen aus Unrat, schlängelte sich durch die Menge der Hausierer und Käufer, wich den schnell fahrenden Kutschen der Reichen aus und war auf der Suche nach etwas, das sie sich selbst nicht recht erklären konnte. Sie hatte Bastiens Anwesen ohne einen bestimmten Vorsatz verlassen, aber jetzt kam es ihr so vor, als würden ihre Schritte von einer unsichtbaren Macht geleitet. Instinkt, dachte sie, obwohl das nicht ganz passte. Irgendetwas stupste sie an, und sie wollte herausfinden, was und warum.

Paris war kein Ort, an dem Belle sich besonders gut auskannte, dennoch ging sie unangemessen entschlossen durch die Straßen, ihren Blick auf etwas gerichtet, das sie nicht begriff. Dabei verspürte sie keine Angst, weil sie schon immer eine beinahe schmerzhafte Neugierde gegenüber allem Unbekannten empfunden hatte.

Die Stadt fühlte sich anders an als damals, als sie mit ihrem Vater in der Kutsche hindurchgefahren waren. Sie fühlte sich sogar anders an als gestern Nachmittag in den Gärten des Palais Royal. In dem schlichten Kleid, das sie einmal mehr fast unsichtbar werden ließ, konnte sie sich frei bewegen, aber das Staunen, das sie seit ihrer Kindheit in sich trug, war verschwunden. Jetzt wusste Belle von den Rissen und den Bruchstellen, von der Unruhe, die wie eine Krankheit in dem überfüllten Unterleib der Stadt wucherte. An den Straßenecken und in den Gassen versammelten sich Menschen. Die Gruppen bestanden aus Bauern und Sansculottes, aus Menschen in Lumpen und solchen in feinerer Kleidung. Geflüster füllte die Luft. Die Stadt stand auf der Schwelle zu etwas, von dem Belle nicht sicher war, ob sie ein Teil davon sein wollte.

Sie bog in eine stillere Gasse ab und blieb auf einmal mitten in der

Bewegung wie angefroren stehen. Sie sah sich um und versuchte herauszufinden, was sie zum Stehenbleiben bewogen hatte. Die Gebäude waren alt und schienen sich über die Straße zu strecken und zu neigen, sodass die Sonne ihre Eingänge nicht erreichte. Die Luft war überraschend kühl, und keine weitere lebendige Seele war in Sicht – eine Seltenheit in einer Stadt wie Paris. Die Stille und die vollkommene Bewegungslosigkeit machten mehr Eindruck auf Belle als das Chaos, das sie eine Straße weiter hinter sich gelassen hatte.

Sie wandte sich dem Laden direkt vor ihr zu und spürte augenblicklich, wie sie eine seltsame Ruhe überkam. Es war ihr bestimmt, dort zu sein, obwohl sie von außen nicht einmal sagen konnte, um was für einen Laden es sich handelte. Sie ging auf die Tür zu – ihre Schritte klackerten auf dem Pflaster und hallten durch die Gasse – und streckte eine Hand nach der bronzenen Klinke aus. Bei ihrer Berührung schwang die Tür auf, und über ihrem Kopf ertönte eine leise Glocke. Eine vereinzelte Brise strich über ihren Rücken und schob sie in den Laden.

Das Erste, was sie erblickte, war ihr eigenes Gesicht, hundertfach gespiegelt. Es war erschütternd, sich selbst aus so vielen Blickwinkeln zu sehen, manche verzerrt und gestreckt, manche vom Alter getrübt, manche nur so spiegelnd wie Glas. Sie beobachtete, wie ihre Miene sich von verwirrt zu belustigt wandelte.

Belle war in einem Laden voller Spiegel gelandet.

Sie sah sich nach dem Eigentümer oder anderen Kunden um, aber sie war allein, und aus irgendeinem Grund empfand sie das als zutiefst beruhigend. Sie betrat den Laden und ließ die Tür hinter sich mit einem erneuten Glockenläuten ins Schloss fallen. Es war schwer, die tatsächliche Größe des Raumes auszumachen, aber er fühlte sich klein an, selbst als strahlende Lichtbögen durch die Luft tanzten.

In dem Versuch, ihrem eigenen Blick zu entkommen, ging Belle zu einigen Regalen, musste aber erkennen, dass sie eine Auswahl kleinerer Handspiegel enthielten, jeder mit einem anderen, wundervoll gravierten Griff. Sie fühlte sich zu einem silbernen Exemplar hingezogen, das sie an den Spiegel erinnerte, den Lio ihr gegeben hatte, als er noch das Biest gewesen war, den Spiegel, der ihr eine Vision ihres kranken Vaters gezeigt hatte. Belles Schmerz in jenem Moment hatte ausgereicht, damit das Biest sie freiließ, und sie auf einen Pfad geschickt, der mit einem Dolch in seinem Rücken und der Zerstörung des Fluches enden sollte, der das Königreich so lange in seinem Bann gehalten hatte.

Es fiel Belle immer noch schwer, sich an den Augenblick zu erinnern, in dem sie das Biest verloren hatte. Sie hatte es geliebt. Und sie liebte auch Lio. Aber obwohl die beiden natürlich ein und derselbe waren, fühlte es sich anders an. Der Augenblick, in dem das Biest seine Augen zum letzten Mal schloss, hatte sie verändert. Und obwohl sie auch glückliche Erinnerungen an die verzauberten Monate davor besaß, so dachte sie doch nicht gern zurück an ihre Zeit als Gefangene in dem Schloss, das sie nun ihr Zuhause nannte. Aber dennoch schien der Spiegel nach ihr zu rufen. Ihr schlug das Herz bis zum Hals, als sie eine Hand ausstreckte, den silbernen Griff umfasste und den Spiegel auf Augenhöhe hob. Beinahe erwartete sie, eine Vision darin zu sehen. Aber er blieb leblos. Er war nicht verzaubert, Paris war nicht Aveyon und der Fluch vor langer Zeit gebrochen.

Sie stieß einen erleichterten Seufzer aus und gestattete sich sogar für einen Augenblick sich dumm vorzukommen, weil sie sich vor einem einfachen Gegenstand gefürchtet hatte. Gerade als sie den Spiegel wieder an seinen Platz zurücklegen wollte, schreckte ein Geräusch hinter ihr sie auf.

„Bonjour, Madame."

Belle war überrascht, wie jung die Stimme klang, und noch dazu weiblich. Sie wirbelte herum und sah sich der Ladenbesitzerin gegenüber – einer Frau nur ein klein wenig älter als Belle, gekleidet in ein robustes Kleid mit praktischer Schürze. Ihre Haut war blass, aber warm, ihr langes Haar von der Farbe dunklen Honigs, ihre blauen Augen bemerkenswert in ihrer Tiefe. Sie sah Belle erwartungsvoll an.

„Bonjour", erwiderte Belle. „Ich hoffe, ich störe nicht."

„Natürlich nicht", erwiderte die Frau und sah auf den Spiegel, den Belle noch in der Hand hielt. „Was führt Sie in meinen Laden?"

Irgendetwas an der Art und Weise der Frau verunsicherte Belle. Sie sprach, als ob sie die Antwort auf ihre Frage bereits kannte und sie nur stellte, um höflich zu sein. Belle richtete ihre Aufmerksamkeit wieder auf den Spiegel und schalt sich dafür, dass ein einfacher Gegenstand ihr solche Angst eingejagt hatte. „Um ehrlich zu sein, hatte ich überhaupt nicht vor, hierherzukommen."

„Ist das so?", fragte die Frau geistesabwesend. Sie blickte auf den Spiegel und dann zurück zu Belle. „Sie werden mehr Erfolg haben, wenn Sie eine Forderung stellen."

Bei diesem Gedanken drehte sich Belle der Magen um.

„Eine Forderung?", wiederholte sie. Dabei wusste sie genau, wovon die Frau sprach. Der Spiegel aus dem Fluch hatte sich erst geregt, als Belle ihn gebeten hatte, ihr ihren Vater zu zeigen, so als wären die Worte ein Ventil für die Magie. Unwillkürlich wich sie einen Schritt von dem Regal zurück, aber die Frau legte Belle eine Hand auf die Schulter, und Wärme strömte durch ihren Körper.

„Das Spiegelbild der eigenen Herzenswünsche kann vieles preisgeben."

Ihre Stimme war warm und klar, und die Worte schenkten Belle Trost, obwohl sie sich tief im Inneren fragte, ob sie nicht mehr Angst verspüren sollte. Eine seltsame Ruhe hatte sich über sie gesenkt und ließ nur Platz für brennende Neugierde. Sie hob den Spiegel einmal mehr an und dachte über eine angemessene Frage nach. Dieses Mal musste sie ihren Vater nicht sehen. Sie wusste, dass Maurice in Sicherheit war, das hatten seine Briefe ihr berichtet. Also versuchte sie, sich etwas einfallen zu lassen, das ihr von Nutzen sein würde, sie einen neuen Pfad einschlagen ließ. Ihr Leben wurde von Ungewissheit beherrscht, und hier präsentierte sich ihr die Gelegenheit, Antworten zu finden.

Die Frau war ihr jetzt ganz nahe. „Vielleicht möchten Sie herausfinden, was das Leben für Sie bereithält, Madame." Ihre Stimme war kaum mehr als ein Flüstern.

Natürlich! „Zeig mir meine Zukunft", verlangte sie. Es war genau das, was sie wissen wollte.

Sie wollte sich selbst zufrieden in Aveyon sehen, glücklich in ihrem neuen Leben mit Lio an ihrer Seite. Belle glaubte, wenn sie diese Version von sich selbst sehen könnte, würde es ihr leichter fallen, danach zu streben, selbst wenn sie sich manchmal rastlos fühlte und auf der Suche nach mehr war.

Der Spiegel in ihrer Hand erwachte zum Leben. Ranken aus grünem Licht schlängelten sich aus seiner Oberfläche und unter ihre Haut, genau wie bei dem Spiegel, den das Biest ihr auf dem Balkon des Westflügels gegeben hatte. Ihr Spiegelbild verblasste und wurde durch eine Vision des Schlosses ersetzt, das sie inzwischen ihr Zuhause nannte. Aber etwas stimmte nicht. In dieser Vision stand Aveyon in Flammen.

Menschen marschierten mit Fackeln in den Händen auf die Mauern zu und verlangten schreiend nach Blut. Es war noch schlimmer als damals, als sie mitansehen musste, wie die Leute aus ihrem Dorf das Schloss stürmten, um das Biest zu töten. Jene Dorfbewohner wurden von Angst getrieben. Sie hatten nicht gewusst, dass sie sich gegen ihren Prinzen richteten. Aber in dieser Vision waren Lios eigene Leute entschlossen, ihn zu vernichten.

Sie spürte die Hitze der Fackeln, hörte das Knistern der Flammen, als stünde sie dort auf dem Balkon über dem Mob. Es war mehr, als sie ertragen konnte. Sie riss sich von der Macht des Spiegels los und schnappte panisch nach Luft. Aber jeder Spiegel in dem Laden zeigte dieselbe Vision, der sie zu entkommen versuchte. Die Schritte des Mobs drohnten ihr in den Ohren, und seine Rufe, obwohl gedämpft, füllten ihre Gedanken.

„Nein!“, schrie Belle und ließ den Spiegel zu Boden fallen. Er zerbarst in tausend Stücke. Sie vergrub ihr Gesicht in den Händen. Aber auf einen Schlag herrschte Stille im Laden. Die Attacke war vorüber.

Ihr Atem ging schnell und ungleichmäßig, in ihrem Kopf drehte sich alles. Sie brauchte Luft.

Die Frau berührte Belle an der Schulter, und einmal mehr erfasste sie eine Welle des Friedens. Aber dieses Mal verfügte Belle über genügend Geistesgegenwart, um sich an ihrer schwindenden Panik festzuklammern, in der Hoffnung, angesichts dieser seltsamen Magie einen klaren Kopf zu bewahren.

Die Frau sah sie an, ein Feuer tanzte in ihren Augen. „Sie haben gesehen, was geschehen wird, wenn Sie und Prinz Lio nicht augenblicklich nach Aveyon zurückkehren."

„Woher kennen Sie meinen Ehemann?", fragte Belle, noch bevor sie richtig begriff, was die Frau gesagt hatte. „Was soll das bedeuten?" Ihre Stimme war heiser.

„Genau das", erwiderte die Frau schlicht. „Es ist eine Warnung. Eine Chance, dem kommenden Sturm zu entgehen."

Belle wollte nichts davon hören, erst recht nicht von einer Frau, die sich einer Magie bediente, die eine erschreckende Ähnlichkeit zu jener aufwies, die Aveyon über zehn Jahre hinweg erstickt hatte. Dass es sich hier offenkundig um dieselbe Magie handelte, ließ Belle das Blut in den Adern gefrieren, und die Furcht kehrte mit aller Macht zurück. Sie musste diesem Laden und seiner seltsamen Macht entfliehen. Sie riss sich von der Frau los und verspürte ein Gefühl der Erleichterung, kaum dass sie nicht mehr verbunden waren.

Das Feuer in den Augen der Frau verlosch langsam, und sie unternahm keinen Versuch, Belle aufzuhalten, als diese vor ihr zurückwich.

„Ich möchte dir keine Angst einjagen, Belle, sondern dich warnen." Der Gesichtsausdruck der Frau war schwer zu lesen. Sie wirkte beinahe hoffnungslos.

Neugierde regte sich in Belle, aber sie war bereits durch die Tür und stolperte so hastig hinaus auf die Straße, dass sie auf die Knie fiel. Für einen Augenblick blieb sie dort sitzen, rang nach Atem und wartete darauf, dass die Welt aufhörte, sich zu drehen. Das lag jetzt alles hinter ihr.

Aber die enge Gasse war nicht länger der stille Zufluchtsort, der sie gewesen war, bevor Belle in den Laden gegangen war. Der Lärm und das Chaos, vor denen sie geflohen war, fluteten ihre Sinne, nicht länger gedämpft durch die unheimliche Macht, die sie in den Laden geführt hatte.

Sie stand auf, klopfte sich den Staub vom Kleid und versuchte herauszufinden, ob es einen anderen Weg zurück zu Bastiens Anwesen gab, auf dem sie die überfüllte Hauptstraße meiden konnte. Aber sie kannte sich in Paris nicht gut genug aus, um ihrem Orientierungssinn zu vertrauen, und sie war noch immer durcheinander von dem, was gerade im Laden passiert war. Sie wollte einfach nur fort, und der einzige Ausweg führte zurück durch das Chaos.

Zielstrebig ging sie auf die Straße zu und betete darum, ohne Zwischenfälle zurückzukommen. Aber es sollte nicht sein. Als sie die Straßenecke umrundet hatte, knirschte zerbrochenes Glas unter ihren Stiefeln. Ganze Scharen schreiender Menschen marschierten Schulter an Schulter an ihr vorüber und fuchtelten mit Gewehren und Fäusten über den Köpfen. Stechender Rauch brannte in Belles Lungen, und der Gestank von Blut und Schießpulver lag schwer in der Luft. Die Menge trug Gewalt in den Herzen. Manch einer war verwundet – ein Flickenteppich aus blauen Flecken, Schnitten und Kratzern auf Wangen und Kopfhaut. Andere waren mit Blut bespritzt, von dem Belle den Übelkeit erregenden Verdacht hegte, dass es nicht von ihren eigenen Körpern stammte. Sie alle waren in etwas verwickelt, das viel größer war als sie selbst, etwas, mit dem Belle nichts zu tun haben wollte.

Egal wo sie hinsah, Paris brannte.

Belle hätte es nie für möglich gehalten, dass die Ansammlungen von Menschen, an denen sie auf ihrem Weg zum Spiegelladen vorbeigekommen war, innerhalb so kurzer Zeit zu einem Mob dieser Größe anwachsen könnten. Sie blinzelte hinauf zur Sonne und musste feststellen, dass sie bereits viel tiefer am Himmel stand, als sie vermutet hätte. War es möglich, dass sie viel mehr Zeit in dem Laden verbracht hatte als angenommen? Belle dachte zurück an die Frau und ihre seltsame Fähigkeit, sie zu beruhigen. Sie begriff, dass es sich dabei um eine Form der Magie handeln musste, und mit Magie ließen sich die Lücken in ihrer Erinnerung und die fortgeschrittene Stunde sicher erklären.

Hier konnte sie auf jeden Fall nicht bleiben, festgekrallt an einen Laternenpfahl wie an einen persönlichen Rettungsanker. Sie musste zurück zu Bastiens Anwesen. Zurück zu Lio. Ihr wurde flau im Magen, als sie erkannte, dass ihre einzige Möglichkeit darin bestand, sich von der Masse mitreißen zu lassen und zu hoffen, dass sie sich irgendwo in der Nähe von Saint-Germain wieder aus ihr befreien konnte.

Widerstrebend ließ sie sich von der Menge erfassen und spürte den Hass und den Zorn, der die Menschen wie eine Welle mit sich riss. Die Hitze lastete schwer auf ihr, und der Gestank der Menschenmenge war überwältigend. Sie ertrank. Ihre Lunge schrie nach Luft, aber die Menge war zu dicht. Sie konnte nicht daraus entkommen, und sie hatte keine Ahnung, worauf die Meute zusteuerte.

Das hier war so viel mehr als die Sansculottes, die in den Gärten des Palais Royal eine Revolution gefordert hatten, oder als der Dritte Stand, der seiner Stimme Gehör verschaffen wollte. Es war, als wäre Belle in den Spiegelladen getreten und die Welt vor seinen Fenstern hätte sich für immer verändert.

Sie versuchte, sich aus dem Mob zu befreien, drängte sich an wütenden Männern und Frauen vorbei, wurde aber unaufhaltsam wieder hineingezogen. Sie reckte den Kopf, um zu sehen, was weiter vorne geschah. An der Spitze stand ein Mann, der durch die Straßen geführt wurde. Er wirkte wie ein Gefangener. Seine verschwitzten Haare lagen eng um seinen Schädel, als wären sie noch bis vor Kurzem von einer Perücke verdeckt worden. Sein aufwendig besticktes Hemd war verrutscht und zerrissen und mit Blut bespritzt, und seine Wangen waren rot vor Zorn.

Endlich kam die Meute vor einem Monument zum Stehen, das Belle erkannte, dem Hôtel de Ville, Rathaus von Paris. Die Wachen des Mannes zwangen ihn auf die Knie. Belle konnte nicht verstehen, was dort vorn gerufen wurde.

„Wer ist das?“, fragte sie die Frau, die ihr am nächsten stand.

„Bernard-René Jourdan“, erwiderte diese und bedachte Belle mit einem Blick, der ihr verriet, dass sie die Antwort hätte kennen müssen. „Der Marquis de Launay“, fügte die Frau hinzu, als Belle den Namen nicht zu erkennen schien.

„Warum wird er durch die Straßen getrieben?“

Die Frau musterte Belle von Kopf bis Fuß, suchte nach Anzeichen, dass sie womöglich eine adelige Spionin war. Ihre Miene veränderte sich, als ihr Blick auf Belles einfaches Kleid fiel, mit dem schlammigen Fleck auf der Tasche. Belle war eine von ihnen – zumindest ihrem Äußeren nach zu urteilen. „Er ist der Kommandant der Bastille und war nicht erfreut, als wir uns Waffen aus seiner Festung beschafft haben."

Daher also stammten die Waffen. Die Menschen, denen sie gestern noch bei ihren Reden gelauscht hatte, waren mit nichts bewaffnet gewesen als ihren Stimmen, aber diese Menschen hier konnten Pistolen und Kanonen einsetzen, um die Welt zu verändern.

Die Frau sah, wie Belle die Waffen mit offensichtlichem Abscheu beäugte. „Uns blieb keine andere Wahl", zischte sie. „Wir müssen bereit sein, wenn der König seine Truppen auf uns hetzt."

„Ich sehe hier keine Truppen", erwiderte Belle, aber die Frau war bereits weitergegangen. Eine neuerliche Woge durch die Menge schob Belle näher an den Kommandanten heran, bis sie hören konnte, wie er um sein Leben bettelte.

„Bitte, ich habe getan, was Sie verlangt haben", flehte der Kommandant, und Belle wurde mit einem Schlag eiskalt. Mehrere Männer drückten ihn zu Boden. „Sie haben geschworen, mein Leben zu verschonen, wenn ich mich ergebe."

Ein Mann, der dem Marquis den Lauf einer Pistole an den Kopf hielt, spuckte verächtlich auf den Boden. „Genauso wie Sie geschworen haben, dass Ihre Männer nicht auf uns schießen würden?"

Ein Beben ging durch die Menge, ein Strom der Wut, den Belle spürte und dem sie nicht entkommen konnte. Es machte keinen Unterschied, dass dieser Mann ein Marquis war oder dass man ihm einen Schwur geleistet hatte. Die Macht des Gesetzes war zu Staub zerfallen. Die Menge wollte Blut sehen.

„Der Marquis hat zuerst geschossen!", rief ein Mann, der Bernard an der Schulter runterdrückte. „Wir sind diesen Verrätern nichts schuldig."

Das Beben wurde stärker. Die Stimmung kippte. Nichts würde ihn jetzt noch retten.

Belle wandte den Blick von dem Mob mit seinen Fäusten und Füßen und Messern und Bajonetten ab. Sie ertrug es nicht, mitanzusehen, was als Nächstes geschah, aber sie hörte es, als die Meute ihre Wut auf den König an einem Mann ausließ, der das vielleicht nicht verdiente. Schuldgefühle fraßen sich durch ihre Eingeweide, als sie sich aus dem Getümmel drängte und schob, um dem Mob zu entkommen. Die Menge jubelte oder weinte, sie konnte es nicht sagen. Die Menschen hungerten nach etwas, und der Marquis war erst der Anfang. Was sie aber am meisten erschreckte, war die Tatsache, dass die Menschen in gleichem Maße verängstigt wie zornig waren. Angst war ein ebenso starkes Antriebsmittel wie Hass. Angst verwandelte Menschen in Monster.

Sie rettete sich auf die Stufen eines Ladens und schnappte nach Luft, als Schreie aus der Masse zu ihr herüberhallten. Instinktiv hob sie den Kopf, nur um mit dem grässlichen Anblick des abgetrennten Kopfes des Marquis belohnt zu werden, der triumphierend in die Höhe gehalten wurde. In diesem Moment wusste sie mit stechender Klarheit, dass das Bild sie bis an ihr Lebensende verfolgen würde. Sie entleerte ihren Mageninhalt auf die Pflastersteine zu ihren Füßen. Als sie sich wieder aufrichten wollte, erstarrte sie mitten in der Bewegung, überzeugt, ein vertrautes Gesicht in der Masse entdeckt zu haben.

Schwankend hielt sie inne, noch schwach auf den Beinen, und versuchte, einen besseren Blick zu erhaschen. Sie sah den Schaft des verirrten Bajonettes nicht kommen, spürte nur, wie er gegen ihre Schläfe krachte. Belle stürzte hart zu Boden. Sie blieb noch ein paar Sekunden bei Bewusstsein, gerade lange genug, um den Geschmack von Schmutz und Blut in ihrem Mund zu registrieren, und dann war sie fort.

Kapitel Sieben

Belle kam mit dem Gefühl von weichem Stoff an ihrer Wange und dem Rumpeln einer Kutsche unter sich wieder zur Besinnung. Sie richtete sich abrupt auf und versuchte zu verstehen, wie sie dort hingekommen war.

„Belle, calme-toi." Die letzte Stimme, die sie zu hören erwartet hatte, war die von Bastien.

Der Duc saß ihr gegenüber und hatte das Kinn auf seinen Gehstock gestützt. Seine Haut war frei von der künstlichen weißen Schminke, ohne die er nie das Haus verließ, sein Haar fiel ihm unbedeckt und offen um die Schultern, und seine Kleidung war so einfach und farblos, dass er sie sich von einem Bediensteten geliehen haben musste. Diese Aufmachung stammte mit Sicherheit nicht aus seinem eigenen Kleiderschrank.

„Geht es dir gut?"

Sie war sich nicht sicher. Ihr Kleid war übersät mit Schmutzflecken und Spritzern von Erbrochenem, und ihr Kopf schmerzte wie nie zuvor. Sie hob eine Hand an die Schläfe und spürte, dass getrocknetes Blut ihre Haare verkrustet hatte.

„Was ist passiert?", fragte sie.

„Ich habe mich als Narr erwiesen, weil ich dich nicht hinter Schloss und Riegel gehalten habe, das ist passiert."

„Entschuldige mal …“ Sie musste innehalten, als die Kutsche vor ihren Augen verschwamm.

„Dich einfach so frei herumlaufen zu lassen, hätte dich beinahe das Leben gekostet. Ich habe dich inmitten eines Mobs aus bürgerlichen Milizsoldaten gefunden, der vergangene Nacht das Hôtel de Ville gestürmt und Waffen verlangt hat. Nachdem das gescheitert war, hat er dieselbe Taktik heute mit überraschendem Erfolg bei der Bastille angewandt.“ Er schüttelte ungläubig den Kopf und fuhr fort. „Ich nehme an, du hast den aufgespießten Kopf des Marquis de Launay gesehen?“ Er wartete gar nicht erst auf ihre Bestätigung. „Es ist nicht mehr sicher, allein durch die Straßen von Paris zu laufen, erst recht nicht für eine Frau, die *mit einem Prinzen verheiratet ist.*“ Die letzten Worte zischte er, als wäre sie eine unvorstellbare Närrin. „Was hast du dir dabei gedacht?“

„Dass ich tun und lassen kann, was ich will“, fauchte sie zurück, aber noch während sie die Worte aussprach, wusste sie, dass sie sich wie ein bockiges Kind aufführte. Immerhin hatte er ihr das Leben gerettet.

„Wie hast du mich gefunden?“, fragte sie leise.

„Ich war auf der Suche nach dir, seit ich von deinem … Ausflug in Kenntnis gesetzt wurde.“ Er warf ihr einen bösen Blick zu, den sie aus tiefstem Herzen erwiderte. „Ich hätte nicht gedacht, dass ich dich finde. Was für eine Freude wäre es doch gewesen, deinem Mann zu erklären, dass du inmitten einer Meute genau der Bauern gestorben bist, von denen du uns den ganzen Morgen lang so vehement versichert hast, dass du sie *niemals* fürchten müsstest. Ich habe die Sicherheit meiner Kutsche verlassen, um zu Fuß weiterzusuchen, was sich als vollkommen vergebliche Liebesmüh herausstellte.“

„Woher hast du überhaupt gewusst, wo in der Stadt du nach mir suchen musstest?“

Bastien zuckte mit den Schultern, aber seine Wangen erröteten. „Du scheinst die Sorte Mädchen zu sein, die Ärger geradezu magisch anzieht. Ich bin einfach dem Mob gefolgt.“

Belle musterte ihn aufmerksam. Irgendetwas an seiner Antwort hinterließ ein ungutes Gefühl in ihr, aber sie hatte nicht die Kraft, ihn weiter in die Mangel zu nehmen. „Und wie hast du mich dann entdeckt?"

Die Verachtung auf seinem Gesicht schmolz dahin. „Ich ... ich wurde von einer Frau angesprochen, die ich noch nie zuvor in meinem Leben gesehen habe und die darauf bestand, dass ich ihr folgte. Sie hat mich auf direktem Weg zu dir geführt, ein Häufchen Elend in einer schmutzigen Gasse." Er schauderte. „Bevor ich sie fragen konnte, woher sie wusste, dass ich auf der Suche nach dir war, war sie verschwunden."

Belle rieb sich die hämmernden Schläfen und dachte an die Frau mit den Spiegeln, die ihr diese schreckliche Vision gezeigt hatte. Die Erinnerung war undeutlich, wie aus einem anderen Leben, aber Belle war sicher, dass sie den Anblick ihres brennenden Zuhauses, in Brand gesteckt von dem Volk von Aveyon, niemals vergessen würde. Sie verdrängte das Bild vor ihrem inneren Auge in den hintersten Winkel ihrer Gedanken und weigerte sich, auch nur eine Sekunde zu glauben, dass es sich dabei um eine Vision der Zukunft handelte. Nein, diese Frau musste eine Schwindlerin gewesen sein.

Trotzdem lief Belle ein Schauer über den Rücken, als sie sich unweigerlich die Frage stellte, ob es sich bei ihr um dieselbe Frau handelte, die Bastien zu ihr geführt hatte. Aber sich das einzugestehen, hätte bedeutet, dass Belle akzeptierte, dass etwas Merkwürdiges im Gange war, und dazu war sie schlicht und ergreifend nicht bereit.

„Glück für mich, schätze ich", brummelte sie.

„Ja ... ich habe noch kein Dankeschön vernommen."

„Verzeih mir, ich versuche immer noch, die Tatsache zu verarbeiten, dass ich heute den abgetrennten Kopf eines Mannes gesehen habe." Sie ließ den Kopf gegen die Seite der Kutsche sinken und schloss die Augen.

„Hast du ... alles gesehen?"

Sie öffnete die Augen. „Gnädigerweise habe ich die Tat selbst verpasst, aber ich durfte noch mitansehen, wie der Marquis vor einer Menge aus Monstern um sein Leben gefleht hat."

Bastien warf ihr einen sonderbaren Blick zu. „Nicht alle von ihnen sind Monster, Belle." Er schien die Worte ausgesprochen zu haben, ohne vorher nachzudenken.

„Ich wage zu behaupten, dass die Beteiligung an einem Mord einen Menschen tatsächlich zu einem Monster macht“, widersprach Belle.

„Macht dich das dann auch zu einem Monster, weil du ebenfalls ein Teil des Mobs warst?“

„Du weißt ganz genau, dass ich nur zur falschen Zeit am falschen Ort war.“

„Und genau so erging es vielleicht auch anderen.“ Bastien rückte den einfachen weißen Knoten an seiner Kehle zurecht, der so anders war als die gekräuselten Jabots und Krawatten, die er sonst bevorzugte. „Ich würde dir raten, nicht eine ganze Gruppe anhand der Taten einer gewalttätigen Minderheit zu verurteilen. Dem Dritten Stand gehören Tausende an. Was du gesehen hast, waren ein paar Hundert. Du solltest sie nicht alle über einen Kamm scheren.“

„Ich hätte nicht erwartet, vom Duc de Vincennes eine so leidenschaftliche Verteidigung des Dritten Standes zu hören.“

„Ich empfehle, mit der Vorstellung durch die Welt zu gehen, dass uns fast jeder überraschen kann. Es macht das Leben einfacher.“

Darauf wusste sie nichts zu erwidern. Sie dachte an den gestrigen Abend, als Marguerite ihr berichtet hatte, dass Bastien und König Louis wie Pech und Schwefel seien, und Belle fragte sich einmal mehr, wie verworren die Loyalitäten des Ducs wirklich waren. Aber das war eine Unterhaltung für einen anderen Tag. Ihr Kopf pochte, und ihr Körper stand kurz vor dem Zusammenbruch.

„Weiß Lio Bescheid?“

„Über dein mitreißendes Abenteuer?“ Da war der Sarkasmus, den sie kannte und verabscheute. „Nein, Lio ist noch in Versailles, obwohl ich mir nicht vorstellen kann, dass er lange dort bleiben wird, wenn die Nachricht von dem Sturm auf die Bastille erst einmal den König erreicht.“ Ein Anflug von Mitgefühl huschte über seine Züge, als er ihren verletzten Kopf musterte. „Vielleicht sollten wir das Schlimmste lieber für uns behalten. Wir werden dich so rasch wie möglich wieder vorzeigbar machen. Lio kann es in der Zwischenzeit unmöglich zurück nach Paris geschafft haben.“

Sie nickte dankbar. Sie wollte Lio nicht belügen, verspürte aber das Bedürfnis, ihm die grässlichen Details zu ersparen, damit er nicht vom Schlimmsten ausging und sich einredete, sie hätte sich in tödlicher Gefahr befunden. Belle wusste, dass es ein Fehler gewesen war, sich unter die Menge zu mischen, genauso wie sie wusste, dass Lios Sorge vollkommen übertrieben sein würde, sollte er je die Wahrheit erfahren. Es wäre besser für sie beide, wenn er nicht allzu viel erfuhr. Sie legte ihre Wange an das gläserne Fenster der Kutsche und beobachtete, wie Paris draußen vorbeizog. Nun, da sie das Hôtel de Ville hinter sich gelassen hatten, fanden sich kaum noch Anzeichen dafür, dass sich die Stadt im Griff gewaltbereiter Revolutionäre befand.

Den Rest des Weges legten sie schweigend zurück. Der Tag neigte sich dem Ende zu, und Belle wünschte sich nichts sehnlicher, als nach Aveyon zurückzukehren. Sie träumte davon, ihre Bibliothek zu katalogisieren, ihren Garten zu pflegen und die friedlichen Straßen entlangzuschlendern. Mehr als alles andere sehnte sie sich in diesem Moment nach Lio. Sie wollte die Arme um ihn schlingen und vergessen, was sie gesehen hatte, in dem Laden und auf der Straße. Sie wollte, dass sie beide der Dunkelheit von Paris entkamen. Aber am meisten wünschte sie sich, dass sie ihnen nicht nach Hause folgte.

Als die Kutsche vor Bastiens Tür zum Stehen kam, wusste Belle, dass sie ihrem Gastgeber zum Dank verpflichtet war, auch wenn er sie in den Wahnsinn trieb. Er stieg als Erster aus der Kutsche und bot ihr eine Hand an.

„Danke", sagte sie … ein Friedensangebot. „Dafür, dass du mich gerettet hast."

Der Duc warf einen Blick auf das Innere der Kutsche und zuckte beim Anblick des Schmutzes darin zusammen. „Ich bin mir nicht sicher, ob es die Sauerei wert war."

Belle unterdrückte das Verlangen, ihm Dreck übers ganze Gesicht zu schmieren. „Ich meine es ernst."

„Ja, lass uns hoffen, dass du mir in ein paar Minuten immer noch dankst." Bastien sah mit weit aufgerissenen Augen an ihr vorbei. Belle wirbelte herum und entdeckte Lio, der aus den Stallungen auf sie zumarschierte. „Lass dir besser eine gute Lüge einfallen. Er wirkt völlig außer sich.“

KAPITEL ACHT

Die letzten Strahlen der untergehenden Sonne tauchten Lio in ihr Licht und beleuchteten die Panik und die Angst, die sich tief in seine Züge gegraben hatten. Als er sich näherte, erkannte Belle, dass es ein Ausdruck war, den sie vom Biest wiedererkannte.

Sie sah zu Bastien. „Es wäre keine Lüge", behauptetet sie. Aber sie konnte ihm nicht erzählen, dass es nach allem, was sie und Lio gemeinsam durchgemacht hatten, ein Akt der Güte wäre, ihn über die Geschehnisse des Tages um Dunkeln zu lassen. Bastien wusste noch nichts von dem Fluch, und Belle und Lio hofften, dass es dabei bleiben würde.

„Wo zum *Teufel* habt ihr beide gesteckt?" Lios Stimme war rau vor Sorge.

Er griff nach Belle und zog sie in eine verzweifelte, wütende Umarmung. Belle brach unter seinem Gewicht zusammen und brachte keinen Ton heraus. Er hatte ihren Zustand gesehen, also konnte sie ihm unmöglich weismachen, dass sie einen vergleichsweise normalen Tag verlebt hatte.

„Belle und ich sind in einen der Randproteste geraten, gefüllt mit dem Bodensatz der Pariser Gesellschaft. Nicht mal ein Funken von Leidenschaft unter diesem Pöbel, man kann sie kaum als Revolutionäre bezeichnen." Bastien gab seinen gelangweiltesten Tonfall zum Besten, vollkommen nonchalant.

Lio brachte ein wenig Abstand zwischen sich und Belle und sah aufgebracht auf sie hinab.

Sie gab sich alle Mühe, unter seinem Blick nicht zusammenzuschrumpfen. „Was machst du hier?", fragte sie. „Ich dachte, du wärst die nächsten Tage in Versailles."

„Versailles wurde vom Chaos überrollt. Ich bezweifle, dass König Louis aufgefallen ist, dass ich verschwunden bin." Er fasste sie an den Schultern und hielt sie eine Armlänge von sich entfernt. „Was ist dir zugestoßen?" Er bemerkte das getrocknete Blut aus der Wunde an ihrer Schläfe und strich ihr zärtlich mit dem Daumen über die Wange. „Du bist verletzt. Was ist passiert? Wer hat das getan?"

„Niemand. Ich bin gestürzt." Es war eine schwache Ausrede, und sie wusste es. „Es geht mir gut."

„Stell dir nur vor, wie ich mich gefühlt habe, als ich in Versailles hörte, dass die Bastille von Revolutionären gestürmt wurde und die Gardes françaises entweder ihre Posten verlassen oder sich dem Pöbel angeschlossen hatten. Stell dir vor, wie ich mich gefühlt habe, als ich ein Pferd aus König Louis' Stallungen gestohlen habe und den ganzen Weg hierher geritten bin. Ich musste mit eigenen Augen sehen, dass es dir gut geht. Stell dir vor, wie ich mich gefühlt habe" – er holte bebend Luft –, „als ich hier ankam und du verschwunden warst. Keiner von Bastiens Bediensteten hatte auch nur die leiseste Ahnung, wo ich dich finden könnte. *Fort, schon den ganzen Tag*, sagten sie mir." Er beugte sich hinunter, bis sich ihre Blicke trafen.

Ihr fehlten die Worte. Die Last dessen, was sie hinter sich gelassen zu haben glaubten, war wieder da. Sie hatte einen Knoten im Hals.

„Wirklich, Cousin, es war eine laue Plänkelei", wiegelte Bastien lapidar ab. „Bevor irgendetwas Ernsthaftes vorgefallen wäre, waren wir schon längst von dannen. Kommt." Er bedeutete seinen Dienern, die Eingangstür zu öffnen. „Lasst uns hineingehen und uns frisch machen."

Als Lio sich abwandte und auf die Türen zuging, schenkte Belle seinem Cousin ein kleines, dankbares Lächeln. Er nickte ihr zu und bedachte sie mit einem Blick, den man beinahe als freundlich bezeichnen konnte. Sie hätte nicht erwartet, ausgerechnet im Duc de Vincennes einen Verbündeten zu finden. Aber dieser Tag steckte voller Überraschungen.

Sie bahnten sich ihren Weg durch Bastiens Haus und landeten schließlich in der Küche, wo sie Lumière bei einem behelfsmäßigen Festmahl antrafen. Er stürzte sich augenblicklich auf Belle.

„Madame! Wir haben uns solche Sorgen gemacht." Er zauberte eine flache weiße Schachtel mit einer Samtschleife hinter seinem Rücken hervor. „Hier sind die Macarons. Obwohl, jetzt, da ich weiß, dass sie bloß eine Ablenkung waren, bin ich weitaus weniger geneigt, sie Euch zu geben", schalt er sie neckisch.

Nach dem Tag war es eine immense Erleichterung, Lumière wohlbehalten und scherzend vorzufinden.

„Verzeihst du mir?" Sie bot ihm die Macarons an.

„Selbstverständlich, ich könnte Euch nie lange böse sein. Allerdings …", er lehnte sich näher an sie heran, „das nächste Mal erzählt Ihr mir einfach, was Ihr vorhabt. Ihr seid keine Gefangene mehr." Die Worte waren freundlich gemeint, trafen sie aber dennoch ins Mark. Es war noch nicht lange her, dass Belle in einem Schloss gefangen gehalten worden war, mit dem Biest als ihrem Wächter. Sie hatten sich noch nicht davon erholt, die Wunde war noch frisch. Es war ein weiteres Thema, das sie beide lieber ignorierten, in der Hoffnung, dass ihre Liebe ausreichte, um diesen besonderen Schmerz zu überdecken.

Sie trat einen Schritt zurück, um die Küche besser in Augenschein nehmen zu können. Als sie hereinkamen, waren die Köche gerade dabei gewesen, Kartoffeln zu schälen, hatten sich jedoch rasch vor Bastien verneigt und waren davongeeilt.

Bastien hielt ihr ein feuchtes Tuch hin, aber Lio nahm es ihm aus der Hand und begann, sich ihrer Kopfverletzung zu widmen.

„Sie ist nicht so schlimm", stellte er erleichtert fest. „Es sieht schlimmer aus, als es ist. Ich kann mir vorstellen, dass dein Schädel dröhnt, aber der Schnitt ist eine reine Fleischwunde, mehr nicht."

„Er hat meinen Mantel immerhin vollgeblutet, als wäre es eine tödliche Verletzung", murmelte Bastien, der halb in einem Vorratsschrank verschwunden war.

„Wie war das?", rief Lio ihm nach.

„Nichts.“ Bastien richtete sich wieder auf, in einer Hand eine Flasche Whiskey, in der anderen Gläser. „Sollen wir?“

„Ja“, antworteten Lio und Lumière im Chor.

Der Duc schenkte ihnen ein. „Erzähl uns mehr von Versailles, Cousin.“ Er reichte Belle ein Glas, aber sie lehnte mit einem leichten Kopfschütteln ab. Sie wollte ihre Gedanken nicht noch mehr vernebeln. Er zuckte mit den Schultern und meinte: „Mehr für mich.“

Lumière schob Belle sanft einen Becher heiße Schokolade hin. Sie lächelte dankbar. Das Getränk war so weit abgekühlt, dass sie einen großen Schluck nehmen konnte. Nach dem Tag, der hinter ihr lag, war es ein willkommener Genuss.

Sie blickte auf und bemerkte, wie Bastien in sein Glas prustete.

„Was?“, fragte sie und wischte sich mit dem Handrücken über den Mund.

„Nichts“, erwiderte Bastien. „Du hast dir gerade nur noch mehr Dreck über das ganze Gesicht geschmiert. Hier.“ Er reichte ihr sein Taschentuch. „Das wird überhaupt nichts nützen, aber niemand soll behaupten können, ich wäre kein Kavalier. Lio, Versailles?“

Lio nahm einen Schluck aus seinem Glas, bevor er ein wenig von der bernsteinfarbenen Flüssigkeit auf das Tuch träufelte, das Bastien ihm gegeben hatte, und es gegen Belles Kopf presste. Sie zuckte zusammen, aber er hielt es fest auf ihre Wunde gedrückt und holte einmal tief Luft, bevor er zu erzählen begann.

„König Louis ist überraschend gefasst. Aber alle anderen sind in Panik geraten. Der Comte d’Artois hat seinen Bruder angefleht, aus dem Palast zu fliehen und sich nach Metz aufzumachen, unterstützt von der Königin, wo er zumindest unter dem Schutz loyaler Truppen stehen würde. Aber Louis weigert sich, Versailles aufzugeben. Er ist immer noch überzeugt, dass er mit den Revolutionären zusammenarbeiten kann.“

„Das mag den Anschein von Weisheit haben“, warf Bastien ein. „Aber ich glaube nicht, dass Louis über die nötige Intelligenz verfügt, um derart vertrackte Verhandlungen zu führen.“

„Du glaubst, dass der Mob sich als Nächstes nach Versailles aufmacht?“, fragte Belle.

„Nein, ganz sicher nicht. Dafür ist es noch zu früh. Sie mögen zwar so viele Waffen aus der Bastille gestohlen haben, wie sie tragen konnten, aber selbst die Tollwütigsten unter ihnen wissen, dass sie keine Chance haben, Louis' Hochburg zu belagern. Aber die Revolutionäre müssen den Palast gar nicht einnehmen, um zu bekommen, was sie wollen. Sie halten die Macht in Händen, vor allem jetzt, da sie zu einer bewaffneten Miliz herangewachsen sind. Louis wird keine andere Wahl bleiben, als Zugeständnisse zu machen." Er schenkte sich noch ein Glas Whiskey ein. „Die Wahrheit ist, Louis ist schwach. Er wird sich der Revolution nicht entgegenstellen können. Er sollte fliehen, solange er noch kann."

Lumière stieß einen leisen Pfiff aus, während alle vier in geschockter Stille beisammensaßen. Belle konnte nicht begreifen, wie innerhalb so kurzer Zeit so vieles hatte geschehen können. Selbst der Unterschied zwischen Morgen und Abend desselben Tages war schwindelerregend. Das Bild vom abgetrennten Kopf des Marquis und die Vision des Mobs, der Aveyon niederbrannte, verfolgten sie schon jetzt. Sie versuchte mit aller Kraft, diese falsche Vision zu verdrängen, aber es war vor allem die Hinrichtung des Marquis, die ihr in den Knochen steckte. Belle wusste, dass es nichts gab, was sie zu seiner Rettung hätte tun können, aber seine Ermordung tatenlos mitangesehen zu haben lastete schwer auf ihrer Brust. Dies war nicht das Paris, in das sie sich als Kind verliebt hatte. Es war, als stünde das Schicksal der Stadt auf Messers Schneide, und so wie es fiel, würde auch der Rest von Europa fallen.

„Ich denke, wir sollten nach Hause fahren", sagte sie leise und voller Furcht, dass ihr Ehemann ihr widersprechen könnte. Belle sorgte sich, dass er dem König Versprechungen gemacht haben könnte, von denen er nun nicht zurücktreten wollte.

Lumière nickte, und Lio überraschte sie, indem er es ihm gleichtat.

„Louis hat mein Vertrauen verspielt. Wir haben nichts dabei zu gewinnen, einem König die Treue zu schwören, dessen eigenes Volk ihn absetzen will. Ich glaube, Aveyon ist Frankreich nichts schuldig." Er sah zu Belle. „Wir müssen zurück zu unseren eigenen Leuten."

Bastien holte hörbar Luft und strich sich das Haar aus der Stirn. „Dann wäre das geklärt. Ihr reist im Morgengrauen ab.“ Er kippte den Rest seines Whiskeys hinunter. „Geht auf eure Gemächer. Ich lasse euch etwas zu essen hinaufbringen. Und ich werde dafür Sorge tragen, dass euer Gepäck für eure Abreise vorbereitet wird.“

An jedem anderen Tag hätte Belle vielleicht hinterfragt, warum Bastiens Loyalitäten so rasch gekippt waren. Aber sie war müde, und es lag immerhin durchaus im Bereich des Möglichen, dass die einzige Person, der gegenüber Bastien wahrhaftig loyal war, er selbst war.

„Ich werde mich um die Kutsche kümmern, Sire“, fügte Lumière mit einer raschen Verbeugung hinzu.

„Danke, Lumière.“ Lio zog Belle auf die Füße und legte ihr schützend einen Arm um die Schultern. Sie wusste es besser, als ihm zu sagen, dass sie durchaus in der Lage war, allein zu gehen. „Gute Nacht, Cousin.“

Bastien winkte ihnen hinterher, aber Belle hielt im Türrahmen noch einmal inne und wandte sich aus einem plötzlichen Pflichtgefühl heraus zu ihm um.

„Vielen Dank, Bastien.“

Er nickte nur, aber sie wusste, dass er verstanden hatte, dass sie sich für viel mehr bedankt hatte als nur für das Arrangieren eines Abendessens und seine Hilfe für ihre Abreise.

Der Duc war ihr immer noch ein Rätsel, verstrickt in ein Netz aus Treue und Motiven, von dem sie nicht sicher war, ob sie es je entwirren würde, aber er hatte sie heute gerettet. Ihr graute bei dem Gedanken, was ihr alles hätte zustoßen können, wenn er sie nicht in dieser Gasse gefunden hätte.

Plötzlich erinnerte Belle sich an die Frau aus dem Spiegelladen. Es musste sich einfach um dieselbe Frau handeln wie die, die Bastien zu ihr geführt hatte. Nichts davon ergab einen Sinn, aber sosehr Belle auch von Natur aus neugierig war, wäre es eine große Erleichterung für sie, dieses spezielle Rätsel hinter sich zu lassen.

Lio führte Belle mit zu großer Umsicht durch die Flure des Anwesens, aber sie ließ es zu. Kaum hatten sie die Tür zu ihren Gemächern geschlossen, erschien einer von Bastiens Dienern und teilte ihnen mit, dass der Duc die Meinung seines Cousins zu bestimmten Angelegenheiten benötige, die mit dem zu tun hätten, was er in Versailles gesehen habe.

Lio versprach, rasch zu ihr zurückzukehren, aber Belle war nicht so naiv, sein Versprechen einzufordern. Bastien war lange Nächte gewohnt und würde Lio selbst nach dem Tag, der hinter ihnen lag, wohl kaum verschonen. Sie fühlte mit ihrem Mann.

Endlich allein, ließ Belle sich mit einem tiefen Seufzer auf die Bettkante sinken, zu erschöpft, um sich darüber Gedanken zu machen, dass sie das feine Leinen mit ihrer ruinierten Kleidung beschmutzte. Und sie wäre sicher darin eingeschlafen, wenn nicht etwas auf dem Schreibtisch ihre Aufmerksamkeit erregt hätte. Es war eine weiße Karte, aufgestellt auf einem silbernen Tablett. Als sie näher kam, erkannte sie, dass es sich um einen Umschlag mit ihrem Namen darauf handelte. Belle brach das Siegel mit einem Brieföffner auf und zog ein gefaltetes Stück Pergament hervor.

Liebe Belle,
ich nehme an, dass Ihnen jedweder Titel zuwider ist, darum hoffe ich, dass Sie mir die formlosen Anreden nachsehen werden. Ich habe unser Treffen vergangene Nacht und Ihre darauffolgende Kritik am Comte sehr genossen. Es wird noch über Wochen das Gesprächsthema bei Hofe sein. Sollten Sie sich während Ihres Aufenthaltes in Paris einmal ohne Beschäftigung wiederfinden, kenne ich ein paar Salons, die Sie interessieren dürften.

Ich hoffe, Sie genießen den Rest Ihrer Reise über den Kontinent. Ich möchte nicht aufdringlich erscheinen, aber ich hoffe doch, dass ich Sie mit einem Besuch belästigen darf, sollte ich mich je unverhofft in der Nähe von Aveyon wiederfinden. Auf eine Frau zu treffen, die so bereitwillig ihre eigene Meinung vertritt, ist eine Seltenheit.

Hochachtungsvoll
Marguerite

Mademoiselle de Lambriquet hatte sich während Bastiens unglücklichem Diner rasch als eine Verbündete erwiesen, und Belle bedauerte es einmal mehr, dass ihr abrupter Abgang es ihr nicht gestattet hatte, sie besser kennenzulernen.

Sie verlor keine Zeit und kritzelte eine rasche Antwort auf die Rückseite des Pergaments, beschämt von dem auffälligen Unterschied ihrer Handschriften.

Liebe Marguerite,
Ihre Bekanntschaft zu machen, war ein Lichtblick auf einer ansonsten viel zu ereignisreichen Reise. Ich bedaure, dass wir am Morgen bereits in Richtung Aveyon abreisen. Es wäre schön gewesen, mehr von dem Paris, an das ich mich aus meiner Jugend erinnere, mit Ihnen zu erkunden.

Bitte betrachten Sie sich in Aveyon jederzeit als willkommen.
Herzlich
Belle

Sie faltete das Pergament zusammen und steckte es zurück in den Umschlag, in dem es angekommen war, strich ihren Namen durch und ersetzte ihn mit Marguerites vollem Titel. Den Umschlag legte sie zurück auf das Tablett und stellte es vor ihrer Schlafzimmertür auf den Boden, da sie wusste, dass Bastiens Bedienstete sich darum kümmern würden, dass er die Empfängerin erreichte.

Dann zog sie sich ins Badezimmer zurück und stellte fest, dass jemand ihr dankenswerterweise ein Bad eingelassen hatte, womöglich nachdem er einen Blick auf ihren desolaten Zustand erhascht hatte. Belle tauchte die Finger ins Wasser und stellte erfreut fest, dass es noch heiß war. Sie öffnete einen Schrank voll duftender Seifen und Öle, wählte ein Fläschchen aus, das nach Lavendel und Honig duftete, und goss eine großzügige Menge davon ins Wasser. Hastig schlüpfte sie aus ihren befleckten Sachen und machte sich eine mentale Notiz, das Kleid bei erster Gelegenheit zu verbrennen, bevor sie sich in die Wanne sinken ließ und vollständig untertauchte. Unter der Oberfläche herrschte eine selige Stille. Belle verbrachte die folgende halbe Stunde damit, sich die Haut wund zu schrubben, bis sie alle Spuren der Straße und des Mobs beseitigt hatte. Als sie damit fertig war, war das Wasser nur noch lauwarm und trüb, aber sie war sauber. Lio war noch nicht zurück, also zog sie sich eines der rüschenbesetzten Nachthemden über den Kopf, auf denen Madame de Garderobe bestanden hatte, und schlüpfte unter die Decken, fest entschlossen, auf ihren Ehemann zu warten, damit sie die Ereignisse des Tages besprechen konnten.

Doch sie schlief innerhalb weniger Minuten ein. Es war ein tiefer Schlummer, und Belle hätte wohl die ganze Nacht durchgeschlafen, hätte nicht ein plötzliches wildes Gezappel neben ihr sie geweckt. Mit einem Ruck setzte sie sich auf.

Lio wurde von einem Albtraum heimgesucht.

Der letzte lag viele Wochen zurück, aber Lio hatte heute einen inneren Aufruhr erlebt, der ihn dermaßen verängstigt hatte, dass ihn nun schreckliche Erinnerungen quälten.

Automatisch streckte sie eine Hand nach ihm aus, aber er wand sich aus ihrem Griff. Im Zimmer war es dunkel, aber in dem Mondlicht, das durch einen Schlitz in den Vorhängen fiel, konnte Belle die Umrisse seiner Gestalt ausmachen. Er umklammerte seinen Kopf mit den Händen, den Rücken vor Schmerz gekrümmt. Sie wusste nicht, ob er wach war oder schlief. Manchmal war das unmöglich zu sagen.

In Lios Albträumen war der Fluch nie gebrochen worden.

„Lio?", sagte sie sanft, in der Hoffnung, dass der Klang ihrer Stimme ihn zu ihr zurückholen würden. Doch die Schreie gingen weiter. Belle wusste aus Erfahrung, dass dies ein Albtraum war, den er nicht allein bezwingen konnte. In ihm wütete eine Dunkelheit, die nur er sah. Selbst wenn sie ihn jetzt aufweckte, würde die Furcht wahrscheinlich in die Realität überschwappen.

Sie setzte sich auf, versuchte es erneut, berührte ihn am Arm. „Lio." Seine Haut war kalt und feucht. Bei ihrer Berührung schreckte er aus dem Schlaf.

„Belle." Er setzte sich auf und keuchte wie ein Mann, der einem tödlichen Strom entronnen war. Es dauerte eine Weile, bis er sich wieder in der Welt zurechtfand und sich aus den Klauen des Albtraums befreien konnte.

Sie spürte, dass ein Teil von ihm immer noch träumte, und sie rutschte näher an ihn heran, bis er sie in seine Arme zog. Seine Haut an ihrer Wange fühlte sich fiebrig an.

„Ich bin hier, ich bin hier", versicherte sie ihm.

„Ich träume jedes Mal davon, dass ich dich verliere, aber dieses Mal habe ich auch noch Aveyon verloren." Sie lauschte darauf, wie sein Herzschlag sich langsam wieder beruhigte. Seine Hände strichen durch ihr Haar. „Wenn Louis es schon nicht schafft, an seinem Königreich festzuhalten, wie soll dann erst ein Biest sein Volk anführen?"

Das Aufbegehren des Dritten Standes, der Sturm auf die Bastille und König Louis nachfolgende Schwäche hatten alte Ängste in ihm geweckt.

„Schhh, du bist kein Biest mehr. Und du wirst weder mich noch Aveyon verlieren."

„Es tut mir leid, dass du mich so sehen musst."

Sie stützte sich auf die Ellenbogen und sah in an. Es war dunkel, aber in seinen Augen spiegelte sich das Mondlicht. „Ich habe dich damals geliebt, und ich liebe dich heute. Tatsächlich gibt es keinen Teil von dir, den ich nicht von ganzem Herzen liebe. Also hör auf, dich bei mir zu entschuldigen."

Er zog sie wieder zu sich hinunter, bis sie neben ihm lag. „Lass uns einfach weiterschlafen."

Sie zögerte. „Wir sollten darüber sprechen, Lio."

„Es war ein Albtraum, mehr nicht. Wir haben morgen eine lange Reise vor uns."

Belle hatte einen Teil der Dunkelheit, die Lio immer noch verfolgte, miterlebt, aber sie wusste, dass das nicht im Ansatz damit zu vergleichen war, ein Jahrzehnt lang jeden Tag mit ihr zu leben. Sie fürchtete, Lio von sich wegzustoßen, wenn sie zu sehr in ihn drang. Also schluckte sie ihre Sorge hinunter und küsste ihn sanft auf die Stirn. Als er sie an sich zog und seine Lippen auf ihre presste, konnte sie nicht umhin, sich zu fragen, ob dies ein Versuch war, die Angst zu ersticken, die noch immer in seinem Geist herumwirbelte.

Der nächste Morgen versank derartig in Chaos, dass jeder Gedanke, den Belle daran gehegt hatte, mit Lio über die Ereignisse der vorangegangenen Nacht zu sprechen, sich augenblicklich in Luft auflöste.

Sie verließen ihre Gemächer und fanden Bastiens gesamten Haushalt in heillosem Durcheinander vor. Diener hasteten in alle Himmelsrichtungen, stopften Dinge in Koffer oder warfen weiße Laken über das vergoldete Mobiliar.

„Was in aller Welt geht hier vor?", wandte Belle sich an Lio, der ratlos die Schultern hob.

Sie machten sich auf den Weg zum Speisesaal, den sie jedoch vollkommen leer geräumt vorfanden, als ob Bastien für eine Saison in Versailles abreisen würde.

„Oh, ihr seid endlich wach." Bastien war hinter ihnen aufgetaucht und schlug ihnen beiden kameradschaftlich auf den Rücken, dann führte er sie aus der Tür und in Richtung der Küche. „Wie habt ihr geschlafen?"

Er legte eine winzige Pause ein, wie um ihnen Gelegenheit für eine Antwort zu geben, fuhr dann aber augenblicklich fort. „Ich habe kein Auge zugetan. Die ganze Nacht über sind Briefe und Nachrichten eingetroffen. Adelige fliehen aus Versailles, angeführt vom Comte d'Artois, der anscheinend keinerlei Interesse mehr daran hat, darauf zu warten, dass sein Bruder zu Sinnen kommt." Er bugsierte sie in die Küche, wo zwei Schalen mit Porridge für sie bereitstanden. „Ich glaube, die Einzigen, die verrückt genug sind zu versuchen, diesen Sturm auszusitzen, sind der König und die Königin und ihre engsten Bediensteten. Alle anderen retten sich nach Metz oder auf den Rest des Kontinents oder nach England, ausgerechnet. Aber ich würde wirklich lieber sterben, als auch nur einen Fuß auf König Georges Grund und Boden zu setzen. Hier stehen wir also nun."

Lio tauchte einen Löffel in die dampfende Schüssel, und mit einem Mal bestürmten ihn Erinnerungen an das Biest, das damit kämpfte, das

Besteck einfach nur in der Hand zu halten. „Ähm“, sagte er, „und wo wäre das?“

Bastien bedachte ihn mit einem mitleidigen Lachen. „Ich komme mit euch nach Aveyon, Cousin. Es ist für einen Adeligen in Paris ganz offensichtlich nicht mehr sicher, und ich halte es für das Beste, bei der Familie unterzukommen, die mir noch bleibt.“ Er ließ die arrogante Maske fallen und wurde ernst. „Ich brauche einen Ort, an dem ich diesen Sturm vorüberziehen lassen kann, und während ich warte, möchte ich dir helfen dafür zu sorgen, dass Aveyon sicher ist.“

Belle verspürte einen Anflug von Unsicherheit, den sie sich nicht erklären konnte – fast so, als ob Bastien die Probleme von Paris mit sich bringen würde. Lio hingegen war begeistert. „Es wäre uns eine Ehre, wenn du dich in Aveyon niederlassen würdest, wie lange auch immer nötig.“

Bastien strahlte. „Perfekt. Meine Sachen werden uns hinterhergeschickt.“

„Uns?“, fragte Belle.

„Ich dachte, wir könnten uns auf der Fahrt nach Aveyon alle besser miteinander vertraut machen.“ Er lächelte sie an, aber es war ein verschlagenes Lächeln. „Ich gehe eben und gebe Lumière eine Liste mit den Dienern, die mich begleiten werden.“ Damit rauschte er aus der Küche.

„Hältst du das wirklich für eine gute Idee?“, fragte sie Lio.

„Er ist ein mächtiger Verbündeter, Belle. Wir können seine Hilfe wirklich gut gebrauchen.“

Sie rührte den Schleim in ihrer Schüssel um und wünschte sich nichts sehnlicher als luftiges Rührei und buttrigen Toast. „Wahrscheinlich hast du recht.“

Lio legte seine Hand auf ihre. „Ich weiß, dass du ihn nicht gerade gern hast, aber es stimmt, was er sagt. Hier ist es nicht mehr sicher. Was wäre ich für ein Cousin, wenn ich ihn abweisen würde?“

Belle nickte, den Mund voll mit grässlichem Porridge, und schluckte ihn schließlich hinunter. „Für mich zählt nur, dass wir nach Hause fahren.“

Dabei hatte sie Aveyon in der Hoffnung verlassen, dass es eine ganze Weile dauern würde, bis sie es wiedersah. Sie hatte zusammen mit ihrem

Ehemann den Kontinent bereisen wollen, um Erinnerungen zu schaffen, die nicht aus Schmerz erwachsen waren. Aber solange Frankreich sich am Rande eines Bürgerkrieges befand, war an eine Hochzeitsreise nicht zu denken. Und selbst nach dieser kurzen Zeit der Abwesenheit vermisste Belle ihr Zuhause.

Vielleicht war das alles, was sie brauchte, um ihren rastlosen Geist zu beruhigen.

Vielleicht konnte sie jetzt zufrieden sein.

Zumindest war Aveyon weit weg von den Unruhen in Paris.

Kapitel Neun

Nun, da Bastien sie begleitete, kam Belle die Reise doppelt so lang vor.

Der Duc bestand darauf, dass sie nur in den teuersten Gasthäusern und Tavernen Rast machten, und weigerte sich, länger als sechs Stunden am Tag in der Kutsche zu verbringen, was ihre Reisezeit tatsächlich verdoppelte. Lio gab sich alle Mühe, Geduld für seinen Cousin aufzubringen, aber Belle war bereits am Mittag des ersten Tages kurz davor, ihn zu erwürgen.

Auf dem Weg nach Paris war ihr die Kutschte geräumig vorgekommen, aber jetzt fühlte sie sich so beengt an wie ein Sarg. Als sie endlich den steilen Waldweg zum Schloss hinaufrumpelten, dachte Belle zerknittert und erschöpft, dass sie den Boden küssen wolle, sobald sie die Kutsche verlassen hatte. Sie schob das kleine Fenster beiseite und lehnte sich aus der Kutsche, füllte ihre Lungen mit Aveyon, wo der Duft von Pinien schwer in der Luft lag und die Sonne warm, aber nicht drückend auf sie herabschien. Der leichte Wind kitzelte ihre Haut und zupfte Strähnen aus dem einfachen Zopf, den sie sich am Morgen geflochten hatte.

Beim ersten Blick auf das Schloss wurde ihr warm ums Herz – da waren die hohen Türme, die bis in die Wolken reichten, klein nur im Vergleich mit den mächtigen Bergen in der Ferne. Ihre polierten weißen Steine strahlten hell im Licht der Sonne. Sie zählte die gemeißelten Engel, die wie Wächter auf jedem einzelnen Pfeiler thronten, und bewunderte die üppigen Gärten. Es war alles so anders als damals, als sie es zum ersten Mal erblickt hatte, beschmutzt von dem Fluch.

Sie war zu Hause. Es war an der Zeit, Paris hinter sich zu lassen.

Sie wurden von einer strahlenden Madame Pottine und einem aufgeregten Tassilo in Empfang genommen. Obwohl der Fluch längst gebrochen war, erwischte Belle sich manchmal dabei zu erwarten, dass sie ihr wieder so erscheinen würden wie ganz am Anfang – als runde Teekanne aus Porzellan und dazu passende Teetasse mit einem Sprung im vergoldeten Rand. Aber diese Version von Madame Pottine war so weich wie eine freundliche Großmutter, mit flauschigen weißen Locken, die ihr liebevolles Gesicht umrahmten, und Tassilo war so sprunghaft wie ein junges Fohlen. Sein strohblondes Haar stand in alle Himmelsrichtungen ab und sein Hund Fou Fou tänzelte um seine Beine. Sie waren nicht länger die regungslosen Objekte, die sie einst kennengelernt hatte, sondern beschwingt und lebendig. Nach den nervenaufreibenden Tagen in Paris erfüllte es ihr Herz erneut mit Freude, sie so zu sehen.

Ein übereifriger Cogsworth – mit zuckendem Schnurrbart und noch beinahe so stocksteif wie damals, als Belle ihn zum ersten Mal getroffen hatte – belagerte Lio bereits mit Sorgen und Plänen, bevor dieser die Kutsche ganz verlassen hatte.

„Sire, wir müssen augenblicklich ein Treffen Eurer Berater einberufen. Die Unruhen in Paris …“

„Cogsworth, bitte.“ Lio wirkte erschöpft und um einiges älter als bei ihrer Abreise aus dem Schloss mehrere Wochen zuvor. „Wir sind ausgelaugt von unserer langen Reise und benötigen erst einmal vor allem Schlaf.“

„Aber Sire …“

Lumière schritt beherzt zwischen Lio und seinen Haushofmeister, fasste Cogsworth bei den Schultern und führte ihn von der Gruppe fort. „Wundervoll, dich wiederzusehen, alter Freund. Sollen wir uns um die Logistik kümmern?“

„Welche Logistik?“

„Du weißt schon, die *Logistik*, um die wir uns im Schloss kümmern müssen."

„Aber … aber …", stotterte Cogsworth, während Lumière ihn durch die riesigen Eingangstore und außer Sicht führte. Selbst in menschlicher Gestalt gaben die beiden ein lustiges Paar ab: Lumière groß und spindeldürr, Cogsworth klein und rundlich. Als sie weggingen, erinnerte sich Belle an die Zeit, als sie ihre Führer durch das Schloss gespielt hatten, und daran, wie leicht sie ihnen entwischt war.

Madame Pottine kam auf Belle und Lio zu und schloss sie beide in eine herzliche Umarmung. „Wir haben Euch schmerzlich vermisst."

„Nicht so sehr, wie ich Ihre Kochkünste vermisst habe, Madame Pottine", strahlte Lio.

Sie grinste. „Ich habe mir schon Sorgen gemacht, dass Ihr meine Beförderung bereuen könntet."

„Niemals. Es bedurfte nur eines einzigen Bissen Ihres Soufflés und ich war verloren." Lio beehrte sie mit einer leichten Verbeugung und entfernte sich dann, um ein Wort mit dem Kutscher zu wechseln.

Madame Pottine ergriff Belles Hände. „Euer Vater hat Nachricht geschickt, dass er Toulouse verlassen hat und sich nun auf dem Rückweg befindet."

Maurice hatte Aveyon vor fast drei Monaten verlassen, um mit seinen Erfindungen von Stadt zu Stadt zu ziehen und nach Gleichgesinnten zu suchen. Belle war erleichtert zu hören, dass er nun zurückkehren würde.

„Er kann nicht abschätzen, wie lange er mit den Reiseverzögerungen durch das Schlamassel in Frankreich brauchen wird, aber macht Euch keine Sorgen, er wird bald zurück sein." Sie richtete sich auf und strich ein paar Falten in ihrer Schürze glatt. „Ich sollte zurück in die Küche. Ein Abendessen von meinem Kaliber bereitet sich nicht von selbst zu." Sie zwinkerte ihr zu und verschwand.

Belle schlenderte zu Bastien hinüber, der mit einem seltsamen Ausdruck auf dem Gesicht zum Schloss hinaufblickte.

„Ist es dein erster Besuch in Aveyon?", fragte sie.

Er wandte seinen Blick nicht von den Steinen und Kacheln ab. „Ich war als Kind schon einmal hier, aber ich kann mich kaum daran erinnern."

Sie folgte seinem Blick den Turm hinauf. „Es muss dir so klein vorkommen."

Er sah sie an und schenkte ihr den Anflug eines Lächelns. „Klein ist gar nicht so schlecht."

Sie fragte sich, warum diese Version von Bastien – höflich, bescheiden, womöglich sogar freundlich – die meiste Zeit über verborgen blieb. Vielleicht könnte sie sich sogar mit ihm anfreunden, wenn er den ruppigen und arroganten Bastien in Paris zurückgelassen hatte.

Erhobene Stimmen lenkten ihre Aufmerksamkeit von der Architektur ab und zurück zu der Kutsche, wo Lio gerade zwei Diener tadelte.

„Das ist mir egal. Werdet sie los." Sein Ton war eisig, und als Belle näher herankam, entdeckte sie augenblicklich die Wurzel des Problems. Während ihrer Abwesenheit waren Rosen in einem vergessenen Fleckchen des Gartens erblüht. Sie waren atemberaubend schön – blutrot mit üppigen, makellosen Blütenblättern und spitzen Dornen.

Sie waren außerdem eine lebhafte Erinnerung an den Fluch, der das Königreich beinahe zerstört hatte.

Madame Pottine hatte dafür gesorgt, dass die Gärten des Schlosses von allen Spuren der Rosen befreit wurden, sobald der Fluch aufgehoben war, aber einige waren offensichtlich übersehen worden.

„So eine Aufregung wegen ein paar Rosen?" Bastien sah verdutzt zwischen Lio und Belle hin und her und versuchte offensichtlich zu begreifen, was hier wirklich vor sich ging. „Vielleicht lag ich falsch. Vielleicht hättest du doch ganz hervorragend nach Versailles gepasst, Cousin, wo eine verirrte Blume es wert ist, dass man sich ihretwegen echauffiert. Du hättest in Marie Antoinette eine Verbündete gehabt. Einmal wurde ich Zeuge, wie sie einen ganzen Teller mit dampfendem Filet d'Aloyau braisé lieber auf den Teppich unter sich kippte, anstatt zu warten, bis es etwas abgekühlt war."

Bastien hatte natürlich keine Ahnung, warum Lio nie wieder in seinem Leben eine Rose zu Gesicht bekommen wollte. Ein paar Diener begannen hastig damit, den Busch aus der Erde zu reißen, während der Duc weiter ungläubig von Belle zu Lio blickte und auf eine Antwort wartete, die sie ihm nicht geben konnten.

„Hat irgendjemand vor, mir das hier zu erklären?“

Lio wandte sich von seinem Cousin ab und zog sich in eisernem Schweigen ins Schloss zurück. Belle sah den Duc an und seufzte.

„Rosen machen ihn krank“, sagte sie. Es war eine erbärmliche Ausrede, aber ihr wollte keine bessere einfallen.

Bastien beobachtete, wie sein Cousin im Schloss verschwand, ließ das Thema aber gnädigerweise fallen. „Weißt du, es war eine lange Reise, und ich bin bereit, meine Sorgen in der größten Flasche Champagner zu ertränken, die ihr auftreiben könnt.“

Sie verbrachten die erste Nacht zurück in Aveyon in ihren privaten Ecken des Schlosses, zu erschöpft, um viel mehr zu tun, als in dem Essen herumzustochern, das Madame Pottine ihnen vor die Tür gestellt hatte, und den Gestank und Schmutz der Reise von ihren Körpern zu waschen. Belle und Lio schlichen um den Vorfall mit den Rosen herum. Sie war zu mitgenommen von allem, was geschehen war, um sich in eine Diskussion zu stürzen, von der sie beide wussten, dass sie unumgänglich war.

Es war eine Sache, Bastien in Paris zu belügen. Eine völlig andere Sache war es, eine so gigantische Wahrheit in ihrem eigenen Heim zu vertuschen, das noch bis vor Kurzem unter dem Schleier der Magie gelebt hatte.

Aber das konnte warten. Die Zeit war auf ihrer Seite.

Sie schliefen ein, noch bevor die Sonne untergegangen war.

Als sie aufwachte, stellte Belle überrascht fest, dass es schon fast Mittag war. Lio war fort. Obwohl sie so lange geschlafen hatte, fühlte sie sich trotzdem kaum erholt. Die Wochen, die sie unterwegs verbracht hatten, waren nichts als geborgte Zeit gewesen. Jetzt, wo sie wieder zu Hause war, holte Belle die Gewalt ein, die sie in Paris mitangesehen hatte. Der abgetrennte Kopf des Marquis, tropfend, hochgehalten von Männern, deren Wut nicht durch einen einzigen Tod gestillt werden konnte. *Das war keine Vergeltung*, dachte sie. *Das war erst der Anfang.*

Sie begriff allmählich, dass sie dieses Bild niemals würde abschütteln können. Das Entsetzen darüber hatte Spuren hinterlassen. Sie spürte es in der Art, wie ihr Geist nicht zur Ruhe kommen wollte, wie die Erholung sich ihr entzog und die Distanz zwischen Lio und ihr mit jedem Tag wuchs.

Längst bereute Belle ihre Entscheidung, ihm vorzuenthalten, was sie an jenem Tag vor dem Hôtel de Ville gesehen hatte. Zu der Zeit war es ihr wie der logische Schluss erschienen, ihn mit dem Schlimmsten zu verschonen, aber nun litt sie unter der Einsamkeit. Aber es war zu spät, um ihm jetzt noch davon zu erzählen, ohne dass es wie ein Verrat geklungen hätte. Sie musste diese Dunkelheit in sich begraben und hoffen, dass sie nicht daran zerbrach.

Die Schatten an den Wänden wurden länger, während sie allein im Bett lag und die verstreuten Teile in ihr zusammenhielt. Sie war Lios Frau. Tochter von Maurice. Eine Adelige. Eine Bürgerliche. Allein. Geliebt. Irgendwo in ihrem Inneren wusste sie, dass sie aufstehen sollte, aber in diesem Moment fühlte sie sich wie betäubt.

Die Tür ging auf, und Lio kam ins Zimmer.

„Belle." Seine Stimme klang angespannt. „Geht es dir gut?"

„Alles in Ordnung", erwiderte sie. „Ich bin nur müde."

Er senkte den Blick, sah sie nicht an. „Ich weiß, dass du mich über diesen Tag in Paris belogen hast."

Mit einem Ruck setzte sie sich auf, zugleich erleichtert und beschämt, dass Lio sie so leicht durchschaut hatte. Hitze stieg ihr in die Wangen, eine Mischung aus Zorn und Scham. Sie schlug die Decke zurück. „Es war nicht so sehr eine Lüge wie eine Aussparung." Sie fühlte sich so klein, wie ihre Worte unbedeutend waren. Der Grund spielte keine Rolle. Alles, was zählte, war, dass es eine Lüge gewesen war.

Endlich sah er sie an. Seine Augen blitzten, in ihnen spiegelte sich das Licht der Sonne und etwas, das tiefer reichte. Vielleicht Wut.

„Warum hast du es mir nicht erzählt?"

Die Wände rückten näher und näher. „Ich wollte es nicht realer erscheinen lassen, als es ohnehin schon war." Sie fummelte an den Decken herum, die sich um sie herum aufgetürmt hatten. „Ich wollte dich nicht mit so etwas Schrecklichem belasten.“

„Stattdessen hast du es lieber allein geschultert.“ Er seufzte, und sein Zorn schien zu verfliegen. Er kam zum Bett, kniete sich vor sie und nahm ihre Hände zwischen seine. „Wir sind gezwungen, die Welt zu belügen. Wir dürfen nicht auch noch einander belügen.“

„Ich weiß“, hauchte sie, und alle weiteren Worte blieben ihr in der Kehle stecken, als er eine Hand an ihre Wange legte.

„Du hast mich in meinen dunkelsten Momenten erlebt. Versuch bitte niemals, mir deine zu ersparen.“ Er setzte sich neben sie auf die Matratze. „Komm, erzähl mir alles.“

Und das tat sie. Sie erzählte ihm von den überfüllten Straßen, von dem Zorn, der den Mob zusammenschweißte, von dem Gefühl, dass ihr keine andere Wahl blieb, als sich von der Menge mitreißen zu lassen. Sie beschrieb, wie die Masse in gleichem Maße verängstigt wie auch wütend gewesen war – und wie schlecht sie organisiert war. Sie erklärte ihm, dass sie nicht glaubte, dass auch nur ein Einzelner von ihnen sich an jenem Tag mit dem Ziel vor Augen aufgemacht hatte, den Marquis de Launay zu töten, und wie das es fast noch schlimmer machte. Der Gedanke, dass der Wunsch, einem anderen Menschen zu schaden, eine Menschenmenge infizieren konnte wie eine Krankheit und normale Menschen zu einer Gewalttat getrieben hatte, die sie sonst vielleicht nie kennengelernt hätten. Das war fast zu viel, um es zu ertragen, und es verstärkte ihre Angst, dass Aveyon von einer ähnlichen Seuche heimgesucht werden könnte.

Aber sie erzählte Lio nichts von der Frau in dem Spiegelladen und ihrer eindringlichen Warnung, die sich als seltsam weitsichtig erwiesen hatte. Belle konnte sich nur noch verschwommen an die Zeit vor der Ermordung des Marquis durch den Mob erinnern, und sie hatte keine Erklärung für das, was sie im Spiegel gesehen hatte. Ihm zu erzählen, dass die Magie, die sein Königreich verdammt hatte, in irgendeiner Form weiterlebte – denn auch wenn sie den Wahrheitsgehalt der Vision selbst bezweifelte, wusste Belle, dass sie in dem Laden der Magie ausgesetzt gewesen war –, würde ihn nur beunruhigen. Sie hatte gesehen, wie sehr die

Rosen ihm zu schaffen machten, und dies war um ein Vielfaches schlimmer.

Als sie zu Ende erzählt hatte, kam es ihr vor, als würde sie nach langer Zeit unter Wasser endlich die Oberfläche durchbrechen. Sie spürte zwar noch immer den Schmerz über das, was sie mitangesehen hatte, aber er war geschrumpft. Lio davon zu erzählen hatte ihn seiner Kraft beraubt. Belle glaubte, dass sie mit dem Rest leben konnte.

Lios Mund war nur noch ein harter Strich. „Wir dürfen nicht zulassen, dass Aveyon dasselbe geschieht."

„Nein, das dürfen wir ganz sicher nicht."

„Danke, dass du es mir erzählt hast."

„Entschuldige, dass ich es dir nicht schon früher erzählt habe." Sie legte den Kopf an seine Brust. „Was sollen wir jetzt tun?"

„Wir haben schon Schlimmeres überstanden. Wir lassen uns etwas einfallen."

Sie lehnte sich zurück, um zu ihm aufzusehen, und zog ihn näher an sich heran, brauchte die Gewissheit, dass ihre Lüge sie nicht entzweit hatte. Als ihre Lippen sich berührten, verschwand alles um sie herum. Zurück blieben nur sie zwei, verbunden durch den Fluch, den sie gebrochen hatten.

Schließlich riss er sich mit geröteten Wangen von ihr los. „Du musst mit mir mitkommen."

Belle war ein wenig außer Atem. „Wohin?"

„Ich habe ein Treffen meiner Berater einberufen. Es gibt viel zu besprechen. Cogsworth hat recht, wir dürfen keine Zeit verlieren."

„Ich hatte gehofft, dass wir erst einmal miteinander reden könnten." Es gab so viel, was sie mit Lio besprechen wollte, bevor sie an den Rand des Thronsaals gedrängt wurde, während sechs verschiedene nutzlose Männer um seine Aufmerksamkeit buhlten.

„Ich weiß. Nur bleibt uns leider keine Zeit." Ihr Stirnrunzeln brachte ihn zum Lächeln, was sie wiederum wütend machte. „Ich glaube, mein erster Punkt auf der Tagesordnung wird dir gefallen." Er sprang vom Bett auf und eilte in Richtung Tür. „Zieh dich schnell an, wir sind schon spät dran."

Sie stand auf und griff nach einem einfachen, sauberen Kleid, einem von vielen dieser Art, die ihre Schränke füllten, sehr zum Unmut von Madame de Garderobe. „Was hast du vor?"

Er schenkte ihr ein schelmisches Grinsen. „Mir nach, wenn du es wissen willst."

Auf dem Weg zum Thronsaal weigerte Lio sich beharrlich, Belle mehr zu verraten. Es trieb sie in den Wahnsinn, aber sie rief sich ins Gedächtnis, dass Lios Überraschungen eigentlich immer von der guten Sorte waren. Sie erreichten die massiven Eichentüren, und Lio schlüpfte hindurch, ohne auf sie zu warten.

Belle hielt auf der Türschwelle inne und ließ ihren Blick durch den Saal schweifen. Es traf sie unvorbereitet, ausnahmslos alle von Lios Beratern dort versammelt zu sehen. Die mächtigsten unter ihnen waren: Seigneur Montarly, ein dünner, schlaksiger Mann und ein lebendes Relikt des Ancien Régime, Baron Gamaches, ein Bär von einem Mann, dessen hoher Status auf seinen militärischen Erfolgen für Lios Vater beruhte, und Seigneur Geoffrey, der offensichtliche Nachfolger von Montarlys ermüdeten Ansichten.

In den Monaten, nachdem der Fluch gebrochen war, hatten sich höchstens zwei der Männer dazu herabgelassen, zur gleichen Zeit bei den Treffen zu erscheinen. Sie fragte sich, ob es der Aufstand der französischen Bauern war, der sie alle dazu veranlasst hatte, heute zu erscheinen. Aveyons Adel hatte viel zu verlieren, auch wenn Lios Hof nicht im Ansatz mit Versailles zu vergleichen war.

Besonders schockierte es sie, Bastien direkt neben Lios Stuhl sitzen zu sehen, auf einem Platz, der ein gewisses Maß an Einfluss vermittelte, mehr als sie dem Duc in Aveyon zugestanden hätte. Sie bemerkte, dass sie nicht die Einzige war, die den Duc auf seinem Ehrenplatz anstarrte. Einige der anderen Berater wirkten geradezu erzürnt. Cogsworth saß auf Lios anderer Seite und begrüßte sie mit einem knappen Nicken.

„Belle, komm zu uns", forderte Lio sie auf. Sie betrat den Raum und spürte bei jedem ihrer Schritte die prüfenden Blicke der Männer auf sich, die alle sechs von Aveyons Provinzen repräsentierten. Sie waren Relikte einer vergangenen Ära – Männer, die auf den Rücken ihrer Untertanen ein Vermögen angehäuft hatten und die Lios Vater nicht wegen ihrer Weisheit, sondern wegen ihrer Abstammung und ihrer Ländereien als Berater ausgewählt hatte. Genau wie alle anderen Menschen außerhalb der Schlossmauern waren auch die Männer in Lios Rat verzaubert worden zu vergessen, dass das Biest je existiert hatte. Sie hatten zehn lange Jahre ohne einen Herrscher verbracht, sich wie Könige in ihren Ländereien und Besitztümern aufgeführt und das Volk leiden lassen. Als der Fluch gebrochen wurde und die Erinnerungen an ihren Prinzen zurückkehrten, waren sie mehr als zufrieden, einfach in ihre alten Rollen als Berater zurückzukehren, solange es bedeutete, dass sie noch mehr Einfluss auf ein Königreich ausüben konnten, dass sie zehn Jahre lang praktisch ignoriert hatten. Wie leicht es ihnen auch fiel, die Art und Weise zu vergessen, mit der sie das vergangene Jahrzehnt zugebracht hatten, Belle konnte das nicht. Sie und ihr Vater hatten unter dem Joch von Seigneur Montarly gelebt, einem Mann, der sich weitaus mehr für die Jagd und das Trinken interessierte als dafür, seine Provinz verantwortlich zu regieren.

Lio war der Meinung, dass er und Belle nicht zu harsch mit ihnen ins Gericht gehen sollten, schließlich hatten auch sie unter dem Bann des Fluches gestanden, auch wenn sie nichts davon wussten. Belle musste ihn oft daran erinnern, dass sie nicht verflucht gewesen waren, die Menschen zu vernachlässigen, die auf ihren Feldern und in ihren Haushalten schufteten. Diese Bosheit war ganz von allein gekommen. Sie wünschte sich nichts mehr, als sich dieser Männer zu entledigen, aber Lio bestand darauf, dass sie einen Platz in seiner Herrschaft behielten. Er wollte das Königreich nicht von allem reinwaschen, was sein Vater getan hatte – nicht solange Aveyon noch verletzlich war.

Aber jedes Mal wenn einer von ihnen einen abfälligen Kommentar zu Belles Status verlauten ließ, musste Lio an sich halten, um ihnen nicht ins Gesicht zu schleudern, dass es Belle gewesen war, die sie alle gerettet hatte. Aber er war klug genug, diese Männer nicht mit seinem dunkelsten Geheimnis zu betrauen, selbst wenn es Belle den Respekt eingebracht hätte, der ihr zustand; Belle hingegen scherte es nicht die Bohne, was Lios Berater von ihr hielten. Sie hasste sie so oder so und ertrug es kaum, sich mit ihnen im selben Raum aufzuhalten.

„Belle, ich habe dich und Bastien hierher eingeladen in der Hoffnung, dass ihr beide einen Platz in meinem Rat einnehmen werdet." Sie erstarrte, gefangen zwischen Stolz und Unglauben. „Aveyon würde von deinem, offen gesagt, enzyklopädischen Wissen sehr profitieren und auch von Bastiens politischem Scharfsinn."

Unter den anderen Beratern brach hektisches Geflüster aus. Belle musterte die Anwesenden und musste feststellen, dass Bastien kein bisschen überrascht wirkte. Sie fragte sich, wann er und Lio die Angelegenheit besprochen hatten und warum sie nicht dabei gewesen war.

Lio sah sie eindringlich an, noch immer mit einem Hauch dieses verschmitzten Schimmers in den Augen. „Nimmst du diesen Platz an?"

Seigneur Montarly, der älteste unter den Beratern, räusperte sich so vernehmlich, dass sein Schnurrbart erzitterte. „Sire, haltet Ihr es für weise, jemanden in Euren innersten Rat zu berufen, der so eng in die Angelegenheiten des französischen Hofes verstrickt ist? Sollten wir in diesen schweren Zeiten nicht mehr Vorsicht walten lassen?"

„Den Duc in den Rat zu berufen, ist eine äußerst weise Entscheidung. Ich vertraue ihm vorbehaltlos, und das sollte für Euch genug sein." Die Mitglieder des Rates wirkten nicht überzeugt, weshalb Lio mit mehr Nachdruck in der Stimme fortfuhr, als er Bastiens Kompetenzen einzeln an den Fingern abzählte. „Er bringt ein Gespür für die Stadt in unser ländliches Fürstentum. Er hat sein ganzes Leben in Paris verbracht und kennt den französischen Hof wie seine Westentasche. Er war in die strategischen Diskussionen über die schwelende Revolution eingeweiht und weiß, wo Louis versagt hat."

„Dann habt Ihr jegliches Vertrauen in Euren König verloren?", fragte Baron Gamaches den Duc direkt.

Bastien betrachtete ihn mit festem Blick. „Was nützt ein König, der seinen eigenen Thron nicht beschützen kann?"

Montarly schnaubte entrüstet. „Eure Worte sind Verrat."

„Meine Worte sind die Wahrheit. Und wenn Louis seinen eigenen Thron nicht beschützen kann, dann könnt Ihr versichert sein, dass er auch Aveyon nicht beschützen wird."

Bei diesen Worten zuckte Lio zusammen, und Belle wurde kalt ums Herz. Genau das war es, was sie mit ihm hatte besprechen wollen. Es fühlte sich wie Fehler an, die Dinge zu überstürzen. Bastien trieb die Dringlichkeit in die Höhe, und sie wusste nicht, ob er das aus Pragmatismus oder Verzweiflung tat.

Seigneur Geoffroy lehnte sich vor. „Ich stimme dem Duc zu. Ich habe Nachricht von den Schrecken in Paris erhalten. Adelige fliehen aus der Hauptstadt, und Louis kapituliert lieber, als diese Aufrührer auszumerzen."

„Uns erreichen Berichte vom französischen Land, wonach sich die Bauern gegen ihre Herren auflehnen und die Getreidelager plündern. Wir *müssen* unsere Grenzen schützen", ergänzte Gamaches, militärisch veranlagt wie eh und je.

Montarly schüttelte den Kopf. „Was schlagt Ihr vor, Monsieur? Sollen wir etwa unseren stärksten Verbündeten verraten? Glaubt Ihr, wir könnten den Vertrag, den die Vorfahren des Prinzen vor einigen Jahrhunderten unterzeichnet haben, so leichtfertig außer Kraft setzen?"

Im Hintergrund lief Cogsworth bei dieser Vorstellung scharlachrot an.

Bastien erhob sich von seinem Platz und stützte die Hände auf dem Tisch ab. „Die Funken der Revolution breiten sich aus, ob Ihr Euch das eingestehen wollt oder nicht. Wenn Ihr Euch dafür entscheidet, einem Mann die Treue zu halten, der sich in seinem eigenen Schlamassel verirrt hat, dann entscheidet Ihr Euch für Ignoranz – und für Schwäche." Er richtete sich auf. „König Louis wird sich von diesem Aufstand nicht erholen. Der Terror wird in Frankreich herrschen, lange bevor ein neuer König kommt."

Es war das erste Mal, dass Belle diese Worte laut ausgesprochen hörte – das Ende einer Herrschaft, die Abschaffung der französischen Monarchie. Bastien sprach mit einer so inbrünstigen Überzeugung, dass sie spürte, wie sich Angst im Saal ausbreitete. Niemand wünschte sich ein ähnliches Schicksal für Aveyon, wenn auch vielleicht aus verschiedenen Gründen. Belle und Lio wussten, dass sie etwas Besseres für ihr Volk erreichen konnten. Sie wollten jegliches Blutvergießen vermeiden und Aveyon zu einem friedlichen Ort machen. Die Mitglieder des Rates wollten den Status quo aufrechterhalten. Für eine Weile konnten sie Verbündete sein, aber Belle würde ihre Entlassung genießen.

Montarly ließ seine Faust heftig auf den Tisch niedersausen. „Wenn das Abkommen für nichtig erklärt wird, bleibt unser Königreich verletzlich zurück."

„Wir können nicht darauf vertrauen, dass der Rest von Europa nicht seine Chance wittert, uns herauszufordern", sagte Gamaches.

Der Duc ließ sich wieder auf seinen Stuhl sinken und verschränkte die Hände vor der Brust. „Es gibt eine offenkundige Lösung." Als niemand sich äußerte, fuhr er fort: „Sagt Euch von Frankreich los und macht Euren Prinzen zum König."

Belle hätte gedacht, dass der Saal in Jubel ausbrechen würde, aber stattdessen blieben die Männer um den Tisch still. Die Vision aus dem Spiegelgeschäft in Paris blitzte in ihrem Kopf auf – die Bürger von Aveyon, die auf das Schloss marschierten und sich auflehnten. Sie begrub das Bild einmal mehr tief in ihrem Inneren und weigerte sich zu glauben, dass irgendetwas daran wahr gewesen war.

„Ich unterstütze den Vorschlag", brach Geoffroy schließlich die Stille.

„Und ich", fügte Gamaches hinzu.

Lio hob die Hände. „Moment, ist das wirklich das Beste für unser Volk?" Er sah zu Belle hinüber, aber es gelang ihr nicht, ihre Gefühle in Worte zu fassen.

Bastien stieß ein Seufzen aus, als wäre Lio ein bockiges Kind. „Du bist ein Prinz, Cousin, und wurdest mit dem Schutz deines Königreiches beauftragt. Und so musst du nun vorgehen."

Geoffroy räusperte sich. „Sire, der Gedanke ist gar nicht so abwegig. Euer Volk wird ebenfalls von den Unruhen in Paris und auf dem französischen Land gehört haben, und es hat gelernt, einen Konflikt im Ausland zu fürchten. Sie werden Euren Aufstieg auf den Thron als ein Zeichen der Stärke willkommen heißen."

Die anderen Berater murmelten zustimmend. Belle wünschte sich verzweifelt, dieser Rolle zu entkommen, die man ihr aufgebürdet hatte. Sie konnte sich einem Titel jetzt nicht mehr verweigern, nicht wenn ihr Mann König war. Sie zwang ihre Hände still in ihrem Schoß zu liegen, obwohl jede Faser ihres Körpers sie dazu drängte zu schreien, zu fliehen, zu verschwinden. Unnachgiebig hatte sie darauf bestanden, dass sie niemals Prinzessin Belle sein würde, da sie die falschen Fesseln vermeiden wollte, die mit einem Titel verbunden waren, der in einem Fürstentum so fadenscheinig daherkam. Aber Königin eines unabhängigen Königreiches? Das war kein leerer Titel.

„Dann sind wir uns also einig?", fragte Bastien.

Jeder einzelne Mann im Saal rief: „Ja!" Damit war der Vorschlag angenommen.

Lio würde König werden. Aber niemand sprach, und als Belle aufblickte, musste sie feststellen, dass alle Blicke auf sie gerichtet waren.

„Belle?"

Zu hören, wie Bastien ihren Namen sagte, löste eine seltsame Reaktion in ihr aus. Sie hätte gedacht, dass sie eine rein repräsentative Rolle in Lios Rat einnehmen würde, eine Platzhalterrolle, um ihren Mann glücklich zu machen. Aber Bastien schloss sie in die Abstimmung mit ein. Das hatte sie nicht erwartet.

„Verzeihung?"

Bastien sprach langsam. „Stimmst du zu, dass Aveyon sich von Frankreich abspalten und dein Ehemann zum König werden muss, um seinem Volk nach bestem Wissen und Gewissen dienen zu können?"

Es gab eintausend Gründe, Nein zu sagen, aber keiner von ihnen hatte mehr Gewicht als der eine Grund, Ja zu sagen.

„Ich stimme zu", sagte sie und hoffte, dass die Worte sich nicht so widerwillig angehört hatten, wie sie sich anfühlten. Cogsworth fing ihren Blick auf und schenkte ihr ein aufmunterndes Lächeln, etwas, das er seit den Tagen des Fluches nicht mehr getan hatte. Es erfüllte sie nicht mit Zuversicht.

Bastien schlug mit der Faust auf den Tisch. „Dann wäre das entschieden." Er packte seinen Cousin an der Schulter. „Vive le roi."

Falls es einem der anderen Berater missfiel, dass ihr neuestes Mitglied eine so tragende Rolle einnahm, so sagte keiner von ihnen ein Wort. Sie wiederholten einfach Bastiens Ruf.

„Vive le roi!" Ihre Stimmen hallten durch den Saal.

Belle war wie betäubt. Sie tat ihr Bestes, um mit der Last der Ereignisse fertigzuwerden, aber es gelang ihr nicht. Lio würde König von Aveyon sein und sie seine Königin. *Die* Königin. Ein ganzes Königreich würde sich darauf verlassen, dass sie es gerecht regierten, geleitet von einer Weisheit, über die Belle nicht verfügte.

Als spürte er den inneren Aufruhr, gegen den Belle ankämpfte, ergriff Lio das Wort. „Wenn Ihr uns entschuldigt, meine Frau und ich haben viel zu besprechen."

Cogsworth sprang auf die Füße, als hätte sein Stuhl Feuer gefangen. „Wenn Ihr mir bitte folgen würdet, Messieurs, wir müssen augenblicklich mit den Vorbereitungen für die Krönungszeremonie beginnen."

Die Berater tröpfelten einer nach dem anderen aus dem Saal, selbst Bastien, bis nur noch Belle und Lio übrig waren.

„Ich hatte nie die Gelegenheit, Ja zu sagen." Sie hielt ihren Blick auf die Tischplatte gerichtet.

„Ja zu was?" Lios Stimme war sanft.

„Deiner Bitte, dass ich einen Platz in deinem Rat einnehme." Sie strich die Falten in ihrem Rock glatt. „Wir sind von *Willst du in meinem Rat sitzen?* direkt zu *Willst du Königin von Aveyon sein?* übergegangen, ohne große Umschweife." Lio wollte etwas erwidern, wahrscheinlich um sie zu überzeugen, dass es das Richtige war, aber sie unterbrach ihn. „Ich weiß, dass es das Beste für Aveyon ist. Ich weiß nur nicht, ob es auch das Beste für *mich* ist." Sie holte tief Luft. „Ich kann das nicht, Lio."

Bevor die Worte ihren Mund verlassen hatten, hatte sie nicht gewusst, was sie sagen würde. Sie wollte ihre Worte bedauern, sie zurücknehmen und ihrem Mann versichern, dass sie tun konnte, was für ihr Königreich nötig war. Aber jetzt, da die Worte einmal heraus waren, musste sie feststellen, dass sie nicht so tun konnte, als hätte sie sie nicht auch genauso gemeint.

Belle wusste, dass Aveyon Lio als seinen König brauchte, genauso wie sie wusste, dass sie niemals die Königin eines Landes sein konnte, das sie ihr Leben lang hatte verlassen wollen.

Sie wartete darauf, dass er ihre Worte beiseitewischte und ihr versicherte, dass sie eine wundervolle Königin abgeben würde.

„Ich weiß“, lautete stattdessen seine erschöpfte Antwort.

„Du weißt?“, wiederholte sie ungläubig.

„Ich werde nicht so tun, als wünschte ich mir nicht mit jeder Faser meines Körpers, dass du einfach den Titel annehmen und die ganze Sache einfacher machen würdest, aber ich werde dich niemals dazu zwingen, etwas zu tun, das du nicht tun möchtest, Belle.“ Unausgesprochen blieb die Tatsache, dass er dies schon einmal getan hatte, als er Belle anstelle ihres Vaters gefangen genommen hatte, und sie lebten jeden Tag mit den Konsequenzen dieser Entscheidung, den guten wie den schlechten.

„Wo stehen wir dann jetzt?“, fragte sie.

„Ich nehme an, Cogsworth wird der Schlag treffen, aber das hat uns bisher noch nie aufgehalten. Ich denke, wir müssen einfach einen Schritt nach dem anderen gehen.“ Er griff über dem Tisch nach ihrer Hand. „Ich werde König sein“ – bei dem Gedanken schnitt er eine Grimasse – „und du wirst Belle sein.“

Dass sie sich nicht mit Lio über ihre Weigerung streiten musste, machte einen himmelweiten Unterschied.

„Du wirst einen großartigen König abgeben.“

Lio zupfte an der schwarzen Kordel, die sein langes Haar zusammenhielt, und ließ es ungeordnet in sein Gesicht fallen. „Um die Wahrheit zu sagen, du und Bastien, ihr seid die Einzigen, die mir das Gefühl geben, dass ich das schaffen kann.“

Sie hatte ihm gerade erst versprochen, nichts mehr vor ihm zurückzuhalten, aber sie fand einfach nicht die richtigen Worte, um ihr Bauchgefühl in Bezug auf Bastien zu beschreiben. Er hatte sie in der Gasse gerettet, aber trotzdem vertraute sie ihm nicht. Aber der Duc war die einzige Familie, die Lio noch geblieben war, und Belle weigerte sich, Zweifel zu säen, wo sie keine Beweise für ihren Zweifel hatte.

Cogsworth steckte seinen Kopf zurück in den Saal. „Verzeiht die Störung, Sire, aber …“

„Wir haben viel zu tun“, beendete Lio den Satz seines Haushofmeisters. Er erhob sich und wartete, bis Belle ihm die Haare wieder ordentlich zusammengebunden hatte. Als sie damit fertig war, drückte sie ihm einen Kuss in den Nacken und er drehte sich um, zog sie in seine Arme und küsste sie auf die Stirn.

„Ich weiß, dass du noch nichts gegessen hast“, murmelte er. „Und ich vermute, du brauchst einen vollen Magen, um mit Cogsworth fertigzuwerden.“

„Danke“, seufzte sie.

„Komm zu uns, wenn du bereit bist.“ Sein Lächeln war angestrengt, und Belle wusste, wie sehr ihm ihre Weigerung zu schaffen machte. Aber sie konnte sich einfach nicht dazu durchringen, die Alternative in Betracht zu ziehen. Lio ging, und mit einem Mal fand Belle sich allein in dem Thronsaal wieder. Es war ein Raum, der für Hunderte von Menschen gemacht war, nicht für eine einzelne Person. Die mit dicken Wandteppichen behangenen Steinwände dämpften alle Geräusche, sodass es gespenstisch still war. Sie beobachtete gedankenverloren, wie Staubpartikel durch die Luft schwebten, glitzernd in den letzten Strahlen der untergehenden Sonne. Sie wünschte, sie wäre stark genug, um Lio auf jede erdenkliche Weise zu unterstützen, aber Belle konnte ihre Ängste nicht überwinden.

Selbst wenn sie die Krone gewollt hätte, bezweifelte sie, dass sie eine gute Königin abgegeben hätte, und sie befand, dass das Grund genug war, die Position gänzlich zu meiden.

Kapitel Zehn

Lio kniete vor seinem Thron, in Erwartung einer Krone, die er sich nie gewünscht hatte.

Er strahlte in seiner nagelneuen Galauniform und dem mit Hermelinpelz besetzten Krönungsmantel – Madame de Garderobe hatte sich in der kurzen Zeit selbst übertroffen. Es waren erst wenige Wochen vergangen, seit Lios Berater zugestimmt hatten, Aveyon von Frankreich abzuspalten und Lio zu ihrem König zu krönen.

Belle hätte nicht gedacht, dass ein so rascher Fortschritt möglich wäre, aber Bastien hatte sich als äußerst effizienter Diplomat entpuppt. Der Duc hatte die Ausarbeitung der juristischen Dokumente beaufsichtigt, die die Bande zwischen Aveyon und Frankreich lösen würden, und Sorge dafür getragen, dass sie auf direktem Wege zur Unterschrift an Louis' Staatssekretär geschickt wurden. Seitdem hatten sie noch nicht viel vom französischen König gehört, aber schließlich war der auch gerade damit beschäftigt, eine Revolution niederzuschlagen. In den Augen der Rechtsgelehrten von Aveyon war das Königreich von seinen Verpflichtungen gegenüber Frankreich befreit, und Lio konnte zum König gekrönt werden.

Belle stand im Publikum, obwohl Lio sie zu überreden versucht hatte, neben ihm auf dem Podium Platz zu nehmen. Aber sie wollte, dass sich dieser Tag nur um den König von Aveyon drehte und nicht um seine widerwillige Ehefrau. Sie hoffte, dass ihre Unterstützung in anderen Dingen zu Tage trat, wie zum Beispiel in dem Kleid, das sie trug, passend zum Ornat ihres Mannes – in demselben Purpurrot wie seine Uniform, aber aus weichem Samt und mit Hermelinpelz besetzten Aufschlägen. Ihr Haar fiel ihr locker bis über die Schultern, von ihren aufmerksamen Zofen gebürstet und mit ein paar wenigen Nadeln festgesteckt. Sie war froh, dass sie sich Cogsworths Bemühungen, ihr eine Tiara aufzusetzen, widersetzt hatte, obwohl sie befürchtete, dass er ihr diese Beleidigung niemals verzeihen würde.

Nachdem bereits allgemein bekannt war, dass Belle nicht Prinzessin von Aveyon sein würde, schien es, als ob die meisten ihrer Untertanen akzeptierten, dass sie auch nicht ihre Königin sein würde. Ihre bescheidenen Anfänge halfen den Menschen zu verstehen, weshalb sie einen so ehrenvollen Titel wie den einer Königin ablehnte, obwohl Cogsworth angesichts ihrer Entscheidung mit seiner Kündigung gedroht hatte.

Letztlich genügte es allen anderen, dass Lio ihren Wunsch, eine Bürgerliche zu bleiben, akzeptierte, und die Euphorie und der Prunk, die die Krönung umgaben, trösteten über alle verletzten Gefühle hinweg. Lio wäre Monarch genug für ein ganzes Königreich. Sie musste keine Königin sein und würde ihrem Volk viel besser dienen, indem sie einfach Belle blieb.

„Ich schwöre, dem Königreich Aveyon zu dienen und sein Volk in Übereinstimmung mit seinen Gesetzen und Gebräuchen zu regieren." Lio zitierte den Schwur, den er und Belle gemeinsam verfasst hatten. Cogsworth hatte spekuliert, dass sie höchstwahrscheinlich die erste Bürgerliche war, die an einem Krönungsschwur mitgeschrieben hatte, aber Belle war der Meinung, dass die Weltgeschichte zu lang und zu verschlungen war, um sicher zu sein.

„Ich schwöre, dass ich meine Pflicht gewissenhaft erfüllen und bei all meinen Entscheidungen Recht und Barmherzigkeit walten lassen werde." Der Bischof tauchte einen goldenen Löffel in die Phiole mit Öl und salbte Lios Stirn mit einem leichten Schwung aus dem Handgelenk. Dann setzte der Bischof zu einem Gebet über Lios kniender Gestalt an, und Belles Blick huschte zu dem riesigen Porträt seines Vaters und seines

Großvaters, das hoch über dem Thron aufragte. Sie waren in militärische Ehren gekleidet und trugen Schärpen über der Brust, die unter dem Gewicht der Medaillen und Bänder durchhingen, die sie im Kampf für den französischen König in Konflikten gewonnen hatten, die Aveyon viele Menschenleben gekostet hatten. Jetzt war Aveyon frei von dieser Verpflichtung.

Die Anwesenden präsentierten die Krone auf einem roten Samtkissen, und der Bischof senkte sie bedächtig auf Lios Kopf, was der versammelten Menschenmenge ein entzücktes Flüstern entlockte.

„Ich schwöre Aveyon meine Treue, vor allem anderen." Lios Stimme hallte durch den Thronsaal, als die Menge mit einem Schrei zum Leben erwachte. Er drehte sich um, frisch gekrönt, und präsentierte sich seinem Volk.

„Vive le roi!" Bastiens Stimme war wie ein Donnerschlag, der den Thronsaal erzittern ließ. Als die Menge seine Worte wiederholte, ertappte Belle sich dabei, wie auch sie sie vor sich hin flüsterte wie im Gebet.

Wenn Aveyon dem Fieber, das Frankreich verzehrte, widerstehen wollte, musste Lio seine neu gewonnene Macht sinnvoll einsetzen.

Belle wand sich unter den prüfenden Blicken, die Lios Krönungsfeier mit sich brachte. Sie war keines dieser Mädchen, das die Aufmerksamkeit oder die prunkvolle Aufmachung genoss. In einer ruhigen Minute sah sie ihre Gelegenheit gekommen und versuchte, sich davonzuschleichen, um ein wenig frische Luft zu schnappen, wurde aber von einem missbilligenden Cogsworth erwischt, noch bevor sie es aus dem Saal geschafft hatte.

„Das ist kein Benehmen für die Frau eines Königs", zischte er ihr aus den Mundwinkeln seines aufgesetzten Lächelns zu, als er sie zurück in das Getümmel führte.

„Ich glaube nicht, dass einer von uns weiß, wie sich die Frauen von Königen benehmen", konterte sie.

Für den Bruchteil einer Sekunde ließ er sein Lächeln verblassen. „Heute ist nicht der Tag, meine Geduld auf die Probe zu stellen, Madame."

Sie glaubte ihm aufs Wort.

Platten voller Horsd'œuvres wurden in der Empfangshalle herumgereicht, und der Champagner floss in Strömen, aber Belle durfte noch nicht in den Köstlichkeiten schwelgen. Sie hatte noch nie an einer Veranstaltung teilgenommen, die so prachtvoll geschmückt und aufwendig bewirtet war. Nicht einmal Bastiens unerbetene Dinnerparty reichte an diesen Überfluss heran. Belle hatte sich gegen die immensen Kosten gesträubt, aber der Duc hatte darauf bestanden: Die Krönungsfeier sollte ein Zeichen für den Rest von Europa sein. Aveyon war stark, trotz der Aufstände in Frankreich.

Sie stand in der Empfangshalle unter bunten, samtenen Bannern und nahm die Gäste in Empfang, die Bastien aus strategischen Gründen eingeladen hatte. Nicht wenige von ihnen warfen verstohlene Blicke in ihre Richtung, wenn sie glaubten, dass sie gerade nicht hinsah. Sie verstand, woher ihre Neugier stammte, ganz zu schweigen von ihrer Verachtung. Sie war eine Bürgerliche, verheiratet mit einem König. Sie beobachtete, wie die Leute versuchten, ihre Beweggründe für die Ablehnung des Titels zu ergründen, während sie vor ihr knicksten wie vor einer Königin.

Sie wusste genau, dass sie Stärke demonstrieren mussten. In Paris hatte Belle den Höhepunkt dessen miterlebt, was gerade im ganzen Land geschah, und sie fürchtete um ihr Königreich. Sie fürchtete auch um Lio, der seine Krone nur angenommen hatte, um sein Volk zu schützen. Würde das denjenigen etwas ausmachen, die seine Krönung als Eitelkeit bezeichnen wollten? Wäre der Unterschied offensichtlich? Sie wusste, dass Lio nachts von seinen Ängsten wach gehalten wurde. Jedes Mal wenn er zu ihr hinübersah, versuchte sie, ein wenig aufrechter zu stehen und noch ein kleines bisschen freundlicher zu lächeln. Sie hoffte, dass ihre Bemühungen auch an Cogsworth nicht unbemerkt vorübergingen.

„Charles Frederick, Markgraf von Baden", hauchte der Haushofmeister in ihr Ohr, während ein Herr mit reich besticktem Kragen und einer ausladenden Perücke sich ihr näherte. Sie zerbrach sich das Hirn nach Informationen über Baden, an die sie sich vielleicht noch von ihren Studien erinnerte. Als ihr offenkundig nichts einfiel, stieß Cogsworth ein leises Seufzen aus. „Hat 1767 die Folter unter Strafe gestellt …"

Belle nickte kaum merklich, als es ihr wieder einfiel.

„Lord Charles Frederick, wir sind geehrt von Eurer Anwesenheit“, sagte Lio, als der Markgraf sich verneigte.

„Zutiefst geehrt“, fügte Belle hinzu. „Danke, dass Ihr den weiten Weg auf Euch genommen habt.“

„Das konnte ich doch um nichts auf der Welt verpassen, Madame“, erwiderte er. „Es ist eine ganze Weile her, dass ich Nachricht aus Aveyon erhalten habe.“

Lios Lächeln erstarrte kaum merklich, aber Belle fiel es auf. „Ja, nun, meine Krankheit …“

Der Markgraf unterbrach ihn, als hätte er Lio überhaupt nicht gehört. „Ich habe wirklich die grässlichsten Geschichten von den französischen Adeligen zu hören bekommen, die auf dem Weg in angenehmere Gefilde durch Baden gereist sind. Ach …“, er schlug Lio freundschaftlich auf den Rücken, als wäre er ein kleiner Junge und kein volljähriger König, „wer kann es einem in diesen unsicheren Zeiten zum Vorwurf machen, die Isolation der Gastfreundschaft vorzuziehen?“

Lio nickte steif, und Belle, die nichts Besseres zu tun wusste, versank in einen leichten Knicks. Lio hatte über den Fluch gesiegt und war stärker als zuvor aus dem Kampf hervorgegangen, aber jene, die ihn von früher kannten, schienen in ihm immer noch den verzogenen Prinzen zu sehen.

Der Markgraf stolzierte zwischen den Marmorsäulen in Richtung Speisesaal davon. Endlich hatten Belle und Lio das Ende der Schlange erreicht. Cogsworth war verschwunden und kümmerte sich zweifellos irgendwo um eine Angelegenheit von höchster Wichtigkeit – oder ließ sich darüber aus, dass Belle ein hoffnungsloser Fall war, wenn es darum ging, Konversation zu betreiben.

„Das lief besser, als ich erwartet hatte“, bemerkte Bastien.

„Was meinst du?“, fragte Lio.

„Nur dass deine ausgedehnte Krankheit nicht unbedingt Vertrauen in deine Fähigkeiten als König von Aveyon erweckt. Ich bin überrascht, dass es nicht häufiger zur Sprache kam, aber ich nehme an, die meisten Leute haben andere Dinge im Kopf.“

Belle schluckte eine Erwiderung hinunter. Bastien wusste noch immer nichts von dem Fluch, der Aveyon über ein Jahrzehnt in seinem Griff gehalten hatte. Lio hatte mit dem Gedanken gespielt, seinen Cousin in alles einzuweihen, aber Belle hatte ihm dringend geraten, den Fluch weiter geheim zu halten. Irgendein Bauchgefühl hielt sie weiterhin davon ab, dem Duc gänzlich zu vertrauen. Sie war sich nicht sicher, ob Bastien so überzeugt von Lios Krankheit war, wie er vorgab. Und was die Gäste anging … bis auf den Markgrafen hatte niemand die zehnjährige Stille von Aveyon erwähnt. Frankreich war eine sich ständig verändernde Landschaft, und es war zumindest annähernd plausibel, dass ein Grenzgebiet für eine Reihe von Jahren übersehen werden konnte. Sämtliche Lücken in ihrer Geschichte konnten rasch von Aveyons Adeligen gefüllt werden, die diese zehn Jahre so verlebt hatten, als wäre alles in bester Ordnung gewesen.

Lio lockerte seine Krawatte. „Ich muss zugeben, ich hatte befürchtet, dass es schlechter läuft."

Belle versuchte, das Thema zu wechseln. „Weißt du, ich bin ziemlich froh, dass ich nie wieder an einer Krönungsfeier teilnehmen muss."

Lio rückte seine Krone zurecht und warf ihr einen verschmitzten Blick zu. „Sag niemals nie, Belle."

Sie streckte ihm die Zunge heraus angesichts seiner Andeutung, dass sie sich eines Tages doch noch breitschlagen ließe. „Mir eine Krone aufs Haupt zu setzen, ist kein Teil einer großen Eroberung."

„Ich weiß, aber du kannst es mir nicht verübeln, weiter zu hoffen. Bereit?" Er bot ihr seine Hand an.

Sie nahm seine Hand und holte gleichzeitig tief Luft. „So bereit, wie ich je sein werde."

„Ich bin sicher, dass Cogsworth von deinem mangelnden Vertrauen begeistert wäre."

Hinter ihnen meldete Bastien sich zu Wort. „Tatsächlich besagt die Etikette, dass ein König allein eintreten muss und alle anderen abwarten, bis er sich gesetzt hat."

Belle dachte zurück an Cogsworth endlose Unterweisungen und Vorbereitungen für den Tag, konnte sich aber an nichts dergleichen erinnern. „Seit wann?"

Lio drückte ihre Hand fester und brummte: „Zum Teufel mit der Etikette."

„Unter anderen Umständen würde ich dir jederzeit zustimmen, und in Frankreich würdest du nur eine Sensation auslösen, wenn du mit deiner bürgerlichen Frau eintrittst. Himmel, selbst wenn sie Königsgemahlin wäre, würde es einen Skandal geben."

Belle funkelte den Duc aus zusammengekniffenen Augen an. „Tja nun, das Ziel des heutigen Tages war es doch, unter Beweis zu stellen, dass Aveyon *nicht* Frankreich ist, oder nicht? Und da die Krone nun auf Lios Kopf ruht, gehe ich doch richtig in der Annahme, dass die Entscheidung, wie die Dinge von jetzt an in Aveyon gehandhabt werden, einzig und allein bei uns liegt?"

Bastien spähte durch einen Spalt in der Tür. „Ihr wollt einen Raum voller Adeliger davon überzeugen, dass du jetzt der König eines Reiches bist, das bis vor Kurzem noch ein unbedeutendes Fürstentum Frankreichs war, richtig? Das ist das Ziel?" Er wartete, bis Lio widerstrebend nickte. „Dann solltest du ihnen nicht wegen etwas so Belanglosem, wie kurz vor deiner Frau einen Raum zu betreten, auf die Zehen treten."

Belle hätte erwartet, dass Lio Bastien eine weitere Absage erteilte, aber stattdessen ließ er ihre Hand los und bedachte sie mit einem entschuldigenden Lächeln. „Vergiss nicht, wir tun das alles, um sicherzustellen, dass Aveyon zu einem Ort wird, an dem die Revolution niemals Fuß fassen kann."

Sie war verblüfft, nickte aber und sah ihm nach, wie er den Speisesaal betrat. Sie machte sich eigentlich nichts aus der Reihenfolge, in der sie hineingingen, aber sie sorgte sich über den wachsenden Einfluss, den Bastien auf ihren Ehemann ausübte. Sie schickte sich an, ihm zu folgen, jetzt, da er den Saal durchquert hatte, aber Bastien hielt sie zurück.

„Du musst angekündigt werden."

„Das wurde Lio doch auch nicht."

Er verdrehte die Augen. „Lio muss nicht angekündigt werden, Belle. Er ist der König."

Sie trat ungeduldig von einem Fuß auf den anderen. „Kannst du das nicht übernehmen?“

Er zwinkerte ihr zu. „Ich stehe im Rang über dir, und die Etikette besagt …“

„Wage es ja nicht, diesen Satz zu beenden.“ Sie zügelte ihr Verlangen, ihm zu sagen, wo genau er sich seine geliebte Etikette hinstecken konnte. „Dann soll ich also für die Dauer des Diners hier stehen bleiben? Wird man mir einen Teller reichen oder soll ich etwa auch noch hungrig bleiben?“, fragte sie sarkastisch.

„Ganz ruhig. Ich gehe und suche Cogsworth.“

Sobald er fort war, öffnete sie die Tür einen Spaltbreit und sammelte all ihren Mut, um den Saal ohne eine verfluchte Ankündigung zu betreten, hielt dann aber inne. Was Bastien darüber gesagt hatte, dem Adel nicht auf die Zehen zu treten, klang überzeugend. Sie wollte niemandem Anlass geben, Lios Fähigkeiten als König von Aveyon infrage zu stellen. Sie hatte bereits genügend getan, indem sie nun schon zum zweiten Mal ihren Titel ablehnte. Also blieb sie auf der Türschwelle stehen und wartete.

In der Empfangshalle hinter ihr herrschte eine Totenstille, die die Ängste, die sie während der vergangenen Wochen in sich begraben hatte, wieder an die Oberfläche treten ließen. Belle wusste nicht, ob Lio bereit war, König über ein ganzes Reich zu sein, oder ob sie bereit war, mit einem König verheiratet zu sein. Als Prinz war Lio verpflichtet gewesen, sich an den Vertrag zu halten, den seine Vorfahren mit Frankreich geschlossen hatten, genau wie König Louis. Aveyon hatte unter dem Schutz der französischen Krone gestanden, und für den Fall eines Angriffs hätten sie die ganze Macht der französischen Armee hinter sich gewusst.

Jetzt waren sie auf sich gestellt, und Lio musste die Verantwortung ganz allein schultern. Selbst wenn er danach strebte, seinem Volk nach bestem Wissen zu dienen, konnte er dennoch scheitern. Der Gedanke erschreckte sie – dass sie alles richtig machen und dem Volk von Aveyon trotzdem schaden könnten.

Aber mehr noch fürchtete sie die Ausbreitung der Revolution. Und letzten Endes fürchtete sie die Untätigkeit viel mehr als die Möglichkeit, dass Lio einen Fehler beging.

Sie hörte, wie Cogsworth sie ankündigte, und beschloss, sich ihre eigenen Ängste zunutze zu machen und sich von ihnen vorantreiben zu lassen.

Denn sie wusste, dass ihnen das Schlimmste noch bevorstand.

Kapitel Elf

Das Fest verging so quälend langsam, wie Belle befürchtet hatte. Durch die Krönung hatte sie an einem einzigen Tag mehr Menschen kennengelernt als bislang in ihrem gesamten Leben, und dass sie sich an einen Großteil der Namen und Titel erinnerte, verdankte sie allein Cogsworth und seinen beharrlichen Lektionen.

Die gesamte künstliche Aufmachung war ihr zuwider. Die Krone auf Lios Kopf mit den Mitgliedern der europäischen Aristokratie zu feiern, fühlte sich nicht wie ein Schritt in die Richtung an, ihr Königreich zu beschützen. Lio hatte sich eine einfache Krönungsfeier gewünscht, die in einem Festmahl in den Schlossgärten gipfelte, offen für alle Bürger Aveyons, die die Reise auf sich nehmen wollten. Aber Bastien hatte ihm versichert, dass, obwohl sein Herz am rechten Fleck sei, seine Idee zu klein war.

Und so wurde die Vorstellung des Ducs von einer Krönungsfeier in die Realität umgesetzt, und Belle blieb mit einem dumpfen Gefühl der Leere zurück. Sie hoffte nur, dass Lio genauso rasch damit beginnen würde, sein Verhältnis zu den Bürgern von Aveyon wiederaufzubauen, wie er die Krone akzeptiert hatte. Aber das war eine Unterhaltung für später.

Als sie auch den letzten ihrer Gäste verabschiedet hatten, öffneten Lio und Bastien eine Flasche Cognac, die der Duc aus Paris mitgebracht hatte, und setzten sich mit ihren Gläsern um einen kleinen Tisch in der Küche.

Belle entschied sich für eine besonders starke Tasse Tee aus der Dose mit Blättern, die Madame Pottine immer für sie bereithielt.

„Ich würde sagen, das war ein Erfolg“, meinte Lio vorsichtig.

„Und worin genau waren wir erfolgreich?“, fragte Belle durch einen Nebel der Erschöpfung, gegen den auch der Tee nicht ankam.

Lio hob die Schultern. „Wir haben der Welt gezeigt, dass wir nicht schwach sind.“

Bastien hob die Flasche zum Salut, aber Belle war nicht überzeugt.

„Ich glaube, der Sturm liegt noch vor uns“, sagte sie.

Lio rieb sich müde die Augen. „Nun komm schon, Belle. Unser Volk leidet nicht so wie die Menschen in Frankreich. Es kommt selten vor, dass in Aveyon jemand verhungert.“

Sie hatte die Auswirkungen der Hungersnot auf die Pariser Bevölkerung mit eigenen Augen gesehen, aber mehr als das hatte sie erfahren, wie schnell sich Zorn und Angst in einer Menge ausbreiten konnten und wie ein ungeeigneter Herrscher den Menschen am Fuß der Pyramide schaden konnte, lange bevor jene an der Spitze den Schmerz zu spüren bekamen.

„Ich glaube, hinter den Unruhen steckt mehr als nur die Hungersnot“, warf sie ein.

Bastien setzte sein Glas ab. „Nicht wirklich, nein. Die diesjährige Dürre und die schrecklichen Hagelstürme des letzten Jahres haben zwei ganze Ernten zerstört. Die Getreidepreise sind unbezahlbar, und die Menschen hungern. Wäre Louis ein guter und fähiger König, hätte er strenge Sparmaßnahmen eingeführt, um das Los der französischen Bauern zu erleichtern. Stattdessen hat er versucht, verhungernde Menschen noch höher zu besteuern und sie in einen Aufstand getrieben. So einfach ist das.“

Belle fand es überhaupt nicht einfach und konnte die Aufstände nicht so einfach abtun wie der Duc. „Ich habe die Reden der Sansculottes und der Bourgeoisie gehört und die Flugblätter gesehen. Es geht um mehr als die Hungersnot. Es geht darum, den Bürgern eine gleichberechtigte Stimme zu geben. Es geht um Stellvertretung und darum, den König für die Fehler, die er mit dem Krieg in Amerika und den Generalständen gemacht hat, zur Verantwortung zu ziehen.“

„Das sind nur Randforderungen, Belle, vorgetragen von Opportunisten. Die Menschen, die in den Straßen aufmarschieren, tun das mit leeren Bäuchen. Die Männer, die dem Marquis de Launay den Kopf abgeschlagen haben, taten dies mit vor Hunger vernebeltem Verstand."

„Ich weiß, was ich gesehen habe."

Bastien seufzte. „Ich habe diese Gruppen für König Louis unterwandert, Belle. Ich wage zu behaupten, dass ich eine ganze Menge mehr über dieses Thema weiß als du."

Es schockierte Belle, von Bastiens verdeckten Aktivitäten zu erfahren, aber was sie noch viel mehr entsetzte, war, dass Lio es nicht war. Zorn kochte in ihr hoch. „Also das ist es, was du an dem Tag beim Hôtel de Ville getan hast? Ich hätte wissen müssen, dass du nicht aus einem Pflichtgefühl heraus nach mir gesucht hast. Du hast mit dem Rest von ihnen randaliert, darum warst du so einfach gekleidet."

Er betrachtete sie mit hochgezogener Augenbraue. „Harte Worte für jemanden, der sein Leben nur meiner bloßen Anwesenheit dort verdankt."

„Ich nehme an, während ich mich zur falschen Zeit am falschen Ort befunden habe, warst du dort goldrichtig."

„Das reicht." Lios Stimme brachte sie beide zurück in die Küche. „Es bringt uns gar nichts, miteinander zu streiten."

„Aber …"

„Belle, ich liebe dich, und du bist wahrscheinlich die klügste Person in diesem Raum, aber Bastien war dort. Er weiß so viel mehr als wir über die verschiedenen Kräfte, die dort im Spiel sind. Sein Rat ist unverzichtbar."

Sie lehnte sich in ihrem Stuhl zurück und verschränkte herausfordernd die Arme vor der Brust und schnaubte: „Er kennt die adelige Sichtweise. Er hat keine Ahnung, wie sich die französischen Bauern fühlen."

„Genauso wenig wie du." Bastiens Worte trafen sie wie ein Schlag. Der Duc ließ Belle nicht vergessen, dass sie keine Bäuerin mehr war und dass sie nach der Heirat mit einem Prinzen, nun einem König, kein Recht hatte zu behaupten, dass sie für sie sprach.

Dafür wäre sie ihm am liebsten an die Gurgel gegangen, doch er hatte nur ausgesprochen, was ihr selbst durch den Kopf schwirrte. Sie bestand aus widersprüchlichen Loyalitäten und war jemand, der nirgendwo hingehörte.

Als sie sich später am Abend in ihren Gemächern auszogen, spielte Belle mit dem Gedanken, ihren Ehemann nach seinen Plänen für Aveyon auszufragen. Aber sie waren so ausgelaugt von den Ereignissen der vergangenen zwei Tage und den Wochen in Vorbereitung auf die Krönung, dass sie sich einfach nicht dazu durchringen konnte. Stattdessen hielten sie einander im Arm, und Belle schlief mit dem Gefühl ein, die richtige Entscheidung getroffen zu haben.

Aber als sie am nächsten Tag in einem leeren Bett erwachte, wusste sie, dass sie sich geirrt hatte.

Lio stand nie früher auf als sie. Meistens musste sie ihn aus dem Bett schleifen. Sie nahm an, dass seine Prioritäten sich verschoben haben könnten, jetzt, da er König war. Falls das der Fall war, sollte sie das freuen. Aber das dumpfe Ziehen in ihrer Magengegend verriet ihr, dass Bastien hinter dem frühen Aufstehen steckte und dass dieses Treffen der Versuch war, Belle außen vor zu lassen.

Als sie gerade zu ihrem Waschtisch getapst war und versuchte, ihre Frisur von vergangener Nacht zu entwirren, tauchte Lio im Türrahmen auf, in der Hand einen kleinen Strauß Veilchen.

„Oh, gut, du machst dich fertig.“ Er beugte sich über den Tisch und stellte die Blumen in eine leere Vase. Eine sanfte Brise strich durch die offenen Fenster und erfüllte den Raum augenblicklich mit ihrem Duft.

Sie zog eine taktisch offensichtlich unverzichtbare Haarnadel aus ihrem Scheitel und gab dabei versehentlich eine Kaskade krauser Locken frei. Belle seufzte und drehte sich zu ihm um. „Fertig für was?“

Er warf ihr einen merkwürdigen Blick zu. „Du hast das Frühstück mit unseren Gästen doch hoffentlich nicht vergessen, oder?“

Aber sie hatte es vergessen – oder es eher als besonderen Schrecken geschickt verdrängt. „Meinst du das Frühstück, das Bastien uns aufgezwungen hat? Weißt du, ich glaube, ich habe mich von dem Großteil unserer Gäste bereits gestern Abend verabschiedet. Ich werde dieses ermüdende

Frühstück aussitzen." Sie erhob sich von ihrem Waschtisch und wollte sich in einen Sessel am Fenster fallen lassen, aber Lio schnappte sie und hob sie hoch. Sie wand sich spielerisch in seinen Armen, aber er hielt sie fest an sich gepresst.

„O nein, das wirst du nicht. Ich werde mich dem Markgrafen von Baden nicht allein stellen und dich den ganzen Weg nach unten tragen, wenn es sein muss."

„Du machst meine Haare nur noch schlimmer", protestierte sie lachend.

„Ich glaube kaum, dass man mir das hier anlasten kann", sagte Lio mit einem belustigten Blick auf den Zustand ihrer zerzausten Locken vom Vorabend. „Es ist nur noch eine letzte steife Veranstaltung, danach haben wir es geschafft", erinnerte er sie sanft.

„Pardon", keuchte eine Stimme aus Richtung der Tür, die Lio nur angelehnt hatte. Dort stand Cogsworth, rot wie eine Rübe. „Ich … wollte nicht stören – will sagen, ich muss …"

Belle hüpfte aus Lios Armen und zwinkerte dem Haushofmeister zu. „Womit haben wir das Vergnügen verdient, Monsieur?" Sie ging zurück zu ihrem Waschtisch und begann, sich mit einer weichen Bürste das Haar aus dem Gesicht zu kämmen.

Cogsworth rückte in würdevoller Manier sein Revers zurecht. „Madame Pottine schickt mich, um sicherzustellen, dass Ihr und der König nicht zögert, Euch dem Frühstück anzuschließen, das zu Euren Ehren abgehalten wird."

Belle drehte ihr Haar auf, steckte es fest und befand, dass es absolut annehmbar aussah, gemessen an den Umständen.

„Ihr wisst, dass Ihr mich nicht mit meinem Titel ansprechen müsst, wenn wir unter uns sind, nicht wahr?", sagte Lio. Cogsworth starrte ihn ausdruckslos an, als würde er den Gedanken nicht einmal in Erwägung ziehen.

Belle seufzte. „Vielen Dank, Cogsworth."

Er verneigte sich so tief, dass er Gefahr lief, seine Brille zu verlieren. „Und darf ich anmerken, Madame, dass Ihr gestern eine bemerkenswerte

Leistung erbracht habt, trotz Eurer hartnäckigen Weigerung, den Titel anzunehmen, der Euch nun rechtmäßig zusteht."

Belle wusste, dass dies einem Kompliment von seiner Seite am nächsten kam. „Ihr wart selbst nicht ganz so grässlich."

Falls möglich, nahmen seine Wangen einen noch tieferen Rotton an, als Belle an ihm vorbei durch die Tür ging. Es wärmte ihr das Herz, ihn so aus der Fassung zu sehen. Immerhin hatten sich ein paar Dinge nicht verändert.

Alle Anwesenden erhoben sich, als Belle und Lio den Saal betraten. Sie war sicher, dass sie sich nie an die Ehrerbietung gewöhnen würde, mit der die Menschen ihr jetzt begegneten. Offenbar machte es kaum einen Unterschied, dass sie den Titel nicht angenommen hatte – die Menschen behandelten sie trotzdem so, als wäre sie ihre Königin. Das jagte ihr ein unangenehmes Kribbeln über die Haut, aber sie konnte die Menschen wohl kaum bitten, es zu unterlassen. Cogsworth würde wahrscheinlich an die Decke gehen, wenn sie auch nur andeutete, dass es ihr missfiel.

Sie nahm ihren Platz an einem Ende der Tafel ein und Lio den am anderen. Sie konnte das Festmahl bereits riechen, das Madame Pottine zubereitet hatte, auch wenn sie es noch nicht sah. Blumengirlanden säumten die Mitte der Tafel. Lilien, Flieder und Tulpen, umschlungen von Efeublättern. Große Kübel mit Sonnenblumen, die Gesichter hungrig der strahlenden Sonne zugewandt, die durch die offenen Balkontüren strömte, standen überall im Saal verteilt.

Ungefähr fünfzig Gäste hatten sich dazu herabgelassen, zum Frühstück zu bleiben, einschließlich des Markgrafen von Baden, der offensichtlich bemüht war, die verlorene Zeit in Aveyon wiedergutzumachen. Sie suchte den Tisch nach Bastien ab, konnte ihn aber nirgends entdecken. Wenn er sich weigerte, an dem Frühstück teilzunehmen, das er so vehement durchgesetzt hatte, würde sie ihn erwürgen.

Danach haben wir es geschafft, ermahnte sie sich.

Nach einer Weile höflichen Geplauders erhob Lio sich, und Stille senkte sich über den Saal. „Belle und ich möchten Euch unseren Dank aussprechen, dass Ihr uns und Aveyon in dieser Zeit des Übergangs Eure Unterstützung zugesagt habt.“ Er hielt einen Augenblick lang inne, das Glas zum Toast erhoben. Seine Augen fanden Belles, und er war sichtlich ermutigt. „Vor nicht allzu langer Zeit durchlebte dieses Königreich seine ganz eigene Finsternis“, begann er. „In Wahrheit war es eine Finsternis, die ich selbst geschaffen hatte, und Aveyon ist meiner Frau zu Dank verpflichtet, die mich aus dieser Dunkelheit befreit hat.“

Belle fand, dass er gefährlich nahe daran kam, zu viel über das zu enthüllen, was in Aveyon wirklich geschehen war, aber dennoch schwoll ihr Herz bei seinen Worten vor Freude an.

„Heute sind wir stärker als je zuvor, und unsere Verbündeten …“

Ein plötzlicher Aufruhr in der Eingangshalle lenkte jedermanns Aufmerksamkeit auf sich. Ein rotwangiger Cogsworth verneigte sich entschuldigend, als ein Mann in Uniform sich an ihm vorbeidrängte. „Verzeiht mir, Sire, aber er wollte einfach nicht warten.“

Der Mann war blass und seine Uniform mit Schlamm bespritzt, als wäre er hart geritten, um zum Schloss zu kommen. Er sank vor Lio auf ein Knie. „Sire, ich bringe Nachricht von Kommandant Robinet. Ich muss Euch umgehend sprechen.“

Der Saal brach in sorgenvolles Geflüster aus. Belle hatte keinerlei Erfahrung in militärischen Angelegenheiten, aber sie wusste, dass ein plötzlicher Bote nichts Gutes bedeutete. Lio nickte dem Mann zu und wandte sich dann an seine Gäste. „Bitte fahrt ohne uns fort.“ Er gab einigen der Wachen, die im Saal verteilt standen, ein Zeichen. Lio durchschritt die Länge des Saals und nahm Belle bei der Hand. Sie wurden von einem aufgebrachten und besorgten Cogsworth aus dem Raum gelotst, und ein erregter Lumière gesellte sich rasch zu ihnen.

Cogsworth bedachte ihn mit einem Blick tiefen Abscheus. „Du könntest wenigstens so tun, als ob dich der Gedanke an schlechte Nachrichten nicht begeistert.“

„Mon ami, ich bin alles andere als begeistert. Ich bin gespannt. Mein Interesse ist geweckt. Meine Neugierde wurde entfacht.“ Lumière tätschelte Cogsworth die Schulter. „Ich bin ein Mann mit gewissen Bedürfnissen.“

„Deine Bedürfnisse sind verwerflich."

„Und du würdest dich lieber jeden einzelnen Tag für den Rest deines Lebens langweilen."

Belle musste ihr Lachen hinter einem gespielten Husten verbergen. Sie war dankbar für Lumières Heiterkeit in einem Moment, der in die Panik abzugleiten drohte.

Die Gruppe ging den östlichen Korridor hinunter zu einem kleinen Wintergarten, in dem Belle manchmal ihren Morgentee zu sich nahm.

Lio hielt ihnen allen die Tür auf. Als sie an ihm vorbeiging, flüsterte Belle ihm ins Ohr: „Kommandant Robinet befehligt die Garnison in Lavaudieu?"

Er nickte. „Ich habe ihn als einen sehr vorsichtigen Mann kennengelernt."

Sie verteilten sich im Raum – Belle entschied sich für eine Chaiselongue am Kamin. Lio stellte sich neben sie. Jetzt, da sie ihm gegenübersaß, erkannte Belle, dass der Bote noch recht jung war, wahrscheinlich nicht älter als zwanzig. Ein Hauch von Stoppeln bedeckte seine Wangen. Er hatte sich gestern rasiert. Einen gewöhnlichen Mann hätte es beinahe zwei volle Tage gekostet, um von Lavaudieu in die Hauptstadt zu reiten. Er war die Nacht über durchgeritten. Die Lage musste wirklich dringend sein.

„Wie ist Ihr Name, Soldat?", fragte Lio.

Der Soldat leerte den Becher mit Wasser, den man ihm in die Hand gedrückt hatte und wischte sich mit dem Handrücken über den Mund.

„Claude Desroches", antwortete er. „Ich bin Gendarm, stationiert in Lavaudieu." Sein Rang erklärte seine Reitkünste.

Bastien kam in den Raum geplatzt und neigte vor Lio leicht den Kopf. „Verzeihung, ich wurde aufgehalten." Er ließ sich auf den nächsten Stuhl sinken.

Belle ignorierte ihn. „Sind Sie hungrig?", fragte sie Claude. „Können wir Ihnen etwas zu essen anbieten?"

„Ja, vielen Dank, Madame, aber erst muss ich meine Nachricht überbringen." Lio nickte und bedeutete ihm fortzufahren. „Kommandant

Robinet hat Kenntnis davon erlangt, dass eine Gruppe Adeliger einen Aufstand planen könnte."

Das hatte Belle nicht erwartet. Ein Großteil des aveyonischen Adels war bei der Krönung anwesend gewesen, und nicht wenige von ihnen genossen in genau diesem Augenblick Madame Pottines ausgezeichnetes Frühstück. Belle hatte keinerlei Bedrohung von ihnen gespürt. War es möglich, dass sie die Anzeichen übersehen hatte?

Lio zeigte keine Regung. „Welchen Beweis führt er an?"

Claude zuckte mit den Schultern. „Nur vage Berichte, Sire, aber er war besorgt genug, um mich zu schicken."

Lio schien die Worte des Boten sorgfältig abzuwägen. Er musterte Claude, der vor Erschöpfung schwankte. „Danke. Lumière, bitte besorge dem Soldaten eine geeignete Unterkunft und eine heiße Mahlzeit. Der Himmel weiß, dass wir genug davon haben."

Der Bote salutierte seinem neuen König und wurde aus dem Raum geführt.

Lio sah Belle und Bastien an. „Bevor einer von euch etwas sagt, solltet ihr wissen, dass ich nur Sekunden davon entfernt bin, ein Treffen meiner Berater einzuberufen, um die Angelegenheit zu besprechen. Vielleicht solltet ihr mit dem, was ihr zu sagen habt, so lange warten."

Bastien sank sichtlich in sich zusammen.

Belle sprach die Frage aus, die ihr im Kopf herumspukte, auch wenn sie ihr dumm vorkam. „Woher weißt du, dass es nicht einer deiner Berater ist, der einen Aufstand plant?"

„Das weiß ich nicht", erwiderte er.

Der Thronsaal war noch für die Krönungsfeier dekoriert, aber frei von Menschen. Er hatte etwas Unheimliches an sich. Erst gestern war Lio hier eine Krone aufgesetzt worden, und jetzt schien die Zeit im Saal stillzustehen. Belle erschauderte und ging auf die Tafel zu. Sie wählte den Platz direkt gegenüber von Lio und damit auch von Bastien.

Alle sechs von Lios ursprünglichen Beratern waren nach der Krönung zum Frühstück geblieben, sodass sich das Treffen rasch versammelt hatte.

Als auch der steinalte Montarly endlich auf seinen Platz geschlurft war, begann Lio.

„Ich hatte gehofft, unser erstes Treffen um mindestens eine Woche zu verschieben, während ich mich in meine neue Rolle einfinde, aber die Umstände gestatten es nicht, dass wir auch nur für kurze Zeit unsere Pflicht vernachlässigen. Heute Morgen ist ein Bote eingetroffen, mit unbestätigten Berichten über einen aufständischen Adeligen."

„Er sprach von einer Gruppe von Adeligen", warf Bastien ein.

Lio sah zu ihm hinüber und runzelte die Stirn. „Die Wahrheit ist, wir wissen nicht viel. Alles, was wir haben, sind vage Berichte. Wir haben keinen Beweis. Wir kennen keine Namen."

Im Saal war es still. Es geschah nicht jeden Tag, dass Hochverrat auf der Tagesordnung stand. Belle war noch dabei, ihre Gedanken zu sammeln, aber sie war erleichtert, dass Lio keine voreiligen Schlüsse zog.

Bastien erhob sich. „Cousin, du musst das in Ordnung bringen."

„Und was schlägst du vor, wie ich das tun soll? Ich weiß nicht einmal, wer so etwas planen könnte."

„Ich habe befürchtet, dass dies geschehen könnte und einige von Avcyons Adeligen es nicht gutheißen, dass du so plötzlich König geworden bist."

„Du hast diese Bedenken noch nie zuvor zum Ausdruck gebracht", sagte Belle.

Bastien warf ihr einen zornigen Blick zu. „Ich war damit beschäftigt, die Abspaltung von Frankreich und die Krönung zu organisieren."

„Zu schnell, wie es scheint."

„Genug", verlangte Lio.

Aber Bastien war noch nicht fertig. „Cousin, ich rate dir dringend, dich so rasch wie möglich auf eine Tour durch deine Ländereien zu begeben." Obwohl Belle sich wenig um Titel oder Formalitäten scherte, fand sie, dass der Duc seinen Mangel an Respekt wie eine Waffe einsetzte. „Wenn deine Adeligen mit dem Gedanken an einen Aufstand spielen, dann, weil sie sich beleidigt fühlen und deine Krönung als den letzten Nagel in ihrem Sarg betrachten. Sie sehen, was in Frankreich geschehen ist, und fürchten sich davor. Du musst daran arbeiten, ihr Vertrauen zurückzugewinnen. Du musst ihnen zeigen, dass du gedenkst, der Ausbreitung der Revolution aus Paris ein Ende zu setzen."

Lio verzog keine Miene, während er sich Bastiens Vorschlag durch den Kopf gehen ließ. Aber Belles Bauchgefühl war zurückgekehrt, das Gefühl, dass Bastien falschlag. Der Adel sollte nicht Lios Priorität sein. Nicht wenn es Frankreichs Bauern und der Mittelstand waren, die sich gegen den König aufgelehnt hatten.

„Jede Revolte muss im Keim erstickt werden, Sire", stimmte Gamaches Bastien zu.

Montarly nickte. „Verräterische Verschwörungen müssen an der Wurzel ausgerissen werden."

Belle spürte, wie ihr Herz hämmerte. Lio sah zu ihr und sagte: „Bitte äußere deine Meinung. Ich weiß, dass du darauf brennst." Das sagte er ohne einen Anflug von Ärger in der Stimme.

Sie nahm einen tiefen Atemzug. „Ich denke nicht, dass vage Berichte ausreichen, um zu handeln. Ich glaube, dass wir die Situation mit dem Adel genau im Blick behalten sollten, aber unsere Aufmerksamkeit sollte sich darauf konzentrieren, Reformen für die Bürger von Aveyon auf den Weg zu bringen."

„Bei allem Respekt, Madame, jetzt ist nicht die Zeit für Reformen", sagte Montarly herablassend.

Doch Belle blieb hartnäckig. Ihr Gefühl, dass Bastien mit einem festen Plan zu dem Treffen gekommen war und alle schnell auf seine Seite gezogen hatte, ohne mehr als nur ein paar vage Andeutungen über die Ereignisse in Paris zu machen, verfestigte sich. „Von Reformen für Aveyons Bürger werden alle profitieren, einschließlich des Adels. Er muss die Ausbreitung der Revolution nicht fürchten, wenn wir Aveyon zu einem Ort machen, an dem die Revolution keinen Fuß fassen kann." Sie wiederholte Lios eigene Worte, um ihn zu zwingen Vernunft anzunehmen.

Geoffroy erhob sich zornig. „Reformen bedeuten rein gar nichts, wenn der König das Vertrauen und die Unterstützung seines Adels verliert. Reformen haben nichts zu bedeuten, wenn der Bürgerkrieg Aveyon erreicht."

„Wenn wir den Adel von Aveyon verlieren, können wir uns davon verabschieden, eine ernsthafte Verteidigung aufzubauen, falls das Heilige Römische Reich beschließt, uns auf die Probe zu stellen, und das wird es tun. Wenn wir die Adeligen bei Laune halten, wird der Rest des Königreiches ihrem Beispiel folgen", erläuterte Bastien, als wäre Belle ein naives Kind. „Ein wahrer Aufstand von der Art, die ganze Königreiche formt, entsteht auf den Landgütern, nicht in den Armenvierteln. Möchtest du mit ansehen, wie dein Königreich durch langwierige Kämpfe mit sowohl gut bewaffneten als auch gut positionierten Feinden zerrissen wird?"

„Natürlich will ich das nicht mit ansehen ..."

„Ich habe mich entschieden." Lio hatte die Stimme nicht erhoben, aber seine Worte zerteilten den Saal, als hätte er geschrien. „Belle hat nicht unrecht. Wir müssen daran arbeiten, das Leben der gewöhnlichen Menschen von Aveyon zu verbessern. Aber ..." Er sah ihr nicht in die Augen. „Aber das können wir nicht tun, wenn sich am Horizont ein Erbfolgekrieg zusammenbraut. Ich werde auf eine Tour durch meine Ländereien gehen, wenn auch nur, um mit eigenen Augen zu sehen, dass die Berichte falsch sind."

„Dann werde ich dich begleiten." Wenn sie ihn schon nicht davon überzeugen konnte, wie wichtig es war, zuerst mit Aveyons Bürgern zu arbeiten, dann wollte sie wenigstens an seiner Seite stehen, während er versuchte herauszufinden, welcher seiner Adeligen womöglich gegen ihn intrigierte. Sie konnte sich nicht vorstellen, in Aveyon zu bleiben, während Lio das Land bereiste. Sie waren erst seit wenigen Monaten verheiratet, und Belle hat Angst vor dem, was geschehen könnte, wenn er sich seinen Albträumen allein stellen müsste.

Doch Lio schüttelte den Kopf. „Wenn ich auf diese Tour gehe, weil wir davon ausgehen, dass eine Bedrohung gegen mich besteht, dann dürfen wir dich nicht auch noch in Gefahr bringen. Was würde ohne uns beide mit Aveyon geschehen?"

Die Männer im Raum murmelten zustimmend, und Belle presste die Lippen aufeinander. Es machte ohnehin keinen Unterschied, was sie zu sagen gehabt hätte. Bastien hatte seinen Willen durchgesetzt.

Nach einer Weile kehrten sie zu ihren Gästen zurück, um sich von ihnen zu verabschieden, da das Frühstück inzwischen vorüber war. Als der Saal sich geleert hatte, gingen Belle und Lio auf den Balkon, um ihnen zum Abschied zu winken.

Sie musste sich endlich Luft machen und ihm ihre Meinung sagen. „Du warst schnell dabei, dich auf Bastiens Seite zu schlagen."

Lio verzog das Gesicht, während er winkte. „Es geht hier nicht darum, eine Seite zu wählen. Bastien hat in diesen Angelegenheiten einfach viel mehr Erfahrung. Er ist fachkundig, und es wäre falsch, seinen Rat zu ignorieren, nur weil du ihn nicht leiden kannst."

„Es liegt nicht daran, dass ich ihn nicht leiden kann. Es ist nur …" Aber sie wusste nicht, was sie sagen konnte.

„Es ist nur was? Du musst mir ein klein wenig mehr in die Hand geben, Belle."

Sie schluckte die Worte hinunter, die sie am liebsten ausgesprochen hätte: dass sie dem Duc nicht vertraute, dass sie vermutete, er hege Hintergedanken, dass sie hinterfragte, wem seine Treue wirklich galt. Aber nichts davon war ein Beweis für irgendeine Verfehlung und würde daher nur einen noch größeren Spalt zwischen sie und Lio treiben.

„Nichts", beendete sie ihren Satz. „Es ist nichts."

Er blickte zurück auf die immer kleiner werdenden Kutschen. „Bastien ist der Einzige unter meinen Beratern, der eine gewisse Erfahrung in Staatsangelegenheiten mitbringt. Ohne ihn wäre ich verloren."

Belle nickte und versuchte, sich seine Worte nicht zu Herzen zu nehmen. Die Kutschen waren schon beinahe hinter dem Horizont verschwunden, als sie sich etwas schwor.

Das nächste Mal, wenn Lio in einer Angelegenheit Rat suchte, würde sie die am besten vorbereitete Person im Saal sein.

Kapitel Zwölf

Belle hätte nicht gedacht, dass eine einzige Woche sich so lang anfühlen konnte.

Ihr Körper stand kurz vor dem Zusammenbruch, aber sie bewahrte sich ihre Erschöpfung und Niedergeschlagenheit für die Enge ihrer Gemächer auf, wo sie eine Spur ihrer Kleidung von der Tür bis zu ihrem Bett hinterließ, bis sie nur noch mit ihrem Unterkleid angetan war. Ihr fehlte die nötige Energie, um in ein Nachthemd zu wechseln, also stieg sie einfach unter die dicken Decken und schloss die Augen.

Aber der Schlaf wollte nicht kommen. Wochenlang war Belle in Vorbereitung auf Lios Krönung mit den Namen und Familienstammbäumen von Aveyons Adel, die ihr im Kopf herumschwirrten, zu Bett gegangen. Sie hatte sich auf die einzige Weise auf diese Veranstaltung vorbereitet, die ihr vertraut war – indem sie sich in Büchern vergrub und alles las, was sie über die großen Könige der Geschichte, über die Monarchien der Welt und die verschiedenen Philosophien des Regierens und der sozialen Ordnung in die Finger bekommen konnte. So hatte sie sich zumindest ansatzweise auf die Aufgabe vorbereitet gefühlt, die vor ihr lag.

Aber jetzt, da alles vorüber und der Druck, der sie angetrieben hatte, verschwunden war, schlichen sich Zweifel ein und beherrschten ihre Gedanken. Lio war gerade mal einen Tag lang König von Aveyon gewesen, und schon schwebte das Land in Gefahr, wegen nichts weiter als unbelegten Gerüchten in den Krieg zu ziehen. Belle fürchtete, dass sie die größere Bedrohung außer Acht ließen – dass revolutionäre Ideen in Aveyon Fuß fassen und die Gewalt in ihrem friedlichen Königreich Einzug halten könnte – und sich stattdessen auf etwas fokussierten, das ihr überhaupt nicht wie eine Bedrohung vorkam. Ihre Gedanken wanderten zu der Vision von einem brennenden Aveyon. Sie glaubte immer noch nicht, dass sie wahr gewesen war, aber die Bilder immer und immer wieder vor ihrem inneren Auge zu sehen, während sie sich um den Zustand ihres Königreiches sorgte, war alles andere als hilfreich.

Sie befürchtete, dass das, was gerade in Frankreich geschah, auch in Aveyon geschehen könnte, aber Lio wollte ihren Standpunkt einfach nicht verstehen. Erst recht jetzt nicht mehr, da er Bastiens Rat mehr schätzte als ihren. Mehr noch, sie hatte nicht einmal den Vorteil der Gewissheit auf ihrer Seite. Es wäre so viel leichter, sich Bastien entgegenzustellen, wenn sie *wüsste*, dass er unrecht hatte. Aber das tat sie nicht. Alles, was sie hatte, war dieses Bauchgefühl, dass der Duc falsch lag. Das war kein eindeutiger Beweis. Aber sie war überzeugt, dass Bastien weder Aveyon noch ihr Volk kannte und dass seine Meinung aus diesem Grund weniger Gewicht haben sollte.

Irgendwann gab sie den Gedanken an Schlaf auf. Ihr rastloser Geist brauchte eine Ablenkung, und sie wusste auch schon, welche. Belle setzte sich auf und sah zu Lio hinüber, lauschte auf seine gleichmäßigen Atemzüge und sein leises Schnarchen. Sie stieg aus dem Bett und warf sich seinen abgelegten Mantel über ihr Unterkleid. Die samtenen Ärmel rutschten ihr bis über die Hände, aber der Stoff roch nach ihm. Sie warf einen letzten Blick zurück auf seine schlafende Gestalt, bevor sie aus dem Zimmer schlich. Sie würde nur ein paar Minuten fort sein.

Das Schloss war vollkommen dunkel, während sie einem Pfad folgte, den sie mindestens einmal am Tag beschritt. Licht schien unter dem Spalt der großen Türen am Ende des Saals hindurch wie ein Leuchtfeuer. Der Kamin verlosch nie, und Belle hatte mehr als eine schlaflose Nacht eingekuschelt vor dem Feuer verbracht, umgeben von Stapeln voller Bücher. Sie zog die Tür leise hinter sich ins Schloss und hielt einen Augenblick inne, so wie jedes Mal, um den Anblick in sich aufzusaugen. Von all den Annehmlichkeiten, die ihr neues Leben mit sich brachte, war Belle sicher, dass sie sich niemals an die schiere Fülle des ihr zur Verfügung stehenden Wissens gewöhnen würde.

Ihre Bibliothek.

Sie war auf der Suche nach einem ganz bestimmten Buch, einem, das ihr geschenkt worden war, nachdem sie es so viele Male gelesen hatte, dass es sich in ihren Gedanken festgesetzt hatte. Es hatte alles, was sie an einem guten Buch liebte: eine unbekannte, weit entfernte Landschaft, Zaubersprüche, Schwertkämpfe und verkleidete Charaktere. Sie hatte es erst vor ein paar Wochen aus ihrem alten Zuhause geholt und hierhergebracht. Hatte es hastig in ein Regal gestopft, bevor sie nach Paris aufgebrochen waren. Normalerweise wanderte sie ziellos zwischen den Reihen umher und nahm sich die Zeit, innezuhalten und Bücher aus den Regalen zu ziehen. Aber heute Nacht war sie auf einer Mission.

Zielstrebig ging sie in den hinteren Teil der Bibliothek, wo die Regale spärlicher wurden. Sie fand augenblicklich, wonach sie gesucht hatte, und zog das Buch aus dem Regal. Jetzt, da ihre Aufgabe erledigt war, wollte sie sich wieder zum Gehen wenden, aber irgendetwas hinter der Stelle, an der das Buch gestanden hatte, fiel ihr ins Auge, grün leuchtend in dem fahlen Licht der Bibliothek.

Belle griff zwischen die Bücher und zog etwas heraus, das sie längst zerstört geglaubt hatte.

Es war der Spiegel, den Lio ihr gegeben hatte, damit sie ihren Vater sehen konnte, damals, als er noch das Biest und sie seine Gefangene gewesen war. Es war so schwer für sie zu begreifen, jetzt, da der Fluch gebrochen war, aber Belle hatte ihr Glück mit dem Biest gefunden. Es war keine Liebe, die kam später, aber es war Zufriedenheit. *Wie lange hätte ich mit Zufriedenheit leben können*, fragte sie sich, *wenn das Biest mir nicht diesen Spiegel und damit einen flüchtigen Blick auf das Leben gegeben hätte, das ich zurückgelassen hatte?*

In dem Moment, in dem sie den Spiegel berührte, wusste sie, dass es derjenige aus der Zeit des Fluchs war, obwohl er das genaue Ebenbild des Spiegels war, den sie in Paris in den Händen gehalten hatte. Die filigrane Gravur auf dem Silber ähnelte der anderen so sehr, dass es ihr einen Schauer über den Rücken jagte. Der Spiegel fühlte sich seltsam vertraut in ihrer Hand an. Als würde die Magie, die darin wohnte, sie als die Person wiedererkennen, die die Macht des Fluches über das Königreich gebrochen hatte. Aber alles, woran sie in dieser Sekunde denken konnte, war, wie es sich angefühlt hatte, die Magie zu benutzen und zu beweisen, dass ihr Vater nicht gelogen hatte, als er sagte, sie sei von dem Biest entführt worden. Selbst jetzt noch, Monate später, schlug ihr Herz schneller bei dem Gedanken daran, wie schnell ihre Nachbarn bereit gewesen waren, zum Schloss zu marschieren, um das Biest zu töten, und wie rasch sie daraufhin begriffen hatte, dass sie es liebte.

In gewisser Weise wusste sie, dass sie die Liebe, die sie für das Biest empfand, genau deswegen erkannt hatte, *weil* es ihr den Spiegel gegeben und sie hatte gehen lassen. Aber diese Gefühle waren bittersüß. Denn Belle wollte sich nicht an gewisse Aspekte ihrer Vergangenheit erinnern, genauso wie sie nicht spekulieren wollte, warum der Spiegel das Brechen des Fluches überstanden hatte. Sie wollte diese Magie nicht zurück in ihr Leben lassen.

Belle zögerte, unsicher, was sie tun sollte. Sollte sie den Spiegel zerstören? Verstecken? Auf keinen Fall konnte sie ihn Lio zeigen, nicht bei allem, was gerade los war. Sie beschloss, ihn dorthin zurückzulegen, wo sie ihn gefunden hatte, und zu ihm zurückzukehren, wenn sie einen klaren Entschluss gefasst hatte.

Aber als sie Anstalten machte, den Spiegel wieder zu verstecken, leuchtete er noch heller auf als je zuvor und tauchte die Buchrücken in grünes Licht. Belle hielt sich den Spiegel vors Gesicht, und ihr Herz schlug ihr bis zum Hals.

Das Spiegelbild, das ihr entgegenstarrte, war nicht ihr eigenes.

Sie blickte direkt in die Augen der Frau aus dem Spiegelgeschäft.

Instinktiv wollte sie den Spiegel fallen lassen, ihn in tausend Scherben zerspringen lassen wie den in Paris, aber die Neugier hielt ihre Hand fest um den silbernen Griff geschlungen.

„Belle.“ Die Frau sprach mit derselben überirdischen Stimme wie im Laden. „Ich weiß, dass du mir nicht vertraust, aber du musst zumindest hören, was ich zu sagen habe.“

Belles Kehle war staubtrocken. Sie hatte keine Antwort für diese Frau oder für diese Magie, die sich ihrem Verstand entzog.

„Du darfst nicht darauf warten, dass andere Aveyon retten. Du musst auf deinen Instinkt vertrauen und zu der Königin werden, die in dir steckt.“

Die Erkenntnis, dass der Fluch überdauert hatte und ihr bis hierher gefolgt war, war mehr, als Belle ertragen konnte. Sie riss sich von den Augen der Frau los und stellte den Spiegel mit bebenden Fingern dorthin zurück, wo sie ihn gefunden hatte. Dann floh sie aus der Bibliothek, aber als sie die Tür hinter sich ins Schloss zog, kam ihr ein erschreckender Gedanke. Wenn der verzauberte Spiegel *tatsächlich* ein Teil des Fluches war, der auf Lio und Aveyon gelastet hatte und den sie so sehr bekämpft hatten, was bedeutete seine Rückkehr dann für das Königreich?

Oder die Tatsache, dass er nie wirklich verschwunden war?

Sie wusste, dass sie Lio erzählen musste, was sie gesehen hatte, aber ihr graute davor. Er hatte bereits so heftig mit den Fehlern zu kämpfen, die er in der Vergangenheit gemacht hatte, und mit den Albträumen, die ihn immer noch heimsuchten. In ihrem Herzen keimte eine winzige Hoffnung auf. Wenn sie ihm davon erzählte, würde er ihr zuhören müssen. Allerdings war sie nicht sicher, ob sie bereit war, diesen Preis zu zahlen.

Auf leisen Sohlen lief sie durch das schlafende Schloss und versuchte, sich auf alles, was seit ihrer Ankunft in Paris geschehen war, einen Reim zu machen. Aber nichts davon ergab einen Sinn, und nichts davon bedeutete etwas Gutes für die Zukunft ihres Königreiches. Ängste rückten von allen Seiten auf sie zu. Die Frau aus dem Spiegelgeschäft schien so viel zu wissen über ihren Widerwillen, den Titel einer Königin anzunehmen. Das deutete darauf hin, dass sie weitaus mehr war als eine einfache Trickbetrügerin, wie Belle sich eingeredet hatte. Dies war eine tiefere Art der Magie, die Art, von der Belle geglaubt hatte, sie für immer aus Aveyon vertrieben zu haben. Es war die Art von Magie, die einen hohen Preis forderte.

Sie erschauderte angesichts der Tragweite der Ereignisse.

Sollte das Schlimmste eintreten, sei es ein Aufstand der Adeligen, ein Aufstand der Bauern oder die Rückkehr des Fluches, den sie so hart bekämpft hatten, würde Aveyon sie brauchen, um stark genug für ein ganzes Land zu sein.

Und sie wusste nicht, ob sie diese Stärke in sich trug.

Belle spürte, dass etwas nicht stimmte, kaum dass sie ihr Schlafzimmer betreten hatte. Der metallische Geruch von Angst lag schwer in der Luft, und das Bett war leer, die Decken und Laken durcheinander.

Sie brauchte nicht lange, bis sie Lio gefunden hatte, zusammengekauert in einer dunklen Ecke, noch immer in den Klauen des Albtraums.

Sie stürzte zu ihm hinüber und schüttelte ihn, ungeachtet der Tatsache, dass es für gewöhnlich besser war, ihn behutsam aus der Finsternis zu leiten.

„Lio, Lio, ich bin hier."

Ihre Berührung und ihre Stimme holten einen Teil von ihm zurück in die Wirklichkeit. Mit zitternden Händen fuhr er ihre Arme entlang bis hinauf zu ihrem Gesicht. „Belle." Die Art und Weise, wie er ihren Namen ausstieß, war getränkt von Schmerz. „Du warst fort."

„Schhhh", hauchte sie. „Ich bin hier."

„Ich war das Biest."

Sie ließ sich neben ihm auf den Teppich sinken und zog ihn in ihre Arme.

„Ich – ich war wieder das Biest, ich habe seine Klauen in meiner Hand gespürt und seine Reißzähne in meinem Mund."

Dieses Geständnis überraschte Belle. Bisher waren Lios Albträume immer vage Schatten der Ängste gewesen, die er jeden Tag mit sich trug. Davon zu träumen, wieder ein Monster zu sein, musste für ihn die reine Qual gewesen sein.

„Du bist nicht mehr das Biest", versuchte sie ihn zu beruhigen.

„Aber ich bin es, Belle, verstehst du das nicht?" Seine Stimme war panisch. „Ich habe so lange als das Biest gelebt, dass es immer ein Teil von mir sein wird."

Belle konnte nicht anders, als an die Vision zu denken, die sie in Paris gesehen hatte. Daran, wie das Volk von Aveyon sich gegen sie auflehnte. Sie hatte sie als Unsinn abgetan, aber eine leise Stimme in ihrem Kopf fragte sich, was geschehen würde, sollten die Menschen je die Wahrheit über Lios zehn Jahre als Einsiedler erfahren. Noch leiser wisperte die Stimme in ihr, ob es nicht wieder geschehen könnte, ob irgendeine Zauberin nicht wieder beschließen könnte, dass ihr Ehemann nicht genug für das Königreich tat, und ihn verfluchte, so wie eine andere vor all den Jahren ein Kind verflucht hatte.

Aber diese Art der Schwarzmalerei lag ihr fern. Sie weigerte sich, diese Möglichkeit in Betracht zu ziehen.

Belle wusste, dass sie nichts sagen konnte, was den Albtraum aus seinen Gedanken und die unbezähmbare Angst aus seinen Gliedern vertreiben würde. Er musste aus eigener Kraft zu ihr zurückkehren, Stück für Stück. Sie fuhr ihm mit den Fingern durchs Haar und wartete ab, bis sein Puls nicht mehr so hektisch gegen ihre Haut schlug.

Still saßen sie in der Dunkelheit, zwei Menschen wie Schiffbrüchige in einem Sturm, die sich ums nackte Überleben aneinander festklammerten. Aber mit der Zeit fiel die Furcht von Lio ab. Sie wusste, dass sie verschwunden war, als er sich aufrichtete, sein Kreuz nicht länger von der Dunkelheit zu Boden gedrückt. Seine Augen waren nicht mehr umnachtet, aber es würde eine Weile dauern, bis die dunklen Ringe, die sich wie Blutergüsse darunter abzeichneten, verblasst waren.

„Du hast von dem Biest geträumt?“, fragte sie so sanft, wie sie konnte.

Er wischte sich das Haar aus dem Gesicht. „Ja“, hauchte er, vielleicht aus Angst, dem Albtraum mehr Macht zuzugestehen, als er verdiente. „Ich glaube, es wäre gar nicht so schlimm gewesen, aber ich bin mittendrin aufgewacht, und du warst fort.“

Sie fuhr mit den Fingern durch sein Haar, das ihm lose auf die Schultern fiel. „Ich war in der Bibliothek. Ich konnte nicht schlafen.“

„Ich weiß, aber während eines Albtraums ist in meinen Gedanken kein Platz für Logik.“

Sie bemühte sich um einen leichten Tonfall. „Dachtest du, jemand hätte mich aus meinem Bett entführt und dir wäre es irgendwie gelungen, das Ganze zu verschlafen?"

Er senkte den Blick, als sich seine Wangen vor Scham röteten. „Ist es schlimmer, wenn ich zugebe, dass meine erste Befürchtung war, dass du mich aus eigenem Willen verlassen hast?"

Ihr wurde eng um die Brust. Natürlich würde er aus ihrer Abwesenheit gleich die schlimmstmöglichen Schlüsse ziehen. Sie schmiegte sich enger an ihn und fand den Platz in seiner Armbeuge, verzweifelt auf der Suche nach der Nähe, die früher so selbstverständlich gekommen war. „Eine einzelne Meinungsverschiedenheit wird niemals dafür sorgen, dass ich dich verlassen will, Lio. Ich habe mich für dich entschieden, und ich werde mich immer wieder für dich entscheiden, auch wenn es mal schwer wird."

„Ich weiß", wisperte er, das Gesicht in ihrem Haar vergraben. „Es ist nur … mit der Krönung und allem, was in Frankreich gerade geschieht … und unserem Streit vorhin … es war schwerer, mich aus dem Albtraum zu befreien. Normalerweise …"

Er zögerte.

„Erzähl es mir."

„Normalerweise schaffe ich es durch den schlimmsten Teil, weil ich an irgendetwas verankert bin. An jemandem." Belle wartete auf das, was nun kommen musste. Lio verlagerte kaum merklich das Gewicht. „In jedem anderen Albtraum war ich an dir verankert. Ich weiß, dass es ein Albtraum ist und dass er vorübergehen wird, deinetwegen. Aber aus irgendeinem Grund hatte ich diese Gewissheit dieses Mal nicht."

In diesem Moment wusste Belle, dass sie ihm nichts von dem Spiegel in der Bibliothek oder von der seltsamen Geisterfrau, die sie von Paris bis hierher nach Aveyon mit einer verstörenden Vision verfolgt hatte, erzählen konnte. Das Wissen, dass der Fluch auf irgendeine Weise überdauert hatte, würde ihm nicht guttun. Und so versiegelte sie die Worte, die sie sich zurechtgelegt hatte, und vergrub sie in den Tiefen ihres Verstandes. Sie würde ohne ihn herausfinden müssen, was das alles zu bedeuten hatte.

„Meine größte Angst war es immer, dich oder mein Königreich zu verlieren, aber dieser Albtraum hat mir eine neue Angst offenbart", gestand er ihr mit rauer Stimme.

„Und welche ist das?"

„Mich selbst zu verlieren." Er drückte ihre Hand noch fester. „Mich selbst in der Vergangenheit zu verlieren, mich an das Biest zu verlieren. Oder zu verlieren, wer ich bin, wegen einer Bedrohung oder eines Schurken, den ich nicht begreifen kann."

Diese Angst verstand Belle, denn es war eine, die sie mit ihrem Ehemann teilte. Belle fürchtete nicht, sich an ihre Vergangenheit zu verlieren, sondern an ihre Zukunft. Sie befürchtete, ein Leben an Lios Seite könnte von ihr verlangen, jemand zu werden, der sie nie hatte sein sollen. Als sie ihn jetzt also beschwichtigte, beschwichtigte sie auf gewisse Weise auch sich selbst.

„Du bist eine viel zu starke Person, um dich selbst so zu verlieren, Lio."

Sie glaubte an die Worte, die sie aussprach, aber ihre Gedanken wanderten zurück zu dem Mob, der den Marquis de Launay ermordet hatte, und sie erinnerte sich daran, was Furcht und Zorn in den Menschen bewirken konnten.

Belle hatte versucht, Lio vor Augen zu führen, dass die wahre Bedrohung von Aveyons Bürgern ausging. Sie wollte, dass sie gemeinsam daran arbeiteten, Reformen durchzusetzen und sicherzustellen, dass Aveyon zu einem Ort wurde, an dem eine Revolution niemals Halt finden würde. Aber Lio hatte sich entschieden, seine Bemühungen auf seine Adeligen zu konzentrieren, und Belle konnte ihm das nicht verübeln.

Damit blieb es ihr überlassen, einen Weg zu finden, wie sie mit den Bürgerlichen von Aveyon vorankommen konnte, und vielleicht konnte sie sich in Lios und Bastiens Abwesenheit endlich ganz dieser Aufgabe widmen. In dieser Nacht schwor Belle der Dunkelheit einen Eid, dass sie alles in ihrer Macht Stehende tun würde, um dafür Sorge zu tragen, dass Lios größte Ängste niemals Wirklichkeit werden würden.

Kapitel Dreizehn

Belle erwachte kurz vor Sonnenaufgang, besorgt und unruhig und mit einer vagen Erinnerung daran, wie Lio sie irgendwann im Laufe der langen Nacht ins Bett getragen hatte. Jetzt war das Bett leer, aber auf Lios Kissen lag eine Nachricht. Nach einem Albtraum fand er nie viel Schlaf.

Bin früh auf, um alles für die Tour vorzubereiten. Ruh dich ein wenig aus.

Sie versuchte es, aber ohne Lio darin war das Bett viel zu groß, und sie konnte an nichts anderes denken als daran, wie lange er wohl fort sein würde.

In der letzten Nacht hatte sie sich geschworen, nicht mehr mit ihm zu streiten. Er musste seine eigenen Entscheidungen treffen, und sie wollte ihren Abschied nicht noch schwerer machen, als er ohnehin schon sein würde.

Lio tat, was er für das Beste für sein Königreich hielt. Das musste sie akzeptieren. Sie wollte ihn nicht wieder im Zwiespalt erleben. Seine Albträume hatten ihre Wurzeln in der Vergangenheit, aber es schien, als weckten ihre Streitereien alte Geister und zerrten schlimme Erinnerungen an die Oberfläche.

Sie wollte nicht der Grund dafür sein, dass Lio nachts nicht schlafen konnte.

Unablässig kreisten die Gedanken in ihrem Kopf, also verließ sie ihr viel zu großes Bett und kuschelte sich einmal mehr in Lios abgelegten Mantel. Sie hatte keine Ahnung, wo sie eigentlich hinging, bis sie sich in der Küche wiederfand, auf der Suchen nach etwas Süßem, um sich von ihren unglücklichen Gedanken abzulenken. Sie fand kein frisches Gebäck, fand aber, dass ein übrig gebliebenes Croissant wohl auch seinen Dienst tun würde.

„Guten Morgen", rief eine freundliche Stimme von irgendwo in der Küche. Belle zuckte zusammen und ließ ihren trockenen Snack fallen. Madame Pottine erschien aus den Tiefen der Küche, eine dicke Schicht Mehl auf den Wangen. „Ich wollte Euch nicht erschrecken, Liebes. Tee?" Sie deutete auf den Kessel, der über dem Feuer hing.

„Es tut mir leid", setzte Belle an, als Madame Pottine den heißen Tee in eine Tasse goss und zwei Stück Zucker hinterherwarf. „Habe ich Sie geweckt?"

Madame Pottine reichte ihr Tasse und Untertasse. „Seid nicht albern. Ich bin schon seit zwei Stunden auf den Beinen und backe Brotlaibe."

Der Zitronentee hätte ebenso gut ein Tonikum sein können, so sehr belebte er Belles müden Geist. „Danke, und nochmals vielen Dank für all die harte Arbeit, die Sie in das Krönungsfestmahl und das Frühstück gesteckt haben. Ich wünschte, ich wäre nicht fortgeholt worden. Ich habe gehört, es war eine Offenbarung."

Das entlockte Madame Pottine ein Lächeln. „Ja, ich habe eine Reihe verlockender Angebote von Euren Gästen erhalten, die Euch meine Dienste ausspannen wollten."

Belle hob eine Augenbraue. „Keines, das Sie in Versuchung geführt hat, hoffe ich."

„Natürlich nicht." Madame Pottine tätschelte ihre Schulter. „Wie könnte ich Euch und Lio je verlassen, Liebes? Und sagt mir, wer sollte Cogsworth und Lumière in Schach halten, wenn ich fort wäre?"

Ich sicherlich nicht, dachte Belle und erschauderte bei der Vorstellung.

Wie aus dem Nichts zauberte Madame Pottine eine Platte mit frischen und köstlich duftenden Gebäckstücken herbei. „Und jetzt verratet mir, warum Ihr nicht im Bett seid."

Belle knabberte an einer Himbeertartelette. „In den meisten Nächten würde ich lieber durch die Flure wandern, als zu schlafen.“ Sie hatte das Gefühl, dass sie kein Recht hatte, Madame Pottine zu gestehen, wie sie Lios Entscheidung, die Ländereien seiner Adeligen zu bereisen, infrage stellte. Oder ihr zu erzählen, dass er immer noch unter Albträumen litt.

Aber Madame Pottine war ebenso hartnäckig wie aufmerksam. „Hat er Albträume?“

„Woher wissen Sie …“

„Ich habe sie auch, wisst Ihr.“ Sie griff nach Belles Teetasse und schenkte ihr nach. „Wir waren natürlich mit ihm in dieser Dunkelheit, aber keiner von uns musste als Monster leben.“ Sie schob die Teetasse zurück zu Belle. „Ich will nicht sagen, dass wir es leicht hatten, aber er hatte es am schwersten.“

Der Tee war so heiß, dass er Belle die Zunge verbrannte. „Ich befürchte, dass er niemals heilen wird, wenn er das alles weiter in sich hineinfrisst“, sagte sie traurig.

Madame Pottine streckte die Hand aus und nahm Belles Hand in ihre. Ihre Haut war warm und weich wie Samt. „Ich bin mir nicht sicher, ob einer von uns jemals vollständig heilen wird, Liebes. Wir haben alle so unsere Risse und Sprünge, aber wir lernen, damit zu leben. Ich möchte wetten, dass es jedem so ergeht, der ein Trauma durchmachen musste.“ Sie erhob sich von ihrem Stuhl und legte Belle beruhigend eine Hand auf die Schulter. „Ihr müsst stark sein, Belle, besonders jetzt, da sich die Stimmen in diesem Königreich mehren, manche lauter als andere.“

„Ihnen entgeht aber auch gar nichts, oder?“

Madame Pottine bedachte sie mit einem unschuldigen Lächeln und ließ Belles Hand los. „Selbstverständlich nicht.“ Sie hängte den Teekessel zurück an den Haken über dem Feuer.

„Aber Sie scheinen mir nicht sonderlich besorgt“, bemerkte Belle.

„Hat Euch noch nie jemand gesagt, dass Ihr Euch nicht unnötig Sorgen machen solltet?“ Madame Pottine streckte auffordernd die Hand nach Belles leerer Teetasse aus.

Belle reichte sie ihr und nickte. „Sie haben recht."

Einen Augenblick hielt Madame Pottine inne, tief in Gedanken versunken. „Ich habe einen großen Teil meines Lebens damit verbracht, mir Sorgen zu machen, Belle, aber seit Ihr zu uns gekommen sind, empfinde ich meine Sorgen nicht mehr als allzu große Last." Geistesabwesend strich sie sich über die Schürze, dann räusperte sie sich resolut. „Ich muss zurück zu meinen Broten. Und Ihr solltet Euch für das Frühstück zurecht machen, Liebes."

Sie war fort, bevor Belle ihr angemessen danken konnte.

Die Steinmauern des Innenhofs brannten in der Augustsonne und hielten die Hitze so fest, dass sich der Platz wie ein Ofen anfühlte. Das erinnerte Belle daran, wie heiß die Sommer in Paris werden konnten und wie sehr sie das Gefühl hasste, wenn der Schweiß ihr den Rücken hinunterlief.

Sie hatte Lio den ganzen Morgen über kaum zu Gesicht bekommen, während er sich darauf vorbereitete, auf seine Tour aufzubrechen. Cogsworth war nie herrischer gewesen als heute, während er das Packen von Lios Kutschen überwachte und die Bediensteten inspizierte, die den König begleiten würden. Energisch schritt er die Reihe der aufgestellten Diener im Innenhof ab, funkelte über die Ränder seiner Brille und bombardierte sie wahllos mit Fragen.

„Wie ist der Name von Seigneur Montarlys ältester Tochter?", herrschte er einen jungen Kutscher an, der unter dem prüfenden Blick des Haushofmeisters zusammenschrumpfte.

„Félicité … Félicité Lucie Montarly?"

Cogsworth beäugte ihn mit Verachtung in den Augen. „Falsch." Er strich etwas von dem Pergament, das er in Händen hielt. „Ihr Name ist Félicité *Lucille* Montarly. Wollen Sie etwa das gesamte Unternehmen sabotieren?"

Bevor Belle einschreiten konnte, hatte er sich bereits seinem nächsten Opfer zugewandt. „Sie! Welchen Wein trinkt Baron Boisselet am liebsten?" Belle eilte auf die Gruppe zu und legte Cogsworth eine Hand auf die

Schulter, gerade als dieser die arme Dienstmagd anschrie: „Einen Chablis aus der Bourgogne! Das ist doch nicht so schwer!“

„Aber, aber, Cogsworth“, sagte Belle sanft. „Findet Ihr nicht, dass Ihr ein wenig harsch seid?“

Er richtete sich zu seiner vollen Größe auf und räusperte sich. „Nicht im Geringsten. Alles steht und fällt mit dem Erfolg dieses Unterfangens, und ich werde nicht zulassen, dass irgendjemand es in Gefahr bringt.“

„Ich glaube kaum, dass alles vom Lieblingswein des Baron Boisselet abhängt.“

Er sackte ein wenig in sich zusammen. „Vielleicht habt Ihr recht.“

Sie tätschelte seinen Rücken. „Ich glaube, wir sind alle ein wenig nervös.“

Der Haushofmeister nickte. „Ich habe Agenden und Listen und Berichte und Nachforschungen hinter mir, aber nichts, was Ratschläge darüber gibt, was zu tun ist, wenn man sich von seinem engsten Nachbarn und ehemaligem Verbündeten abspaltet.“

Belle verstand, dass Cogsworth auf die einzige Art zu helfen versuchte, die ihm vertraut war, aber sie hatte sich auch schon auf der anderen Seite von Cogsworth Bemühungen wiedergefunden und wusste, wie streng er sein konnte. „Warum sucht Ihr nicht nach Lumière und schreit ihn ein wenig an? Er kann damit besser umgehen als unsere arme Dienerschaft.“

Er schlug die Hacken zusammen und salutierte, glücklich, einen Auftrag erhalten zu haben, von dem er wusste, dass er ihn tadellos ausführen konnte. Belle beobachtete, wie er davoneilte, als Lio sich hinter ihr anschlich und sie um die Taille fasste.

„Sacré, Lio, ich habe mich fast zu Tode erschreckt“, schimpfte sie, obwohl sie froh war, sich vor seiner Abreise in seinen Armen wiederzufinden.

Er zog sie in eine abgeschiedenere Ecke des Hofes. „Belle, ich muss dich um etwas bitten.“ Er nahm ihre Hände in seine, und sie versuchte, den seltsamen Ausdruck auf seinem Gesicht zu deuten. War es Schuld? „Wirst du im Schloss bleiben, während ich fort bin?“

Sie riss sich von ihm los. „Das kann nicht dein Ernst sein.“

Lio verzog gequält das Gesicht. „Es ist nicht sicher, Belle. Mit allem, was in Frankreich vorgeht, und den Nachrichten von einer womöglich bevorstehenden Revolte hier in Aveyon kann ich nicht anders, als dich um diesen Gefallen zu bitten, besonders nach dem, was in Paris geschehen ist.“

„Dann soll ich also einmal mehr deine Gefangene sein?“ Sie sah, wie sehr ihre Worte ihn schmerzten, aber er musste verstehen, was er da von ihr verlangte.

„Das ist etwas anderes“, flüsterte er mit gebrochener Stimme. „In meiner Abwesenheit wirst du an meiner Stelle herrschen.“

Belle konnte sich nicht vorstellen, wieder in einem Schloss eingesperrt zu sein, selbst wenn sie dieses Mal seine Herrscherin war. Sie hatte ihre Freiheit schon einmal verloren, und es hatte sie all ihre Kraft gekostet, den Fluch zu brechen und sie zurückzuerlangen. Aber dann erinnerte sie sich wieder an den Schwur, den sie in der Nacht zuvor geleistet hatte. Sie hatte sich geschworen, dass sie nicht der Grund dafür sein würde, dass Lios größte Ängste Realität wurden. Dabei hatte sie vor allem an seine Furcht gedacht, dass er sein Königreich verlieren könnte, aber in seinen Albträumen wurden auch sie beide auseinandergerissen. Madame Pottine hatte sie gedrängt, stark zu sein, und vielleicht lag ja eine gewisse Stärke darin, etwas für die Person aufzugeben, die man liebte.

Sie konnte die Worte nicht aussprechen, die in ihren Ohren wie das Schließen einer Tür klangen, also nickte sie nur.

Lio reagierte sichtlich erleichtert. „Warum beginnst du während meiner Tour nicht mit der Planung deines Salons? Wir könnten ihn auf den Tag meiner Rückkehr legen. Dann hätte ich etwas, auf das ich mich freuen kann.“

Natürlich wusste Belle, dass er lediglich versuchte, sie versöhnlich zu stimmen, und sie musste sich zähneknirschend eingestehen, dass es funktionierte. Sie durchforstete ihr Hirn nach Protest, und sei es nur, um ihren eigenen Willen wieder deutlich zu machen. „Meinst du nicht, dass ein Salon reine Zeitverschwendung ist, besonders jetzt?“

„Ich denke, es ist wichtig, unserem Volk, aber auch insgesamt ein Gefühl von Normalität zu vermitteln. Ja, wir haben uns von Frankreich losgesagt, und ja, ein Prinz ist jetzt ein König, aber auf gewisse Weise sollen die Dinge so weiterlaufen wie gewohnt. Ein Salon ist eine ausgezeichnete Möglichkeit, um zu zeigen, dass in Aveyon alles in bester Ordnung ist."

Belle war immer noch wütend, aber sie war keine Närrin. „Ich werde darüber nachdenken."

„Wundervoll. Sollen wir ihn für den zehnten Oktober ansetzen, den Tag nach meiner Rückkehr?"

„Ich sagte, ich werde darüber nachdenken. Das bedeutet nicht, dass ich zugestimmt habe", erwiderte sie entschieden. Sie konnte sich noch nicht von Herzen mit der Idee anfreunden. Doch als sie wieder das Wort ergriff, war ihre Stimme sanfter. „Ich kann immer noch nicht glauben, dass du so lange fort sein wirst."

„Ich weiß, aber zwischen der Planung deines Salons und dem Regieren eines Königreiches wird dir kaum Zeit bleiben, mich zu vermissen." Sie tat so, als hätte sie die Gewissheit in seiner Stimme in Bezug auf ihren Salon nicht gehört, als jemand hinter ihnen ein demonstratives Räuspern verlauten ließ.

Bastien hatte sie gefunden. „Wenn ihr beide damit fertig seid, jedermanns Zeit zu verschwenden, sollte mein Cousin sich auf den Weg machen."

„Du fährst nicht mit ihm mit?" Belle war verwirrt. Diese Tour war Bastiens Idee gewesen. Sie hätte gedacht, dass er darauf bestehen würde, sich der Entourage anzuschließen.

„Ich habe Bastien gebeten, im Schloss zu bleiben und dir mit dem Tagesgeschäft zu helfen. Aufgrund seiner Expertise am königlichen Hof habe ich ihm aufgetragen, die Treffen meiner Berater zu leiten."

Belle sah zum Duc hinüber und versuchte, in seiner Miene zu lesen, ob das wirklich Lios Idee gewesen war oder ob Bastien noch ein Ass im Ärmel hatte. Aber seine Miene war ausdruckslos. Sie hatte zwar kein Interesse daran, den Rat während Lios Abwesenheit anzuleiten, wusste aber nicht, was sie davon halten sollte, dass Bastien diese Aufgabe nun übernahm.

Lio fuhr fort: „Ihr seid beide in meinem Rat, und ihr genießt mein uneingeschränktes Vertrauen, aber du, Belle, bist meine Stimme."

Das besänftige Belle ein wenig, obwohl sie sich bei dem Gedanken sträubte, lediglich Lios Stimme zu sein. Gleichzeitig konnte sie sich ihre eigene Reaktion nicht erklären. Sie hatte die Titel abgelehnt, die ihr eine eigene Stimme verliehen hätten, aber das bedeutete nicht, dass sie über keine Macht verfügte.

Ihr Plan war es, die Zeit, in der Lio weg war, zu nutzen, um das Leben der einfachen Leute von Aveyon zu verbessern. Nun aber musste sie sich außerdem noch mit Bastien auseinandersetzen. Sie hoffte inständig, dass er sie nicht in ihrem Vorhaben behindern würde.

Das Trio ging zurück in den Hof, wo Cogsworth sich anscheinend ein wenig beruhigt hatte. Immerhin schrie er niemanden mehr an. Alles war bereit für die Abreise des Königs.

„Ich werde dir schreiben, sooft ich kann", versicherte Lio. „Vielleicht kannst du damit beginnen, die Bibliothek zu katalogisieren, wenn du nicht gerade deinen Salon planst. Ich weiß doch, wie sehr der Mangel an Ordnung an dir nagt."

„Vielleicht", erwiderte sie. Aber der Gedanke an die Bibliothek und das Wissen und die Geschichte, die darin verborgen lagen, brachte sie auf eine Idee. Sie könnte einen Großteil ihrer Zeit damit verbringen, zu recherchieren, welche Reformen andernorts von Erfolg gekrönt gewesen waren und wie sie den Bürgern von Aveyon am besten dienen konnte. Wenn sie bei Lios Rückkehr bereits einen Plan ausgearbeitet hätte, würde er sie weder abweisen können noch wollen.

„Ich habe einen detaillierten Ablauf der Reiseroute in unseren Gemächern zurückgelassen, sodass du immer weißt, wo ich mich gerade aufhalte."

Er zog sie dicht an sich heran und hob mit einem Finger ihr Kinn an, bis sie ihm in die Augen sah. „Wenn du mich brauchst, Belle, dann schick mir nur eine Nachricht, und ich komme nach Hause." Er sprach leise, diese Worte waren für sie allein bestimmt.

„Und wenn *du mich* brauchst, schick mir nur eine Nachricht", entgegnete sie. „Ich werde so rasch an deine Seite eilen, wie Philippe mich tragen kann."

Das entlockte ihm ein Lachen. Er drückte ihr einen Kuss auf die Lippen. Es fühlte sich an wie ein Abschied, und bei dem Gedanken zog sich Belles Herz schmerzhaft zusammen. Einige Monate lang getrennt zu sein, war nicht gerade das, was sie sich für ihr erstes Jahr als verheiratete Frau vorgestellt hatte. Aber sie und Lio hatten eine Verpflichtung gegenüber einem ganzen Königreich und nicht nur füreinander. Sie hoffte, dass sie gestärkt aus dieser Trennung hervorgehen würden.

Lio stieg in seine Kutsche, und Belle ging ein paar Schritte zurück, bis sie neben Bastien stand, und winkte ihrem Ehemann und seinem Gefolge zum Abschied.

„Es ist gut, dass du etwas hast, um dich zu beschäftigen, während Lio fort ist", bemerkte Bastien spöttisch, ohne den Blick von den Kutschen abzuwenden. Sie hatten die Auffahrt beinahe hinter sich gelassen und rollten nun auf die Brücke über die Schlucht zu, die das Schloss von dem dahinter liegenden Wald trennte.

„Pardon?"

„Die Bibliothek. Ich konnte nicht anders, als es mit anzuhören. Es ist ein würdiges Unterfangen, sicherlich."

Ihr entging der Sarkasmus seiner Worte nicht, doch sie beschloss mitzuspielen. „Ja, die Beschäftigung wird mir guttun", erwiderte sie und hielt den Blick ebenfalls auf die Kutschen gerichtet.

„Und wie schön wird es dann erst sein, in deinen Tausenden von Büchern zu schwelgen, im Herzen die Gewissheit, dass jedes einzelne von ihnen verzeichnet ist und du sie niemals alle wirst lesen können, selbst wenn du noch hundert Lebzeiten auf dieser Erde wandeln solltest."

Sie sah ihn an, ließ die Maske fallen. „Tatsächlich möchte ich die Bibliothek katalogisieren, um sie für ganz Aveyon zu öffnen."

Das ließ ihn stutzen, und er wandte sich ihr zu. „Wirklich?"

„Wirklich." Sie hasste es, dass ihre Pläne ihn überraschten, und noch mehr hasste sie, wie viel es ihr ausmachte. „Wenn du mich bitte entschuldigen würdest, ich habe mich um ein paar Dinge zu kümmern."

Damit ließ sie ihn einfach verdutzt im Hof stehen und empfand einen Anflug von Befriedigung.

Aber noch war Belle nicht gänzlich bereit, Lio gehen zu lassen. Mit raschen Schritten eilte sie den Westturm hinauf und trat gerade rechtzeitig auf den Balkon hinaus, um zu sehen, wie das Gefolge im Wald verschwand. In ihren Eingeweiden tobte ein Gefühl, das sie an Scham erinnerte. Sie hatte Lio versprochen, dass sie innerhalb der Schlossmauern bleiben würde, selbst wenn das bedeutete, die Freiheit aufzugeben, für die sie so hart gekämpft hatte. Sie hatte es getan, um sein Gewissen zu beruhigen, aber was war mit ihrem eigenen Gewissen?

Madame Pottine gesellte sich zu ihr. Sie hatte lange genug in diesem Schloss gelebt, um zu wissen, von wo sie den besten Ausblick hatte. „Je schneller wir ihn aus den Augen verlieren, desto schneller wird er wieder zurück sein", sagte sie, und obwohl Belle wusste, dass es nur eine Plattitüde war, die sie besänftigen sollte, fühlte sie sich besser. Madame Pottine hatte gewusst, dass Belle Lio schon jetzt vermisste, aber sie hatte nicht den Hauch einer Ahnung von der Komplexität der Emotionen, mit denen Belle zu kämpfen hatte.

„Er hat mich gebeten, innerhalb der Schlossmauern zu bleiben, aus Angst um meine Sicherheit." Die Worte platzten ohne ihr Zutun aus ihr heraus. Belle wusste, dass Madame Pottine verstehen würde, warum diese Bitte ihr einen solchen Stich versetzt hatte.

Die Köchin stieß einen tiefen Seufzer aus und sah zu den schwindenden Kutschen. „Im Namen der Liebe tun wir solch törichte Dinge."

„Darum habe ich ihm gesagt, dass ich es tun würde", gestand Belle. „Ich will ihm nicht noch mehr Kummer bereiten."

„Und was ist mit Eurem Kummer?", fragte Madame Pottine mit einem Schnauben, das reinen Überdruss ausdrückte. „Wir Frauen verknoten uns ständig für die, die wir lieben, ohne an uns selbst zu denken oder uns darum zu kümmern, wie sich das auf uns auswirken könnte." Sie packte Belle am Arm und schüttelte sie sanft. „Ihr müsst Eure eigenen Gefühle immer genau so sehr berücksichtigen wie seine. Mehr sogar."

Belle zögerte. „Wahrscheinlich haben Sie recht."

„Ich habe immer recht, Liebes. Ich weiß, dass Ihr Euch Euer Leben mit Lio so nicht vorgestellt habt. Und bis zu den Ereignissen in Paris hätte ich auch beinahe geglaubt, dass Ihr an den Dingen festhalten könntet, wie sie einmal waren.“

„Aber jetzt hat sich alles verändert“, räumte Belle ein.

Madame Pottine nickte. „Aber deswegen müsst *Ihr* das ja nicht auch tun.“

„Wie meinen Sie das?“

Nach einem tiefen Atemzug sagte Madame Pottine: „Ihr habt recht: Alles hat sich verändert. Alles ist anders. Grenzen, Titel, Allianzen ... Ich will damit sagen, dass *Ihr* inmitten all dieser Umbrüche dieselbe bleiben könnt. Ihr könnt die Konstante sein, die dieses Königreich braucht.“ Ihr Blick wanderte zum Horizont. „Die Person, die Ihr heute seid, ist dieselbe Person, die dieses Königreich gerettet hat. Warum solltet Ihr Euch jemals in jemand anders verwandeln wollen?“

Es war für Belle eine Offenbarung zu erkennen, dass Madame Pottine recht hatte. Sie musste nicht ändern, wer sie war, nur weil sie mit einem König verheiratet war oder weil ein ganzes Land sie fest im Blick hatte oder wegen der Angst, die ihr den ganzen Weg vom Spiegelgeschäft in Paris gefolgt war. „Danke, Madame Pottine.“

Die Köchin lächelte Belle an. „Ich weiß, dass Ihr diesem Königreich und Lio gerecht werden könnt, indem Ihr einfach das Mädchen bleibt, das sich gegen das Biest aufgelehnt hat, als es das bitter nötig hatte.“

Madame Pottine drückte ein letztes Mal Belles Arm und machte Anstalten, den Balkon zu verlassen.

„Ich wollte Sie noch etwas fragen“, rief Belle ihrer rundlichen Gestalt hinterher. „Hat Tassilo auch Albträume?“

Madame Pottine wandte sich zu ihr um und schenkte ihr ein kleines Lächeln. „Nein, die hat er nicht. Kinder scheinen besser dafür gerüstet zu sein, die schlimmen Dinge zu überwinden, die ihnen zugestoßen sind.“

„Ich beneide sie darum“, erwiderte Belle, der gerade wieder eingefallen war, dass sie auf dem Balkon stand, auf dem das Biest gestorben war.

„Tut das nicht. Die schlimmen Dinge, die uns im Laufe unseres Lebens widerfahren, formen uns genauso wie die guten."

Vielleicht war das die Wahrheit, dachte Belle bei sich. Als sie beobachtete, wie auch noch die letzte Kutsche zwischen den Bäumen verschwand, fiel ihr wieder ein, dass dies auch der Balkon war, auf dem Lio zu ihr zurückgekehrt war.

Kapitel Vierzehn

Der erste Tag ohne Lio verstrich ohne besondere Vorkommnisse. Belle verbrachte den Großteil damit, barfuß durch die Schlossgärten zu schlendern und sich davon abzulenken, wie sehr sie ihn vermisste, indem sie Blumen und Obst pflückte. Sie wusste, dass sie sich lächerlich anstellte. Er war noch keinen ganzen Tag fort, aber sie hatten keine einzige Nacht in getrennten Unterkünften verbracht, seit sie zum ersten Mal auf der Suche nach ihrem Vater in dieses Schloss gewandert war. Es war seltsam, jetzt ohne ihn dort zu sein. Sie bevorzugte die luftige Weite der Gärten. Von ihnen besaß sie weniger schlechte Erinnerungen.

Der zweite Tag verging genauso ereignislos.

Das Geräusch heftigen Regens weckte Belle, und so verbrachte sie ihren Tag mit Tassilo in der Bibliothek vor dem Kamin, wo sie einander laut vorlasen und Happen von Madame Pottines Gebäck an einen dankbaren Fou Fou verfütterten. Die dramatischen Stimmen, mit denen Tassilo versuchte sie aufzumuntern, waren eine willkommene Ablenkung.

Am dritten Tag war Belle rastlos. Sie hatte Bastien nicht mehr zu Gesicht bekommen, seit sie ihn am Tag von Lios Abreise allein im Hof stehen gelassen hatte. Bastien nahm seine Mahlzeiten meist in seinen Gemächern ein, und Belle fragte sich allmählich, warum er sich entschieden hatte, im Schloss zu bleiben, wenn er jedem darin aus dem Weg ging.

Sie wanderte ziellos durchs Schloss, während der Regen gegen die

Fenster peitschte. Tassilo und die anderen Kinder, die im Schloss lebten, wurden in der Bibliothek unterrichtet, und sie wollte sie nicht stören. Sie wusste, dass sie sich um die Reformen für die Bürger von Aveyon bemühen oder vielleicht den Salon planen sollte, wie Lio es vorgeschlagen hatte, fand aber zu keinem dieser Projekte einen ersten Zugang. Daher beschloss sie, ihre Ideen noch für ein oder zwei Tage in ihrem Kopf kreisen zu lassen, weil ihr oft die besten Idee kamen, wenn sie sich nicht zu sehr auf ein Thema konzentrierte.

Aus dem Bedürfnis heraus, in Bewegung zu bleiben, während sie ihrem Gehirn gestattete, sich weiter mit den Dingen zu befassen, die vor ihr lagen, hatte sie sich vorgenommen, eine Runde durch das gesamte Schloss zu drehen und zu sehen, wie lange sie von einem Ende zum anderen brauchte. Gleich zu Beginn ihres Weges kam sie am Thronsaal vorbei und bemerkte, dass die Türen fest verschlossen waren.

Überrascht hielt Belle auf der Türschwelle inne und vernahm Stimmen aus dem Inneren. Wer konnte dort drinnen sein, wo doch der Inhaber des Throns fort war und Belle selbst hier auf der anderen Seite der Tür stand? Sie lauschte, versuchte zu hören, was dort vor sich ging.

Erschrocken stellte sie fest, dass niemand anders als Bastien gerade sprach. Und auch wenn sie nicht verstand, was er sagte, war er allem Anschein nach nicht allein.

Einen Augenblick rang sie mit sich, ob sie unterbrechen sollte, was auch immer dort drinnen vorging, bevor sie sich bewusst machte, dass sie mit dem König von Aveyon verheiratet und dies ebenso ihr Thronsaal war wie Lios.

Und was darin vorging, war genauso auch ihre Angelegenheit, besonders in Zeiten wie diesen.

Sie stieß die schwere Tür auf.

Bastien hielt mitten im Satz inne. „Belle“, sagte er, als hätte er sie erwartet. Ihr Blick streifte durch den Saal. Da waren Baron Gamaches, Seigneur Geoffroy und fast der gesamte Rest von Lios Rat – *ihrem* Rat – und saß um einen Tisch verteilt, an dem sie und der König durch Abwesenheit glänzten.

„Was ist das?“, fragte sie und erfasste mit einer Geste den Raum voller Männer. Offensichtlich war sie mitten in ein Ratstreffen geplatzt, zu dem sie nicht eingeladen worden war.

Bastien lächelte. Ohne sein geschminktes Gesicht und die gepuderte Perücke war er wie ausgewechselt. Belle hätte ihn vermutlich nicht wiedererkannt, wenn sie nicht eine äußerst ereignisreiche Kutschfahrt mit ihm in diesem Aufzug hinter sich gebracht hätte.

„Nur ein langweiliges Treffen“, winkte er ab.

„Ich bin ein Mitglied des Rates, und ich wurde nicht darüber informiert.“

„Sei nicht böse“, versuchte er sie zu beschwichtigen. „Das geschah in dem Bestreben, dir ein paar Stunden Langeweile zu ersparen.“

Sie taxierte die Männer am Tisch, von denen sie wusste, dass sie nicht einen Funken Respekt für sie übrig hatten, und spürte, wie ihr Trotz erwachte.

Bastien fuhr unbeirrt fort. „Ehrlich, Belle, es ist deine Zeit kaum wert.“

„Ja, Madame, wir kümmern uns um administrative Aufgaben, mit denen Ihr Euch nicht belasten wollt“, fügte Baron Gamaches brüsk hinzu, ungeachtet der Tatsache, dass er nicht den leisesten Hauch einer Ahnung hatte, womit sie sich gerne befasste.

„Das werde ich selbst beurteilen“, erwiderte sie spitz und nahm ihren Platz an der Tafel ein. Die Männer seufzten, als müssten sie die sprunghaften Launen eines kleinen Kindes erdulden, aber sie ließ sich nicht beirren. „Wo ist Montarly?“

„Er unterhält deinen Gemahl auf seinem Landsitz in Domard, nehme ich an.“ Bastien zog ein Stück Pergament aus einem Stapel und reichte es ihr. „Hältst du dich nicht über den Aufenthaltsort des Königs auf dem Laufenden? Er hat dir extra einen Zeitplan erstellt, dem du folgen kannst.“

Belle ignorierte das Pergament, das er ihr immer noch anbot. „Natürlich tue ich das.“ Sie hatte den Plan nur nicht auswendig gelernt. Sie biss die Zähne zusammen. „Nun dann, fahr bitte fort.“

Bastien machte ein großes Gewese darum, sich wieder seinen Pergamenten zuzuwenden und das richtige herauszusuchen. „Richtig, wo waren wir stehen geblieben?", murmelte er leichthin. „Ah ja." Er runzelte die Stirn und las in einem Pergament, das durch mehrfaches Falten stark zerknittert war, was darauf schließen ließ, dass ein Bote es gebracht hatte. „Tatsächlich ist dieses von keiner großen Bedeutung. Das können wir auf ein anderes Treffen verschieben."

„Darf ich sehen?", fragte Belle mit ausgestreckter Hand.

Bastien wirkte hin- und hergerissen, ob er ihr das Dokument schlichtweg verweigern oder einfach aushändigen sollte. Belle war sich bewusst, dass sie im Rat keine Unterstützer hatte, aber sie dachte, dass es zumindest einen kleinen Aufstand auslösen würde, wenn der Duc sich ihr offen verweigerte. Sie war immerhin die Frau des Königs, und obwohl sie keinen Titel trug, wussten alle Anwesenden genau, welchen Rang sie andernfalls bekleiden würde.

„Im Moment handelt es sich um reines Hörensagen", sagte er anstelle einer Erklärung und reichte ihr das zerknitterte Pergament. „Nichts, worüber wir uns sorgen müssten."

Die Schrift war klein und eng, und Belle musste sie sich nahe vor die Augen halten, um sie zu entziffern. Sie las laut vor.

„Zeugen berichten von drei Aufständen in den Orten Livrade, Foy und Plesance. Klein in der Zahl, mit prorevolutionären Ansichten. Bis jetzt keine Berichte von gewalttätigen Ausschreitungen oder Zerstörung von Eigentum."

Sie sah zu Bastien. „Das ist nicht nichts."

Belle war in Plesance aufgewachsen, nur wenige Meilen vom Schloss und unter der Gerichtsbarkeit von Seigneur Montarly. Sie dachte darüber nach, wer einen Protest in ihrem verschlafenen Dorf organisiert haben könnte, das nicht der unwahrscheinlichste Ort für eine Revolte war. Es war erst einige wenige Monate her, dass die Einwohner von Plesance von einem einzelnen Mann aufgestachelt worden waren und einen wütenden Mob geformt hatten. Belle lief es immer noch kalt den Rücken hinunter, wenn sie sich an den verrückten Blick in den Augen ihrer Nachbarn und Freunde erinnerte, als sie auf das Schloss marschiert waren, in der Absicht, das Biest zu töten, ohne einen anderen Grund als den Hass, der sie vorantrieb. Sie hätte keinem von ihnen eine solche Wut zugetraut, aber sie hatten sich als durchaus willige Marionetten erwiesen. Bis heute verfolgten ihre rhythmischen Gesänge sie noch in ihren Gedanken.

Tötet das Biest!

Tötet das Biest!

Tötet das Biest!

Aber sie hatten ihn überhaupt nicht gekannt. Die Erinnerungen an ihre Rolle in dem Mob waren mit der Zerstörung des Fluchs ausgelöscht worden, aber Belle konnte nicht so leicht vergessen. Darum war sie seitdem auch noch nicht wieder zu Hause gewesen.

Bastien schob ihren Einwand mit einer abfälligen Geste beiseite. „Drei friedliche Aufstände, wenn wir sie überhaupt so nennen können, *sind* nichts. Willst du etwa sagen, dass es in Aveyon illegal ist, sich zu versammeln und seine Ideen in der Öffentlichkeit zu diskutieren?"

Sie wusste, dass es ein Köder war. „Selbstverständlich nicht, aber dies ist ein Anzeichen von etwas Größerem. Wenn unsere Bürger nicht zufrieden sind, wenn ihre Bedürfnisse nicht gestillt werden, dann sollten wir uns darauf konzentrieren und nicht auf unseren Adel."

„Der König ist *genau da*, wo er sein muss", erwiderte Bastien, und sein Tonfall gestattete keine Widerrede.

„Madame", mischte Geoffroy sich in die Unterhaltung ein, und seine Stimme troff vor Verachtung, „während der langen Krankheit des Königs haben wir immer wieder solche Berichte erhalten und sie ihm pflichtbewusst weitergeleitet. Er schien deswegen nie über die Maßen besorgt zu sein. Es ist ganz gewöhnlich, zu protestieren. Oder war irgendein Bauer schon jemals wirklich zufrieden mit seinem Los?"

Belle holte tief Luft und zwang sich, Geoffroy nicht an die Gurgel zu gehen. Er log wie gedruckt, da sie alle verflucht gewesen waren, Lios Existenz während dieser zehn Jahre zu vergessen. Viel wahrscheinlicher war doch, dass er und der Rest des hiesigen Adels alles daran gesetzt hatten, die Aufstände niederzuschlagen, während sie die Ursachen dafür ignorierten und sich zugleich weigerten, sie zu beheben.

„Der Zufall der Geburt sollte nicht darüber entscheiden, ob jemand in Armut lebt oder nicht. Es ist an uns, die wir über Macht verfügen, in welcher Form auch immer, uns dafür einzusetzen, dass das Leben aller besser wird, angefangen bei denen, die weniger Glück haben als wir", entgegnete sie.

Geoffroy plusterte sich auf. „Ihr sprecht, als würdet Ihr am liebsten die Monarchie abschaffen, Madame."

„Wenn ich der Ansicht wäre, dass sich Aveyons Probleme dadurch beheben ließen, würde ich hoffen, dass Lio es in Betracht zieht, Seigneur. Aber wir sind nicht in Amerika. Unsere Institutionen können noch Gutes bewirken, wenn man sie nicht verwahrlosen lässt." Sie ließ diese Worte in der Luft schweben, damit die Männer, die Aveyon in Lios Abwesenheit hatten verwahrlosen lassen, ihr Verhalten überdenken konnten. Aber sie wusste, dass sie damit reinem Wunschdenken ihrerseits nachgab.

Bastien hatte sein Kinn auf die Fäuste gestützt und musterte sie. „Und was schlägst du vor, wie wir die Lebensbedingungen von Aveyons Bauern verbessern? Welche bahnbrechenden Reformen sollen wir deiner Ansicht nach einführen? Und mit wessen Autorität und von welchem Geld? Aveyons Staatskasse ist alles andere als überfüllt."

Belle wusste, dass das den Tatsachen entsprach. Sie verfügten nicht über die Mittel, um Aveyons Probleme einfach mit Geld zuzuschütten und zu hoffen, dass sie auf diese Art verschwänden. Die Jahre, die Lio als Biest im Schloss verbracht hatte, war für Aveyons schwachelnde Holzindustrie nicht gerade eine Zeit der Blüte gewesen. Aber für die Idee, die sich endlich in Belles Kopf herauskristallisierte, brauchte es kein Geld.

„Ich würde das Schloss gerne für Bittsteller öffnen und persönlich von Aveyons Bürgern hören, was sie von den Zuständen in unserem Königreich halten. Ich würde gerne ihre eigenen Vorschläge hören, wie die Dinge verbessert werden können." Sie legte eine Pause ein und sah von einem ausdruckslosen Gesicht am Tisch zum nächsten. „Ich möchte ihnen eine Stimme geben."

Bastien trug denselben überraschten Gesichtsausdruck zur Schau wie damals, als sie ihm von ihrem Traum erzählt hatte, die Bibliothek für ganz Aveyon zu öffnen. Es war, als entspräche sie nicht seiner vorgefassten Meinung, dass sie nur ein flatterhaftes Mädchen sei, das sich durch eine seltsame Verkettung von Umständen an der Seite eines Königs wiedergefunden hatte. Ein paarmal hatte er sie ebenso überrascht, aber das waren seltene Momente, und er kehrte immer wieder zu der Person zurück, von der sie ziemlich sicher war, dass er sie die ganze Zeit über gewesen war – arrogant, selbstsüchtig und vollkommen gleichgültig gegenüber Angelegenheiten, die ihn nicht direkt betrafen.

Sie sah, dass die Berater ihr die Bitte abschlagen wollten, aber wie könnten sie? Alles, was sie verlangte, war Zugang zu den Menschen von Aveyon. Monarchen hatten bereits seit Hunderten von Jahren Bittsteller empfangen, also konnten sie das wohl kaum als eine radikale neue Idee bezeichnen. Und es würde sie fast nichts kosten, außer Zeit. Belle begriff nicht, dass sie nicht schon früher darauf gekommen war. Wenn Lio von der Tour durch seine Ländereien zurückkehrte, könnte sie ihm Lösungsansätze präsentieren.

„Es ist nicht die schlechteste Idee, nehme ich an", gestand Bastien.

„Ich danke dir für deine glühende Unterstützung."

Er ignorierte ihren Sarkasmus. „Wer ist dafür, das Schloss einmal pro Woche für Bittsteller zu öffnen?"

„Zweimal pro Woche", korrigierte sie.

Er presste verärgert die Lippen zusammen, gab aber nach. „Wer ist dafür, das Schloss zweimal pro Woche für Bittsteller zu öffnen?" Die Männer um den Tisch hoben die Hände, als wären sie aus Blei, aber Belle hatte ihre Mehrheit. Bastien schlug mit der Faust auf den Tisch. „Dann ist es beschlossen." Er wandte sich an Belle. „Ich kümmere mich um die Vorbereitungen. Ich hoffe, du bist bereit, dir all die banalen Sorgen des Königreiches anzuhören."

Sie schenkte ihm ein zuckersüßes Lächeln. „Wenn es hilft, mache ich das gerne."

Der Duc wandte sich an die Berater. „Ich denke, das reicht für heute."

Die Männer erhoben sich, aber Belle war noch nicht fertig. „Ich erwarte, über alle zukünftigen Treffen informiert zu werden. Schließlich ist es das, was der König wollte."

„Selbstverständlich, Madame", erwiderte Gamaches mit einer steifen

Verbeugung. Sie verließen den Saal, und Belle gestattete sich einen Augenblick lang, von einer Zukunft zu träumen, in der Entscheidungen zum Wohl Aveyons nichts mehr mit alten reichen Männern zu tun hatten.

Mit einer leichten Berührung am Arm hielt sie Bastien davon ab, den Saal ebenfalls zu verlassen. „Du wurdest bei den Mahlzeiten vermisst", log sie. Sie wusste genau, dass Madame Pottine, Lumière, Cogsworth und der Rest ihrer Freunde die Abwesenheit des Ducs nicht im Geringsten störte.

Bastien wand sich ein wenig. „Ja, ich habe mir angewöhnt, auf meinen Gemächern …"

„Gesell dich heute Abend im Speisesaal zu uns. Es tut dir nicht gut, dich ganz allein in deinen Räumen zu verbarrikadieren." Sie machte deutlich, dass es sich dabei nicht um eine Bitte handelte, wählte aber einen Tonfall, der den Befehl ein wenig sanfter daherkommen ließ.

Er nickte. „Das werde ich."

In Wahrheit hätte es Belle nicht gleichgültiger sein können, ob der Duc mit ihnen speiste oder nicht. Sie empfand seine Gesellschaft bestenfalls als anstrengend. Sie hatte Bastien noch nie wirklich vertraut, und jetzt, wo er sie von Ratstreffen ausschloss, hatte sie erst recht keinen Grund dazu. Sie war nicht sicher, ob sie ihm seine Erklärung, er wolle sie lediglich vor einer nervtötenden Aufgabe verschonen, abkaufte. Andererseits hatte sie auch keinen Anlass zu der Vermutung, dass er etwas Finstereres im Schilde führte. Trotzdem wollte sie auf alle Eventualitäten vorbereitet sein. Die Beharrlichkeit, mit der sie darauf bestanden hatte, dass er sich ihnen zum Diner anschloss, hatte wenig mit dem Bedürfnis zu tun, dem Duc nahe zu sein, und alles damit, ihn bis zu Lios Rückkehr im Auge zu behalten.

Kapitel Fünfzehn

Belle würde es niemals zugeben, aber sie ertappte sich bei dem Gedanken, dass Bastien recht gehabt haben könnte, was die banalen Sorgen des Königreiches anging.

Die beiden Male, die sie inzwischen Bittsteller empfangen hatte, hatten ihr keine klare Vorstellung davon vermittelt, was das Volk von Aveyon bewegte. Da war die Bäckerin, die sich darüber beklagte, dass ihr Konkurrent aus reiner Boshaftigkeit ein Geschäft direkt nebenan eröffnet hatte. Belle wusste nicht recht, wie sie der Frau erklären sollte, dass sie dem anderen Bäcker nicht einfach befehlen konnte, seine rechtmäßig erstandenen Räumlichkeiten wieder aufzugeben, wie die Bittstellerin es von ihr zu erwarten schien.

Dann war da der Drogist, dessen Beschwerde sich dahingehend zusammenfassen ließ, dass er sich nicht imstande sah, eine zufriedenstellende Menge lebendiger Schnecken für seine Heilmittel zu finden. Belle musste ihm erklären, dass es weder in ihrer Macht noch im Bereich des Möglichen lag, die Schneckenpopulation von Aveyon zu steigern.

Ganz zu schweigen von der Wäscherin, die ihre Zeit als Bittstellerin darauf verwandte, über die verschiedenen Skandale zu tratschen, die sich an ihrem Arbeitsplatz zugetragen hatten und die zahlreicher waren, als Belle es in einer Wäscherei für möglich gehalten hätte. Glücklicherweise schien die Frau keine Antwort oder Lösung von Belle zu erwarten und war zufrieden damit, einfach ihren Teil zu sagen und anschließend wieder zu gehen.

Die meisten Bittgesuche waren von ähnlicher Art, und trotz ihres früheren Wunsches, von jedem zu hören, der ein Gesuch an sie richten wollte, war Belle kurz davor, eine Art Prüfverfahren vorzuschlagen, und sei es nur, um die wirklich umsetzbaren Probleme von den belanglosen Beschwerden zu trennen.

Bastien, der bei allen Bittgesuchen anwesend war, warf Belle vielsagende Blicke zu und zuckte mit den Schultern oder grinste in sich hinein, während sie sich abmühte, eine Antwort für alle zu finden, die ihre Probleme zu ihr brachten. Belle hätte gedacht, dass Aveyons Bürger Schlange stehen würden, um ihr im Detail zu berichten, was ihrer Ansicht nach im Königreich schieflief und wie Abhilfe geschaffen werden konnte. Nicht eine Sekunde hatte sie erwartet, verwirrter als je zuvor aus diesen Sitzungen hervorzugehen.

Als auch ihre dritte Sitzung erneut um zwischenmenschliche Konflikte, kleinliche Dispute und naseweise Nachbarn kreiste, die sich übereinander ausließen, regte sich in Belle langsam der Verdacht, dass sie reingelegt wurde. Wenn sich die Nachricht, dass sie Bittsteller im Schloss empfing, tatsächlich in den Dörfern und Grafschaften von Aveyon verbreitet hätte, hätte doch eine Vielzahl der Menschen, die in Livrade, Foy und Plesance protestiert hatten, ihr inzwischen ihre Beschwerden direkt vortragen können. Bastiens ständige Erinnerung, dass Belle sich das doch *gewünscht* hatte und sie *dankbar* sein sollte, dass so viele Menschen auf ihren Aufruf reagierten, war keine Hilfe. Irgendetwas stimmte hier ganz und gar nicht.

Sie ersann einen Plan und bestach Lumière, Bastien in einer sehr wichtigen, sehr fingierten Angelegenheit aus dem Thronsaal zu holen. Belle lauschte gerade einem jungen Mädchen, das behauptete, ihre Nachbarin würde ihr mitten in der Nacht Kräuter aus dem Garten stehlen. Als sie eine kurze Pause einlegte, um zu Atem zu kommen, ging Belle dazwischen.

„Wie ist der Name deiner Nachbarin?“

Das Mädchen zögerte. „Ihr Name?" Belle lächelte, um das Mädchen nicht noch weiter einzuschüchtern. Nach einem Moment sagte sie: „Emilde."

Darauf wand sich Belle auf ihrem Platz, als ränge sie mit einer schweren Entscheidung. Schließlich sagte sie: „Ich würde sagen, die einzige Lösung ist, Emilde herzuholen und gemeinsam einen Weg für die Zukunft zu suchen." Das Mädchen erblasste. „Das heißt, natürlich nur, wenn du dazu gewillt bist."

„Das ist ein äußerst großzügiges Angebot, Madame, aber ich fürchte, ich habe die Situation ein wenig überspitzt dargestellt." Sie knickste, und alles an ihrer Haltung flehte darum, entlassen zu werden.

„Ich werde dir eine Frage stellen, und ich möchte dir versichern, dass es keine falsche Antwort gibt, und du wirst auch nicht aufgrund deiner Aussage in irgendwelche Schwierigkeiten geraten." Das Mädchen machte den Anschein, als wäre es am liebsten im Erdboden verschwunden, nickte aber. „Ist dein Streit mit Emilde real?"

„Real, Madame?" Das Mädchen fummelte nervös an seinen Röcken herum.

Belle bemühte sich, ihr ein Gefühl der Ruhe zu vermitteln. „Was ich damit sagen will ...", sie lehnte sich vor und sprach leise weiter, „ist *Emilde* real?"

Der Blick des Mädchens huschte zu dem Platz, auf dem Bastien noch wenige Augenblicke zuvor gesessen hatte. Als sie sichergestellt hatte, dass er noch nicht zurückgekehrt war, sah sie zurück zu Belle und schüttelte kaum merklich den Kopf. Belle hatte das Gefühl, dass sie genug hatte, um zuzuschlagen, hielt sich aber zurück.

„Hat jemand dich angewiesen, heute ins Schloss zu kommen?" Das Mädchen nickte. „Hat jemand dich angewiesen, dir eine Geschichte auszudenken und sie mir vorzutragen?"

„Er ... er hat mir zwölf Livre angeboten, wenn ich herkomme."

„Wer?" Belle wollte sie nicht zu einer Antwort drängen. Sie wusste, wenn sie ihre Fakten in Ordnung bringen wollte, dann musste das Mädchen es ihr freiwillig sagen.

Das Mädchen senkte den Blick und rang die Hände. „Ich kann nicht, Madame. Ich habe geschworen, nichts zu sagen.“

Belle nickte und bemühte sich, nicht verärgert darüber zu wirken, dass das Mädchen den Mann nicht identifizieren wollte. Sie erhob sich von ihrem Stuhl und ging näher auf das Mädchen zu. „Wenn man dir nicht befohlen hätte hierherzukommen, hättest du dann gewusst, dass ich Bittsteller empfange?“

Das Mädchen schüttelte den Kopf. „Nein, Madame.“

„Es wurde keine Ankündigung dazu verlesen?“

„Nicht dass ich wüsste.“ Aus dem Flur hinter ihnen ertönten Schritte, und das Mädchen wurde aschfahl. „Bitte sagt nichts, Madame. Meine Familie braucht das Geld.“

Trotz ihres Zorns hob Belle beschwichtigend die Hände. „Das werde ich nicht. Ich verspreche es.“

Es sprach Bände, dass das Mädchen sich mehr vor Bastien fürchtete als davor, die Frau des Königs von Aveyon zu belügen. Belles Blut kochte, als sich die Türen zum Saal erneut öffneten und Bastien wieder hineinschlenderte und den beiden einen neugierigen Blick zuwarf.

„Danke, dass du mir die Wahrheit gesagt hast“ , flüsterte Belle und drückte dem Mädchen eine weitere Zwölf-Livre-Münze in die Hand. Dabei betete sie, dass es die Dringlichkeit der Diskretion begriff. Das Mädchen versank in einen ungeschickten Knicks und verschwand.

Bastien kam neben ihr zum Stehen und sah dem Mädchen nach, als es den Saal verließ. „Alles in Ordnung?“, fragte er.

Belle seufzte. „Noch eine weitere alltägliche Beschwerde, die so gut wie nichts mit dem Königreich an sich zu tun hat.“

Er schenkte ihr ein mitfühlendes Lächeln. „Was habe ich dir gesagt?“

„Du hattest recht“, stimmte sie ihm theatralisch zu.

„Sei nicht zu hart zu dir selbst, Belle. Du gibst dein Bestes.“

Er ging hinüber zu dem Platz, auf dem er während der Bittgesuche saß, und Belle biss sich auf die Zunge. Sie konnte nicht sicher sein, dass es Bastien war, der die Bittsteller angestiftet hatte, sie zu belügen. Es bestand immerhin die Möglichkeit, dass es einer der anderen Berater gewesen war, etwa Baron Gamaches oder Seigneur Geoffroy, die unermüdlich daran arbeiteten, ihre Bemühungen zu untergraben. Aber obwohl sie wusste, wie sehr diese Männer sie verachteten, glaubte sie doch nicht, dass sie so offen gegen sie vorgehen würden.

So oder so, es blieb ihr ein Rätsel. Es dürfte deutlich mehr Mühe gekostet haben, Bürger zu finden, die bereit waren, Belle zu belügen und im Anschluss den Mund zu halten, als einfach zu verkünden, dass sie Bittgesuche entgegennehmen würde. Aber da war etwas, von dem Bastien, oder wer auch immer hinter diesem Verrat steckte, nicht wollte, dass ihr Volk es ihr erzählte. Was konnte das sein? Sie wusste bereits von den Protesten, es ergab also keinen Sinn, dass jemand versuchen könnte, die Unzufriedenheit ihres Volkes vor ihr geheim zu halten.

Bei ihrem nächsten Schachzug würde sie klüger vorgehen müssen, klüger als der Duc de Vincennes, den sie im Verdacht hatte, bereits sein Leben lang das Spiel mit der Täuschung zu spielen, da er am Hof von Versailles von den Besten gelernt hatte. Wenn sie ihn direkt mit ihrem Verdacht konfrontierte, hätte er garantiert eine plausible Erklärung für seine Taten parat, und sie würde seine wahren Absichten nie aufdecken.

Die Frage blieb also bestehen: Was konnte Belle jetzt, da sie Anlass zu der Vermutung hatte, dass Bastien sie belog, dagegen unternehmen?

Der Schmerz über die Abwesenheit ihres Mannes war Belles steter Begleiter.

Sie gab sich alle erdenkliche Mühe, beschäftigt zu bleiben und sich nicht in der gähnenden Leere zu verlieren, aber wenn sie einmal einen Moment innehielt, kroch sie von allen Seiten auf sie zu wie eine eisige Kälte.

Sogar ihr liebster Zeitvertreib, das Lesen, verschaffte ihr keine Verschnaufpause. Ihr Geist war zu müßig, während sie in einem sonnendurchfluteten Salon saß mit nichts als den Worten anderer, um sie zu beschäftigen. Sie dachte an Lio, allein, wo sie doch zusammen hätten sein sollen. Die Traurigkeit begann in ihr anzuwachsen wie die steigende Flut. Sie erhob sich, versuchte, die Melancholie abzuschütteln, floh aus dem Zimmer, als würde sie verfolgt.

Die Korridore waren verlassen, und Belle brauchte eine Zuflucht vor ihren eigenen Gedanken. Sie versuchte, an glücklichere Zeiten mit Lio zurückzudenken, an die Zeit, bevor sie nach Paris aufgebrochen waren, als ihnen nach dem Brechen des Fluches alles wie ein Kinderspiel vorgekommen war. Damals, bevor er die Krone angenommen hatte, als es sich noch so angefühlt hatte, als könnte nichts jemals zwischen sie kommen – und selbst wenn, wären sie in der Lage gewesen, es gemeinsam zu überwinden.

Aber sie hatte nicht damit gerechnet, dass das, was sich zwischen sie drängen würde, die Familie wäre.

Während sie durch die einsamen Flure wanderte, dachte Belle an die revolutionären Flugblätter in Bastiens Schreibtisch. Sie fragte sich, ob sie davon zeugten, dass er die Reihen der Sansculottes oder der Bourgeoisie auf Befehl von König Louis infiltriert hatte, oder ob Lios Cousin insgeheim Sympathien für die Revolutionäre hegte. Es war schwer zu sagen, welcher Bastien der echte und welcher nur ein Trugbild war. Er schminkte sich das Gesicht, puderte sich das Haar und schmiss Partys, die für ihre Zügellosigkeit berüchtigt waren, und doch verteidigte er die Taten des Dritten Standes vor ihr.

Und wenn er ein geheimer Revolutionär war, was tat er dann hier, so weit von Paris entfernt? Und warum gab er sich alle nur erdenkliche Mühe, ihre Pläne für ein besseres Leben der Bürger von Aveyon zu vereiteln?

Das ergab einfach keinen Sinn. Sie brauchte mehr Informationen, bevor sie ihn entweder einer Missetat beschuldigen oder seinen Namen davon reinwaschen konnte.

Belle schlenderte den ganzen Weg bis in die Küche und freute sich, dort auf Madame Pottine zu stoßen, die bis zu den Ellenbogen in Teegeschirr und Seifenwasser steckte.

„Macht es Ihnen etwas aus, wenn ich mithelfe?“, fragte Belle.

„Nun verratet mir einmal, warum mir ein bisschen Hilfe etwas ausmachen sollte“, erwiderte Madame Pottine und bedeutete Belle mit einem Kopfnicken, sich ein Geschirrtuch zu nehmen und sich mit dem tropfenden Besteck an die Arbeit zu machen. „Was bedrückt Euch, Liebes? Abgesehen von Lios Abwesenheit."

Belle hob eine Gabel hoch und begann, sie abzutrocknen. Sie vertraute Madame Pottine mehr als jedem anderen in diesem Schloss, aber sie wollte die Meinung der Köchin in Bezug auf Bastien noch nicht beeinflussen. Alles, was Belle bisher in Erfahrung gebracht hatte, war, dass er – oder jemand anders – sie belog. Das war an sich schon ungeheuerlich, aber sie brauchte mehr Informationen, bevor sie mit dem Finger auf jemanden zeigte. Also redete sie sich etwas anderes von der Seele, das sie verärgerte. „Lios Berater weigern sich, mich ernst zu nehmen. Sie tun geradezu so, als wäre ich ein Kind und nicht die Frau ihres Königs."

Madame Pottine zog kritisch eine Augenbraue hoch. „Ihr seid mehr als nur jemandes Frau, Liebes."

„Sie wissen, was ich meine."

„Ja, das tue ich." Sie seufzte und warf Belle einen Blick zu. „Ich hoffe, Ihr versteht das jetzt nicht falsch, aber warum zum Teufel schert Ihr Euch auch nur einen feuchten Dreck darum, was diese verhutzelten alten Windbeutel von Euch halten?"

Belle war so schockiert, Madame Pottine fluchen zu hören, dass ihr die Tasse, die sie gerade abgetrocknet hatte, aus der Hand rutschte. Sie hatte Madame Pottine noch nie fluchen hören. Es war ein Schock, aber ein willkommener.

„Ich denke, es macht mir nichts aus, aber sie verfügen immer noch über eine Menge Macht. Alles, was ich tue, muss erst von ihnen abgenickt werden, und sie halten nicht gerade viel von meinem Wunsch, mit dem Volk zusammenzuarbeiten."

„Dann hört auf, um ihre Anerkennung zu kämpfen."

Sie sagte das so, als sei es das einfachste auf der Welt. „Dann bin ich nicht besser als König Louis."

„Wir wissen alle, dass das nicht wahr ist. Was ich damit sagen will, Liebes, Ihr seid keine Königin, also hört auf, Euch wie eine zu benehmen."

Belle versuchte zu begreifen, was sie ihr damit sagen wollte, und scheiterte.

Madame Pottine ließ die Platte, die sie gerade geschrubbt hatte, zurück in die Spüle gleiten und wischte sich die Hände an ihrer Schürze ab. „Eine Königin ist allen Rechenschaft schuldig: ihren Bediensteten, ihren Beratern, ihren Adeligen, ihrem Volk. Jede ihrer Bewegungen wird genauestens unter die Lupe genommen, analysiert und bewertet. Immerhin wirken sich ihre Entscheidungen auf ein ganzes Königreich aus, richtig?"

Belle nickte, immer noch unsicher, worauf Madame Pottine mit ihren Worten hinauswollte.

„Aber Ihr seid keine Königin noch wollt Ihr eine sein. Eure Entscheidungen werden nicht so behandelt, als wärt Ihr Königin. Es steht Euch frei, sich mit jedem zusammenzuschließen und von jedem zu lernen, der Euch gefällt. Und es steht Euch frei, Lio bei seiner Rückkehr mit weisem Rat zur Seite zu stehen, damit er derjenige sein kann, der die Verantwortung schultert, so wie er es sollte."

„Sie wollen damit also sagen, dass ich tun und lassen kann, was mir beliebt?"

„Wenn Aveyon Euch nicht als seine Königin haben kann, dann ist eine Stimme für das Volk das Beste, was Ihr sein könnt."

Belle strahlte, aber dann erinnerte sie sich an ihr Versprechen. „Ich habe Lio gesagt, ich würde im Schloss bleiben."

„Und habt Ihr das je wirklich vorgehabt? Was Lio nicht weiß, macht ihn nicht heiß. Es war falsch von ihm, Euch dieses Versprechen abzunehmen, und das werde ich ihm persönlich ins Gesicht sagen, wenn er zurückkehrt." Madame Pottine tauchte ihre Hände wieder in das Spülwasser, hielt dann aber inne. „Wenn ich an Eurer Stelle wäre, würde ich diese Dinge vor dem Duc geheim halten. Er hat so etwas an sich …"

Belle legte Madame Pottine eine Hand auf den Arm. „Ich weiß, was Sie meinen."

Sie hatten das Ende des schmutzigen Geschirrstapels erreicht. „Vielen Dank für Eure Hilfe, Liebes."

„Jederzeit gern", erwiderte Belle.

„Jetzt verschwindet und macht Euch nützlich."

Belle wusste, wie sie das meinte, und verließ die Küche mit dem Gefühl, viel mehr Kontrolle über ihr Leben zu haben als noch vor einer Stunde. Jetzt, da sie begriffen hatte, dass sie nicht für jeden ihrer Schritte die Zustimmung des Rates brauchte, konnten sie auch aufhören, einander die Köpfe einzuschlagen. Sie würde ihre Unternehmungen und ihre Recherchen für sich behalten und weiter an den Ratssitzungen teilnehmen, um bei den Ereignissen im Königreich auf dem Laufenden zu bleiben.

Als sie durch das Schloss eilte, begann ein neuer Plan, wie sie Ideen und Anregungen von den einfachen Bürgern sammeln könnte, in ihrem Kopf Gestalt anzunehmen. Ein Plan, der einer Verkleidung bedurfte.

Sie müsste jedoch achtgeben, ihn vor Bastien geheim zu halten. Es war beruhigend zu wissen, dass sie nicht die Einzige war, die den Duc verdächtigte. Und wenn es irgendjemanden gab, deren Instinkten Belle noch mehr vertraute als ihren eigenen, dann war es Madame Pottine.

Belle plante, sich unmittelbar nach Sonnenuntergang aus dem Schloss zu stehlen.

Niemand wusste von ihrem Vorhaben, und sie sorgte dafür, dass es keine Zeugen ihres Verschwindens gab. Den ganzen Tag über hatte sie eine Erkältung vorgetäuscht und die Schwere ihres angeblichen Leidens allmählich gesteigert, bis Cogsworth sie beim Diner schließlich aus dem Speisesaal geschickt und angefleht hatte, sich auf ihre Gemächer zurückzuziehen, bis ihre Symptome nachgelassen hatten.

Als sie den Saal verließ, täuschte sie ein Husten in Bastiens Richtung vor und genoss es, wie er vor ihr zurückzuckte.

In ihren Gemächern zog sie sich rasch aus, schlüpfte in ihre Verkleidung – ein einfaches, grob gewebtes Kleid ähnlich denen, die eine Dienstmagd tragen würde, und einen Umhang – und betrachtete sich im Spiegel. Das Outfit hatte denselben Effekt wie ihr schlichtes Kleid in Paris. Sie würde auf den Straßen von Aveyon niemandem auffallen. Sie wäre unsichtbar.

Belle öffnete ihre Tür und sah den leeren Flur hinauf und hinunter. Vorsichtig zog sie die Tür hinter sich ins Schloss und machte sich langsam auf den Weg zu den Stallungen. Hin und wieder musste sie sich hinter einer Biegung verstecken, um nicht gesehen zu werden.

Im Stall war es dunkel, aber sie wusste, wo sie Philippe finden würde. Sie ging zu seiner Box und pfiff ihrem geliebten Brabanter eine vertraute Melodie ins Ohr. Seit Monaten hatte sie keine Gelegenheit mehr gehabt, ihn zu reiten. Er wieherte aufgeregt und presste seine samtweiche kupferfarbene Nase in ihre Hand, auf der Suche nach dem Leckerbissen, von dem er wusste, dass sie ihn mitgebracht hatte.

„Bist du bereit, mit mir auf ein kleines Abenteuer zu gehen?“, flüsterte sie ihm zu, als sie den Apfel aus ihrer Tasche zog und ihn Philippe hinhielt. Er stieß ein sanftes Schnauben aus, das wie eine Zustimmung klang, und machte sich über den Apfel her. Belle sattelte ihn im Dunkeln und verließ sich dabei auf ihre Erinnerungen, da sie nicht genau sehen konnte, was sie tat. Philippe stand geduldig still und wartete, bis sie sich auf seinen Rücken geschwungen hatte.

Gemeinsam verließen sie die Stallungen. Ihr Pferd schien zu begreifen, dass Vorsicht geboten war. Belle dirigierte ihn durch die Gärten und zum nördlichsten Ende des Schlossgeländes, wo ein kleiner Durchbruch in der Mauer klaffte, den noch niemand repariert hatte.

„Na, schaffst du den Sprung?“, fragte sie. Philippe schnaubte, als wäre die Frage eine Beleidigung. Er trottete auf die Mauer zu und schaffte den Sprung mühelos, was ihm ein liebevolles Kraulen hinter den Ohren einbrachte. „Wir reiten ins Dorf, Philippe.“

Er trug sie den steilen Hügel hinunter und den ganzen Weg bis in das Städtchen Mauger, das einzige, das zwischen dem Schloss und Belles Heimatort Plesance lag. In Plesance wusste jeder, wer sie war, aber in Mauger könnte sie sonst wer sein.

Als sie das Dorf erreichten, war die Nacht hereingebrochen. Belle ritt direkt bis vor die geschäftigste Taverne und stieg ab. Die Straßen waren alles andere als leer, aber sie hatte nicht das Gefühl, dass Spannung in der Luft lag. Niemand schenkte ihr einen zweiten Blick, als sie Philippe an einem Pfeiler festband und ihn mit einem weiteren Apfel belohnte, den sie aus der Küche stibitzt hatte.

Als sie durch die Tür trat, hallte Lios Stimme in ihren Gedanken wider: *Es ist nicht sicher, Belle.* Sie fragte sich, wie er wohl reagieren würde, wenn er jetzt sähe, wie sie allein in eine stark besuchte Taverne ging.

Aber Belle war weder dumm noch naiv. Sie wusste, dass sie ein Risiko einging, indem sie sich ohne Begleitung im Dorf aufhielt. Auch ohne die Bedrohung durch Revolution und Aufstände war es nicht klug, als Frau auf sich allein gestellt zu sein. Sie musste wachsam bleiben.

Belle zog sich die Kapuze tiefer ins Gesicht und steuerte einen leeren Tisch an. In ihrem Herzen wusste sie, dass sie sich lieber selbst in Gefahr begeben würde, als zu riskieren, so abgehoben zu werden wie König Louis und Marie Antoinette. Und die einzige Möglichkeit, um herauszufinden, was die Bürger von Aveyon wirklich bewegte, war, sich unter das Volk zu mischen. Besonders jetzt, da sie den Verdacht hegte, dass Bastien etwas vor ihr verheimlichte.

Ein Schankmädchen kam zu ihr herüber und lächelte. „Was darf es denn sein?"

Belle sah sich verstohlen auf den anderen Tischen nach einem Hinweis um, fand aber keinen.

„Einen Tee?", fragte sie. Sie hatte die Taverne in Plesance lange Zeit gemieden, um Gaston aus dem Weg zu gehen, ihrem treuesten Kunden, sodass sie nicht wusste, ob ihre Bestellung vielleicht ein wenig seltsam war.

„Ein Tee, kommt sofort." Das Schankmädchen machte auf dem Absatz kehrt, und Belle lehnte sich in ihrem Stuhl zurück.

Der Raum war groß und mit allerlei Menschen gefüllt. Sie sah Tagelöhner, Spinnerinnen, Weberinnen und Bauern, die sich an der Theke ein Bier bestellten, um den harten Arbeitstag aus ihren müden Gliedern zu vertreiben. Um die Tische verteilt saßen Männer in feinerer Kleidung, die sie als Händler, Kaufleute oder Anwälte ausgaben, und tranken Wein. Und zwischen all dem tanzten drei oder vier Schankmädchen umher, die mit geübter Effizienz zwischen den Tischen hin und her flitzten.

Die Taverne war laut. Belle konnte kaum ein Wort verstehen. Aber wenn sie nicht hören konnte, was die Leute sagten, wäre ihr ganzer Plan ein Reinfall.

Das Schankmädchen tauchte wieder auf und stellte eine dampfende Teekanne auf den Tisch, gefolgt von einer angeschlagenen Tasse auf einer Untertasse. Ein plötzlicher Schmerz durchzuckte Belle, als sie an die Tage des Fluchs zurückdachte, als ein so lebhafter Junge wie Tassilo auf bösartige Weise in eine so zarte Gestalt gezwängt worden war.

Das Mädchen warf ihr einen neugierigen Blick zu. „Das macht einen Sou."

Belle nahm eine Münze aus der Tasche und reichte sie ihr. Das Schankmädchen machte einen leichten Knicks und ging wieder an die Arbeit. Die Geste beunruhigte Belle – sie fürchtete, dass sie trotz der Derbheit ihrer Kleidung in der Taverne herausstechen könnte. Aber dann kam ihr der Gedanke albern vor. Sie hatte sich den Großteil ihres Lebens an Orten wie dieser Taverne wohlgefühlt. Es waren erst die jüngsten Ereignisse, die sie aus der Masse hervorgehoben hatten.

Sie goss sich heißen Tee in ihre Tasse und rührte etwas Zucker hinein, weil sie nicht wusste, was sie sonst mit ihren Händen anstellen sollte.

„Bist du allein?", fragte plötzlich eine freundliche Stimme.

Belle wandte sich zu einem Mädchen mit Schürze und Haube um. „Ja", gestand sie.

„Ich wäre als Frau nicht gern allein an einem Ort wie diesem. Du kannst dich zu uns setzen, wenn du magst." Das Mädchen deutete auf die anderen Frauen an ihrem Tisch, die alle ähnliche Schürzen und Hauben trugen. Belle zögerte nicht und zog ihren Stuhl zu der Gruppe hinüber. Das Mädchen, das sie eingeladen hatte, stellte sich vor. „Ich bin Sidonie, und das sind die Mädels, mit denen ich arbeite. Wir sind Weberinnen, drüben bei Saint Madeleine."

„Ich bin Delphine", erwiderte Belle und benutzte den Namen von Lios Mutter als Tarnung. „Ich bin … Dienstmädchen."

„Du bist angezogen wie die Dienstmädchen oben vom Schloss", bemerkte eine der Frauen.

Belle zögerte, beschloss dann aber, so nah an der Wahrheit zu bleiben wie möglich, um nicht durcheinanderzukommen. „Ja, das bin ich auch."

Einige der Frauen betrachteten sie mit neu gewonnenem Interesse. „Das ist eine schicke Anstellung. Wie ist es so?", fragte eine.

„Ein Dienstmädchen zu sein?", fragte Belle.

Die Frau verdrehte die Augen. „Nein, im Schloss zu arbeiten. Ich habe gehört, der König und seine Frau sind gütige Arbeitgeber."

Ein Mann, der ihren letzten Worten gelauscht hatte, stieß ein verächtliches Schnauben aus. „Was macht es schon, wenn sie gütig sind?"

Jetzt war es an Sidonie, die Augen zu verdrehen. „Ach, tais-toi, Guillaume." Anscheinend kannten sie einander.

Guillaume kam herüber, legte einen Arm um ihre Schultern und sah Belle an. „Verrat mir, bereist der König tatsächlich die Ländereien seiner Edelmänner?"

Belle schluckte. „Ja, aber …"

Guillaume leerte seinen Bierkrug und knallte ihn auf den Tisch. „Natürlich macht er das."

Ein anderer Mann mischte sich in die Unterhaltung ein. „Er hat sich zehn Jahre lang nicht die Bohne für uns interessiert – warum sollte er jetzt damit anfangen?"

Sidonie verdrehte genervt die Augen. „Ist ja nicht so, als hätte er gar nichts unternommen. Wir haben uns von Frankreich abgespalten."

„Und jetzt müssen wir nicht mehr an der Corvée teilnehmen", fügte eine andere Frau hinzu und bezog sich damit auf die unbezahlte Fronarbeit, der Aveyons Bauern auf Geheiß der französischen Krone lange Zeit ausgesetzt gewesen waren.

Guillaume warf ihr einen mitleidigen Blick zu. „Glaubst du etwa nicht, dass unser nobler König, noch während wir hier reden, dabei ist, mit seinen Adligen seine eigene Version der verfluchten Corvée auszuhecken? Zwangsarbeit ist für ihn viel zu lukrativ, als dass er sie einfach so aufgeben würde. Und außerdem sind Zwölf-Stunden-Schichten in der Mühle, nur um Miete und Steuern und was zu essen bezahlen zu können, ja wohl kaum besser."

Belle ergriff das Wort, ohne vorher nachzudenken. „Der König glaubt an Gleichberechtigung."

Guillaume winkte eines der Schankmädchen zu sich herüber und bedeutete ihr, noch eine Runde auszuschenken. Dann lehnte er sich näher zu Belle. „Dann erklär mir doch mal, warum die Stände unterschiedlich besteuert sind, wenn der König an Gleichberechtigung glaubt? Warum herrscht in Aveyon immer noch das diskriminierende französische Recht? Dasselbe Recht, möchte ich hinzufügen, das die Bürger in Frankreich in die Revolution getrieben hat? Warum hat er nichts verändert bis auf den Kopf, der die Krone trägt?“

Belle schwieg, und Guillaume nickte, als hätte er nichts anderes erwartet. „Bis die Bauern von Aveyon ohne Hürden in der Gesellschaft aufsteigen können, hat der König nichts als meine Verachtung verdient.“

„Seine Frau war eine Bürgerliche“, warf ein anderer Mann lächelnd ein.

Guillaume schüttete sich den Rest seines Biers in den Rachen und rülpste herzhaft. „Ja, hm, leider können wir nicht alle den König heiraten.“

Sidonie verschränkte die Arme vor der Brust. „Ich finde, es ist noch zu früh, um ihn zu verurteilen. Er ist noch keinen Monat König.“

„Und sieh nur, wo seine Prioritäten liegen“, entgegnete Guillaume schulterzuckend. „Ich bleibe skeptisch.“

Belle brannte darauf, Lio zu verteidigen – und damit sich selbst –, aber das wäre nicht klug. Sie beschloss, dankbar zu sein, dass sie einen Einblick in die Köpfe der gewöhnlichen Leute werfen durfte. Das war alles, was sie sich gewünscht hatte, als sie das Schloss für Bittsteller öffnete. Verstohlen beobachtete sie Guillaume und Sidonie und spürte so etwas wie eine Verbindung zu ihnen. Obwohl Guillaumes Beschwerden nicht leicht aus der Welt zu schaffen wären, so waren es zumindest Dinge, von denen sie wusste, dass Lio sie rasch korrigieren würde. Immerhin marschierten sie nicht durch die Straßen oder ergriffen gewaltsamere Maßnahmen. Lio würde das Vertrauen seines Volkes zurückgewinnen müssen, das ihm ungleiche Besteuerung vorwarf und nur darauf wartete, dass ihr König ein Aveyonisches Gesetzbuch einführte, das sich vom französischen Recht unterschied. Jetzt, da sie endlich ein klares Ziel vor Augen hatte, fühlte Belle sich ihrer Aufgabe schon eher gewachsen. Wenn Lio zurückkehrte und Belle ihm einen Weg nach vorn aufzeigte, konnte Aveyon vielleicht anfangen zu heilen.

Sidonie rutsche näher zu ihr, die Hände gespannt in die Kerben des Tisches gepresst. „Du hast uns noch gar nicht erzählt, wie es ist, oben auf dem Schloss zu arbeiten, wie der König und seine Frau Belle so sind." Sie sprach mit einer Ehrfurcht in der Stimme, von der Belle überzeugt war, sie nicht verdient zu haben. Sie sah auf die Hände der Weberin, zerschunden von der harten Arbeit. Sidonies Wangen waren eingefallen, und sie sah aus, als bekäme sie nicht häufig genügend Schlaf. Belle wusste, dass Aveyon nicht im Ansatz mit Frankreich zu vergleichen war, aber das bedeutete nicht, dass es in ihrem Königreich keinen Spielraum für Verbesserung gab.

„Sie sind alles andere als perfekt", gestand sie. „Aber sie sorgen sich wirklich sehr um dieses Königreich."

Das schien Sidonies Vermutung zu bestätigen. „Ich wünschte nur, sie würden uns zuhören."

„Ich auch", erwiderte Belle. Und das meinte sie ernst.

Kapitel Sechzehn

Als Belle und Philippe an diesem Abend zum Schloss zurückkehrten, sprudelten ihre Gedanken nur so über vor Ideen. Anstatt ihre Recherchen voranzutreiben und später auf den Traum zurückzukommen, einen Salon zu veranstalten, fragte sie sich, ob sie die beiden Dinge nicht verbinden konnte. Was wäre, wenn sie einen Salon eröffnete, genau wie Lio sie gedrängt hatte? Aber anstelle eines gewöhnlichen Salons, in dem Literatur und dergleichen diskutiert wurde, hätte Belles Salon das Ziel, Reformen einzuführen, die das Leben jedes einzelnen Bürgers in Aveyon verbessern würden. Sie würde die hellsten Köpfe ihrer Zeit auf dem Schloss versammeln – Philosophen, Wirtschaftsexperten, Wissenschaftler und viele mehr –, um über Politik und Staatsführung zu debattieren und so den besten Weg für die Zukunft herauszuarbeiten.

Der Gedanke erfüllte sie mit Hoffnung. Sie wollte sich sofort an die Arbeit machen, angefangen mit einem Besuch im Buchladen von Plesance, um ihr Wissen über Aveyons Steuer- und Arbeitsgesetze aufzufrischen und sich so eine Wissensgrundlage zu schaffen, auf der sie aufbauen konnte. Kurz überlegte sie, jetzt sofort den ganzen Weg bis nach Plesance zu reiten und an Monsieur Renauds Tür zu klopfen, bis er aufwachte und sie in seinen Laden ließ. Aber sie verwarf den Gedanken rasch wieder. Sie würde deutlich weniger verrückt erscheinen, wenn sie bis zum nächsten Morgen wartete.

Sie brachte Philippe zurück in seinen Stall und nahm sich Zeit, seine herrliche blonde Mähne zu bürsten. Er war eine der letzten Erinnerungen, die ihr an Plesance und das kleine Häuschen geblieben waren, das sie mit ihrem Vater geteilt hatte. Belle war froh, dass sie den besten Teil ihres alten Lebens mit in ihr neues Zuhause im Schloss genommen hatte. Sie drückte ihm einen Kuss auf die weiche Nase und wollte gerade gehen, als jemand den Stall betrat. Belle duckte sich in eine leere Box und presste sich in eine dunkle Ecke, um nicht gesehen zu werden.

Es war ein Stallbursche, der sich um seine letzten nächtlichen Pflichten kümmerte. Plötzlich kam ein Pferd mit einem Reiter in den Hof galoppiert und erschreckte den Jungen beinahe zu Tode.

„Ich wusste nicht, dass Ihr fort wart, Monsieur", sagte der Stallbursche in einer tiefen Verbeugung zum Boden.

„Ich hatte Geschäfte im Dorf."

Belle schnappte nach Luft und hätte sich mit dem Geräusch beinahe verraten, als sie Bastiens herablassende Stimme hörte. Sie verlagerte das Gewicht, sodass sie auch den Rest der Stallungen sehen konnte.

Bastien warf dem Jungen die Zügel seines Pferdes zu und zog sich die Handschuhe aus. „Sorg dafür, dass sie genug zu fressen hat. Ich habe sie heute Abend hart geritten."

Belle fand diese Aussage recht widersprüchlich zu seiner ersten Behauptung, lediglich Geschäften im Dorf nachgegangen zu sein.

„Ja, Mylord."

„Und kein Wort davon zu irgendjemandem." Sein Tonfall ließ keinen Raum für Leichtigkeit. Belle hörte Bastien nicht oft so klar und deutlich sprechen, ohne einen Hauch von Wärme oder den gewohnten geistreichen Spruch.

„J…ja, Monsieur."

Der Duc eilte aus den Stallungen und überließ es dem armen Jungen, sich um sein Pferd zu kümmern, lange nachdem dieser bereits hätte schlafen sollen. Belle wartete ab, bis er das Pferd in seine Box geführt hatte, und huschte dann ungesehen davon. Auf dem Weg zu ihren Gemächern kämpfte sie mit einem beunruhigenden Gedanken: Sie war nicht die Einzige, die sich in dieser Nacht unbemerkt aus dem Schloss geschlichen hatte.

Als Belle am nächsten Morgen den Buchladen in Plesance betrat, war es fast, als würde sie nach Hause kommen.

Sie hatte Lumière – der darauf bestanden hatte, sie zu begleiten – nebenan in der Bäckerei zurückgelassen, aber erst nachdem sie ihm das Versprechen abgenommen hatte, den Bäcker nicht allzu sehr zu behelligen. Der Laden war nicht so gut bestückt wie die großen Buchläden in Paris, aber was ihm an Bestand fehlte, machte er mit Wärme wett. Sie hätte den Laden aus dem Gedächtnis zeichnen können – den ausgetretenen Teppich, die abgenutzten Regale, selbst die Bücher, die kaum einmal wechselten. Die meisten hatte sie mindestens einmal gelesen.

„Belle!", rief Monsieur Renaud, ein uralter und doch seltsam altersloser Mann, den Belle bereits ihr ganzes Leben kannte. „Ich habe mich schon gefragt, wann du dich einmal blicken lässt." Er sagte das ganz ohne Vorwurf, denn vor dem Fluch war kaum eine Woche vergangen, in der Belle nicht mindestens einmal in seinem Laden aufgetaucht war. „Ich habe einen Stapel mit Abenteuergeschichten für dich zurückgelegt." Er tapste zu dem Schreibtisch, hinter dem er den Großteil seiner Tage verbrachte.

„Das ist sehr freundlich von Ihnen, Monsieur, aber heute bin ich auf der Suche nach einer anderen Art von Buch."

Er hielt vornübergebeugt inne und hob belustigt eine Augenbraue. „Ach?"

„Haben Sie irgendwelche Bücher über Aveyons Steuergesetze oder Arbeitsgesetze?"

Er richtete sich auf. „Da werden wir bestimmt etwas finden." Er ging zu einem Regal hinüber, das sie für gewöhnlich mied. „Hast du Madame Tailler auf dem Weg hierher gesehen? Sie hat nach dir gefragt."

Damit hatte Belle gerechnet, und sie hatte das Schloss so früh wie möglich verlassen, um den meisten ihrer alten Nachbarn aus dem Weg zu gehen. Sie hatten Belle nicht besonders gemocht, als sie noch mit ihrem Vater dort gelebt hatte, und sie fand es unerträglich, dass sie jetzt nett zu ihr waren und so taten, als hätten sie nicht jedes Mal, wenn sie sich begegnet waren, über sie getuschelt. „Nein, ich hatte keine Gelegenheit, sie zu treffen."

„Nächstes Mal vielleicht", murmelte er, während er die Bücher im Regal in Augenschein nahm. „Denkst du immer noch daran, deine Bibliothek zu katalogisieren?"

Sie hatte sich ihm anvertraut, als sie seinem Buchladen zuletzt einen Besuch abgestattet hatte, das war lange vor Paris gewesen. „Es ist ein Traum, sicher, aber vielleicht ein ferner. Ich wüsste überhaupt nicht, wo ich anfangen soll."

„Nun, am Anfang natürlich." Er zwinkerte ihr verschwörerisch zu, bevor er sich wieder dem Regal zuwandte. „Ah, hier haben wir es." Monsieur Renaud zog einen staubigen Wälzer hervor und reichte ihn an Belle weiter. „Das deckt alles seit der Herrschaft von Louis XIV bis heute ab, aber jetzt, da wir uns abgespalten haben, wird dieses Buch wohl schon bald überholt sein, nehme ich an." Er starrte sie erwartungsvoll über seine Halbmondbrille hinweg an, aber sie ging nicht darauf ein. Belle wollte keine Versprechungen machen, die sie nicht einhalten konnte. Er bemerkte ihre erstarrte Miene und tätschelte ihre Hand. „Es war die richtige Entscheidung."

Sie räusperte sich, mit einem Mal gewahr, wie klein der Buchladen tatsächlich war und wie sehr sie das von ihm hatte hören müssen. „Vielen Dank, Monsieur Renaud. Was bin ich Ihnen schuldig?"

„Mach dir darüber keine Gedanken, Madame."

„Ich bestehe darauf." Belle hatte früher von der immensen Großzügigkeit des Buchhändlers profitiert, als sie kaum etwas hatte, um ihn zu bezahlen. Aber jetzt, da die Umstände sich geändert hatten, wollte sie dafür Sorge tragen, dass er angemessen entschädigt wurde.

Er errötete ein wenig. „Ein Ecu wäre genug."

Sie reichte ihm eine silberne Münze, als die Glocke über der Tür einen Neuankömmling ankündigte.

Monsieur Renaud warf einen Blick über ihre Schulter und lächelte. „Ah, Mademoiselle de Lambriquet", rief er.

Belle fuhr herum und war geschockt zu sehen, dass Marguerite de Lambriquet in den Laden geschlendert kam, so strahlend wie auf Bastiens Fête, als sie sich zum ersten Mal begegnet waren. Sie trug ein smaragdgrünes Kleid, mit dem sie in Paris nicht im Mindesten fehl am Platze gewirkt hätte, das in Plesance aber wie aus einer anderen Welt wirkte.

„Bonjour, Monsieur!", rief sie heiter, bevor sie bemerkte, wer neben dem Buchhändler stand. Hitze stieg ihr in die Wangen, als sie auf sie zukam.

„Kommen Sie, Marguerite, Sie müssen unsere liebe Belle kennenlernen." Es war eine recht besitzergreifende Bezeichnung, aber Belle störte sich nicht daran. Ein Teil von ihr würde immer in diesen provinziellen Ort gehören und zu den Menschen, mit denen sie aufgewachsen war.

Monsieur Renaud winkte sie heran, bis sie sich von Angesicht zu Angesicht gegenüberstanden. Belle hatte ganz vergessen, dass Marguerite sie um ein gutes Stück überragte. Jemand an der Tür lenkte Monsieur Renauds Aufmerksamkeit auf sich, und er verbeugte sich kurz, bevor er sich abwandte.

„Oh, aber wir haben uns bereits kennengelernt, Monsieur, damals in Paris", rief Marguerite dem Rücken des Buchhändlers noch zu und lächelte Belle verschwörerisch zu.

Belle wollte ihren Augen kaum trauen, dass sie wirklich hier vor ihr stand. „Was führt Sie nach Aveyon?"

Marguerites Lächeln wurde ein wenig verlegen. „Ist es unschicklich, zuzugeben, dass ich Ihre vage Einladung, Aveyon einen Besuch abzustatten, ein wenig zu wörtlich genommen habe? Ich hatte eigentlich geplant, zur Krönung Ihres Gemahls einzutreffen, aber das Reisen innerhalb Frankreichs ist in letzter Zeit nicht einfach."

„Sie haben den ganzen Weg nur für Lios Krönung auf sich genommen?" Belle konnte es kaum glauben.

Eine Falte erschien zwischen Marguerites Augenbrauen. „Es war töricht von mir, herzukommen. Sie müssen stark in die Geschehnisse rund um die Sezession eingebunden sein." Sie wich wie beschämt vor Belle zurück. „Es tut mir schrecklich leid, dass ich Sie da noch weiter belaste."

Belle streckte eine Hand aus, um sie aufzuhalten. „Mich belasten? Seien Sie nicht albern, so glücklich war ich seit Tagen nicht."

„Wirklich?"

„Wirklich", versicherte Belle ihr. „Allein schon dieses Kleid hat mir den Tag versüßt."

Marguerite sah auf ihr Kleid hinab und breitete ihre Röcke aus, sodass der Satin in dem Sonnenlicht leuchtete, das durch die Fenster fiel. „Ja, es ist recht edel, nicht wahr? Für gewöhnlich bevorzuge ich eine etwas gedecktere Garderobe, aber ich konnte einfach nicht widerstehen, als ich es in Rose Bertins Geschäft entdeckt habe, praktisch für umsonst. Ich habe gehört, dass es eigenhändig für Marie Antoinette angefertigt wurde, bis diese auf einmal beschloss, dass sie die Farbe nicht ausstehen kann. Ihr Verlust ist mein Gewinn."

Belle lächelte. „Sie wäre diesem Kleid nicht annähernd gerecht geworden. Anders als Sie." Sie zog Marguerite in eine Ecke des Ladens und senkte die Stimme. „Wie sind Sie hierhergekommen? Wo ist Ihre Eskorte?"

Marguerite erblasste, ihr strahlendes Lächeln erlosch. „Ich bin auf mich allein gestellt", gestand sie schließlich.

„Was ist mit Ihrem Vater und Ihrem Bruder?"

Sie seufzte. „Mein Vater war die ganze Scharade leid und hat sich mit dem wenigen, was von seinem Vermögen noch geblieben war, nach Amerika abgesetzt, und mein Bruder, der Schlingel, hat gespürt, wie sich das Blatt wendet und sich dem ach so fortschrittlichen Philippe angeschlossen, dem Duc d'Orleans, und zeigt mit einem Mal verdächtig wenig Interesse an seinem Geburtsrecht." Sie verdrehte die Augen.

„Ihr Vater hat sie einfach verlassen?" Belle musste an ihren eigenen Vater denken und daran, wie viele Sorgen sie sich um ihn machte, wenn er sich etwas weiter von Plesance entfernte. Sie wusste, dass auch er es verabscheute, für längere Zeit von ihr getrennt zu sein.

Doch Marguerite tat Belles Betroffenheit mit einem Winken ab. „Mein Vater und ich standen uns noch nie sonderlich nahe. Nach dem Tod meiner Mutter wurden Aurelian und ich größtenteils von Gouvernanten großgezogen. Mein Vater hat mich durch einen Brief davon in Kenntnis gesetzt, dass er unser Anwesen verkauft, geschrieben von seinem Kammerdiener, den ich weitaus lieber mochte als ihn, wenn ich ehrlich sein soll." Sie sah geistesabwesend aus dem Fenster. „Ich weiß, dass ich meinen Vater vermissen sollte, aber ich glaube, eher noch vermisse ich meine Mutter, obwohl ich sie kaum gekannt habe." Sie hielt inne, und Hitze stieg ihr in die Wangen, als sie sich daran zu erinnern schien, mit wem sie gerade sprach. „Bitte verzeihen Sie, ich vergesse mich."

„Sie müssen sich nicht entschuldigen", versicherte Belle ihr. „Ich habe meine Mutter ebenfalls verloren, als ich noch sehr jung war. Es ist ein Schmerz, der einen nie ganz verlässt."

Marguerite verzog die Lippen zu einem traurigen Lächeln. „Ja, nun, meine Mutter war so vorausschauend, mir ein kleines Erbe zu hinterlassen, das mein Vater nicht anrühren konnte. Und da ich nicht das Bedürfnis verspüre, nach Amerika auszuwandern, und noch weniger, in Paris zu bleiben, dachte ich, ich lasse mich von Ihnen inspirieren und gehe selbst auf eine Reise über den Kontinent. Ich hatte es bis auf das Anwesen meiner Großtante in Arlon geschafft, als ich von Aveyons Trennung von Frankreich und der anschließenden Krönung hörte, und da konnte ich einfach nicht widerstehen. Ich war schon immer jemand, der sich zu Trubel und Drama hingezogen fühlt, nichts für ungut. Und jetzt, wo ich seit ein paar Tagen hier bin, habe ich mein Herz an die herrliche Landschaft verloren und kann mich einfach noch nicht davon losreißen."

Eine Welle der Eifersucht toste über Belle hinweg und ließ ihre Haut kribbeln. Sie hatte noch nie eine Frau getroffen, die so frei war, so unabhängig. Sie musste sich eingestehen, dass sie Marguerite in gleichem Maße beneidete wie bewunderte. Mehr als alles andere wünschte sie sich, sie besser kennenzulernen, und ihr Auftauchen in Aveyon war eine äußerst willkommene Ablenkung.

„Wissen Sie, ich habe Aveyon immer schrecklich langweilig gefunden. Meine ganze Kindheit habe ich davon geträumt, dieses Königreich zu verlassen." Sie brach abrupt ab, als ihr bewusst wurde, dass sie gerade das Königreich vor einer Person verunglimpft hatte, die praktisch eine Fremde für sie war. Aber es war so einfach, sich mit Marguerite zu unterhalten. Sie hatte etwas an sich, das Belle beruhigte.

Marguerite berührte Belle am Unterarm. „Ich weiß, was Sie meinen. Es scheint, als würden wir uns stets das wünschen, was wir nicht haben. Ich habe mich nach Stabilität gesehnt, einem ruhigeren Leben. Paris besteht aus Bällen und Salons und dem Theater und der Oper, Abend für Abend für Abend. Es ist ermüdend und kostspielig, immer mit den neuesten Trends mithalten zu müssen, aber hier habe ich das Gefühl, dass ich endlich frei atmen kann."

Belle schaute aus dem hinteren Fenster des Buchladens, das den Blick auf die hügeligen Felder und den bergigen Horizont freigab, und sie verstand Marguerite, besonders nach ihrer kleinen Bekanntschaft mit der Pariser Gesellschaft. „Ich mochte Aveyon nach unserer Rückkehr ein gutes Stück lieber", räumte sie ein.

Marguerite schritt den Raum ab und hielt vor den spärlich bestückten Bücherregalen. „Ich muss zugeben, die Geschichten über die Schönheit Ihrer Bibliothek haben mich gereizt."

Belle erfüllte ein herrlicher Stolz. „Es ist mein Traum, sie zu katalogisieren, damit ich sie für ganz Aveyon öffnen kann." Die Worte strömten ihr wie von selbst über die Lippen, ungeachtet der Tatsache, dass sie abgesehen von Monsieur Renaud, Lio und Bastien bisher noch niemanden in ihren Wunsch eingeweiht hatte.

„Was hält Sie davon ab?"

Belle sah auf den dicken Wälzer in ihrer Hand hinunter. „Ich habe andere Pflichten, derer ich mich annehmen muss."

„Sicherlich kann eine Königin solche Aufgaben delegieren?", schnaubte Marguerite.

„Ich bin keine …"

„Kein Königin, ich weiß. Ich erinnere mich, wie sehr Sie Titel verabscheuen, also werde ich nicht so tun, als hätte es mich überrascht zu hören, dass Sie den mächtigsten Titel von allen abgelehnt haben. Aber, Madame, Sie sind nur dem Namen nach keine Königin."

Belle musste sich zusammenreißen, um nicht auch noch zu offenbaren, wie sehr ihr die Vorstellung, Königin von Aveyon zu sein, missfiel. Es gab Dinge, die würde sie nie jemandem anvertrauen, ganz gleich wie offensichtlich sie waren. „Ich muss mich zuerst um ein paar andere Angelegenheiten kümmern. Das Volk von Aveyon braucht egalitäre Reformen, bevor ich mich in der Bibliothek an die Arbeit machen kann."

Marguerite ließ ein Buch zuschnappen und stellte es zurück ins Regal. „Was könnte egalitärer sein, als dem Volk von Aveyon Zugang zu Literatur zu verschaffen?"

Belle wusste, dass sie damit nicht unrecht hatte, aber allmählich überwältigten sie all die Dinge, die sie sich vorgenommen hatte. Es stimmte, wenn sie etwas Unterstützung hätte, wären ihre Pläne leichter zu verwirklichen. Sie sah zu Marguerite, einer Frau, die kommen und gehen konnte, wie es ihr gefiel, die aus einer Laune heraus in ein vollkommen neues Leben aufbrechen konnte. Anstatt Neid spürte Belle, wie sich der Schimmer einer neuen Möglichkeit in ihr regte.

„Wie lange gedenken Sie in Aveyon zu bleiben?", erkundigte sie sich.

Marguerite runzelte die Stirn. „Leider sind meine Unterkünfte hier nur von kurzer Dauer. Ich werde meine Reise wohl früher fortsetzen müssen, als mir lieb ist."

Belle war sich bewusst, dass es plötzlich war und dass sie diese faszinierende Frau kaum kannte, die all die Dinge gesehen und erlebt hatte, von denen Belle ihr Leben lang geträumt hatte. Aber je deutlicher die Idee in ihren Gedanken Gestalt annahm, desto richtiger fühlte sie sich an. Belle spürte es in ihrem ganzen Körper. „Und Sie sagten, Sie haben an vielen Salons teilgenommen?"

„Madame, ich war Teilnehmerin und *Gastgeberin* zahlloser Salons."

Die Entscheidung war gefallen. „Vielleicht sollte ich tatsächlich mit der Arbeit an der Bibliothek beginnen", überlegte sie.

„Vielleicht sollten Sie das", pflichtete Marguerite ihr bei.

„Und vielleicht sollte ich einen Salon veranstalten, wenn ich schon dabei bin."

„Ich wüsste nicht, was dagegenspricht."

„Und vielleicht …“, fügte Belle hinzu, „können Sie mir mit beidem behilflich sein.“

Marguerite war sprachlos. „Ich?“

„Sie haben es selbst gesagt. Sie sind erschöpft und wünschen, Ihren Aufenthalt in Aveyon zu verlängern. Warum also nicht auf dem Schloss? Sie können mir dabei helfen, mit der Arbeit zur Öffnung der Bibliothek zu beginnen, und mich darin unterrichten, wie man einen Salon veranstaltet.“

Marguerite schüttelte den Kopf. „Belle, das könnte ich nicht.“

„Es ist keine glamouröse Aufgabe, erst recht nicht für jemanden, der an den Hof von König Louis gewöhnt ist, aber Sie könnten sich im Schloss niederlassen, und ich würde Ihnen selbstverständlich ein Gehalt zahlen.“

Sie sah, wie verlockend dieses Angebot für Marguerite war, eine junge Frau, allein in einer Welt, die ihr mit jedem Tag weniger freundlich gesinnt war. „Das alles würden Sie mir anbieten?“

„Ich weiß, es ist nicht gerade Paris, aber …“

„Es ist perfekt“, rief Marguerite so schnell, als würde sie befürchten, Belle könnte einen Rückzieher machen.

Belle lachte. „Wirklich?“

„Wirklich!“ Marguerite schlug entzückt die Hände zusammen.

„Es wird nicht einfach“, warnte Belle sie. „Wir reden von mehreren Tausend Büchern, von denen die meisten seit Jahrzehnten nicht angerührt wurden. Ich hoffe, Staub macht Ihnen nichts aus. Und ich plane etwas Neues für den Salon, etwas, das so, glaube ich, noch nie versucht wurde.“

Marguerite hob eine Augenbraue. „Sie haben mein Interesse geweckt, obwohl ich Sie warnen sollte, ich war bei Pauline Lemaures berüchtigtem Bacchanal eines Salons zugegen, ich habe also bereits *alles* gesehen.“

Nachdem Belle gesehen hatte, wie sich Bastiens Gäste bereits bei einem einfachen Abendessen wie absolute Rüpel benahmen, erschauderte sie bei dem Gedanken, was mit einem *berüchtigten Bacchanal* gemeint sein könnte. Aber sie beschloss, dass es das Beste war, dieses Geheimnis nicht zu lüften. Mehr als alles andere war sie begeistert von der Aussicht, jemand so

Aufgewecktes wie Mademoiselle de Lambriquet an ihrer Seite zu wissen, während sie sich in ihre neue Rolle einfand. Als sie daran zurückdachte, wie geschickt Marguerite den Comte de Chamfort gehändelt hatte, als dieser ihren Stand verspottet hatte, wusste sie, dass sie endlich eine Verbündete gegen Bastien gefunden hatte.

Kapitel Siebzehn

Im Laufe eines einzigen Tages hatte Belles Glück sich gewendet. Plötzlich hatte sie sowohl Aufgaben und Verpflichtungen als auch eine treue Freundin. Seitdem verbrachte sie die Vormittage mit Marguerite, mit der sie sich inzwischen duzte, katalogisierte Bücher und lernte alles, was es über die Veranstaltung eines Salons zu wissen gab. Es war eine ganze Menge mehr, als sie erwartet hatte, und Marguerite stellte ihren Wert augenblicklich unter Beweis, als sie ihr die Richtlinien eines Salons erklärte: politesse, civilité et honnêteté – und die anschließende Abkehr von diesen Werten in einem wirklich *guten* Salon.

Einige der Nachmittage waren weiterhin für das Empfangen von Bittstellern reserviert. Ungeachtet dessen, wie nutzlos diese Sitzungen waren, und ihres hartnäckigen Verdachts, dass Bastien der Grund dafür war, wusste sie, welchen Eindruck es vor Bastien und den anderen Beratern machen würde, wenn sie wieder aufgab, wofür sie so hart gekämpft hatte. Und Belle hegte keinerlei Absichten, ihnen Munition gegen sie zu liefern. Bastien hatte es seinerseits nicht versäumt, sie zu sämtlichen Ratstreffen einzuladen. Von alldem abgesehen, nutzte sie jede freie Minute, um ihre Kenntnisse der Thesen der angesehensten Denker ihrer Zeit aufzufrischen, damit sie sich in einer Debatte behaupten konnte. Es war Monate her, dass Belle dem Lesen so viel Zeit gewidmet hatte. Sie hatte sich tatsächlich ein wenig eingerostet gefühlt.

Zum ersten Mal seit Lios Abreise schleppte sie sich jeden Abend geradezu ins Bett und schlief wie eine Tote bis zum Morgen durch.

Als Belle Cogsworth davon in Kenntnis gesetzt hatte, dass sie Gemächer und ein Gehalt für Marguerite einzurichten gedachte, hatte er nicht mit einer Silbe protestiert, ganz entgegen ihren Erwartungen.

Als sie ihre Überraschung zum Ausdruck brachte, schnalzte er bloß mit der Zunge und sagte: „Es ist üblich für die Gemahlin eines Königs, ihr eigenes Gefolge zu begründen."

Und so zog Marguerite ins Schloss und richtete sich in einigen Räumlichkeiten im Westflügel ein. Belle war der Meinung, dass das Mobiliar und die Wäsche der Tochter eines Ducs angemessen waren, aber sie verfügte nicht über viel Erfahrung, auf die sie diese Annahme stützen könnte. *Zumindest*, dachte sie, *ist Marguerite nicht der Typ, der sich lautstark beklagt, falls ich völlig danebenliege.*

Belle war froh, eine Gefährtin zu haben, jetzt, da Lio fort war, und noch glücklicher machte es sie, als sie Marguerite ein paar Tage später zum ersten Mal die Bibliothek zeigen konnte. Die Mademoiselle de Lambriquet hatte die legendären Galerien von Versailles gesehen, hatte an König Louis' Hof diniert und war in den edelsten Herrenhäusern von Paris ein und aus gegangen, aber Belle war überzeugt, dass sie noch nie eine Bibliothek wie die ihre zu Gesicht bekommen hatte.

„Sacré, Belle!", hatte Marguerite ausgerufen, als sie zum ersten Mal eingetreten war. Und obwohl die Pracht des Raumes für Belle nie nachgelassen hatte, war es ein Genuss, ihn mit Marguerites Augen zu sehen. Das bestärkte Belle nur noch in ihrer Entscheidung, die Bibliothek für das Volk zu öffnen.

„Ich weiß. Sie ist herrlich, nicht wahr?", erwiderte Belle verträumt.

Marguerite ließ ihre Hände über das vergoldete Geländer gleiten, das die Wendeltreppe säumte. „Ich habe in meinem ganzen Leben noch nicht so viele Bücher gesehen." Sie wandte sich wieder an Belle und bedachte sie mit einem verschmitzten Lächeln. „Ist es wahr, dass dein Gemahl dir die Bibliothek einfach *geschenkt* hat, während er dir den Hof machte?"

Belle spürte, wie ihr das Blut in die Wangen schoss. Sie hätte ihre Zeit im Schloss mit einer Vielzahl von Worten beschreiben können, aber dass Lio ihr *den Hof gemacht* hatte, gehörte nicht dazu.

„So in der Art“, erwiderte sie ausweichend. Sie fragte sich, ob sie und Marguerite sich eines Tages so nahe stehen würden, dass sie ihr die Wahrheit verraten konnte.

Marguerite stieß einen anerkennenden Pfiff aus. „Kein Wunder, dass du ihn geheiratet hast.“

Belle errötete und begann damit, Marguerite durch die Bücherstapel zu führen und dabei ihre Lieblingswerke hervorzuheben. Sie lotste Marguerite zu ihrem Lieblingssessel in ihrer bevorzugten Nische.

„Dieser Platz ist der beste für einen düsteren Nachmittag“, erklärte Belle ihr und deutete auf ein rotes Samtsofa neben einem kleinen Kamin, das vor einem riesigen Fenster stand, fast so hoch wie der Raum selbst. „Das Prasseln der Regentropfen auf dem Glas, vermischt mit der Wärme des Feuers …“

„Es muss himmlisch sein“, murmelte Marguerite.

„Das ist es.“

Marguerite drehte sich einmal um die eigene Achse, den Kopf in den Nacken gelegt, bevor sie sich auf den flauschigen Teppich plumpsen ließ und Belle bedeutete, ihr auf dem Boden Gesellschaft zu leisten. Belle tat ihr den Gefallen, legte sich neben ihre Freundin auf den Boden und musste zugeben, dass die Aussicht aus diesem neuen Blickwinkel noch beeindruckender war.

„Ich hege allmählich den Verdacht, dass es eine sorgfältig kalkulierte Entscheidung war, mich in dieses Vorhaben zu verwickeln, bevor ich den tatsächlichen Umfang deiner Bibliothek in Augenschein nehmen konnte.“ Marguerite hob die Hände und legte sie wie einen Bilderrahmen um eine der gigantischen Löwenstatuen, die auf der zweiten Ebene Wache standen.

Belle musste lachen. „Es tut mir leid, dass ich dich hereingelegt habe.“

„Versteh mich nicht falsch, Madame. Es gibt nichts, das ich lieber täte, als mich durch Jahrzehnte alten Staub zu wühlen.“

Die Erfassung ganzer Sektionen von Büchern ging ihnen rasch von der Hand, aber die schwierigste Aufgabe stand ihnen noch bevor. In der begrenzten Zeit, die Belle im Schloss verbracht hatte, hatte sie die Bücher in den obersten Reihen der hoch aufragenden Regale noch gar nicht gesehen. Sie vermutete, dass die Bücher dort oben seit Jahrzehnten, vielleicht sogar seit einem Jahrhundert von niemandem mehr angefasst oder gelesen worden waren.

Die beiden Frauen stiegen die glänzende Wendeltreppe bis zu dem kleinen Balkon hinauf, der die Mitte markierte, und wechselten dann auf wackelige Leitern, um die obersten Regalbretter zu erreichen. Auf halber Höhe mussten sie eine Pause einlegen, um wieder zu Atem zu kommen.

„Könnten wir … diesen Teil nicht einfach absperren?“, fragte Marguerite. „Welche Person, die noch alle Sinne beisammen hat, würde sich ohne Aussicht auf eine Belohnung auf diese Todesfalle von einer Leiter wagen? Wir wissen ja nicht einmal, was sich dort oben befindet.“

„Wir werden in jedem Fall die Einrichtung der Bibliothek optimieren, bevor wir irgendjemanden hineinlassen“, versicherte Belle. „Jetzt nimm deinen letzten Mut zusammen und folge mir.“

Oben angekommen, fanden sie die Regale mit einer zentimeterdicken Staubschicht bedeckt. Darunter standen Bücher, die so alt waren, dass sie tatsächlich begonnen hatten, sich aufzulösen. Belle befürchtete, dass die Bücher unter ihrer Berührung auseinanderfallen könnten. Die Titel waren unlesbar, und Marguerite bekam einen heftigen Niesanfall von all dem Staub.

„Vielleicht sollten wir uns später um diese Bücher kümmern“, hustete Belle, die ebenfalls eine Ladung des umherschwebenden Staubs eingeatmete hatte.

„Gute Idee“, erwiderte Marguerite, die sich schon wieder an den Abstieg gemacht hatte.

Als sie endlich wieder Boden unter den Füßen hatten, läutete die Uhr zu Mittag, und Belle wurde bei einem Ratstreffen erwartet.

„Zeit, zwei Stunden lang von oben herab behandelt zu werden“, brummelte sie.

„*Noch* ein Treffen? Wozu die Mühe, wenn sie dich ohnehin ignorieren werden?“

Belle wischte sich den Staub von den Ärmeln. „Besser, ignoriert zu werden, aber im Bilde zu sein, als die Augen davor zu verschließen, was in meinem eigenen Königreich vor sich geht. Lio hat mich gebeten, ihn zu vertreten, also muss ich teilnehmen. Davon abgesehen sollte Bastien nicht freie Hand haben."

„Es sind jetzt fünf Tage. Es überrascht mich, dass er noch nicht gekommen ist, um mich zu begrüßen."

Seit Mademoiselle de Lambriquets Ankunft auf dem Schloss hatten Belle und Marguerite ihre Mahlzeiten in Belles Gemächern eingenommen. Belle hatte sie nicht dazu drängen wollen, alle Schlossbewohner auf einmal kennenzulernen. Sie hatte Verständnis dafür, was für eine überwältigende Erfahrung es sein musste, in ein Schloss zu ziehen. Aber sie hatte Bastien davon in Kenntnis gesetzt, dass sie die Schwester seines Freundes Aurelian eingestellt hatte, um sie zu unterstützen. Die Angelegenheit schien ihm nicht sonderlich von Bedeutung zu sein, aber Belle hätte gedacht, dass er sie zumindest bei ihrer Ankunft begrüßen würde. Sein dahin gehendes Versäumnis verstärkte ihren wachsenden Verdacht nur noch.

„Wollen wir heute Abend mit allen anderen speisen?", fragte sie Marguerite.

„Ja, ich denke, es ist an der Zeit. Ich kann mich schließlich nicht für immer verborgen halten. Eine Garderobe, die so edel ist wie die meine, verdient es, ausgeführt zu werden." Marguerite drehte sich auf der Stelle, zum Teil um ihr indigoblaues Kleid zu präsentieren, aber auch um es von dem Staub zu befreien, der sich auf dem Stoff gesammelt hatte. Eine leichte Wolke hüllte ihre Gestalt ein.

Belle hustete und wedelte mit den Armen, um die Luft zu reinigen. „Madame Pottine wird begeistert sein."

Der Staub legte sich allmählich, und Marguerite ließ sich in einen Stuhl sinken. „Es ist eine schöne Aussicht, ihr Essen in einem Saal zu verspeisen, der ihrem Talent gerecht wird, und mit besserem Zugriff auf eine zweite Portion."

Belle war so ausgelaugt davon, Stunden zwischen schier endlosen Stapeln staubiger Bücher zu verbringen, dass sie dankbar für die Ablenkung der Ratssitzung war. An Lios Stelle zu herrschen war nicht so einfach, wie sie anfänglich gedacht hatte. Die anderen Berater behandelten sie so herablassend wie eh und je, aber daran hatte sie sich inzwischen gewöhnt. Viel schlimmer war das Wissen, dass Bastien sie allem Anschein nach angelogen hatte und das auch weiterhin tun würde. Immerhin wusste Belle jetzt, dass er sich im Schutz der Dunkelheit aus dem Schloss schlich und dabei nicht gesehen werden wollte. Aber nichtsdestotrotz war sie ohne Lio an ihrer Seite eindeutig in der Unterzahl. Bestenfalls würden die Männer des Rates sich nicht um Bastiens angebliche Lügen scheren, schlimmstenfalls steckten sie mit ihm unter einer Decke. Belle hielt es für die beste Vorgehensweise, auch weiterhin so zu tun, als wüsste sie nichts von Bastiens Treiben. Sie hegte die Hoffnung, dass er sich dadurch ebenfalls nicht mit der Frage beschäftigte, was sie im Schilde führte, aber das alles zehrte an ihren Nerven.

Sie betrat den Thronsaal und musste feststellen, dass das Treffen bereits begonnen hatte. Bastien hatte das Wort, wie gewöhnlich, und las von einem Stapel Papiere vor. Er war schmink- und puderfrei, nur seine Kleidung war noch immer ausgefallen. Er wirkte jünger, verletzlicher. Sie hatte nicht die leiseste Ahnung, ob dies sein wahres Ich war oder es sich hierbei nur um eine weitere Maskerade handelte, die er sich in Ermangelung des Prunks von Versailles zugelegt hatte.

Er blickte von seiner Lektüre auf und brachte mit übertriebener Geste seinen Verdruss wegen der Störung zum Ausdruck. Belle beschlich der Verdacht, dass er das Treffen in voller Absicht verfrüht eröffnet hatte, um sie schlecht dastehen zu lassen.

Er bedachte sie mit einem stechenden Blick, bevor er fortfuhr.

„Baron Prejean berichtet von einer erhöhten Anzahl französischer Bürger, die auf dem Weg zu den sicheren Zufluchtsorten in Europa und darüber hinaus seine Provinz durchqueren. Viele von ihnen führen Waren für den Tauschhandel oder den Verkauf mit sich, und Prejean bittet um Erlaubnis, eine Steuer auf diese Waren einführen zu dürfen, um Aveyons

Staatskasse zu füllen, von der Zurückhaltung eines anständigen Anteils für seine eigenen Taschen ganz zu schweigen." Er grinste, und die anderen Berater kicherten vielsagend. „Alle dafür?"

Alle im Raum gaben ihre Zustimmung. Alle bis auf Belle. „Ich dachte, der Plan sei, bis zur Rückkehr des Königs in allen Angelegenheiten den Status quo aufrechtzuerhalten?"

Bastien seufzte. „Ja, aber das hier kann für Aveyon nur von Vorteil sein. Die Staatskasse ist leer. Hier eröffnet sich eine einfache Einkommensquelle für das Königreich."

Logisch betrachtet war Belle sich dieser Tatsachen bewusst, aber trotzdem ärgerte sie sich über die Leichtigkeit, mit der die Berater einer so umfassenden Veränderung zustimmten, während ihre eigenen Ideen so vehement abgelehnt wurden. „Ich denke, es ist angemessen, wenn wir mit dieser Angelegenheit so verfahren wie mit allen anderen Veränderungen und an unserem Kurs festhalten, bis der König zurückkehrt. Wir können das Thema wieder zur Sprache bringen, wenn er sich wieder in der Hauptstadt aufhält."

Sie sah, wie es hinter Bastiens Stirn arbeitete. „Ich halte es für weise, diesem Gesuch stattzugeben", sagte er. „Es hat keine langfristigen Folgen für das Königreich. In diesem Moment gestatten wir Waren im Wert von Tausenden und Abertausenden von Livre Aveyon unversteuert zu passieren. Es wäre nur logisch, eine Steuer auf sie zu erheben, so wie in jedem anderen souveränen Staat, den sie durchqueren."

Belle war hin- und hergerissen. Sie wusste, dass sein Vorschlag nicht ganz sinnlos war, aber sie konnte nicht anders, als wachsam zu sein. Sie war sich beinahe sicher, dass Bastien sie wochenlang belogen hatte, und wenn er sie nicht gerade anlog, dann erklärte er ihr bis ins kleinste Detail, dass sie nichts für das Volk von Aveyon unternehmen konnten, bis der Adel nicht befriedigt war. Selbstverständlich wollte sie nichts tun, was ihrem Königreich schadete, aber gleichzeitig befürchtete sie, einen gefährlichen Präzedenzfall zu schaffen, wenn sie nachgab.

Sie bemühte sich um einen Kompromiss und fragte: „Und was ist mit anderen Veränderungen?"

Bastiens Miene war ausdruckslos. „Was soll damit sein?“

„Wenn wir hier Ausnahmen gestatten können, können wir das sicher auch anderswo.“

Bastien lächelte selbstsicher. „Jetzt ist deine Gelegenheit, deinen Vorschlag zu unterbreiten.“ Offensichtlich glaubte er nicht, dass sie irgendetwas Nützliches mit ihrer Zeit angestellt hatte.

Ursprünglich hatte Belle nicht geplant, die Zustimmung des Rates zu ihrem Salon einzuholen, aber sie wollte dem Duc die Herablassung vom Gesicht wischen. „Ich will einen Salon veranstalten, dessen Zweck es sein wird, Informationen zu sammeln und auszutauschen, die dem Volk von Aveyon zugutekommen werden.“ Sie warf Bastien einen vielsagenden Blick zu. „Ich bin der Überzeugung, dass sich diese Herangehensweise als ergiebiger herausstellen wird, als den Menschen einfach dabei zuzuhören, wie sie ihre kleinlichen Wehwehchen vortragen. Es wird sich um ein Forum für Diskussion und angeregten Austausch handeln.“

Stille folgte. Schließlich wurde Geoffroys verkniffener Gesichtsausdruck säuerlich, und er ließ sich zu einer Reaktion herab. „Habt Ihr jemals an einem Salon teilgenommen, Madame?“

In ihrem Kiefer zuckte ein Muskel. „Da ich mich erst seit ein paar kurzen Monaten in der Position dazu befinde, hatte ich noch nicht das Vergnügen. Aber ich habe zu dem Thema recherchiert und bin der Ansicht, dass ein Salon im Kern dazu da ist, den Austausch von Ideen zu fördern. Gegenstand meines Salons wird die Staatsführung sein, genauer gesagt werde ich Ideen von Philosophen und Wirtschaftswissenschaftlern darüber einholen, wie allen Menschen in Aveyon durch Reformen und Initiativen am besten gedient werden kann.“

Im Saal herrschte Totenstille. Jeder einzelne Mann am Tisch trug eine angewiderte Miene zur Schau, gerade so, als hätte Belle ihnen einen verwesenden Kadaver präsentiert und keine umsetzbare Idee.

„Und wie genau gedenkt Ihr, einen Salon zu veranstalten, wo Ihr doch selbst noch nie an einem teilgenommen habt?“, fragte Gamaches und versetzte ihr damit das, was er für den Todesstoß hielt.

Belle lächelte. „Eine wundervolle Frage, Baron. Meine Assistentin

Marguerite hat bereits an einer Vielzahl von Salons teilgenommen und wird sich in der Planung als äußerst wertvoll erweisen." Sie sah zu Bastien hinüber, in der Erwartung, dass er ihre Idee als lächerlich abtun würde.

Aber dann überraschte er sie und sagte: „Ich halte das für eine großartige Idee."

Und mit einem Mal war es, als hätte sein Lob einen Damm gebrochen.

„Unsere Wirtschaft könnte jede Unterstützung gebrauchen, die sie von den Touristen bekäme", warf Geoffroy ein, als hätte er den Vorschlag nicht höchstpersönlich abgekanzelt, bis Bastien seine Zustimmung ausgedrückt hatte.

„Und mit den Unruhen in Frankreich könnt Ihr Euch der Anwesenheit vieler berühmter Intellektueller gewiss sein, die aus Paris geflohen sind und das Ansehen der Veranstaltung und damit das des gesamten Königreiches steigern", fügte Gamaches hinzu.

Auch Montarly strahlte über das ganze Gesicht. „Vielleicht beginnt dann auch der Rest von Europa, in Aveyon mehr zu sehen als nur eine französische Provinz. Das Königreich kann zu einer eigenständigen Macht aufsteigen!"

„Eine wahrhaftig wundervolle Idee, Belle", lobte Bastien. „Hast du den König gefragt?"

„Ihn was gefragt? Um seine Erlaubnis? So funktioniert unsere Partnerschaft nicht."

Bastien bedachte sie mit einem nachdenklichen Blick. „Nun. Bitte lass es uns wissen, falls wir irgendetwas tun können, um bei der Planung behilflich zu sein. Und nun zurück zu Baron Prejeans Steuerplänen." Das war es also. Sie war in seine Falle getappt. Belle hatte gewusst, dass sein Lob nicht aufrichtig gewesen sein konnte. Bastien spürte seinen Triumph und drängte weiter. „Stimmst du zugunsten dieser einen kleinen und vorteilhaften Veränderung für das Königreich? Als Stellvertreterin des Königs in diesem Rat liegt die Entscheidung selbstverständlich bei dir."

Belle wusste, dass sie nachgeben musste, nachdem Bastien ihr Anliegen unterstützt hatte. „Ich stimme dafür, ja."

„Dann ist es entschieden." Er kritzelte einen Vermerk auf ein Stück Pergament, legte es auf den Tisch und nahm ein anderes in die Hand. „Zu guter Letzt haben wir noch Neuigkeiten aus Paris." Er begann, mit ausgesprochenem Desinteresse vorzulesen, aber Belle hing an jedem einzelnen Wort. „Allem Anschein nach hat die Nationalversammlung ein Dokument verabschiedet, das sie die Erklärung der Menschen- und Bürgerrechte nennt. Der erste Artikel lautet: *Die Menschen sind und bleiben von Geburt an frei und gleich an Rechten.* Sie übt Druck auf König Louis aus, das Dokument zu ratifizieren, doch bisher hat er sich geweigert. Er erhält ein gewisses Maß an Unterstützung von einer Gruppe mit moderaten Ansichten, die sich als Monarchisten bezeichnen und der Ansicht sind, dass Frankreich immer einen starken König haben sollte. Ihnen wiederum stehen die Revolutionäre des sogenannten Club breton gegenüber, die den König seiner absoluten Macht berauben und ihm das Vetorecht in der Nationalversammlung entziehen wollen."

Bastien holte tief Luft und ließ seinen Blick um den Tisch schweifen. „Zusammengefasst lässt sich sagen, dass Frankreich einen Bürgerkrieg darüber beginnen wird, ob seine Souveränität beim König oder bei der Nation selbst liegt oder nicht." Damit ließ er sich in seinen Stuhl sinken, als sei er zutiefst erschöpft und zugleich gelangweilt von dem, was er gerade berichtet hatte.

Niemand sonst schien sich zu diesen Nachrichten äußern zu wollen, aber Belle brannte darauf, mehr zu erfahren.

„Das war alles, was wir heute zu besprechen hatten. Vielen Dank, Messieurs." Sein Blick fiel auf Belle, und er neigte entschuldigend den Kopf. „Und Madame."

Der Saal leerte sich, bis nur noch sie beide übrig blieben. Belle konnte nicht einschätzen, wo sie mit Bastien stand. Sie traute ihm kein bisschen, aber er hatte ihren Salon von Anfang an unterstützt. Vielleicht hatte er das nur getan, um sie zu zwingen, Prejeans Plan zu unterstützen, aber sie fragte sich, ob nicht noch mehr dahintersteckte. Konnte es sein, dass er ihre Idee tatsächlich gut fand, nachdem er wochenlang all ihre anderen Ideen abgelehnt hatte?

Er hielt eine neuerliche Überraschung für sie bereit, als er das Wort ergriff. „Ich weiß, dass dir dieses Zugeständnis nicht leichtgefallen ist, Belle."

Es war seltsam, ihn so etwas sagen zu hören, und machte sie nur noch misstrauischer. „Es ist nicht Prejeans Vorhaben, das mich stört, Bastien; sondern deine Unbeständigkeit in Bezug auf meine Ideen."

„Ich stelle die Bedürfnisse des Königreiches über alles andere, und dafür werde ich mich nicht entschuldigen."

„Und dennoch bist du nicht bereit, den Bürgern von Aveyon zu helfen. Das Wohlergehen des Königreiches lässt sich nicht in Steuereinnahmen bemessen. Es wird an der Lebensqualität derjenigen bemessen, die ganz unten stehen."

Er kniff die Augenbraunen zusammen. „Das weiß ich natürlich. Aber gerade weil sie so schutzlos sind, muss ich behutsam vorgehen. Ich habe gesehen, was leere Versprechen anrichten können."

Überrascht musste Belle feststellen, dass seine Worte aufrichtig klangen. Sie hatte noch mehr Lügen erwartet, mehr Arroganz.

Bastien fuhr fort. „Ich versuche nicht, dich zu sabotieren, ich versuche, sicherzustellen, dass die Entscheidungen, die du fällst, in der Realität verankert sind."

„Und was weißt du von der Realität? Außerdem liest sich das oft wie ein Versuch, mich völlig zu untergraben."

Nach dieser Anschuldigung sah er tatsächlich verletzt aus. „Dann muss ich mich entschuldigen. Das war nie meine Absicht. Auf meine eigene Art habe ich versucht, dich zu unterstützen. Aber offenbar war das nicht ersichtlich. Ich verspreche, dass ich mich mehr anstrengen werde."

Trotz ihres Verdachts, dass Bastien etwas mit den Bittstellern zu tun hatte, konnte Belle sich des Eindrucks nicht erwehren, dass seine Worte aufrichtig waren, und Aufrichtigkeit war etwas, das sie nicht vom Duc de Vincennes erwartet hatte. Sie hatte innerhalb kürzester Zeit so viele Seiten von ihm kennengelernt: den abgehobenen Adligen, den Duc mit revolutionären Sympathien, den königstreuen Untertan genau wie den Mann, der bereit war, seinen König im Stich zu lassen.

Sie biss die Zähne zusammen. „Du verstehst, warum es nicht leicht war, dir zu vertrauen, Bastien?"

Er nickte. „Ich schwöre dir, meine Treue gilt Aveyon."

Trotz allem spürte Belle, dass der Duc keinen Schwur ablegte, den er nicht auch zu halten gedachte. Vielleicht war das ein Symptom von jemandem, für den lügen so leicht war wie atmen – in den seltenen Fällen, in denen er tatsächlich Versprechungen machte, hielt er sie, und für den Rest der Zeit versprach er einfach nichts.

Kapitel Achtzehn

Erleichtert stellte Belle fest, dass fast alle anderen Marguerite ebenso mochten wie sie selbst, einschließlich des pedantischen Cogsworth, der sie schneller in sein Herz schloss, als Belle es je bei ihm erlebt hatte. Nur für Bastien galt das nicht. Obwohl er sie noch aus Paris kannte, schien ihm nicht an einer Freundschaft mit ihr gelegen zu sein. Im Vertrauen hatte Marguerite ihr erzählt, dass sie und Bastien einander nie sonderlich nahegestanden hatten, aber Belle fand es trotzdem seltsam, dass der Duc einem Menschen aus seiner Vergangenheit gegenüber nicht freundlicher auftrat.

Trotz alledem konnte Belle es kaum erwarten, Lio mit ihr bekannt zu machen. Die zufällige Begegnung der beiden bei Bastiens Diner war nur von kurzer Dauer gewesen, aber Belle wusste einfach, dass sie sich rasch miteinander anfreunden würden, und hatte Lio in ihren Briefen von Marguerite berichtet.

Die Gruppe speiste von Madame Pottines beneidenswerter Tafel und lachte und sang – mehr schlecht als recht – bis spät in die Nacht. Cogsworth beobachtete das Treiben missbilligend aus der Ferne, trotz der offensichtlichen Zuneigung, die er Mademoiselle de Lambriquet entgegenbrachte. Er ertrug viel Heiterkeit nicht, nicht einmal als Lumière eine mitreißende, opernreife Aufführung von „Vive la rose" zum Besten gab.

„Mon amant me délaisse,
Ô gai, vive la rose,
Je ne sais pas pourquoi,
Vive la rose et le lilas.“

Der Saal klatschte im Takt, während Lumière aus voller Brust die Zeilen schmetterte, und hielt wie auf Befehl den Atem an, als er vor Cogsworth auf die Knie fiel und ihm eine dramatische Solodarstellung bot. Glücklicherweise war die Missbilligung des Haushofmeisters nicht ansteckend, und zum ersten Mal seit Paris verspürte Belle nicht das Gefühl, dass der beständige Strom der Angst, gegen den sie ankämpfte, sie mit sich reißen würde.

Nach und nach begann der Saal sich zu leeren, als alle sich allmählich auf ihre Gemächer zurückzogen, bis am Ende nur noch Belle und Marguerite zurückblieben, die sich im schwachen Licht der Kerzen an der langen Tafel gegenübersaßen. Belle badete noch immer in dem Hochgefühl, dem Rat ihre Pläne für ihren Salon präsentiert und dafür Anerkennung geerntet zu haben. Sie hatte es nicht eilig, in ihr leeres Bett zurückzukehren.

„Wir haben die geringeren Sterblichen überdauert.“ Marguerite schnipste eine Traube in ihre Richtung. „Du hast mir gar nicht erzählt, wie es gelaufen ist.“

„Wie was gelaufen ist?“

„Das Ratstreffen. Da du Bastien noch nicht ermordet hast, nehme ich an, dass es ausnahmsweise einmal gut gelaufen ist?“

Belle steckte sich die Traube in den Mund. „Tatsächlich habe ich ihnen von dem Salon erzählt.“

„Und?“

„Nun, zunächst haben sie alle so getan, als hätte ich gar nichts gesagt, so entsetzt waren sie von der Vorstellung, aber dann meinte Bastien, dass er es für eine großartige Idee halte, und jetzt sind alle mit an Bord.“

„Oh“, stieß Marguerite aus, nicht weniger überrascht, als Belle gewesen war. „Das ist *wirklich* unerwartet.“

„Ja, aber nachdem ich Wochen damit zugebracht habe, alles zu hinterfragen, was der Duc so treibt, ist es schön, einfach mal zu entspannen."

Marguerite lachte. „Und wenn du mir vor ein paar Wochen erzählt hättest, dass ich mit einer Königin zu Abend essen, lauwarmen Champagner schlürfen und dabei ein Kleid tragen würde, das über und über mit Staub bedeckt ist, hätte dich für verrückt gehalten."

„Ich glaube, in der Kategorie *Wie im Himmel bin ich hier gelandet?* habe ich die Nase vorn, liebe Marguerite." Das musste Belle nicht weiter ausführen. Eine Bäuerin, die einen Prinzen heiratete, war unerhört. Eine Bäuerin, die mit einem König verheiratet war, war schlicht unmöglich. Und doch war sie es.

„Ja, das ist eine Geschichte, die ich für mein Leben gern hören würde."

Belle hatte überhaupt nicht gemerkt, dass sie sich innerlich bereits für diese Frage gewappnet hatte. „Die Geschichte ist eigentlich recht simpel. Wir haben uns unter den unwahrscheinlichsten Umständen kennengelernt, und irgendwie haben wir uns ineinander verliebt." Sie wünschte sich, dass es so aufregend klang, wie sie es erlebt hatte, aber da sie den Fluch nicht erwähnen durfte, war es schwierig, davon zu erzählen.

„Es geschieht nicht jeden Tag, dass ein Prinz …"

„Eine Bürgerliche heiratet, ich weiß." Belle schnappte sich noch eine Traube und warf sie sich in den Mund. „Ich glaube, Liebe gehört zu den wenigen Dingen, die das Protokoll übertrumpfen."

„Meinst du das tatsächlich? Dass jeder Monarch auf der Welt das Protokoll in den Wind schlagen und aus Liebe heiraten sollte, wenn er es wünscht?"

„Natürlich nicht. Es war hilfreich, dass Lio sich nie viel aus politischen Interessen gemacht hat und seine Eltern nicht mehr zugegen waren, um es zu verbieten." Belle hatte keine Ahnung, wie sie Marguerite begreiflich machen konnte, dass sie sich unter so erzwungenen Begebenheiten ineinander verliebt hatten, wie sie andernorts niemals auftraten. „Es war ein bisschen so, als hätten wir uns an einem Ort ineinander verliebt, an dem die Zeit stillstand. Es spielte keine Rolle, dass wir nicht zueinander passten; es spielte keine Rolle, wer er war oder wer ich war. Wir sind einfach … gefallen."

Marguerite hatte ihr gespannt an den Lippen gehangen und war sichtlich enttäuscht, als Belle keine pikanten Details zum Besten gab. „Nun, ich nehme an, das ist romantisch", räumte sie ein.

„Für uns war es das." Belle zog sich eine Nadel aus dem Haar und ließ es offen auf ihre Schultern fallen. „Ich würde nichts daran ändern wollen."

„Und mit ihm verheiratet zu sein, bedeutet, dass du auch mit seinem Königreich verheiratet bist."

„Ja, und das ist nichts, wovon ich je geträumt habe."

Ihre neue Freundin zog ihre Knie an, stellte ihre Füße auf den Stuhl und schlang die Arme um ihre Beine. „Wovon hast du geträumt?"

Belle holte tief Luft. „Von Reisen, Abenteuern und davon, mich nie an nur einem Ort niederzulassen."

„Also dem genauen Gegenteil von deinem jetzigen Leben."

„Im Grunde genommen ja." Belle nahm einen Schluck von ihrem Champagner. Sie betrachtete es nicht gerne aus diesem Blickwinkel, aber sie konnte nicht leugnen, dass es die Wahrheit war. „Ich hatte nicht erwartet, mich zu verlieben. Ich habe Lio dem Abenteuer vorgezogen, und diese Entscheidung werde ich nie bereuen, aber es stimmt schon, dass dies ein Leben ist, dass ich mir niemals für mich ausgemalt hatte. Ich hätte nie gedacht, dass ich einmal jemandes Frau werden würde, und erst recht nicht die eines Königs." Sie hielt inne, als ihr bewusst wurde, wie sehr der Champagner ihre Zunge gelockert hatte. So ehrlich war sie noch nie zu jemandem gewesen – vielleicht nicht einmal zu sich selbst. „Ich möchte nicht undankbar oder unglücklich klingen."

„Ich glaube, das verstehe ich." Marguerite schwang ihre Beine auf den Tisch. Belles Augen weiteten sich, als sie sich vorstellte, wie Cogsworth wohl bei dem Anblick von Marguerites Schuhen auf der weißen Leinentischdecke reagieren würde. „Ich weiß, dass mein Leben schrecklich aufregend klingen muss. Ich kann gehen, wohin ich will, und tun, was mir beliebt. Aber diese Freiheit rührt daher, dass ich mein Zuhause und meine Familie verloren habe. Ich könnte genauso gut eine Waise sein, und ich bin mir sehr wohl bewusst, dass die kleine Summe, die meine Mutter mir hinterlassen hat, das Einzige ist, was mich vor einem weitaus schlimmeren Schicksal bewahrt. In gewisser Weise habe ich also alles, was die meisten Mädchen sich nur wünschen können – einen Anschein von Unabhängigkeit, schöne Kleider, Einladungen zu den begehrtesten Partys –, aber zu einem Preis, den ich niemals bereitwillig zahlen würde, wenn ich die Wahl hätte."

Sie ließ den Kopf in den Nacken fallen und starrte an die Decke. „Puh, sieh mich nur an, wie ich mich selbst bemitleide. Gibt es etwas Schlimmeres als einen reichen Menschen, der sein hartes Los beklagt?"

Belle zuckte mit den Schultern. Sie spürte, dass Marguerite nicht an ihrem Mitleid interessiert war. „Das wäre mir immer noch lieber als eine reiche Person, die überhaupt nichts mehr fühlt."

„Stimmt, das sind die schlimmsten von uns." Marguerite stellte ihre Füße zurück auf den Boden und lehnte sich über den Tisch. „Weißt du, ich halte deinen Salon für eine großartige Idee, aber ich bin natürlich nicht der Duc de Vincennes."

Belle gestattete sich ein winziges Maß an Selbstzweifel. „Findest du nicht, dass es ein wenig selbstverliebt von mir ist?"

Marguerite schnaubte. „Ich war schon bei selbstverliebten Salons, die kaum mehr waren als eine Gelegenheit, die vermeintliche Genialität ihrer Gastgeber zu feiern. Ich habe mich durch ideologisch aufgeheizte Debatten gequält, die nur einer Seite der Argumentation dienten." Sie ließ sich wieder zurückfallen. „Reiche Menschen sind sehr gut darin, sich gegenseitig in ihren Vorurteilen zu bestätigen. Aber du hast den Vorteil, dass du, nun ja, arm aufgewachsen bist." Es klang so, als fürchtete sie, Belle könnte beleidigt sein. „Ich bin sicher, dass du eine ausgezeichnete Gastgeberin abgeben wirst, und das wird für ganz Aveyon von Vorteil sein."

Ihr Enthusiasmus ermutigte Belle. „Es gibt ohnehin keinen Weg zurück, jetzt, wo ich dem Rat davon berichtet habe, also lass uns hoffen, dass du recht hast."

Am nächsten Morgen kam Belle auf dem Weg zum Frühstück an Seigneur Montarly vorbei. Dass sich die Berater im Schloss niederließen, hielt Belle für eine sehr unglückliche Gepflogenheit. Sie war überzeugt, dass dies den Gedanken, dass Männer wie der Seigneur sich um die Bedürfnisse der Menschen, die auf ihren Ländereien lebten, kümmern sollten, in noch weitere Ferne rückte und ihnen eine bequeme Ausrede lieferte, um ihre Notlage zu ignorieren. Sie gingen in entgegengesetzten Richtungen durch den großen Saal. Er tat so, als hätte er sie nicht bemerkt, und unter gewöhnlichen Umständen hätte sie es ihm gleichgetan, aber er verfügte über Informationen, die sie benötigte.

„Seigneur!", rief sie ihm hinterher, und ihre Stimme hallte von den marmornen Säulen wider. Er hielt inne, als würde er abwägen, ob er sie gänzlich ignorieren sollte, drehte sich dann aber zu ihr um.

„Madame", erwiderte er mit einer kaum angedeuteten Verbeugung. „Wie kann ich Euch behilflich sein?"

Sie ging auf ihn zu. „Ich wollte mich nur nach dem Wohlergehen meines Gemahls erkundigen, Seigneur. Ich weiß, dass er Eure Ländereien vor Kurzem verlassen hat."

Seigneur Montarly schaute sich nach den Menschen um, die an ihnen vorbeigingen, vielleicht auf der Suche nach Rettung, aber er fand niemanden. „Er ist das Ebenbild von Beständigkeit und Stärke, Madame", leierte er herunter. „Er und meine Tochter, Mademoiselle Félicité Montarly, haben sich ausgezeichnet verstanden. Ich war schon immer der Ansicht, dass das eine gute Partie gewesen wäre." Er schüttelte betrübt den Kopf über diese verpasste Gelegenheit.

Die Beleidigung verfehlte ihr Ziel nicht, aber Belles Blick war auf eine Person hinter Montarly gefallen. „Wissen Sie, vielleicht könnte stattdessen eine Verbindung mit dem Duc de Vincennes arrangiert werden. Er würde einen ausgezeichneten Ehemann für jede adlige Dame abgeben." Sie beobachtete, wie Bastien sich hinter Montarlys Schulter beinahe an seiner eigenen Zunge verschluckte.

Darüber schien Montarly ernsthaft nachzudenken. „Vielleicht habt Ihr recht, Madame." Sie beobachtete, wie es hinter seiner Stirn fieberhaft arbeitete. „Vielleicht habt Ihr recht“, murmelte er, schlenderte davon und ließ sie kommentarlos stehen, von einer angemessenen Verabschiedung ganz zu schweigen.

Bastien hastete auf sie zu. „Merde, Belle. Was sollte das denn?“

„Ich dachte lediglich, dass du dich gewiss unter den aveyonischen Damen nach deiner zukünftigen Ehefrau umsehen willst, wo du doch ein so starkes Interesse am Wohl des Königreiches hast“, erwiderte sie mit Unschuldsmiene.

Er verzog das Gesicht und lehnte sich näher zu Belle hinüber. „Ich würde dich bitten, in Zukunft nicht weiter als meine Kupplerin aufzutreten, da ich mehr als in der Lage bin, mir selbst eine Ehefrau zu suchen.“

„Ich möchte doch nur, dass du glücklich bist, Bastien.“

„Ja, nun.“ Er zupfte an seinem Kragen. „Danke.“ Das sagte er so zögerlich, als wüsste er nicht mit Sicherheit, worin genau die Beleidigung lag oder ob ihre Worte tatsächlich ernst gemeint waren.

„Und danke *dir*, dass du meinen Salon unterstützt“, erwiderte sie.

Er lächelte und legte ihr kameradschaftlich eine Hand auf den Rücken. „Ach, wenn ich etwas habe, dann sind das gute Verbindungen. Wenn du also einen Teil deiner Pflichten loswerden möchtest, könntest du mir die Gästeliste überlassen.“

Sie schüttelte seine Berührung ab. „Ich denke nicht, Bastien. Du kannst mir eine Liste mit den Personen zukommen lassen, die du gerne einladen würdest, und dann kümmere ich mich um alles Weitere.“

„Hast du etwa kein Vertrauen in meine Fähigkeiten, eine Gästeliste zusammenzustellen, Belle?“

„Ich war auf einer deiner Partys, Bastien. Der Salon wird kein Vorwand sein, um sich in Hemmungslosigkeit zu ergehen.“

Er griff sich in gespielter Entrüstung an die Brust. „Ihr verwundet mich zutiefst, Madame.“

„Du kannst gerne Gäste vorschlagen, aber wenn sie kein Fachwissen oder spezifische Kenntnisse in den Salon einbringen, werden sie nicht eingeladen.“

Er zupfte an den Aufschlägen seiner Weste. „Darüber musst du dir keine Sorgen machen, Belle. Meine Freunde kommen nur mit guten Ideen“, erwiderte er mit einem verschwörerischen Zwinkern.

Bisher hatte sie nicht verstanden, warum Bastien ihre Idee von einem Salon derart unterstützte, aber als er jetzt auf dem Absatz kehrtmachte, wurde ihr der Grund schlagartig klar. Der Duc plante, ihren Salon zu nutzen, um sich zu profilieren und vor seinen aristokratischen Freunden Eindruck zu schinden. Ihr erster Impuls war es, all seine einfältigen Freunde schlichtweg abzulehnen, aber dann besann sie sich eines Besseren. Wenn Bastien Gäste zu beeindrucken hatte, würde er sich garantiert von seiner besten Seite zeigen.

Kapitel Neunzehn

Es vergingen mehrere Tage voller Planung und logistischem Aufwand, um das Schloss für Hunderte von Gästen vorzubereiten. Während die Tage derart gefüllt waren, fühlten sich Belles Nächte leer an. Sie sehnte sich nach der Wärme ihres Ehemannes neben ihr. Marguerite verbrachte die meisten Abende bei Freunden, die sie im Dorf kennengelernt hatte. Meist kehrte sie spätabends erhitzt zum Schloss zurück und sprudelte geradezu über vor Geschichten von den Leuten, die sie getroffen hatte und die Belle ebenfalls unbedingt kennenlernen musste. Marguerite hatte ihr eine offene Einladung ausgesprochen, sich ihnen anzuschließen, aber Belle nahm an, dass sie nur höflich sein wollte. Sie wussten beide, dass es sich für Belle als Frau des Königs nicht schickte, in die Tavernen und Cafés im Dorf zu gehen. Marguerite scherzte häufig, dass Belle drauf und dran sei, eine Einsiedlerin zu werden, und Belle tat so, als ob die verspielte Stichelei sie nicht so sehr schmerzte, wie sie es tat. In Zeiten wie diesen spürte Belle die Kluft zwischen ihnen sehr deutlich. Marguerite stand es frei, zu kommen und zu gehen, wie es ihr gefiel, ohne Rücksicht auf Anstand oder ihre Sicherheit. Belle wäre ihr nur zur Last gefallen.

Sie war zerrissen zwischen zwei Welten, wie immer.

An den Abenden, an denen Marguerite ausging, spürte Belle den Schmerz über Lios Abwesenheit wie nie zuvor. Sie lag im Bett und fühlte, wie er sich in ihre Haut brannte und sich mit eiserner Faust um ihr Herz schloss. Sie vermisste das Geräusch seiner gleichmäßigen Atemzüge neben ihr und das behagliche Gefühl, wenn sein Schlaf ungestört war. Lio hatte ihr gesagt, dass sie sein Anker war, der sichere Pfad durch seine finstersten Albträume. Wie mochte es ihm ohne sie ergehen, die ihn aus der Dunkelheit zurückholte?

In seinen letzten Briefen sprach Lio von misstrauischen, kritischen Adligen, die durchaus zufrieden damit waren, zehn Jahre lang sich selbst überlassen gewesen zu sein. Nach seiner triumphalen Rückkehr widersetzten sich diese Männer allen Veränderungen, einschließlich der Krone, die er nun trug, wenn auch nur widerstrebend.

Sie betrachten meine lange Abwesenheit als einen Makel, und in aller Ehrlichkeit, wie kann ich es ihnen verübeln, so zu denken? Meine Erklärungen können schließlich nur bis an einen gewissen Punkt reichen, und die Bedrohung einer sich ausweitenden Revolution ist kaum von Bedeutung für diese Männer, die sich hinter den Mauern ihrer uneinnehmbaren Anwesen in Sicherheit wähnen.

Ich dachte, ich würde mit Leichtigkeit herausfinden, welcher meiner Adligen gegen mich intrigiert, aber die Wahrheit ist, dass es jeder von ihnen sein könnte, so tief verwurzelt ist ihr Pessimismus und ihr Argwohn gegenüber meiner Herrschaft.

Der Schmerz, der in Lios Worten steckte, riss Belle beinahe entzwei. Wenn er schon bereit war, in einem Brief so viel zuzugeben, dann musste die Realität der Lage sich noch um einiges schlimmer darstellen. Sie dachte zurück an Montarlys Einschätzung von Lios Aufenthalt und hasste den Seigneur dafür. Selbstverständlich empfand Montarly keine Feindseligkeit gegenüber ihrem Ehemann. Er bekleidete in Lios Rat eine Position von enormer Macht. Dasselbe traf jedoch nicht auf den gesamten Adel von Aveyon zu.

Sie wollte an Lios Seite sein und nicht in einem Schloss eingesperrt, weit weg von ihm und unfähig, ihm zu helfen. Sie war machtlos, ohnmächtig und nutzlos. Mehr als alles andere musste Belle wissen, ob Lio von Albträumen gequält wurde, ohne sie an seiner Seite, um ihm beizustehen.

Die Unwissenheit nagte an ihr, ließ ihre Entschlossenheit bröckeln, Stück für Stück, bis nichts zurückblieb außer der stechenden Gewissheit, dass Lio Schmerzen litt.

Da fiel ihr der Spiegel wieder ein.

Lange bevor das Gesicht einer Fremden sie daraus angestarrt hatte, hatte Belle den Spiegel benutzt, um ihren Vater zu sehen. Später hatte sie noch einmal hineingeschaut, um in einem Moment größter Not das Biest zu erblicken. Nach allem, was sie mit dem Fluch und der Magie durchlitten hatte, die ihr bis nach Paris gefolgt war, hatte sie es doch sicher verdient, den Spiegel für etwas Gutes einzusetzen. In ihrer Verzweiflung dachte sie, dass es einen Versuch wert war. Sie verließ ihre Gemächer, bevor ihr Verstand sie vom Gegenteil überzeugen konnte.

Der Kamin war ausnahmsweise einmal kalt, fast so, als ob diejenigen, sie sich um das Feuer kümmerten, irgendwie bemerkt hätten, dass sie die nächtliche Bibliothek seit ihrer letzten Begegnung mit dem Spiegel ganz bewusst mied. Belle hatte sich an die rege Betriebsamkeit gewöhnt, die nun tagsüber hier herrschte, wenn sie und Marguerite stundenlang arbeiteten und redeten und lachten, ihre Tage nur unterbrochen von Tassilos und Lumières gelegentlichen Besuchen.

Nun allerdings empfing sie eine Grabesstille in der Bibliothek. Sie konnte den Spiegel spüren, der wie ein Leuchtfeuer nach ihr rief. Ihre Kehle schnürte sich zu, und ihre Handflächen waren feucht. Ihr gefiel der Gedanke nicht, der Magie wieder Einlass in ihr Leben zu gewähren, aber es war die einzige Möglichkeit, um herauszufinden, ob es Lio gut ging.

Sie schlängelte sich zu dem Regal hindurch, wo sie den Spiegel versteckt hatte, und streckte eine zitternde Hand an den Büchern vorbei. Ihre Fingerspitzen berührten das Metall und ein eiskalter Stoß schoss ihren Arm hinauf. Ihr Instinkt drängte sie zur Flucht, aber ihre Füße waren wie angewurzelt. Sie musste es mit eigenen Augen sehen.

Belle zog den Spiegel hervor und hielt ihn auf Augenhöhe. Jetzt, da sie ihn aus der Nähe betrachtete, konnte sie feine Risse ausmachen, die sich um seinen Rand zogen. Ranken aus pulsierendem grünen Licht leuchteten im Spiegel auf, genau wie beim ersten Mal, als sie ihn in Händen gehalten hatte – und wie bei seinem Zwilling in Paris. Das Licht wärmte ihre Hände, als würde es in ihre Haut sickern. Jede Zelle ihres Körpers schrie sie an, den Spiegel fallen zu lassen und zu türmen. Aber etwas Stärkeres zwang sie, zu bleiben und sich in den leuchtenden grünen Wirbeln hinter dem Glas zu verlieren.

Nichts geschah, und Belle begriff, dass der Spiegel darauf wartete, dass sie die Worte sprach, die ihm eine Bestimmung geben würden. Sie stand am Rande eines Abgrunds. Auf der einen Seite weigerte sie sich zu akzeptieren, dass die Macht des Spiegels überdauert hatte, lange nachdem Aveyon von dem Fluch befreit worden war. Auf der anderen Seite lockte der innere Frieden, den sie empfinden würde, wenn sie das Gesicht ihres Mannes sehen und sich vergewissern könnte, dass es ihm gut ging. Es kam ihr so vor, als würde ihre Entscheidung viel weitreichendere Konsequenzen mit sich bringen als nur für diesen flüchtigen Augenblick. Wer konnte schon wissen, wie weit die Magie reichen würde, wenn Belle zuließ, dass sie sich erneut ausbreitete? Sie hatte das Geheimnis des Fluches so lange Zeit bewahrt. Diese seltsame Magie zu nutzen, fühlte sich wie der erste Schritt auf einem steilen Abhang an, an dessen Fuß ihr Geheimnis – das Geheimnis des Schlosses – enthüllt werden könnte.

Aber dennoch sprach Belle die Worte, die wie eine Beschwörung klangen. *Vielleicht*, dachte sie bei sich, *sind sie das auch.*

„Ich wünsche, Lio zu sehen."

Der Spiegel erwachte zum Leben und füllte sich mit Lios gequältem Gesicht. Er lag in einem unbekannten Raum auf dem Bett, gefangen in den Klauen eines Albtraums, genau wie sie befürchtet hatte. Hilflos musste sie mit ansehen, wie der Traum ihren Ehemann hin und her warf wie eine Marionette in einer schaurigen Aufführung. Die Vision entfernte sich von Lios Gestalt und gestattete ihr einen Blick auf den Raum. Sie sah, dass Lio die Türen verbarrikadiert hatte, womöglich in dem verzweifelten Versuch, sich selbst einzusperren, sollte der Traum ihn auch nach dem Erwachen noch in seinem Griff behalten.

Sie kämpfte mit den Tränen, als sie sah, wie ihr Ehemann mit unsichtbaren Monstern rang. Sein Körper schwankte zwischen schmerzhafter

Starre und gequälten Zuckungen. Belle brach das Herz, aber sie konnte nicht, würde nicht wegsehen.

Endlich, nach einer gefühlten Ewigkeit, ließ der Albtraum von ihm ab. Lios Muskeln erschlafften, sein Gesicht wurde weicher, und seine Hände lösten sich von der Decke, in die er sich festgekrallt hatte. Er wachte nicht auf, aber es war ein Segen mitanzusehen, wie er allmählich zurück in einen erholsamen Schlaf sank.

Erleichtert beobachtete sie, wie seine Brust sich friedlich hob und senkte, bis sie die Gewissheit verspürte, dass auch der letzte Rest der Dunkelheit von ihm gewichen war. Erst da wandte sie sich mit einer gewaltigen Willensanstrengung von dem Spiegel ab. Die grün schimmernden Ranken der Magie klebten an ihrer Haut wie Honig, selbst nachdem sie den Spiegel abgelegt hatte. Sie wankte leicht, als sie einen Schritt von dem Regal zurückwich und aufblickte. Es dauerte einen Moment, bis die dunkle Bibliothek wieder klare Umrisse annahm, und noch länger, bis Belle das Gefühl hatte, wieder im Hier und Jetzt angekommen zu sein. Als sie Lio durch den Spiegel gesehen hatte, war es, als wäre sie dort bei ihm gewesen, ein Geist, der über seinem Bett schwebte. Sich jetzt in der Bibliothek wiederzufinden, war desorientierend.

Sie tastete sich zum nächstgelegenen Sessel, ließ sich darauf fallen und hoffte, dass ihre Übelkeit rasch abklingen würde. Sie dachte an Lio und wie nahe sie sich ihm gefühlt hatte, obwohl er in Wahrheit Hunderte von Meilen weit entfernt war. Es war ein seltsames Gefühl, ihn direkt vor sich zu sehen und zugleich von einer unüberwindbaren Distanz getrennt zu sein.

Nachdem der Fluch gebrochen war, hatte Belle die Magie aus ihren Gedanken verbannt, aber sie war in Paris wieder aufgetaucht und dann auch in Aveyon, als würde sie davon heimgesucht. Als das Biest ihr den Spiegel gab, damit sie ihren Vater sehen konnte, hatte sie ihn als ein Geschenk betrachtet, und als sie den Spiegel in ihrer Verzweiflung dazu eingesetzt hatte, den Dorfbewohnern zu beweisen, dass das Biest kein Monster war, hatte er sich wie eine Waffe gegen ihren Hass angefühlt. Aber als sie die Vision eines brennenden Aveyon betrachtet, die Frau, die zu viel wusste, durch den Spiegel zu ihr gesprochen und Belle Lio darin gesehen hatte, da war die Magie kein Geschenk und keine Waffe, sondern ein Fluch gewesen, so wie sie es schon immer gewesen war. Die Vision war nur ein Trick, die Frau eine Betrügerin und Lio zu weit entfernt, als dass sie ihm helfen könnte.

Das Einzige, woran sie sich festklammern konnte, während sie sah, wie er litt, war die Gewissheit, dass sie hart daran arbeitete, in Aveyon einen Wandel zum Besseren herbeizuführen. Mit diesem Wandel würde Stabilität einhergehen, und Lio würde den Rest seines Lebens friedlich schlafen können. Dafür würde sie sorgen.

Als sie sich zurück in ihre Gemächer geschleppt hatte, stand Belle kurz vor dem Zusammenbruch. Sie verkroch sich unter der Bettdecke, zog Lios Kissen zu sich heran und atmete seinen schwindenden Duft ein.

Sie dachte an Sidonie und ihre Freunde in der Taverne im Dorf und daran, was sie über Lio gesagt hatten. Sie dachte an die Adligen, die ihm nicht vertrauten. Es musste einen Weg geben, ihnen zu beweisen, dass Lio ganz anders war als König Louis. Es musste einen Weg geben, das gewöhnliche Volk und den Adel zu vereinen, um die Leben aller zu verbessern, das ihres Ehemannes eingeschlossen.

Aber Belle konnte die Augen kaum noch offen halten, sie würde darüber schlafen müssen.

Kapitel Zwanzig

Belle erwachte mit dem Saatkorn einer Idee und einem Herzen voller Hoffnung.

Die Lösung des Problems, wie sie die ungleichen Gruppen Aveyons vereinen konnte, war ihr über Nacht in den Sinn gekommen, vielleicht in einem Traum, den sie wieder vergessen hatte. Beinahe verspürte sie einen Anflug von Dankbarkeit für den Spiegel, der ihr Lio in seiner dunkelsten Stunde gezeigt hatte. Vielleicht hatte dieses Bild ihr Unterbewusstsein angespornt.

Rasch kleidete sie sich an und eilte hinunter in die Bibliothek. Sie hoffte, dass ihr Gefühl sie nicht trog und Marguerite dort bereits an der Arbeit war.

Sie zog die schweren Flügeltüren auf und sah, dass sie richtig gelegen hatte. Marguerite saß über das Register gebeugt, das sie angelegt hatten, um die vielen Tausend Buchtitel zu verzeichnen, die sie katalogisieren wollten. Sie hob einen Finger, um Belle zu bedeuten, dass sie nicht von ihrer Arbeit aufschauen wollte.

„Was es auch ist, es wird warten müssen. Wir sind mit dieser Sektion beinahe fertig, und ich werde keinerlei Ablenkung dulden, bis ich das hier von meiner Liste streichen kann."

Das versetzte Belle einen gehörigen Dämpfer. „Du klingst immer mehr wie Cogsworth."

„Ich werte das als das Kompliment, als das es sicherlich gemeint war." Sie tätschelte den leeren Platz neben sich. „Jetzt komm und lies mir vor, damit ich meine armen Augen nicht überstrapaziere."

Belle eilte zu ihr und nahm das Buch von der Spitze des Stapels. An den Stellen, wo Hände es gehalten hatten, war das Leder weich und glatt, was darauf hindeutete, dass es sich um ein Lieblingsbuch von jemandem handelte, der vor Belle in dem Schloss gelebt hatte.

„*Die Geschichte von Rasselas, Prinz von Abessinien*, von Samuel Johnson", las sie Marguerite vor. Sie stellte sich Lios Mutter Delphine vor, wie sie vor dem flackernden Kamin darin las, vollkommen vertieft in die Welt der Geschichte. Lio erzählte ihr immer, wie gut sie und Belle sich verstanden hätten. Seine Mutter war eine unersättliche Leserin gewesen und hatte viel Zeit damit verbracht, die Regale der Bibliothek zu füllen.

Marguerite tauchte ihren Federkiel in das Tintenfässchen und beugte sich über das Register. „Diese langen Titel werden noch mein Tod sein – oder zumindest der meines Augenlichts."

„Würdest du lieber tauschen?"

Marguerite warf Belle von der Seite einen Blick zu. „Nichts für ungut, aber deine Handschrift ist wahrlich grauenhaft."

„Nicht alle von uns sind in den Genuss gekommen, von einer strengen Schweizer Gouvernante unterrichtet worden sein."

„Ja, nun, wir können Madame Pierrefeu später für ihre eisernen Lektionen danken." Marguerite hielt inne, die Spitze ihres Federkiels zwischen den Zähnen. „Es könnte tatsächlich sein, dass sie eine Dankeskarte erwartet. Ich bin mir nicht ganz sicher, Etikette war noch nie meine Stärke. Das nächste."

Sie arbeiteten weiter, bis Belle nach dem letzten Buch des Stapels griff.

„*Evelina oder die Geschichte des Eintritts einer jungen Dame in die Welt*, Anonym." Belle drehte das Buch herum und bemerkte, dass es in einem beinahe perfekten Zustand war. „Dieses Buch wurde von Frances Burney geschrieben, was aber erst kurz nach seiner Veröffentlichung bekannt gemacht wurde."

„Soll ich dann die richtige Autorin vermerken?"

Belle schlug das Buch auf und suchte nach dem Datum der Veröffentlichung. „1778 veröffentlicht", murmelte sie und begriff, dass dieses Buch eines der letzten gewesen sein musste, die Delphine für die Bibliothek gekauft hatte.

„Ein vielversprechendes Jahr, so viel ist sicher. Der gute alte König Louis und die dreizehn Kolonien haben sich im Amerikanischen Unabhängigkeitskrieg gegen Großbritannien verbündet, weshalb die Briten Frankreich später den Krieg erklärt haben. Außerdem fand die Schlacht von Monmouth statt."

Belle warf ihr einen vielsagenden Blick zu. „Du warst wie alt, als das passiert ist? Vielleicht sieben Jahre?"

Marguerite grinste. „Was mir als Schülerin an Etikette fehlte, habe ich im Fach Politik mehr als wettgemacht. Jetzt sag mir, soll ich die liebe Fanny als wahre Autorin verzeichnen?"

„Ja, alles andere würde mich irritieren."

Marguerite kritzelte den letzten Eintrag in ihr Register und zog eine Linie unter den Absatz. „Fertig." Sie lehnte sich in ihrem Stuhl zurück und stieß den Atem aus. „Also, mit dieser Sektion. Der Himmel weiß, wie viele Tausend Bücher noch übrig sind."

„Trotzdem, es ist schön zu sehen, dass wir Fortschritte machen."

„Wie sollen wir das feiern? Oder … warte …" Marguerite beäugte Belle mit neu erwachtem Interesse. „Du bist hier hereingestürmt, als würde dir etwas unter den Nägeln brennen. Worum ging es da?"

Belle hatte es selbst schon fast wieder vergessen. „Ich hatte eine Idee."

Marguerite setzte sich auf. „Na dann lass mal hören."

Belle legte ihre Handflächen flach auf den Tisch. „Ich weiß, dass die Planung schon recht weit fortgeschritten ist und die Einladungen bereits an unsere Gäste versandt wurden … aber was wäre, wenn unser Salon nicht nur Intellektuellen, Wissenschaftlern und Wirtschaftsexperten offen steht? Was, wenn er auch für Aveyons Bürger geöffnet wird?"

„Auf diesem Weg könnten sie einen aktiven Part in der Entscheidung übernehmen, wie es in Zukunft weitergehen soll", Marguerite erhob sich und begann, auf und ab zu gehen, während sie weiter laut nachdachte.

„Wir könnten sogar zur Bedingung machen, dass sie Vorschläge einreichen, um die ernsthaften Ideen von den eher … sagen wir mal, esoterischen Vorstellungen zu trennen."

Belles Herz schlug schneller bei der Vorstellung eines demokratischeren Salons, einer Veranstaltung, bei der es nicht nur um intellektuelles Posieren oder Debatten um des Debattierens willen ging, sondern bei der ein Weg in die Zukunft für ein Königreich im Wandel gefunden werden konnte. Wenn sich jeder in Aveyon vertreten fühlte, dann könnten die Ideen, die in dem Salon Gestalt angenommen hatten, mit der ausdrücklichen Zustimmung der Regierten umgesetzt werden. Das war genau das Ziel der Revolution in Frankreich, und vielleicht ließ sich in Aveyon dasselbe Ergebnis ohne Blutvergießen erzielen.

Der Salon könnte zu dem werden, was die Generalstände zu sein versucht hatten und gescheitert waren.

„Kannst du dich um die Vorschläge kümmern? Ich glaube, dass wir rasch handeln müssen."

Marguerite nickte. „Selbstverständlich. Hat dir schon mal jemand gesagt, wie genial du bist?"

Belle dachte zurück an ihre Kindheit, als sie mehr als alles andere das seltsame Mädchen von nebenan gewesen war. „Nicht in so vielen Worten", erwiderte sie.

Marguerite grinste sie an. „Nun, dann sage ich es dir eben jetzt: Du bist genial."

Auch Belle musste lächeln. Sie genoss das Gefühl, eine Idee zu haben, die sie nicht nur Lio, sondern auch dem Volk von Aveyon präsentieren konnte. Sie stellte sich vor, wie vielleicht sogar Sidonie und die anderen, die sie in der Taverne getroffen hatte, an dem Salon teilnahmen und ihren Stimmen Gehör verschafften.

„Meinst du, dass die Berater irgendwelche Bedenken haben werden?", erkundigte sich Marguerite.

Belle schüttelte den Kopf. „Nein, kaum nachdem Bastien verkündet hatte, dass er den Salon für eine gute Idee hält, waren sie regelrecht enthusiastisch in ihrer Zustimmung. Ich kann mir nicht vorstellen, dass diese Änderung Grund genug für ernsthaften Protest darstellt. Schließlich bleibt selbst mit der Einbindung der Bürger alles, was sie daran mochten, bestehen. Die Wirtschaft wird in Schwung gebracht, das Ansehen des Königreiches wächst, und sie können weiterhin durch das Schloss stolzieren und sich ungemein wichtig fühlen."

„Na dann, worauf wartest du noch? Beruf ein Treffen ein."

Cogsworths Büro zu betreten, war wie ein Blick in die tiefsten Tiefen des Haushofmeisters. Es war ein spartanisch eingerichteter Raum, so neurotisch organisiert, dass Belle sich davor hütete, auch nur einen Federkiel anzurühren, um nicht seinen Zorn auf sich zu ziehen.

„Was kann ich für Euch tun?", fragte er, ohne von seiner Lektüre aufzusehen.

„Würdet Ihr bitte ein Treffen des Rates einberufen?"

Er hielt inne und beäugte sie über seine Brillengläser. „Würdet Ihr diese Angelegenheit als einen Notfall bezeichnen?"

„Etwas in der Art", erwiderte sie ausweichend.

Er stieß den erwarteten Seufzer aus. „Nun, zum Glück hat der Duc de Vincennes eine Jagd organisiert, und ein Großteil der Berater ist derzeitig anwesend. Ich werde sie womöglich früher zurückbeordern müssen, als ihnen lieb ist, aber wenn Ihr darauf besteht …"

„Eine Jagd? Seit wann veranstalten wir Jagden auf dem Schloss?" Es war nie offen ausgesprochen worden, aber alle Bewohner des Schlosses waren sich der Tatsache bewusst, dass Lio genau so viel von Jagden hielt wie von Rosen.

„Ich habe es mir nicht zur Gewohnheit gemacht, die Wünsche oder Gepflogenheiten des Ducs zu hinterfragen. Sollte er wünschen, eine Jagd zu veranstalten, so bin ich verpflichtet, diesem Wunsch nachzukommen. Ich bin gleichermaßen verpflichtet, ein kurzfristiges Treffen des Rates einzuberufen, sollte *jemand* beschließen, dass die Angelegenheit nicht noch ein paar Tage warten kann."

Sie ging nicht auf seine Kritik ein. „Nun, ich danke Euch vielmals, Cogsworth. Ich weiß, dass Ihr ein viel beschäftigter Mann seid."

„In der Tat, Madame“, fuhr er in seinem nasalen Tonfall fort und bemerkte nicht, dass Belle sich einen Spaß erlaubt und sein Büro bereits wieder verlassen hatte.

Das Treffen nahm keinen guten Anfang. Die Berater waren vergrätzt, bei der Jagd unterbrochen worden zu sein, obwohl Belle ihnen versicherte, dass sie nur wenige Augenblicke ihrer Zeit in Anspruch nehmen würde. Sie wollte sie von den Veränderungen ihres Salons in Kenntnis setzen, um diesen Punkt bei der Planung aus dem Weg zu haben. Auch sie selbst hätte dieses Detail nur zu gern vor den Beratern zurückgehalten, befürchtete aber, dass sie das als Beleidigung aufgefasst hätten.

„Wo ist der Duc de Vincennes?“, fragte sie die Anwesenden.

„Wir haben den Duc irgendwann im Laufe der Jagd aus den Augen verloren“, erwiderte Montarly sichtlich verstimmt.

„Wie kann man jemanden auf einer Jagd aus den Augen verlieren? Geht es nicht gerade darum, zusammenzubleiben, während man seine Beute jagt?“

Gamaches runzelte missbilligend die Stirn. „Und was versteht eine Frau schon von der Jagd?“

Sie wollte ihm gerade eine deftige Erwiderung um die Ohren schlagen, als die Tür aufgerissen wurde und Bastien hineingestürmt kam, die Wangen rot und das Haar völlig durcheinander. Er sah sich rasch im Saal um. So ungepflegt hatte Belle ihn noch nie gesehen.

„Verzeiht meine Verspätung.“

Belle erhob sich. „Meine Herren, es tut mir leid, Sie von Ihrer Jagd abzuhalten, aber ich kann Ihnen versichern, dass dieses Treffen ein kurzes sein wird.“

Bastien fiel ihr ins Wort. „Tatsächlich kommt dein Treffen zu einem guten Zeitpunkt. Ich habe einen neuen Bericht über die Geschehnisse in Paris, wenn es dir nichts ausmacht.“

Normalerweise hätte Belle diese Unterbrechung eine ganze Menge ausgemacht, aber Neuigkeiten aus Paris waren nichts, was sie beiseitedrängen wollte. „Natürlich nicht.“

Er stand auf und zog ein Stück Pergament aus der Innentasche seiner Jagdweste. „Die Nationalversammlung hat gegen das Zweikammersystem gestimmt, das die Monarchisten vorgeschlagen hatten, und den Antrag abgelehnt, Louis ein Vetorecht einzuräumen. Allem Anschein nach waren sie davon ausgegangen, dass der König ihnen auf halbem Weg entgegenkommen würde, aber er hat sich geweigert, auch nur eine dieser Entscheidungen zu ratifizieren und stattdessen das Regiment von Flandern nach Versailles berufen, was womöglich nicht die klügste Entscheidung war. Die Menschen von Paris stehen aufgrund der steigenden Arbeitslosigkeit und der daraus resultierenden Lebensmittelknappheit am Rande eines Bürgerkrieges. In der Öffentlichkeit werden immer neue Stimmen laut. Ein Anwalt mit Namen Camille Desmoulins geht um, wiegelt die Pariser Massen auf und schreibt aufrührerische Pamphlete. Ein Rechtsanwalt mit Namen Maximilien Robespierre hat eine vernichtende Kritik der Erwiderung des Königs an die Nationalversammlung verfasst. Im Grunde ist das Chaos so groß, dass neue Anführer an den ungewöhnlichsten Orten in Erscheinung treten."

Er räusperte sich und gab den Beratern damit Gelegenheit, die Nachrichten zu verdauen, dass ein einfacher Rechtsanwalt die Frechheit besaß, den König von Frankreich zu kritisieren. „Das Volk von Paris hat kein Vertrauen mehr in König Louis. Überall verbreiten sich Gerüchte, dass er plant, mit Gewalt gegen die Nationalversammlung vorzugehen oder gleich aus Versailles zu fliehen. Sein Schweigen spricht Bände."

Er ließ sich zurück auf seinen Stuhl sinken und sah Belle erwartungsvoll an.

„Ist das alles, was du zu berichten hast?", fragte sie.

„In der Tat. Die Lage in Frankreich ist angespannt. Es wird interessant mitanzusehen, wie sich alles letzten Endes entwickelt. Aber bitte, fahre fort mit dem, was du besprechen wolltest."

Sie fühlte sich von seinem Bericht wie vor den Kopf gestoßen. Noch am Morgen war Belle mit einem Herzen voller Hoffnung erwacht, aber die Nachrichten von den andauernden Unruhen in Paris ließen die Furcht in ihr wachsen, dass all ihre Bemühungen umsonst sein könnten. Obwohl sie immer wieder versuchte, die Vision aus dem Spiegel in Paris zu verbannen, in der ihr Königreich brannte, angezündet von seinem eigenen Volk, fragte sie sich in diesem Moment, ob sie wahr werden könnte. Konnten die Bürger von Aveyon genauso für die Revolution brennen wie ihre Nachbarn in Frankreich? Belle hatte versucht, ihre Wut und ihren Durst nach Veränderungen abzuschätzen. Aber was, wenn es gar keinen Unterschied machte? Was, wenn die Revolution ein unumgänglicher Teil von Aveyons Entwicklung war? Sie sah in die Runde der privilegierten Männer und fasste den Entschluss, dass sie keinen Einfluss auf die Zukunft ihres Königreiches haben sollten. Sie musste tun, was sie nur konnte, um Aveyon zu retten. Es musste einen Ausweg geben.

„Ich bin heute mit einem neuen Vorschlag zu Ihnen gekommen." Die Gruppe verlieh ihrer Ablehnung schon jetzt in Körperhaltung und Mimik Ausdruck. Belle preschte vor. „Ich hatte eine Idee in Bezug auf den Salon." Ihre Skepsis drang den Männern aus jeder Pore wie ein übler Geruch. „Anstatt nur Intellektuelle, Wissenschaftler, Philosophen und dergleichen einzuladen, möchte ich diese Einladung gerne auch auf Aveyons Bauern, Händler, Fabrikarbeiter, Bänker, Dienstmädchen, Anwälte, Doktoren und so weiter ausweiten. Ich sehe darin die Möglichkeit, einen Eindruck über die tatsächlichen Bedürfnisse des Königreiches zu gewinnen, anstatt unseren Institutionen zu gestatten, über die Köpfe der Bürger hinweg zu entscheiden." Sie sah zu Bastien und hoffte auf seine sofortige und begeisterte Zustimmung angesichts der Sympathien für die Revolutionäre, die er ihr offenbart hatte, nachdem er sie in Paris vor dem Mob gerettet hatte.

Doch zu ihrer Überraschung runzelte er die Stirn. „Ich bin mir nicht sicher, ob du das ausreichend durchdacht hast, Belle."

Sie versteifte sich. „Ich kann dir versichern, dass ich das getan habe."

„Hast du über den Aufwand nachgedacht, Bürger in den Palast einzuladen? Ich meine …", er stieß ein verächtliches Schnauben aus, „hast du dem Bericht überhaupt zugehört, den ich dem Rat gerade vorgetragen habe? Hast du auch nur einen einzigen Gedanken an deine *Sicherheit* verschwendet?" Er tauschte Blicke mit den anderen Beratern aus, als würde Belle sich lächerlich aufführen.

Das Blut rauschte ihr in den Ohren. „Ich dachte, die einzige Bedrohung gegen uns ginge von den unberechenbaren Adligen aus, die direkt vor unserer Nase eine Revolte planen. Nicht von den Bürgern Aveyons, von denen du uns seit Wochen versicherst, dass sie zufrieden, ja sogar glücklich sind."

Bastien musterte sie, als sähe er sie mit einem Mal in einem ganz anderen Licht. „Bedrohungen können viele Gestalten annehmen, Madame. In Zeiten wie diesen wäre es daher weise, sie nicht in sein Heim einzuladen."

„Wenn wir gewillt sind, unsere Tore für die Reichen zu öffnen, dann müssen wir auch gewillt sein, sie für die Armen zu öffnen. Du sprichst so, als ob Reichtum einen Menschen davon abhielte, ein Verbrechen zu begehen, und das ist in meiner Erfahrung nicht wahr."

„Ich denke, ich spreche für alle, den König eingeschlossen, wenn ich sage, dass du in dieser Angelegenheit vielleicht nicht ganz klar denken kannst."

„Und ich spreche für mich allein, wenn ich sage, dass du falschliegst. Hast du vergessen, dass ich eine Bürgerliche *bin*? Dass ich in einem armen Dorf aufgewachsen bin, zusammen mit eben jenen Menschen, die du hier verleumden willst? Ich fürchte diese Menschen nicht so sehr, wie ich einen Reichen fürchte, der glaubt, Gerechtigkeit sei ein dehnbarer Begriff und Unschuld könne erkauft werden."

Sie ließ ihre Worte einen Augenblick lang im Saal schweben, bevor sie fortfuhr. „Ich habe dieses Treffen aus reiner Höflichkeit einberufen und stelle mir den Salon genauso vor, und ich bin überzeugt, dass alle Menschen in unserem Königreich davon profitieren werden. Sie, Messieurs, profitieren weiterhin von Ihren prestigeträchtigen, wirtschaftsfördernden Aspekten, mit der einzigen Veränderung, dass die Türen nun jedem offenstehen. Wenn Sie sich damit nicht abfinden können, schlage ich vor, dass Sie für die Dauer des Salons auf Ihren Anwesen verweilen."

Falls Belles Verhalten den Beratern bisher schon missfallen hatte, so war das nichts im Vergleich dazu, wie sie sie jetzt ansahen. „Wer stimmt für diese Ergänzung des Salons?"

Stumm zeigten sie ihr Einverständnis, mit kaum erhobenen Händen, aber es reichte aus. Auf gewisse Weise schienen sie sich beinahe vor ihr zu fürchten. Niemand protestierte oder äußerte irgendwelche Bedenken, und das Treffen endete in fast vollständiger Stille. Und Belle zog das Unbehagen dieser Männer ihrer Verachtung jederzeit vor. *Vielleicht*, dachte sie bei sich, *ist es an der Zeit, dass Männer wie diese beginnen, sich davor zu fürchten, was eine Frau alles erreichen kann.*

Wie nicht anders zu erwarten, blieb Bastien zurück, nachdem alle anderen gegangen waren.

„Das war eine beeindruckende Vorstellung", sagte er ironisch.

Sie hatte keine Zeit für geheuchelte Höflichkeiten. „Gibt es etwas, das du mit mir besprechen möchtest? Ich habe einen Salon zu planen."

„Ich möchte nur wissen, ob dir bewusst ist, dass die ehrenwerte Mademoiselle de Lambriquet das Schloss häufig für längere Zeit verlässt."

Sie zermarterte sich das Hirn nach einem Grund, weshalb er ihre Aufmerksamkeit auf eine so alltägliche Angelegenheit lenken sollte. „Natürlich bin ich mir dessen bewusst. Ich bin nicht ihre Wächterin, Bastien. Es steht ihr frei, zu kommen und zu gehen, wie es ihr beliebt."

„Ich frage bloß, weil ich sie ein paarmal im Dorf gesehen habe, als sie damit geprahlt hat, wie nahe sie dir steht."

Er präsentierte ihr diese Information wie ein Geschenk, aber Belle empfand es überhaupt nicht so. Sie versuchte sich Marguerite so vorzustellen, wie er sie beobachtet haben wollte, und stellte fest, dass es ihr nicht gelang.

„Weißt du", fuhr er fort, „revolutionäre Aufrührer kommen in allen Formen und Größen daher, häufig getarnt als Freunde." Diesen Gedanken ließ er einen Moment auf sie wirken. „Wenn du dich darum sorgst, dir die Hände schmutzig zu machen, kann ich sie augenblicklich von ihrem Posten entfernen lassen. Du brauchst nur ein Wort zu sagen."

„Was?", entfuhr es Belle. „Nichts, was du mir gesagt hast, deutet darauf hin, dass Marguerite das Schloss verlassen sollte."

„Ich denke, du solltest auf der Hut sein, Belle. Du kennst dieses Mädchen überhaupt nicht."

„Ich *bin* auf der Hut, Bastien. Du vergisst, dass ich sie in deinem eigenen

Haus kennengelernt habe. Wenn du eine so geringe Meinung von deinen eigenen Freunden hast, muss ich dein Urteilsvermögen infrage stellen."

Er verzog die Lippen zu einem süffisanten Grinsen. „Ich war mit ihrem Bruder befreundet, Marguerite war schon immer so etwas wie eine geladene Kanone. Letztes Jahr hat sie einen ziemlichen Aufruhr verursacht, als sie ein, sagen wir mal, *dramatisches* Zerwürfnis mit der Comtesse d'Armagnac und ihrem Klüngel hatte. Seitdem neigt sie zu Wutausbrüchen, wenn irgendjemand es wagt, die Angelegenheit zur Sprache zu bringen."

„Das klingt für mich nach ihren privaten Angelegenheiten."

„Oh, ich versichere dir, dass ihre Wutanfälle *das* Thema in ganz Paris waren." Er sah sie an. „Sie ist genau die Art von Mädchen, die deine Freundlichkeit ausnutzen und dich als Druckmittel verwenden würde. Du wärst gut beraten, ihr nicht zu vertrauen. Jeder weiß, dass sie flatterhaft und hitzköpfig ist und immer nur an sich selbst denkt."

Belle starrte ihn ausdruckslos an. „Ich kann meine eigenen Entscheidungen treffen."

Er legte eine Pause ein, als warte er darauf, dass sie ihre Meinung änderte. Als sie das nicht tat, runzelte er die Stirn und räusperte sich. „Wenn du sicher bist, dass du nicht willst, dass man sich um sie kümmert ..."

Sie schüttelte den Kopf. „Ich bin durchaus in der Lage, mich selbst um meine Angelegenheiten zu kümmern."

Wenn Belle sich einer Sache sicher war, dann, dass Marguerite de Lambriquet sie nicht anlügen würde. Dasselbe konnte man von Bastien, Duc de Vincennes, nicht behaupten, der seine ganz eigene Agenda im Schloss verfolgte. Wenn sie jemandem nicht vertrauen durfte, dann ihm.

KAPITEL EINUNDZWANZIG

Belle verbrachte den Großteil des verbleibenden Tages mit Marguerite und Tassilo in der Bibliothek, wo sie Buchtitel in ihrem Register verzeichneten und an dem Aushang arbeiteten, den sie auf den Plätzen der Dörfer von Aveyon anbringen lassen würden, um Vorschläge für Themen zu sammeln, die im Salon präsentiert werden sollten. Tassilo tat sein Bestes, um sie abzulenken, indem er sich aus allen möglichen Gegenständen, die er in der Bibliothek finden und anschließend auch tragen konnte, einen Thron baute.

„Welche Farbe ist königlicher?“, fragte er und hielt zwei Kissen hoch, während Fou Fou versuchte, eines davon zu erwischen.

„Das Purpurne, ganz sicher“, erwiderte Marguerite.

„Perfekt“, murmelte er in Gedanken versunken und machte sich daran, jedes purpurne Kissen im Saal einzusammeln. Marguerite und Belle hatten sich kaum wieder ihrer Aufgabe zugewandt, als sie von seiner Stimme vom anderen Ende der Bibliothek unterbrochen wurden. „Würde ein König ein Schwert tragen?“

Marguerite grinste. „Ich fürchte die Konsequenzen unserer Antwort.“

„Nicht zu antworten, macht es aber nur noch schlimmer“, erwiderte Belle. Sie reckte den Hals und rief: „Mehr als alles andere würde ein König Vorsicht walten lassen! Er würde nicht leichtsinnig mit scharfkantigen Gegenständen umgehen!“ Aber Tassilo war nirgends zu sehen.

„Ein beherzter Versuch, Belle." Marguerite lachte und beugte sich wieder über ihre Arbeit.

„Wir können zumindest sagen, dass wir es versucht haben." Auch Belle musste lachen. Gleichzeitig versuchte sie, das Gefühl abzuschütteln, dass sie ihrer Freundin unrecht getan hatte, als sie zuließ, dass Bastien ihr etwas Persönliches über sie erzählte, von dem Marguerite entschieden hatte, es Belle nicht anzuvertrauen. Und es war so eine Nichtigkeit, mit jemanden in einen Streit zu geraten, der eine Freundschaft beendete, dass Belle sich noch schlechter fühlte bei dem Gedanken, dass es etwas sei, wofür sie sich schämen sollte, es über Marguerite zu wissen.

„Ist alles in Ordnung?"

Belle sah von den Zeilen voller Titel und Daten auf und bemerkte, dass Marguerite sie mit einem besorgten Gesichtsausdruck beobachtete. Belle betete, dass sie nicht so leicht zu durchschauen war.

„Es ist nichts, ich bin bloß müde."

„Das ist ein Ausdruck für *Liebeskummer*, den ich noch nie gehört habe."

„Entschuldige?"

„Ich weiß, dass du Lio vermisst, Belle. Du musst das nicht vor mir verheimlichen."

„Du hast recht." Belle verspürte einen Anflug von schlechtem Gewissen wegen der Lüge. Ihr Blick fiel auf die Bücherstapel und seitenweisen Aufzeichnungen, die sie heute geschafft hatten, und ihr kam eine Idee.

„Warum machen wir heute nicht etwas früher Schluss?", schlug sie vor.

Marguerite bedachte sie mit einem Blick, als hätte sie vorgeschlagen, das Register in Brand zu stecken. „Bist du sicher?"

Belles Magen zog sich zusammen. Wie gerne wäre sie jemand, der aus einer spontanen Laune heraus die Arbeit liegen ließ, um sich zu amüsieren. Insgeheim fragte sie sich, warum sie so darauf aus war, sich selbst zu bestrafen. „Ja, natürlich bin ich sicher."

„Du meinst, wir sind schon fertig?", fragte Tassilo enttäuscht, die Arme voller Kissen, die er von den verschiedenen Sesseln im Raum gemopst hatte. Er hatte sich ein Schüreisen vom Kamin wie einen Degen in den Gürtel gesteckt.

Marguerite riss die Augen auf. „Ja, ich fürchte, du musst deinen Thron an einem anderen Tag fertig bauen, mon ami."

„Ich war fertig mit dem Thron", murmelte er.

„Ach ja?", fragte Belle und sah zu dem Durcheinander aus Kissen in der Mitte des Saals. „Und woran hast du jetzt gearbeitet?"

„Meinem Verlies", erwiderte er in einem Tonfall, als wäre die Antwort mehr als offensichtlich.

„Selbstverständlich", stimmte Marguerite ihm mit Blick auf denselben unförmigen Kissenhaufen zu, den auch Belle beäugte. „Ich kann den Burggraben und alles sehen."

Tassilo warf ihr einen Blick tiefster Hingabe zu, und Belle musste ein Lachen unterdrücken.

„Sollen wir das mal aufräumen?", fragte Marguerite den Jungen, der ihr augenblicklich zustimmte und sich glücklich daranmachte, die Unordnung wieder zu beseitigen. So groß war ihr Talent.

„Warte", rief Belle ihr hinterher, bevor sie sich dem Jungen anschließen konnte. „Was machst du heute Abend?" Sie hatte genug davon, sich darüber zu sorgen, dass sie ihrer Freundin zur Last fallen könnte.

„Dasselbe wie immer", antwortete Marguerite ein wenig zu beiläufig. „Ich besuche ein paar Freunde in Plesance."

Es überraschte Belle ein wenig, dass sie ihr nicht augenblicklich eine Einladung aussprach. „Ich bin dieses Schloss allmählich so leid", sagte sie und trug die Anspielung reichlich dick auf.

„Ach ja?", murmelte Marguerite. „Also, ich denke, ich gehe Tassilo besser mal zur Hand ..."

„Weißt du, ich hätte nicht übel Lust, dich dieses Mal zu begleiten." Belle kam sich wie eine Närrin vor, weil sie diesen Ausflug so nötig hatte. „Diese ganzen Scherze über Einsiedler haben mir ziemlich zugesetzt", witzelte sie.

Marguerites Lächeln erlosch. „Ich bin mir nicht sicher, ob das so eine gute Idee wäre."

Belle war verblüfft. „Nicht? Du hast mich doch schon so oft gefragt."

„Es ist nur so, dass ausgerechnet diese Freundin sich wirklich nichts aus unerwarteten Gästen macht. Ich käme mir schrecklich unhöflich vor." Marguerite bedachte Belle mit einem schwachen Lächeln. „Es tut mir leid, aber ich verspreche dir, dass du nächstes Mal mitkommen kannst."

Belles Herz zog sich schmerzhaft zusammen, aber sie setzte ein Lächeln auf und heuchelte Unbekümmertheit. „Natürlich. Bitte verzeih die Zumutung."

„Es ist keine Zumutung, Belle. An jedem anderen Abend würde ich mich sehr darüber freuen, wenn du mich begleitest."

Belle zwang ihre Lippen weiter zu dem falschen Lächeln und nickte. „Ich verstehe."

„Also, ich sollte mich auf den Weg machen. Sehen wir uns morgen früh? Ich werde dafür sorgen, dass der Aushang an die Druckerei geschickt wird."

„Bis morgen früh", erwiderte Belle.

Sie beobachtete, wie Marguerite an Tassilo vorbeiging, ohne ihm beim Aufräumen zu helfen, und beschwor sich, Ruhe zu bewahren. Belle hatte Bastiens Anschuldigungen gegen Marguerite so vehement von der Hand gewiesen, weil sie sich schlicht und ergreifend nicht vorstellen konnte, dass ihre Freundin sie belog. Aber jetzt beschlich sie das ungute Gefühl, dass sie genau das gerade getan hatte.

Sosehr sie Marguerite auch mochte, Belle musste die Möglichkeit zumindest in Betracht ziehen, dass Marguerite geheime Absichten verfolgte. Gleichzeitig musste Marguerites Widerstreben, Belle in ihre Unternehmungen mit einzubeziehen, nicht unbedingt bedeuten, dass Bastien mit seinen Anschuldigungen recht gehabt hatte.

Ihr blieb nur eine einzige Möglichkeit, Gewissheit zu erlangen, und die verlangte einmal mehr nach einer Verkleidung.

Wenige Stunden später verließ sie das Schloss in derselben Verkleidung, die sie schon getragen hatte, um sich in die Taverne in Mauger zu schleichen. Mit dem Unterschied, dass sie sich dieses Mal auf den Weg nach Plesance machte.

Auf der Straße waren genügend Reisende und Händler unterwegs, zwischen denen Belle verschwinden konnte, während sie ihrer Freundin folgte. Jeder einzelne Schritt kam ihr töricht vor, aber sie musste mit eigenen Augen sehen, dass Marguerite keine Aufrührerin war, sondern genau die, die sie zu sein vorgab, um ihre aufgebrachten Gedanken zu beschwichtigen und Bastiens Worte als falsch zu entlarven.

Als sie sich Plesance näherten, begann sich eine Menschenmenge zu formen. Kaum dass sie durch das Tor in den Ort geschritten waren, verlor Belle Marguerite vollständig aus den Augen. Sie hielt an dem Brunnen in der Platzmitte inne und ließ den Blick auf der Suche nach Marguerites hellgelbem Kleid über die Menge schweifen, ohne Erfolg.

Die Sonne begann hinter den Baumkronen zu versinken, und Belle hielt dies für ein Zeichen, dass dieses ganze Unterfangen schlecht durchdacht war. Sie brauchte keinen Beweis dafür, dass Marguerite die war, die sie zu sein vorgab. Sie hatte genug Vertrauen in ihre Freundin und ihr eigenes Urteilsvermögen, um zu wissen, dass es die Wahrheit war. Im Stillen verfluchte sie Bastien dafür, völlig grundlos diese Zweifel in ihr gesät zu haben. Belle hatte gerade entschieden, zum Schloss zurückzukehren und so zu tun, als wäre nichts von alldem je geschehen, als sie zufällig etwas mit anhörte.

„Hast du von dem Treffen im Atelier d'ébenisterie gehört?", fragte eine Frau ihre Begleiterin.

„Es heißt, ein Revolutionär sei den ganzen Weg von Paris gekommen", erwiderte die andere. „Ausgerechnet nach Plesance!"

Belle erstarrte vor Angst, dass Marguerite dieser Revolutionär sein könnte. Sie wollte von der Unschuld ihrer Freundin überzeugt sein, aber in Zeiten wie diesen war es unmöglich, sich einer Sache wirklich sicher zu sein. Sie ertappte sich dabei, wie sie den beiden Frauen den ganzen Weg bis über den Fluss folgte, dorthin, wo die Zunft der Möbeltischler ihrem Handwerk nachging. Dies war kein Ort, den sie als Kind besucht hatte. Dieser Teil von Plesance lebte von den Bedürfnissen der europäischen Oberschicht, die in ihr verschlafenes Dorf kam, um edles Mobiliar und Porzellan zu kaufen. Lauter Dinge, die sich die Bauern nicht einmal im Traum hätten leisten können.

Bis die Menschenmenge das Atelier erreicht hatte, war die Sonne vollständig hinter dem Horizont verschwunden. Belle begrüßte die Dunkelheit und hoffte, dass sie sie besser verbarg als ihre schäbige Verkleidung. Es war vollkommen töricht, allein in dieses große Gebäude zu gehen, aber ihre Neugierde ließ sich nicht durch bloße Spekulation befriedigen. Belle musste einfach wissen, womit sie es zu tun hatte und ob sie ihr Vertrauen zu leichtfertig in die falsche Person gesetzt hatte. Sie wurde von derselben Überzeugung angetrieben, die sie schon dazu verleitet hatte, den Westflügel zu erforschen, als er ihr noch verboten gewesen war. Sie weigerte sich, im Dunkeln zu bleiben – umso mehr, wenn die Wahrheit zum Greifen nahe war.

Drinnen hatte sich eine beachtliche Menge gebildet. Der Geruch von Sägemehl und Bier hing schwer in der Luft. Belle hielt sich dicht an die Wände gepresst und gab sich alle nur erdenkliche Mühe, nicht aufzufallen. Sie war nicht in Mauger, wo kein Mensch sie kannte, sondern in dem Ort, in dem sie aufgewachsen war. Ein Schauer lief ihr über den Rücken, als sie sich behutsam einen Weg durch das Gebäude bahnte.

Ein dunkler Unterton lag drückend über dem Raum. Mit Schrecken erkannte Belle dasselbe Unbehagen, das sie in Paris verspürt hatte, kurz bevor die Menschenmenge sich in einen Mob verwandelt hatte. In den Straßen um das Hôtel de Ville hatten sich Pariser so leicht zu einem Mord hinreißen lassen, wie ein Streichholz Feuer fängt. Es hatte sich unglaublich und unvermeidbar angefühlt, beides zugleich. Belle sah sich in der versammelten Menge um und suchte in den Gesichtern ihrer früheren Nachbarn nach einem Funken des Wahnsinns, den sie in Paris gesehen hatte, aber in dem Raum herrschte ein unerträgliches Zwielicht.

Ihr Herz schlug heftig gegen ihre Rippen. Ihr Verstand protestierte mit jedem Schritt lauter, der sie weiter hinein in die große Halle trug. Sie versuchte, ihre Ängste zu beschwichtigen, indem sie sich einredete, dass es vollkommen legal war, sich hier zu versammeln. Und dass sie, solange sie nichts anderes hörte, keinen Grund hatte anzunehmen, dass die Menschen in Plesance auch nur im Ansatz so waren wie jene, denen sie in Paris begegnet war. Trotzdem war sie wie überwältigt von der Tatsache, dass so eine große Menge an Menschen zumindest gewillt war, einer Person mit Verbindungen zur französischen Revolution Gehör zu schenken. Bastiens Berichte hatten diese geheimen Treffen mit keinem Wort erwähnt. Vielleicht hatte er sie aber auch zurückgehalten oder – schlimmer noch – er wusste nichts davon.

Die Spannung erreichte einen fiebrigen Höhepunkt, als der Aufrührer die Bühne betrat. Belle war augenblicklich erleichtert, weil es sich um einen Mann handelte. Aber im nächsten Moment wurde ihr eiskalt ums Herz, da es jemand war, den sie kannte.

Jemand, den sie seit der Nacht, in der sie den Fluch gebrochen hatte, nicht mehr gesehen hatte.

Sie war wie erstarrt, als LeFou sich an das behelfsmäßige Rednerpult stellte. Er war dünner als in ihrer Erinnerung und auch zorniger. Das verschmitzte Funkeln, das er früher in sich getragen hatte, war verschwunden. Diese Version von LeFou war durch das Leben, das er seit jener schicksalhaften Nacht geführt hatte, ausgehöhlt und aufgerieben worden.

„Schwestern und Brüder, ich trete heute Abend mit einer einfachen Botschaft vor euch, getragen in den Herzen und Gedanken unserer Landsleute in Frankreich, den ganzen weiten Weg bis in unser Dorf und weit darüber hinaus. Es ist eine Botschaft von Wandel und Hoffnung. Es ist eine Botschaft von Revolution."

Belle hatte Stille erwartet oder vielleicht Gelächter, da sich die Leute stets über LeFou lustig gemacht hatten, aber der Raum erwachte wie auf Befehl mit einem Aufschrei zum Leben. LeFou zehrte von der Energie der Masse. Sie hätte ihn nie für fähig gehalten, eine Menge anzustacheln, wie Gaston es getan hatte. In LeFou hatte sie immer nur den harmlosen Kumpanen von Gastons Bosheit gesehen. Als der Fluch gebrochen war und der Staub sich gelegt hatte, hatte Belle Gerechtigkeit gefordert, für ihren Vater, für Lio und auch für sich selbst, aber es sollte nicht sein. Der Mob, der von dem inzwischen verstorbenen Gaston angeführt worden war, konnte sich nicht mehr daran erinnern, zum Schloss marschiert zu sein und den Kopf des Biestes gefordert zu haben. Sie konnten sich nicht daran erinnern, wie sie tatenlos danebengestanden hatten, als Gaston und LeFou versucht hatten, ihren Vater in eine Irrenanstalt einzuweisen. Sie konnten sich an nichts mehr erinnern, was sie getan hatten.

Aber Belle würde es nie vergessen.

Es war nicht so, dass man jene vor Gericht stellen konnte, die sich nicht mehr an die begangenen Verbrechen erinnern konnten. Und sie an ihre Sünden zu erinnern, würde bedeuten, ihnen noch eine weiter Gedächtnislücke zu offenbaren – dass ihr Prinz ein Biest gewesen war und sie seinen Tod gefordert hatten.

Sie hatte sich alle nur erdenkliche Mühe gegeben, diese Finsternis hinter sich zu lassen, hatte versucht, ihre Wut und ihr Verlangen nach Vergeltung zu begraben, und größtenteils war es ihr gelungen.

Bis sie LeFou erblickte und all die alten Gefühle wieder über sie hereinbrachen und drohten, ihr Herz einmal mehr zu vergiften. Das Volk von Plesance war von einem einzelnen Mann angestachelt worden. Gaston war tot. Belle hatte mitangesehen, wie sein Körper vom Turm gestürzt und von der Dunkelheit verschluckt worden war. Aber LeFou konnte gut und gerne sein Nachfolger werden, und sie fürchtete seine nächsten Worte mehr, als sie um ihre eigene Sicherheit fürchtete.

„Es ist an uns, die Kunde von der Revolution zu verbreiten. Unser König meint zu wissen, was das Beste für uns ist, aber seit wann kümmert er sich um das Wohl seiner Leute? Wenn er sich auch nur einen Dreck um uns scheren würde, würde er sich nicht auf den Anwesen seiner Edelleute verkriechen und sich nicht vor der Wahrheit verstecken. Aveyon hatte seit Jahrhunderten keinen König mehr, und Aveyon braucht auch jetzt keinen!"

Die Menge brach erneut in grölende Zustimmung aus, zorniger als zuvor. Belle wusste, dass es an der Zeit war zu verschwinden. Nichts wäre gewonnen, wenn sie blieb. Sie hatte Marguerites Unschuld bestätigt. Das war es, weswegen sie hierhergekommen war. Das hier war etwas anderes, als Bittstellern zu lauschen oder sich in eine Taverne zu stehlen, um zu hören, was die Leute tatsächlich zu sagen hatten. Sie hatte einen flüchtigen Blick auf etwas Dunkles erhascht, etwas, das sie nicht weiterbringen würde, etwas, das sie nicht in Ordnung bringen konnte. Sie musste von hier verschwinden, bevor sie entdeckt wurde.

Sie zog sich die Kapuze tiefer ins Gesicht und kämpfte sich zur Tür durch. Als sie sich schon fast aus der Menge befreit hatte, stellte sich ihr ein Mann in den Weg. Bevor sie reagieren konnte, verrutschte ihre Kapuze. Der Mann wollte schon zu einer Entschuldigung ansetzen, aber dann leuchtete Erkennen in seinen Augen auf.

Es war der Bäcker, bei dem sie ihr Leben lang Brot und Brötchen gekauft hatte. Der Mann, den sie jeden Morgen gegrüßt hatte, wenn sie ihm auf dem Dorfplatz begegnete.

„Jean", keuchte sie auf, bevor sie ihre Sinne genügend beisammen hatte, um die Flucht zu ergreifen.

Er starrte sie an, als könnte er nicht recht glauben, dass sie es wirklich war.

„Belle", rief er dann, fast so, wie er es immer tat, wenn sie in seinen Laden kam, um ein Baguette zu kaufen. Aber dann schien ihm wieder einzufallen, was sie voneinander trennte. Sie war keine Dorfbewohnerin mehr. Sie war mit dem König verheiratet. Seine Züge verhärteten sich. „Du solltest nicht hier sein."

Sein Blick huschte an ihr vorbei, und sie spürte, dass er hin- und hergerissen war zwischen dem Verlangen, sie unbemerkt verschwinden zu lassen, und dem, sie der Menge zu offenbaren. Sie beobachtete, wie sich der Zwiespalt an seinen Mundwinkeln ablesen ließ. Wie angefroren wartete sie reglos darauf, dass er ihr Schicksal entschied. Dann, gerade als er den Mund öffnete, um noch etwas zu sagen oder lauthals ihre Anwesenheit kundzutun, traf ihn ein Kantholz seitlich am Kopf, das ihn augenblicklich bewusstlos schlug. Die Wand hinter ihm bremste seinen Sturz ab, und noch bevor er zu Boden gleiten und jede Menge Lärm verursachen konnte, war Marguerite aus den Schatten getreten, presste den Bäcker an ihren eigenen Körper und ließ in sanft zu Boden sinken.

Sie blickte zu einer fassungslosen Belle auf. „Was tust du hier, mon amie?"

„Dasselbe könnte ich dich fragen!", zischte Belle.

Marguerite ließ Jean los und zog sich die Kapuze wieder über den Kopf. „Komm schon, irgendjemand wird diesen Lumpen hier bald bemerken." Sie packte Belle bei der Hand und zerrte sie aus der Werkstatt.

Sie waren bereits über den Fluss, als es Belle endlich gelang, sich aus ihrem Griff zu winden. Sie kam am Fuß der Brücke zu einem abrupten Halt.

„Du musst mir erklären, was du dort zu suchen hattest. Jetzt", verlangte sie.

„Pardon?" Marguerite fuhr zu ihr herum. „Das ist eine interessante Art, mir dafür zu danken, dass ich dich davor gerettet habe, einem ganzen Raum voll deiner eigenen Leute erklären zu müssen, warum die Königin von Aveyon sie in der erbärmlichsten Verkleidung ausspioniert, die ich je gesehen habe." Sie stieß ein humorloses Lachen aus. „Weißt du, ich mag zwar nicht sonderlich bewandert in den Feinheiten des Regierens eines Königreiches sein, aber ich kann mir nicht vorstellen, dass deine Unterwanderung sonderlich freudig aufgenommen worden wäre."

Aber Belle ließ nicht locker. „Du hast meine Frage nicht beantwortet."

Marguerite stieß ein ungläubiges Geräusch aus. „Ich habe mich um meine eigenen Angelegenheiten gekümmert, als ich Wind davon bekam, dass jemand im Atelier d'ébénisterie revolutionäre Reden schwingt. Mit allem, was wir gerade planen, wusste ich, dass ich hingehen und die Situation eruieren musste. Ich hätte dir morgen früh einen ausführlichen Bericht erstattet – oder vielleicht sogar noch heute Nacht, wenn ich diesen Mann der Mühe wert erachtet hätte. Ich hatte nicht erwartet, dich dort anzutreffen, mitten in einer Rangelei mit einem Bäcker."

„Du wolltest also nicht bloß hören, was der Revolutionär zu sagen hatte?"

Marguerite funkelte sie an. „Wenn ich hören wollte, was jeder hirnlose Sansculotte über diese vermaledeite Revolution zu sagen hat, wäre ich in Paris geblieben. Sieh mal, denke ich von Zeit zu Zeit, dass sie mit ihren Forderungen recht haben? Natürlich. Aber in dem Moment, als sie den Marquis de Launay geköpft haben, wusste ich, dass ihre Methoden viel zu radikal sind."

Belle merkte, wie sehr ihre Anschuldigungen Marguerite verletzt hatten, aber sie war noch nicht fertig mit ihren Fragen. „Warum hast du mich vorhin belogen, als du sagtest, ich könnte mich dir nicht anschließen?"

Zum ersten Mal an diesem Abend war Marguerite um eine Antwort verlegen. „Es ist … kompliziert."

„Mit kompliziert kann ich umgehen."

Laute Stimmen ertönten aus der Richtung des Gebäudes, und Marguerite sah über Belles Schulter. Die Sorge stand ihr ins Gesicht geschrieben. „Komm, dies ist nicht der richtige Ort für unsere Unterhaltung." Sie nahm Belles Hand und zog ihre Freundin mit sich. „Wir müssen von hier verschwinden, bevor alle begreifen, dass sich die Königin von Aveyon in ihrer Mitte befindet."

Und Belle machte sich nicht die Mühe, sie zu korrigieren. Sie wusste, dass ihr Mangel eines Titels einem wütenden Mob nichts bedeuten würde.

Kapitel Zweiundzwanzig

Belle ließ sich von Marguerite in eine ruhige, dunkle Gasse im Marchand-Mercier-Viertel bringen. Das Sträßchen war verlassen, aber Marguerite sah sich trotzdem nervös um, ob irgendjemand sie belauschen könnte. Sie wirkte angespannt, und Belle fühlte sich zumindest in Teilen dafür verantwortlich.

Marguerite holte einmal tief Luft, bevor sie sagte: „Es gibt etwas, das ich dir nicht über mich erzählt habe. Ich nehme an, ich habe mich geschämt. Vielleicht hatte ich auch Angst, dass du mich in einem anderen Licht sehen könntest."

„Geht es um dein Zerwürfnis mit der Comtesse d'Armagnac?"

„Was? Nein." Sie schnaubte abfällig. „Obwohl, in gewisser Weise vermutlich schon, aber das ist nicht der Punkt. Wer hat dir von unserem Zerwürfnis erzählt?" Sie legte eine kurze Pause ein und lachte dann bitter. „Vergiss es, ich ahne, was passiert ist. Diese ganze Angelegenheit stinkt nach Bastien. Hat er versucht, dich vor mir zu warnen?" Sie wartete nicht, bis Belle etwas erwidern konnte. „Bastien ist eine Schlange, dass er hinter meinem Rücken eine Geschichte herumerzählt, von der er nur einen Bruchteil kennt. Ja, ich hatte ein Zerwürfnis mit der Comtesse, aber es hatte nichts mit irgendeinem kleinlichen Unsinn zu tun – oder was auch immer Bastien behauptet. Hat er dir erzählt, dass ich ganz Paris mit meinen Wutausbrüchen in Atem gehalten habe?"

Belle beschlich das unangenehme Gefühl, dass sie sich in etwas einmischte, das ihre Freundin nicht preisgeben wollte. „Du musst dich vor mir nicht rechtfertigen …“, hob sie an.

„Doch, das muss ich, jetzt, da der Duc de Vincennes meinen ohnehin schon ramponierten Namen beschmutzt hat.“ Marguerite rang die Hände und schluckte schwer. „Sophie – die Comtesse – und ich waren ineinander verliebt. Zumindest glaubte ich, dass meine Gefühle auf Gegenseitigkeit beruhten. Wir haben geredet und geträumt und großartige Pläne geschmiedet, wie es Geliebte eben tun. Aber dann hat sie mich verraten oder – schlimmer noch – sie hat vor anderen über den Grund unserer Feindschaft gelogen, als sie einfach nichts hätte sagen können, so wie ich es getan habe. Sie begann, die aberwitzigsten Behauptungen über mich zu verbreiten, und ich wurde zu einer Ausgestoßenen, was, wie du dir vorstellen kannst, in Paris äußerst lästig ist. Das ist zum Teil dafür verantwortlich, dass ich gegangen bin.“

Belle schmerzte das Herz für ihre Freundin. „Marguerite, es tut mir so leid …“

Aber Marguerite fuhr schon fort. „Dass ich dich heute nicht eingeladen habe, mich zu begleiten, liegt daran, dass ich mich mit einer Frau getroffen habe, die ich sehr mag. Ich war einfach noch nicht bereit, dir diesen Teil von mir zu zeigen.“

„Es tut mir unendlich leid, dass ich dich gezwungen habe, mir all das zu erzählen. Ich hatte kein Recht …“

„Stimmt, das hattest du nicht.“

Belle ließ die Stille zwischen ihnen in der Luft schweben, unsicher, wie sie die Dinge wieder ins Lot bringen konnte. Sie hatte ihre engste Freundin hintergangen und sie bedrängt, für nichts.

„Ich hoffe, du weißt, dass das nichts an unserer Freundschaft ändert, zumindest nicht von meiner Seite. Ich verstehe, warum du dich gefürchtet hast, mir davon zu erzählen. Aber alles, was ich will, ist, dass du glücklich bist.“

Marguerite seufzte. „Ehrlich, Belle, ich hätte dir schon viel früher davon erzählen sollen, aber das bedeutet nicht, dass ich froh darüber bin, gezwungen worden zu sein, es dir jetzt zu sagen." Belle öffnete den Mund, um etwas zu sagen, aber Marguerite unterbrach sie. „Ich denke, wir sollten das Dorf verlassen, bevor dieser Mann aufwacht und allen erzählt, wen er gesehen hat, bevor ich ihn bewusstlos geschlagen habe."

Sie eilte davon, bevor Belle auch nur ein Wort sagen konnte. Marguerite war den ganzen Weg zurück zum Schloss über schweigsam, und die Schuld lastete schwer auf Belles Schultern.

Sie war eine Närrin, dass sie auch nur eine Sekunde geglaubt hatte, ihre Freundin könnte eine geheime Revolutionärin sein, die sich Belles Vertrauen erschlichen hatte. Aber sie war eine noch viel größere Närrin, weil sie überhaupt zugelassen hatte, dass Bastiens nebulöse Warnungen zu ihr durchgedrungen. Wenn es eine Person in Aveyon gab, der sie nicht vertrauen durfte, dann war es der Duc de Vincennes, der sie bei mehr als einer Gelegenheit belogen hatte.

Sie hatte erwartet, dass ihre Freundin sich auf ihre Gemächer zurückziehen würde, ohne ein weiteres Wort über die Sache zu verlieren, aber Marguerite führte sie beide in die Bibliothek, die jetzt vollkommen leer war. Tassilos Unordnung lag noch überall verteilt.

Ihre Freundin wandte sich zu ihr um, die Hände fest in die Hüften gestemmt. „Was genau hat Bastien dir erzählt?"

Belle schluckte schwer, zutiefst beschämt von ihrem Verhalten. „Er hat mir erzählt, er habe dich im Dorf gesehen, wie du damit prahlst, wie nahe du mir stehst. Er hat mir erzählt, dass revolutionäre Aufrührer in allerlei Gestalt daherkommen, und mir angeboten, dich aus dem Schloss entfernen zu lassen." Bei ihren Worten lief Marguerite vor Zorn rot an. „Ich habe mich natürlich geweigert. Meine instinktive Reaktion war, alles abzutun, was er gesagt hatte. Aber als du mir dann nicht angeboten hast, dich zu begleiten, kam mir das wie ein Beweis von allem vor, was er mir über dich erzählt hatte. Ich hätte auf mein Bauchgefühl vertrauen sollen."

Bei diesen Worten tauchte vor ihrem inneren Auge das Gesicht der Frau aus dem Spiegelgeschäft auf. *Du darfst nicht darauf warten, dass andere Aveyon retten. Du musst auf deinen Instinkt vertrauen und zu der Königin werden, die in dir steckt.*

Seit ihrer Rückkehr nach Aveyon war dies der beste Ratschlag, den sie erhalten hatte, und er stammte von einem Geist. „Es tut mir so leid, dass ich zugelassen habe, dass seine Betrügereien zwischen uns kommen."

„Er ist ein absolutes Wiesel von einem Mann, Belle. Versailles liegt diesem Intriganten im Blut." Belle konnte dieser Beleidigung nur zustimmen. Bastien hatte sich als wahrhaftig geschickter Lügner entpuppt. „Aber seine größte Sünde wäre es, einen Keil zwischen uns zu treiben, und das werde ich nicht zulassen."

Eine unendliche Erleichterung erfasste Belle. Sie griff nach Marguerites Hand, und ihre Freundin ließ zu, dass sie sie in eine feste Umarmung zog.

„Ich werde nie wieder auf dieses Wiesel hören", murmelte Belle in ihr Haar.

Marguerite löste sich von ihr und lächelte. „Du bist mir aber etwas schuldig. Ich kann nicht fassen, dass ich diesem Bäcker eins über den Schädel gegeben habe."

„Er ist als ziemlich starker Trinker bekannt. Es besteht also eine gute Chance, dass er sich an nichts erinnert."

„Wirst du ihn zur Rede stellen?"

„Jean? Sicher nicht. Ich möchte lieber nicht wissen, ob der Mann, bei dem ich seit mehr als einem Jahrzehnt mein Gebäck kaufe, bereit war, mich dem Mob auszuliefern."

„Nein, ich meine Bastien."

„Auf die Gefahr hin, dass er mich vollständig aus dem Rat ausschließt? Nein. Ich würde ihm durchaus zutrauen, dass er die Ratstreffen dann ausschließlich während der Jagd abhält, nur um mich von ihnen fernzuhalten." Sie rieb sich die Schläfen. „Ich muss geschickt vorgehen und Lios Rückkehr abwarten. Die Berater suchen ohnehin schon nach einem Grund, mich zu ignorieren oder in Misskredit zu bringen, und das darf bis nach dem Salon nicht geschehen."

Belle hatte die Ereignisse des Abends erfolgreich verdrängt, aber nun kehrte auf einen Schlag die Erinnerung an LeFous Brandrede zurück. „Obwohl, nach allem, was wir heute Abend miterlebt haben, kann ich da überhaupt noch so tun, als würde ein Salon Aveyons Probleme lösen?"

„Sei nicht albern. Aveyon braucht diesen Salon jetzt mehr denn je", protestierte Marguerite.

Belle kniff die Augen zusammen. „Wäre es nicht ein bisschen so, als würde man ein Pflaster auf eine klaffende Wunde kleben und hoffen, dass sie von selbst verheilt?"

„Wie meinst du das?"

„Vorhin im Atelier war die Menge wie berauscht von der Aussicht auf eine Revolution. Ist es überhaupt noch möglich, sie aufzuhalten?"

„Dieser Raum war voller leicht zu beeinflussender Trunkenbolde aus den Tavernen und Gassen von Plesance. Sie hätten eine Ziege zum König gekrönt, wenn jemand sie von einem Stapel Kisten aus dazu angestiftet hätte." Sie ließ sich neben Belle auf ein Sofa sinken. „Wer war dieser Vollidiot überhaupt?"

Belle verschluckte sich beinahe an Marguerites treffender Wortwahl. „Das war LeFou. Er ist schon seit einiger Zeit mein Feind."

„Sein Name spricht Bände. Aber du musst dir wegen der Menge keine Sorgen machen. Sie alle werden morgen früh aufwachen und kaum noch eine Erinnerung an ihre Zeit im Atelier haben, wo sie einem lauten Narren zugehört haben, der eine Rede hält. Und in ein paar Tagen werden einige von ihnen in eben dieser Bibliothek sitzen, bewaffnet mit ihren besten Ideen und bereit, sie mit Wissenschaftlern und Philosophen auszutauschen. Anstatt angeschrien zu werden, wird man ihnen *zuhören.*" Sie legte eine Pause ein, aber dieses Mal war es eine freundschaftliche Stille. Als sie wieder das Wort ergriff, hatte ihre Stimme einen verträumten Unterton angenommen. „Es wird eine magische Erfahrung sein, mitanzusehen, wie ein Königreich zusammenkommt, um sich selbst wiederaufzubauen."

Belle und Marguerite unterhielten sich noch bis spät in die Nacht über die Vorschläge, die sie sich von Aveyons Bürgern erhofften. Sie würden eine Vielzahl von Ideen aus allen Ecken und Enden des Königreiches und noch darüber hinaus benötigen, um eine konstruktive Debatte in Schwung zu bringen. Belle überlegte, ob ein einziger Tag dazu ausreichen würde. Sie machte sich eine mentale Notiz, den logistischen Aufwand, die Veranstaltung zu verlängern, mit Cogsworth zu besprechen, aber erst bei einer der seltenen Gelegenheiten, zu der er in guter Stimmung war.

Als sie die Bibliothek schließlich verließen, lagen die Gedanken an LeFou weit zurück. Belle stolperte zu Bett und war bereits eingeschlafen, bevor sie auch nur darüber nachdenken konnte, ihr Kleid auszuziehen.

Sie erwachte in einem Raum, der nicht ihr eigener war.

Zwar lag Belle in demselben Bett, in dem sie eingeschlafen war, aber jenseits davon war der Raum bar jeglicher Konturen, eine leere Leinwand. *Ich träume*, dachte sie, schwang ihre Beine über die Bettkante und schritt in das weiße Nichts.

Kaum dass sie aufgestanden war, verschwand das Bett hinter ihr wie eine Rauchwolke. Sie konnte weder den Boden, auf dem sie stand, unter ihren Füßen spüren, noch irgendwelche Wände oder Grenzen ausmachen, so als reichte der Raum bis in die Unendlichkeit.

„Ist da jemand?", rief sie, unsicher, welche Antwort sie sich erhoffte. Sie dachte, dass sie vermutlich mehr Angst empfinden sollte, aber in ihrem Inneren herrschte ein Gefühl tiefer Ruhe, das sie sich nicht erklären konnte. Ihr erster Gedanke war, dass ihr das Gefühl vertraut vorkam. Es war dieselbe unnatürliche Ruhe, die sie in dem Geschäft in Paris empfunden hatte.

Wie aufs Stichwort erschien in der Ferne eine Gestalt, zunächst verschwommen, bis sie weiter in ihr Blickfeld trat. Es überraschte Belle nicht festzustellen, dass es sich um die Frau aus dem Spiegelgeschäft handelte, die sie seit Paris auf Schritt und Tritt verfolgt hatte.

Das hier ist ein Traum, versicherte Belle sich selbst. *Ich werde aufwachen, und nichts von alldem wird real gewesen sein.*

Die Frau blieb ein kurzes Stück von ihr entfernt stehen und legte den Kopf schief. „Ich nehme an, du könntest es als einen Traum bezeichnen, aber in Wahrheit ist es etwas vollkommen anderes."

„Wer sind Sie?"

„Eine Freundin", war alles, was die Frau darauf erwiderte.

„Warum sollte ich Ihnen glauben?"

Die Frau kam näher, die Hände flehentlich vor sich ausgestreckt. „Du hast jedes Recht zu glauben, was du willst, Belle. Aber ich bitte dich, mir zumindest zuzuhören, bevor du beschließt, dass ich deine Feindin bin."

In diesem seltsamen Traumreich kam ihr das wie eine berechtigte Forderung vor. „Fahren Sie fort."

Die Frau ließ die Arme an ihre Seite sinken. „Ich bin hier, um dich vor dem zu warnen, was kommen wird. Ein Feuer brennt sich durch Frankreich, und wenn Aveyon seinen Flammen zum Opfer fällt, wird nichts es davon abhalten, sich über die ganze Welt auszubreiten."

Das Feuer, von dem sie sprach, war die Revolution, die in Paris und Versailles brannte, das war offensichtlich. Aber Belle wusste nicht, warum diese Frau sich so verzweifelt darum mühte, sie über das Unvermeidliche ins Bild zu setzen. Belle wollte nicht zugeben, wie verängstigt sie tatsächlich war, nicht einmal in diesem bizarren Traumreich.

Also zuckte sie so gleichgültig mit den Schultern, wie es ihr möglich war. „Manch ein Königreich oder Imperium auf der Welt sollte dazu gezwungen werden, sich zu verändern."

Die Frau runzelte die Stirn. „Aber der Terror marschiert im Gefolge dieses Feuers. Tausende werden sterben, Menschen werden sich gegen ihre Nächsten wenden, Königreiche werden ihre Verbündeten verraten. Diese Instabilität wird weitreichende Konsequenzen mit sich bringen. Aveyon, wie du es kennst, wird aufhören zu existieren. Es ist an dir, das Feuer daran zu hindern, sich auszubreiten."

Belle kämpfte mit dem Gefühl, dass ihnen, wenn sie dieser Frau Glauben schenkte, das Schlimmste noch bevorstand, und es nichts gab, was sie tun konnte, um es zu verhindern. Sie verstand nicht, warum die Verantwortung dafür, dass es Aveyon nicht zugrunde richtete, auf ihren Schultern lastete. Aber sie fürchtete ihre eigenen Fehler mehr als die Möglichkeit, dass diese geheimnisvolle, magische Frau sie anlog.

„Was soll ich tun?"

„Ich habe dir schon einmal geraten, dich auf deinen Instinkt zu verlassen. Du hast ihn über so lange Zeit unterdrückt, dass du ihn nicht mehr als das erkennst, was er ist – eine Warnung."

Der Raum begann zu erbeben. Belle versuchte, es zu ignorieren. „Sie sprechen in Rätseln. Können Sie es mir nicht einfach direkt sagen?"

„Meine Voraussicht ist begrenzt, Belle. Ich weiß nur, was ich in verschwommenen Visionen gesehen habe – Visionen von dir mit einer Krone auf dem Haupt, dein Königreich in Flammen, Europa, das unter der Last der Gewalt zusammenbricht, die diese Revolution mit sich bringt. Alles, was ich tun kann, ist, abzuwarten und zuzusehen, während jeder Schritt, den du auf diesem Pfad gehst, entweder verschleiert oder erhärtet, was ich von der Zukunft ausmachen kann. Ich kann dir nicht sagen, was du tun oder wem du vertrauen solltest. Das sind Entscheidungen, die du allein treffen musst", gestand sie. „Aber eines war von Anfang an gewiss: Jede meiner Visionen von Heilung und davon, dieses Feuer zu vermeiden, beginnt mit dir."

Der Boden unter ihren Füßen begann zu zittern, und Belle verlor das Gleichgewicht.

„Was geschieht hier?", fragte sie beunruhigt.

Die Frau war so gefasst wie eh und je. „Du wachst auf."

Wie aus weiter Ferne hörte Belle, wie jemand ihren Namen rief. Sie sah zurück zu der Frau, wollte noch mehr Antworten von ihr verlangen, aber ihr Zugriff auf den Traum wurde immer schwächer.

„Warum können Sie mir nicht in Aveyon erscheinen, wie sie es in Paris getan haben?"

Die Frau senkte den Blick wie in tiefer Trauer. „Ich denke nicht, dass ich dort willkommen wäre."

Der Traum begann jetzt ernsthaft zu schwinden. Der weiße Raum zerfiel in Schwärze, und Belle wurde zur Seite geworfen, klammerte sich an einem Vorsprung fest, den sie nicht sehen konnte.

„Was ist, wenn ich Sie wieder brauche?" Sie wollte noch so viele Fragen stellen, aber ein endgültiger, ohrenbetäubender Knall ließ Belle in den Abgrund stürzen.

Gleich darauf schreckte sie in ihren eigenen Gemächern hoch, und eine aufgeregte Madame Pottine stand über sie gebeugt.

„Sacré, Belle, Ihr schlaft ja wie eine Tote."

Belle setzte sich auf und spürte sofort, dass etwas nicht stimmte. „Was ist los? Was ist geschehen?"

„Ihr müsst schnell kommen, Madame. Bastien ist dabei, Marguerite aus dem Schloss zu verbannen. Auf Eure Anweisung, sagt er. Ich weiß, dass Ihr so etwas nie tun würdet, darum bin ich schnurstracks zu Euch gekommen."

Belle war bereits auf den Beinen und stellte erleichtert fest, dass sie noch ihre Kleidung vom Vortag trug. „Bringen Sie mich zu ihnen."

Die beiden Frauen eilten durch das dunkle Schloss. Belle hörte den Aufruhr, lange bevor sie ihn erreicht hatte. Rufe schallten durch die leeren Korridore, die den Klang der aufgebrachten Stimmen noch verstärkten.

„Ich muss sichergehen, dass Tassilo im Bett bleibt, wo er hingehört. Ich komme zurück, so schnell ich kann", flüsterte Madame Pottine.

„Gehen Sie." Belle drängte sie, die unschöne Szene zu verlassen.

Endlich erreichte Belle die Eingangshalle, wo einige Wachen unter Bastiens gelassenem Blick versuchten, eine völlig aufgelöste Marguerite gewaltsam aus dem Schloss zu entfernen.

Bastien wandte sich um, bemerkte Belles Ankunft, und der Schock verzerrte seine Züge. Offensichtlich hatte er nicht damit gerechnet, dass jemand Belle Bescheid geben würde, aber er erholte sich bemerkenswert schnell.

„Ah, gut, jetzt kannst du Mademoiselle de Lambriquet erklären, dass ich nur auf deinen Befehl handele."

„Zurücktreten", befahl Belle. Die Wachen zögerten für den Bruchteil einer Sekunde, bevor sie gehorchten.

Kaum dass die Wachen sie losgelassen hatten, stürzte Marguerite zu Boden. Natürlich wollte Belle sicherstellen, dass es ihr gut ging, aber vorher gab es größere Probleme, um die sie sich kümmern musste.

„Was geht hier vor, Bastien?"

Er hob die Hände, als würde er sich ergeben. „Ich tue nur das, worum du mich gebeten hast."

„Ich habe dich kein einziges Mal gebeten, Marguerite aus dem Schloss zu verbannen."

„Vielleicht nicht mit genau diesen Worten … Du wolltest, dass man sich um sie kümmert. Also kümmere ich mich um sie."

„Das ist ungeheuerlich. Wann habe ich dich *jemals* gebeten …"

Bastien schien zu begreifen, dass er die Kontrolle über die Situation vollständig verloren hatte. „Es scheint, als hätte ich die Lage falsch eingeschätzt." Er sah zu Marguerite hinüber und schenkte ihr ein verkniffenes Lächeln. „Verzeiht, Mademoiselle, das war alles ein großes Missverständnis."

Marguerite war immer noch durch den Wind, aber sie funkelte Bastien an, als könnte sie ihn mit bloßen Händen erwürgen – ein Gefühl, das Belle teilte. Sie war es leid, dass der Duc seinen Einfluss wie eine Waffe gegen sie richtete. Übereinandergestapelt könnten seine Sünden die Spitze des höchsten Turms im Schloss erreichen. Es gab keinen Grund, ihm je wieder zu vertrauen oder ihn um sich zu halten. Warum begriff sie das erst jetzt?

Belle wandte sich an die Wachen. „Sie werden nie wieder einen Befehl vom Duc de Vincennes entgegennehmen. Haben Sie verstanden?"

Erleichtert sah sie, dass die Wachen dieses Mal ohne Zögern nickten.

„Belle, sei vernünftig."

„Du wirst mich nicht mehr ansprechen, es sei denn, um dich dafür zu entschuldigen, ein hinterhältiger Intrigant gewesen zu sein." Ausnahmsweise hatte Bastien einmal keine Erwiderung parat. „Deine Tage im Rat sind vorbei, Bastien. Du hättest dort nie einen Platz erhalten sollen. Ich habe keine Ahnung, welches Spiel du hier treibst oder welches Ziel du verfolgst. Vielleicht gefällt es dir einfach nur, Chaos zu stiften, aber das ist nicht von Bedeutung. Du bist fertig damit, mit den Menschen von Aveyon deine Spielchen zu treiben."

Mehrere Male öffnete und schloss er seinen Mund. Sie hatte den Duc noch nie derart um Worte verlegen gesehen.

„Du bist ein Gast in diesem Schloss, nicht mehr. Du sprichst nicht für mich, und du sprichst ganz gewiss nicht für den König. Hast du mich verstanden?"

Er schluckte und starrte sie mit fassungsloser Miene an. „Ich habe nur getan, was ich für das Beste für das Königreich hielt."

„Du hast keine Ahnung, was das Beste für Aveyon ist. Du hast es nie gewusst. Bei all deiner vermeintlichen Weisheit bist du nicht ein einziges Mal durch unsere Städte und Dörfer gelaufen. Du hast nie mit den Menschen gesprochen, die das Rückgrat von Aveyon bilden. Oder mit den Bauern, wie du sie so unbekümmert und ausschließlich bezeichnest. Man könnte meinen, du hättest sogar vergessen, dass ich früher einmal eine Bäuerin war – wenn du mich nicht ständig daran erinnern würdest."

Inzwischen hatte sich eine neugierige Menge hinter ihr angesammelt. Cogsworth trat an ihre Seite, und Belle zog erwartungsvoll den Kopf ein. Garantiert würde er ihr gleich die Leviten lesen, weil sie den Duc so grob beleidigt hatte.

„Ich schlage vor, dass Ihr Euch auf Eure Gemächer zurückzieht, Monsieur." Das war die schärfste Zurechtweisung, die der Haushofmeister einem Aristokraten jemals erteilt hatte. Er wandte sich an den Rest der Versammlung. „Dasselbe gilt auch für euch alle. Es ist schon spät, und wir haben morgen alle Arbeit zu verrichten."

Langsam verlief sich die Menge. Bastien verharrte mit einem Ausdruck sarkastischer Fassungslosigkeit auf dem Gesicht, als könne er nicht glauben, was gerade geschehen war, und habe es zugleich kommen sehen.

„Belle, wenn du mich nur erklären lassen …"

„Geh zu Bett, Bastien. Du hast schon genug angerichtet für eine Nacht."

Er starrte sie wortlos an, und sie entdeckte einen Funken der Rage, die unter seiner sorgfältig errichteten Fassade kochte. Es machte ihr Angst, aber sie blieb standhaft. Er machte auf dem Absatz kehrt und verließ die Eingangshalle. Seine Schritte hallten laut durch die Korridore.

Als sie ihn nicht mehr hören konnten, sank Belle auf die Knie. Die Konfrontation hatte sie schwer mitgenommen.

„Was zum Himmel habe ich getan?", wisperte sie.

Marguerite starrte den Flur hinunter, in dem Bastien verschwunden war. „Was du schon vor Wochen hättest tun sollen." Sie sah zu Belle. „Wenn es ihm gelungen wäre, mich aus dem Schloss zu verjagen, kannst du dir sicher sein, dass er schon eine Geschichte für dich parat hatte. *Marguerite wurde in der Nacht fortgerufen. Sie lässt dir ausrichten, dass du dir keine*

Sorgen über ihre Abreise machen sollst. Diese Schlange. Er dachte, ich würde ihm glauben, dass du mich aus dem Schloss entfernt wissen wolltest. Als hätte ich dich nicht gerade erst aus einer ganzen Werkstatt voll zorniger betrunkener Männer gerettet."

„Pardon?", keuchte Cogsworth, der noch bei ihnen stand.

Belle ignorierte die unausgesprochene Frage. „Cogsworth, könnt Ihr Marguerite einen Tee holen? Sie hatte eine harte Nacht." Ausnahmsweise protestierte er nicht dagegen, eine so niedere Aufgabe auszuführen. Sie sah zurück zu ihrer Freundin. „Was hat ihn dazu verleitet, ausgerechnet jetzt gegen dich vorzugehen?"

Marguerite errötete. „Möglicherweise habe ich seinen Gemächern auf dem Weg zu meinen eigenen einen Besuch abgestattet, mit dem Vorsatz, ihn wegen der Lügen, die er über mich verbreitet, zur Rede zu stellen." Sie hielt inne und warf Belle einen raschen, beschämten Blick zu. „Ich war noch überhaupt nicht zu Wort gekommen, als er auch schon darauf bestand, mir einen dringenden Brief von Aurelian zu zeigen, den er in seinem Büro verwahrte. Ist das zu glauben, dass ich ihm diesen geballten Unsinn abgekauft habe? Es war alles Teil seiner List, natürlich." Sie zupfte ihr zerknülltes Kleid zurecht. „Das Beängstigende an der ganzen Sache ist, dass es wahrscheinlich funktioniert hätte, wenn du nicht aufgetaucht wärst. Ich hätte keinerlei Möglichkeit gehabt, zurück ins Schloss zu gelangen, geschweige denn dir einen Brief zu schicken. Er hat hier viel zu viel unter seiner Kontrolle. Oder eher, er *hatte.* Du hast das Richtige getan, Belle."

Belle seufzte. „Vielleicht, aber vielleicht war es nicht die beste Idee, ihm in seinen Gemächern aufzulauern."

„Natürlich nicht. Aber es ärgert mich so, weil wir einander kennen, er und ich. Trotz all unserer Differenzen waren Bastien und mein Bruder ein Leben lang Freunde. Ich kann nicht fassen, dass er mir über mein Zerwürfnis mit der Comtesse etwas so Grausames antun würde." Sie richtete sich auf und schüttelte den Kopf. „Er ist eine Schlange, und jetzt wissen alle Bescheid."

„Tun sie das?", fragte Belle. Darauf wusste Marguerite keine Antwort.

„Es ist nicht so sehr, dass ich bereue, was ich getan habe, als dass ich mich vor seiner Vergeltung fürchte."

„Was könnte er schon anrichten? Du bist die Frau des Königs von Aveyon, und es ist ja nicht so, als ob er dich aus deinem eigenen verfluchten Schloss werfen könnte." Marguerite streckte ihr eine Hand hin und half Belle auf die Füße. „Er hat endlich sein wahres Gesicht gezeigt. Genau das ist deine Verteidigung, sollte irgendjemand es wagen, deine Entscheidung infrage zu stellen. Er hat versucht, für dich zu sprechen. Er hat sich zu viel angemaßt. Du hättest *ihn* verbannen sollen."

„Er ist die einzige Familie, die Lio noch geblieben ist. Ich glaube, es war ausreichend, seinen Einfluss zu beschneiden."

„Ich hoffe, dass du recht hast." Marguerite steckte sich das unbändige Haar hinter die Ohren. „Ich kann aber nicht versprechen, ihn nicht zu erwürgen, wenn ich ihn das nächste Mal sehe."

„Das ist dein gutes Recht", erwiderte Belle. „Es tut mir leid, dass dir das zugestoßen ist. Ich habe das Gefühl, dass alles in sich zusammenbricht und ich nichts tun kann, um es aufzuhalten."

Marguerite drückte sanft ihre Schulter. „Erstens wird dein Salon ein gigantischer Erfolg werden, und zweitens glaube ich nicht, dass du ihn jetzt noch absagen könntest, selbst wenn du es wolltest." Marguerite grinste. „Die Räder sind in Bewegung, Belle."

Kapitel Dreiundzwanzig

Der Schlosshof war voller, als Belle ihn je gesehen hatte.

Ein ganzer Strom an Wagen rollte ohne Ende herein, beladen mit den Extravorräten an Butter, Eiern und Mehl, die Madame Pottine geordert hatte, um die Gäste des Salons bewirten zu können. Entlang der Mauern errichteten Handwerker provisorische Stände für die Händler, die ihre Waren auf dem zeitgleich stattfindenden Markt verkaufen durften, um die Schlossküche zu entlasten und den Besuchern eine Anlaufstelle zu bieten, die nicht die Bibliothek war. Der Rest des Schlosses würde tabu sein. Wenn es einen Ratschlag von Bastien gab, den Belle zu beherzigen bereit war, dann, dass die Sicherheit aller, die im Schloss lebten, oberste Priorität haben sollte.

Sie hatte den Duc seit der Szene in der Eingangshalle vor zwei Tagen nicht mehr zu Gesicht bekommen, abgesehen von seiner Rückseite, wenn er den Raum verließ, den sie betrat. Sie wusste, dass er seine Wunden leckte. Belle hatte jeglichem Einfluss, über den er im Schloss verfügt hatte, einen Riegel vorgeschoben, und sie hatte halb erwartet, dass er Aveyon aufgrund der Peinlichkeit ganz verlassen würde. Aber es schien, als ob er vorerst bleiben würde, schmollend und herumlungernd wie ein bockiges Kind. Sie fragte sich, ob er vorhatte, Lio von dem Vorfall zu berichten, in der Hoffnung, dass sein Cousin für ihn Partei ergreifen würde. Sie hatte wirklich ihr Bestes getan, Bastien zu vertrauen, aber er hatte sich wieder und wieder als Lügner entpuppt. Unter diesen Umständen hätte Lio dasselbe getan wie sie. Ein Teil derselben Familie zu sein, war nicht Grund genug, um jemandem zu vergeben, nachdem dieser sein Vertrauen missbraucht hatte.

Cogsworth tauchte hinter ihrer Schulter auf. „Alles läuft wie geplant, Madame."

„Bitte, Cogsworth. Nennt mich einfach Belle."

„Selbstverständlich, Belle." Er schien an ihrem Namen zu ersticken, als wäre er ein bitteres Stück Obst. „Ist der König darüber unterrichtet, dass Ihr das Schloss auch für das gewöhnliche Volk geöffnet habt?"

„Nein", gab Belle zu. „Ich wollte ihn nicht mit noch mehr Sorgen und Problemen belasten. Es wird eine Überraschung für ihn werden, es sei denn natürlich, er hat die Aushänge in den Dörfern gesehen. Marguerite und ich haben kein Auge mehr zugetan, seit wir die Vorschläge erhalten haben."

„Habt Ihr Eure Auswahl getroffen?"

„Ja, auch wenn es uns nicht leicht gefallen ist. Wir mussten einige sehr gute Ideen verwerfen, einfach weil wir nicht genügend Zeit haben werden, um sie alle anzuhören."

„Nun, für gewöhnlich verabscheue ich Überraschungen, aber ich kann mir nicht vorstellen, dass der König einen Grund haben wird, an dieser keinen Gefallen zu finden. Wäre er hier gewesen, so vermute ich, dass er sich mit Begeisterung an der Planung beteiligt hätte."

Belle lächelte ihm zu, als Lumière hinter ihnen auftauchte.

„Ist das ein Lob, mon ami?" Lumière schlich sich von hinten an ihn heran und packte Cogsworth bei den Schultern. „Nun komm schon. Das kannst du doch besser. Sieh dich nur um." Er erfasste den ganzen Schlosshof in einer ausladenden Geste. „Hast du das Schloss je so voller Leben gesehen? Davon konnten wir zehn lange Jahre nur träumen."

Belle spitzte die Ohren. Je weiter sie sich von dem Fluch entfernten, desto weniger wollten diejenigen, die unter seinem Joch gelebt hatte, darüber sprechen. Außer Madame Pottine hatte Belle seit Monaten keinen Schlossbewohner mehr darüber reden hören, und sie hatte kein Interesse daran, jemanden zu diesem Thema zu drängen.

Cogsworth schüttelte den Maître d'hôtel ab. „Ja, nun, uns stehen zwei volle Tage bevor, in denen alles nur Erdenkliche schiefgehen kann." Sein Unbehagen war ihm anzusehen.

„Ah, das ist der Cogsworth, den ich kenne und liebe." Lumière machte sich auf den Weg zu einer Gruppe von Dienstmädchen, die er auf der anderen Seite des Hofes entdeckt hatte, bevor der Haushofmeister ihn weiter ermahnen konnte.

Cogsworth stieß einen tiefen Seufzer aus. „Es ist nicht so, dass ich damit rechne, dass irgendetwas schrecklich schiefgeht, aber ich kann seinen ständigen Optimismus einfach nicht ertragen."

Belle lachte. „Ich vertraue auf seinen Optimismus und Euren Pessimismus gleichermaßen. Sie beide gleichen einander aus."

Bei dem Gedanken rümpfte er die Nase. „Ja, nun, es fehlt nur noch ein einziger Tag, bis der König zurückkehrt. Seid Ihr bereit, ihm *alles* zu erklären?"

Sie wusste, dass er damit fragte, ob sie bereit war, Lio von dem Vorfall mit Bastien zu erzählen – zusätzlich zu der Einbindung der aveyonischen Bürger in ihren Salon. „Ja."

Er nickte und drängte auf keine weitere Bestätigung. „Dann werde ich diese Angelegenheit als erledigt betrachten." Cogsworth strich etwas von seiner Liste. „Ich muss nach der Küche sehen. Als ich das letzte Mal dort war, war Madame Pottine nicht ausreichend auf den schlimmsten Fall vorbereitet, den ich ihr ausgemalt habe."

„Welcher wäre das?"

„Dass die Teilnehmer das Essen bevorzugen, das sie im Hof käuflich erwerben können."

„Ich glaube nicht, dass Sie sich darüber Sorgen machen müssen, Cogsworth."

„Nun, nichtsdestotrotz, sollte der schlimmste Fall eintreten, benötigen wir einen Notfallplan für die fünfzig Pfund Butter, die sie bestellt hat."

Er verneigte sich in einem perfekten Neunzig-Grad-Winkel vor Belle und achtete im Davongehen darauf, ihr nicht den Rücken zuzukehren, bis er außer Sicht war. Belle hasste es, dass er nicht imstande war, von der Etikette abzulassen, die sie so unbedingt hatte verbannen wollen.

Hufschläge donnerten über das Pflaster. Belle wandte sich um, gespannt zu sehen, welcher ihrer namhaften Gäste als Erster eintreffen würde und warum er scheinbar so in Eile war. Ihr Herz war nicht darauf gefasst, einen Freudensprung zu machen, als sie sah, dass es Lio war, der durch das Tor ritt, einen ganzen Tag früher als erwartet.

Wenn er überrascht war, den Schlosshof voller Menschen und Stände vorzufinden, dann war es ihm nicht anzusehen. Seine Augen fanden die ihren sofort. Sein Haar fiel ihm lose auf die Schultern, länger, als sie es in Erinnerung hatte.

„Belle."

Die Entfernung zwischen ihnen war zwar noch groß, aber sie konnte trotzdem hören, wie er ihren Namen sagte. Als wäre er ein Geheimnis, das nur er kannte.

Er stieg von seinem Pferd, und sie stürzten aufeinander zu und trafen sich in der Mitte des Schlosshofes. Belle erwartete, dass er Fragen haben würde, die nicht warten konnten. Nicht erwartet hatte sie, dass er sie vor der versammelten Menschenmenge in die Arme schließen und ihr einen ungestümen Kuss auf die Lippen pressen würde. Sein Mund schmeckte nach den Minzblättern, die er auf langen Reisen gerne kaute. Alles, was sie an ihm vermisst hatte, wurde in dieser einen Geste zusammengefasst. Als sie dort in Lios Armen stand, fühlte sie sich mehr zu Hause, als sie es im Schloss jemals könnte.

Als sie sich schließlich voneinander trennten, sah Belle, dass er beunruhigt wirkte. Offenbar bemerkte er das Gewusel ungewöhnlicher Betriebsamkeit im Schlosshof erst jetzt.

Er lächelte seinem Volk freundlich zu, aber Belle war wie überwältigt von seinem plötzlichen Erscheinen und seiner angespannten Haltung. Cogsworth hatte eine Nachricht von ihm erwartet, wenn er Livrade erreichte, was Belle Zeit gegeben hätte, nach Plesance zu reiten, um ihn zu begrüßen und zu erklären, warum das Schloss voller Besucher war, während er einen ruhigen Salon erwartet hatte. Er hätte nicht einfach so ganz ohne Vorwarnung eintreffen dürfen.

Irgendetwas stimmte nicht.

Lio beäugte die Menge, die sich um sie versammelt hatte und das Schauspiel bejubelte. „Was um alles in der Welt geht hier vor? Ich nehme an, das ist keine Willkommensfeier?“

Aber Belle fand nicht die richtigen Worte, um es ihm zu erklären. „Warum bist du so früh zurück? Was ist passiert?“

Er presste die Lippen zu einer schmalen Linie zusammen. „Lass uns drinnen weiterreden.“

Bei Lios Anblick, als dieser durch die Schlosstore schritt, traf Cogsworth beinahe der Schlag. Doch er tat sein Bestes, um natürlich zu wirken.

„Eure Majestät, was für eine vollkommen unerwartete Überraschung“, sagte er, wobei sich hinter seinem pflichtbewussten Auftreten ein Anflug von kaum kontrollierter Panik verbarg. Er schielte über Lios Schulter auf den dahinter liegenden Schlosshof. „Darf ich fragen, wo Eure Gefolgschaft zu finden ist? Es gibt viel zu tun.“

Lio schälte sich die Handschuhe von den Fingern und stopfte sie in seine Tasche. „Ich bin vorausgeritten. Sie werden erst morgen eintreffen.“

Cogsworth wirkte zugleich erschüttert und vollkommen gelassen, ein besonderes Talent von ihm. „Darf ich fragen, warum?“

Lio legte ihm eine Hand auf die Schulter. „Hört, uns bleibt keine Zeit, die Geschichte wieder und wieder zu erzählen. Könnt Ihr bitte Bastien von meiner Ankunft in Kenntnis setzen und ihn bitten, uns im Thronsaal zu treffen?“

Belle und Cogsworth erstarrten. Keiner von beiden wusste, wie sie Lio mitteilen sollten, dass Belle seinen Cousin praktisch von jeglichen Diskussionen über die Angelegenheiten des Königreichs ausgeschlossen hatte.

Als Belle ihren Ehemann musterte, bemerkte sie Anzeichen der Angst, die ihn nachts wachgehalten hatte. Seine Haut war fahler als gewöhnlich, seine Gestalt schmaler. Was auch immer geschehen war und ihn dazu veranlasst hatte, den ganzen Weg zurück zum Schloss einen Tag schneller als geplant zurückzulegen, konnte nichts Gutes verheißen. Instinktiv entschied sie, ihn nicht mit noch einem weiteren Problem zu belasten.

Cogsworth blickte zwischen den beiden hin und her, seine Augen flehten um irgendeine Anweisung. Lio war zu abgelenkt, um das Zögern seines Haushofmeisters zu bemerken.

Belle räusperte sich. „Ja, bitte tun Sie das, Cogsworth. Und würden Sie bitte auch Marguerite Bescheid geben?“

Der Name schien Lio aus seinen Gedanken zu reißen. Er beobachtete, wie Cogsworth davoneilte, bevor er sagte: „Ich möchte nichts andeuten, aber …“

Belle unterbrach ihn. „Ich würde ihr mein Leben anvertrauen, Lio.“

„In Ordnung.“ Er zog sie in eine weitere Umarmung, die sich beinahe verzweifelt anfühlte. „Das habe ich so vermisst.“

Ihr brannten eintausend Fragen auf der Zunge, aber Fragen konnten warten. Für den Moment hielt sie ihn einfach nur im Arm und genoss das Gefühl, ihn wieder bei sich zu haben. Es war nicht von Bedeutung, was er ihnen zu sagen hatte, solange sie nur zusammen waren. Sie hätte bis in alle Ewigkeit so stehen bleiben können, einander umarmend und vollkommen still inmitten des Chaos, das das Schloss verschlungen hatte, und sie wäre glücklich gewesen.

Aber die Realität holte sie zurück. „Wir müssen gehen“, flüsterte Lio in ihr Ohr.

Sie nickte, den Kopf an seiner Brust, und ließ sich von ihm aus dem Zufluchtsort führen, den sie sich selbst geschaffen hatten. Vielleicht würde er eines Tages länger als nur für ein paar kurze Augenblicke bestehen, gestohlen aus ihren richtigen Leben.

Es war ein Ratstreffen, das seinesgleichen suchte und bei dem nur ein einziger Berater anwesend war. Belles Blick fiel auf ihre Freunde – Cogsworth, Marguerite und Lumière –, auf Lios Generäle und auf Bastien, den Mann, den sie erst zwei Tage zuvor aus diesem Saal verbannt hatte. Er schien ihren Blick zu meiden, und sie würde sich nicht darüber beklagen. Zumindest ignorierten sie beide ihre Feindseligkeit vorerst. Mehr hatte sie sich nicht erhofft.

Lio erhob sich. „Ich komme gleich auf den Punkt. König Louis und Marie Antoinette sind gewaltsam aus Versailles geholt worden.“

Sprachlose Stille breitete sich im Saal aus, abgesehen von den Generälen und Bastien, der, wie Belle bemerkte, nicht im Geringsten überrascht wirkte.

„Wie?“, fragte sie.

„Ihr wisst, dass der König das Regiment von Flandern zurück nach Versailles beordert hat?“ Lio legte eine Pause ein, und alle nickten. „Und auch von den allgemeinen Unruhen in Paris? Der Arbeitslosigkeit, den steigenden Brotpreisen?“ Er hielt erneut inne, aber dank Bastien wussten sie all das bereits. „Allem Anschein nach wurde bei Ankunft des Regiments in Versailles ein Festbankett abgehalten, bei dem zahlreiche Trinksprüche auf das Wohl der königlichen Familie ausgesprochen wurden und kein einziger auf das Wohl der französischen Nation. In so angespannten Zeiten wie diesen blieb das nicht unbemerkt, genauso wenig wie die Tatsache, dass man in Versailles ein üppiges Bankett abhält, während die Menschen auf den Straßen von Paris verhungern.“

Bastien meldete sich zu Wort. „Es wurden Vorwürfe laut, dass Marie Antoinette sich nur wenig um das Leid ihres Volkes kümmert. Als sie erfuhr, dass der Brotpreis unerreichbare Höhen erreicht hatte, soll sie ausgerufen haben, dass die verhungernden Bürger von Paris dann doch Kuchen essen sollen.“

Lio nickte. „Ob das der Wahrheit entspricht oder nicht, das aufgebrachte Volk von Paris ist nach Versailles marschiert. Als sie den Palast erreichten, waren sie etwa siebentausend Kopf stark und wurden größtenteils von Frauen angeführt. Kommandant Lafayette folgte ihnen mit seinem Oberkommando der Gardes nationales. Louis blieb keine andere Wahl, als die Beschlüsse der Nationalversammlung zu akzeptieren, und er bot der Menge alles Brot, Mehl und Getreide in Versailles an, um sie zufriedenzustellen.“

Belle war verwirrt. „Nach all den Kämpfen und seiner Weigerung, zu kapitulieren, hat er die Konstitution einfach so akzeptiert?“

„Unter Zwang, aber: ja. Doch es kommt noch mehr. Lafayette forderte Louis auf, am nächsten Tag mit ihm nach Paris zurückzukehren, und Louis stimmte zu. In dieser Nacht blieben die Demonstranten in Versailles und tranken bis in die frühen Morgenstunden. Irgendwann sind einige von ihnen in den Palast vorgedrungen und haben zwei von Louis' Leibwächtern umgebracht und ihre Köpfe auf Spieße gesteckt. Lafayette gelang es, die Ordnung wiederherzustellen, indem er den König, die Königin und den Dauphin auf einen Balkon gebracht hat, um sie der tollwütigen Meute zu präsentieren. Manch einer verlangte lautstark, Marie Antoinette zu erschießen, aber Louis versprach der Menge, dass er und seine Familie nach Paris gehen würden. Das haben sie auch getan, in einer Prozession von beinahe sechzigtausend Mann. Sie wurden in den Tuilerien untergebracht, aber sie sind kaum mehr als Gefangene."

„Gefangene? Aber was soll mit ihnen geschehen?", fragte Belle.

„Wer weiß das schon? In der Nationalversammlung herrschen viele widersprüchliche Ansichten. Ich bin mir nicht sicher, ob irgendjemand weiß, was passieren wird, vor allem wenn der Pariser Mob auf Blut aus ist. Adlige fliehen aus der Hauptstadt. Marie Antoinette hat sogar ihre Hofdamen fortgeschickt, bevor die königliche Familie Versailles verlassen hat. In Paris herrscht Chaos. Ich habe mich so schnell wie möglich auf den Weg nach Hause gemacht, als ich davon hörte." Er hielt inne, um zu Atem zu kommen. „Was mich dazu bringt … das Schloss wirkt ein wenig geschäftiger als üblich, Belle?"

Sie spürte, wie ihr die Hitze in die Wangen stieg, als alle Anwesenden am Tisch sich ihr zuwandten. Der selbstgefällige Ausdruck auf Bastiens Gesicht entging ihr dabei nicht. „Es ist der Salon …", begann sie.

„Den hatte ich vollkommen vergessen", gestand Lio, bevor er fortfuhr. „Das sind aber viel mehr Menschen, als es für einen gewöhnlichen Salon braucht."

„Unsere Vision für den Salon hat sich ausgeweitet", setzte sie an, doch all die Gründe, aus denen sie Hunderte von Menschen ins Schloss eingeladen hatte, waren ihr auf einen Schlag völlig entfallen.

Marguerite ergriff das Wort. „Es ist nicht nur ein Salon, Eure Majestät, sondern ein Schritt in Richtung einer demokratischen Reform für Aveyon. Es soll ein Weg sein, um *alle* Menschen in Eurem Reich anzuhören und nicht nur eine einzelne Gruppe."

Inzwischen hatte auch Belle ihre Stimme wiedergefunden. „Uns haben Berichte über Proteste erreicht, während du fort warst. Die Leute wurden unruhig“, setzte sie hinzu.

„Berichte, aber keine Beweise“, fügte Bastien in einem Tonfall hinzu, der andeutete, dass Belle maßlos übertrieb.

„Ich habe die Beweise mit eigenen Augen gesehen, als ich in einer Taverne in Mauger mit einigen Bürgern gesprochen habe, von denen viele die Kritik geäußert haben, dass Lio das Wohl des Adels über das seiner Bürger stellt.“ Sie verschwieg die Tatsache, dass sie Zeugin geworden war, wie die Einwohner von Plesance sich versammelt hatten, um einem revolutionären Aufrührer zu lauschen, da sie wusste, dass dies nur weitere Fragen aufwerfen würde.

Lio starrte Belle entsetzt an. „Du hast *was* getan?“

„Ich habe Vorsichtsmaßnahmen getroffen“, verteidigte sie sich. Sie wusste, dass es die richtige Entscheidung gewesen war, LeFous Hetzerei für sich zu behalten. Nach seiner langen Reise konnte Lio nicht noch mehr schlechte Nachrichten gebrauchen. „Ich musste mit eigenen Augen sehen, ob die Berichte den Tatsachen entsprechen.“ Sie sah Lio an, dass ihm all die Möglichkeiten durch den Kopf gingen, wie sie zwischen dem Schloss und Mauger hätte getötet werden können. „Es geht mir *gut*, wie du sehen kannst. Und ich habe Einblick in die Ansichten und Gefühle unserer Bürger bekommen, was unbezahlbar war.“

Cogsworth räusperte sich. „Der Salon wurde allerorts gut aufgenommen, Euer Majestät.“ Belle hätte ihn für seine Unterstützung küssen können.

Lio runzelte die Stirn. „Ich bin dennoch der Ansicht, dass wir ihn absagen sollten.“

Es war, als hätte er Belle ein Messer in den Bauch gerammt. „Aber alles ist bereits im Gang, Lio. Die ersten Gäste sind schon eingetroffen.“

„König Louis und Marie Antoinette sind *Gefangene* in ihrem eigenen Land, Belle. Ihre eigenen Leute haben sich gegen sie gewandt.“

Bastien meldete sich zu Wort. „Manch einer würde behaupten, zu Recht.“

Lio sah zu seinem Cousin. „Und was ist mit unseren Leuten? Woher sollen wir wissen, dass sie über uns nicht genau das Gleiche denken?"

Belle musste ihn dazu bringen, die Unterschiede zu sehen. „Lio, wir sind nicht Louis und Marie Antoinette."

„Du hast selbst gesagt, dass die Leute Kritik an mir geübt haben, und du willst diese Menschen in unser Schloss einladen?"

„Den König zu kritisieren ist hier kein Verbrechen, Lio. Noch sollte es das sein." Er öffnete den Mund, um etwas zu erwidern, aber sie ließ ihm keine Gelegenheit. „Genau darum veranstalten wir doch diesen Salon. Damit geben wir jedem einzelnen Bürger in Aveyon, der das wünscht, eine Stimme. Und am Ende werden wir vermutlich einige handfeste Pläne haben, die wir mit der Genehmigung und der Zustimmung unseres Volkes umsetzen können. Wir können das Königreich zum Besseren wenden, und es wird nicht nur unsere Vision sein. Es ist eine Chance, die Probleme zu lösen, die sich in Frankreich zu einer Krise ausgewachsen haben", schloss sie fast flehentlich. „Eine Gelegenheit, um sicherzustellen, dass die Saat der Revolution in unserem Königreich keine Früchte tragen kann."

Lio schüttelte den Kopf. „Ich befürchte, dass wir uns grundlos in Gefahr begeben. Es gibt sicher noch einen anderen Weg."

„Wir müssen nicht vor unserem Volk beschützt werden, wir müssen ihm zuhören. Natürlich wird es auch noch andere Wege geben, und natürlich ist der Salon nicht die einzige Lösung. Aber er ist die schnellste Möglichkeit, unter Beweis zu stellen, dass wir bereit sind, allen zuzuhören, einschließlich Aveyons Adel. Der Salon ist für in zwei Tagen angesetzt, und bisher ist alles genau nach Plan verlaufen. Ihn jetzt abzusagen, wäre ein Schandfleck auf deiner Rückkehr in die Hauptstadt."

Es war offensichtlich, dass Lio hin- und hergerissen war. Belle wusste, dass seine Albträume ihn von Anwesen zu Anwesen verfolgt und ihm nicht einen Moment des Friedens gegönnt hatten. Und dann hatten die Neuigkeiten aus Paris die Ängste nur noch verstärkt, mit denen er ohnehin gelernt hatte zu leben, und sie bis ins Unerträgliche gesteigert.

„Es ist ein guter Plan, Cousin." Der Saal hielt die Luft an. Niemand hatte erwartet, dass Bastien den Salon verteidigen würde, am allerwenigsten Belle. „Ich verstehe deine Sorgen, aber ich denke, du solltest sie beiseiteschieben und das Gute sehen, das daraus entstehen kann."

Sosehr es sie auch ärgerte, dass Lio sich Bastiens Worte so zu Herzen nahm, war Belle doch erleichtert, dass der Duc sich zu Wort gemeldet hatte. Lio wog seine Worte ab und gelangte zu einer Entscheidung.

„Der Salon wird wie geplant stattfinden."

Belle und Marguerite tauschten einen raschen Blick, außerstande, die pure Freude zurückzuhalten, die durch ihre Glieder strömte.

„Aber …", fuhr Lio fort, „Sicherheit steht an oberster Stelle. Niemand gelangt in das Schloss, ohne vorher gründlich durchsucht und überprüft zu werden. Wenn wir irgendeine Nachricht oder auch nur den leisesten Verdacht von einem Komplott gegen uns erhalten, wird der Salon beendet."

Belle wollte ihm instinktiv versichern, dass keine solchen Verschwörungen existierten, aber nach allem, was sie im Atelier d'ébénisterie mitangesehen hatte, war sie sich da nicht so sicher.

Kapitel Vierundzwanzig

Belle musste unter vier Augen mit ihrem Ehemann sprechen. Es gab so viel, was sie ihm erzählen musste, was während seiner Abwesenheit geschehen war. Aber vor allem wollte sie, dass er von dem Vorfall zwischen ihr und Bastien erfuhr. Sie war sich einmal mehr unsicher, wie sie selbst zum Duc stand – er hatte ihren Salon vor Lio verteidigt, was nach Unterstützung für Belle klang, aber sie wusste es besser. Er musste seine eigenen Gründe dafür haben, den Salon stattfinden zu lassen. Vielleicht hatte er Versprechungen gemacht, die er einhalten musste.

Belle verspürte nicht das geringste Bedürfnis, den Duc dafür bestraft zu sehen, wie er gegen sie vorgegangen war, aber sie wollte zumindest, dass Lio die Wahrheit über die Angelegenheit zu hören bekam, bevor Bastien ihm irgendeine verdrehte Version davon auftischen konnte.

Aber seit seiner Rückkehr hatte sie kaum fünf Minuten allein mit ihrem Ehemann verbringen können. Jetzt, wo er wieder da war, wollte anscheinend jeder ein Stück vom König abhaben. Wenn Cogsworth ihm nicht gerade in den Ohren lag, dann taten es seine Generäle. Den ganzen Tag über waren Edelleute im Schloss eingetroffen, entweder wegen des Salons, zu dem sie eingeladen worden waren, oder um die Rückkehr ihres Königs zu würdigen. Der Rat war vollständig versammelt, und alle Mitglieder begegneten Belle mit bedeutend mehr Respekt, als sie es während der vergangenen paar Monate getan hatten. Sie würde nie vergessen, wie sie sie in Lios Abwesenheit behandelt hatten, aber das konnte bis nach dem Salon warten. Für den Augenblick konnte sie nichts weiter tun, als mit Marguerite zusammenzusitzen und still vor sich hin zu kochen.

„Du wirfst Kommandant Vasseur ziemlich böse Blicke zu", bemerkte ihre Freundin mit dem Mund voller Gebäck. Madame Pottine hatte die Küchen in einen kontrollierten Aufruhr versetzt, indem sie riesige Mengen an Lebensmitteln produzierte, um die verfrüht eingetroffenen Gäste zu versorgen.

„Wie bitte?" Belle bemerkte, dass sie den Mann angestarrt hatte, der gerade Lios Aufmerksamkeit in Beschlag nahm. „Es ist nichts."

„Du wünschst dir, dass jede Person in diesem Raum zur Hölle fährt und euch beide allein lässt."

Belle bedachte sie mit einem kühlen Blick. „Selbstverständlich nicht. Es ist nur … es gibt so viel, das wir einander noch nicht sagen konnten."

„Ich bin sicher, dass ihr später noch genug Zeit haben werdet, um es euch zu *sagen*", erwiderte Marguerite mit einem Zwinkern.

Belle zwickte sie leicht in die Seite. „Ich meine es ernst. Er weiß noch nichts von Bastiens Lügen oder dass ich gesehen habe, wie LeFou in dem Dorf, in dem ich aufgewachsen bin, das Volk gegen ihn aufwiegelt." Sie fuhr sich mit den Händen über das Gesicht und stieß einen gequälten Laut aus. „So hatte ich mir seine Rückkehr nicht vorgestellt."

Marguerite schenkte ihr ein mitfühlendes Lächeln. „Du wirst ihn schon bald wieder ganz für dich allein haben."

Belle hoffte inständig, dass sie recht behielt.

Ein Diener tauchte neben ihnen auf, verneigte sich vor Belle und wandte sich dann an Marguerite. „Mademoiselle, ich wurde geschickt, um Euch von der Ankunft Eures Bruders Aurelian in Kenntnis zu setzen."

Marguerite verschluckte sich an ihrem Törtchen. „Aurelian ist *hier*?" Ihre Haut war blass.

Der Diener sah sie verunsichert an. „Ja, Mademoiselle. Er ist vor wenigen Augenblicken eingetroffen. Mir wurde aufgetragen, Euch auf der Stelle zu ihm zu bringen."

„Aber ich wusste nicht einmal, dass er kommen würde", entfuhr es

Marguerite. „Wir hatten seit Monaten keinen Kontakt. Woher weiß er überhaupt, dass ich hier bin?"

Belle versuchte, sie aus ihrem Schock zu reißen. „Ich bin sicher, dass Bastien ihn zu dem Salon eingeladen hat", sagte sie. „Wahrscheinlich hat er erwähnt, dass du ebenfalls hier bist."

Marguerite schluckte den Rest ihres Törtchens hinunter und fuhr sich mit der Hand durch die Haare. „Und er wünscht mich zu sehen?"

Der Diener nickte, anscheinend zu verängstigt, um zu sprechen. Belle tätschelte Marguerite aufmunternd den Rücken und entließ den dankbaren Diener. „Du solltest zu ihm gehen."

Ihre Freundin schüttelte vehement den Kopf. „Er war nicht für mich da, als ich ihn am dringendsten gebraucht hätte. Er hat nichts getan, um mich zu verteidigen, als ich meinen Tiefpunkt erreicht hatte. Belle, ich kann nicht."

„Vielleicht möchte er sich entschuldigen und Wiedergutmachung leisten." Belle wusste das ein oder andere über die Fähigkeit einer Person, sich zu verändern. „Wenn du ihm aus dem Weg gehst, wirst du es nie erfahren."

Marguerite war in Gedanken versunken.

Da sie das Ausmaß von Aurelians Verrat nicht kannte, zögerte Belle, sie weiter zu drängen. Sie hatte selbst keine Geschwister, aber wenn Marguerite ihre Schwester wäre, dann hätte sie sie niemals wegen der Person, die sie liebte, im Stich gelassen. Aber sie erinnerte sich auch noch daran, wie Marguerite ihren Bruder bei ihrer ersten Begegnung als einen Mann beschrieben hatte, dem es in erster Linie darum ging, wie andere ihn wahrnahmen. Belle hoffte, dass seine Zeit in einem sich wandelnden Paris, weit entfernt von seiner Schwester, seine Prioritäten verändert hatte.

Nach einer Weile nickte Marguerite. „Wahrscheinlich hast du recht."

„Und wenn er nicht gekommen ist, um eine dieser Sachen zu tun, werde ich ihn eigenhändig aus dem Schloss werfen lassen." Belle nahm einen Schluck von ihrem lauwarmen Tee. „Das verschafft dir außerdem die Gelegenheit, ihm zu berichten, wie schrecklich Bastien sich dir gegenüber verhalten hat. Er sollte wissen, wer seine Freunde sind."

„Vergiss nicht, dass er Bastien kaum ertragen kann. Ich kann mir nicht vorstellen, dass er den ganzen weiten Weg hierher auf sich genommen hat, nur um jemanden zu sehen, den er hasst."

„Ein Grund mehr, sich mit ihm zu unterhalten."

Belle wollte aufbleiben und auf Lio warten, aber er kam erst weit nach Mitternacht in ihre Gemächern zu ihr. Sie war schon so gut wie eingeschlafen, als er neben ihr unter die Decke kroch und sie in seine Arme zog.

„Ich habe dich vermisst. Ich habe das hier vermisst." Sein Herzschlag pochte sanft gegen ihre Wange und lullte sie in eine Ruhe, die sie seit seiner Abreise nicht mehr verspürt hatte. Belle wünschte sich, dass es in ihrer ersten Nacht nur um sie beide gehen könnte, aber sie musste etwas sagen.

Sie spielte mit dem Saum seines Hemdes. „Wir müssen darüber reden, was geschehen ist, während du fort warst. Unsere Bürger sind nicht zufrieden. Ich konnte …"

Er rückte leicht von ihr ab. „Ich war mehrere Monate lang weg, und jetzt, wo wir endlich wieder allein miteinander sind, ist das Erste, was du tun willst, über Politik zu reden?" Er stützte sich auf einen Ellenbogen. „Ich habe einen ganzen Rat für so etwas, und du bist ein Teil davon. Jetzt gerade will ich einfach nur dich. Ich will nichts über die Misere unserer Bürger hören, die viel besser behandelt werden als ihre französischen Landsleute."

Sie wollte ihn auch, aber ein Teil von ihr weigerte sich, die Dinge loszulassen, die sie ihm erzählen musste. „Es sind nicht nur die Bürger von Aveyon, Lio. Bastien hat sich …"

Lio stöhnte entnervt. „Ich weiß, dass ihr beide nicht gut miteinander auskommt, und es überrascht mich nicht zu hören, dass sich das in meiner Abwesenheit nicht geändert hat."

„Es ist mehr als bloß nicht miteinander auskommen …"

„Belle, ehrlich, kann das nicht bis zum Morgen warten? Ich bin erledigt. Ich bin den ganzen Tag durchgeritten, um zu dir zurückzukehren. Ich möchte nicht über unsere Bürger reden und am allerwenigsten über

Bastien, sondern dich endlich wieder in meinen Armen halten.“ Er streichelte ihr sanft über die Wange. „Du hast ja keine Ahnung, wie sehr ich dich vermisst habe.“

Aber das hatte sie sehr wohl. Belle hatte durch den Spiegel beobachtet, wie er mit seinen Dämonen rang, aber das würde sie ihm niemals verraten. Sosehr es ihr auch ein Bedürfnis gewesen war, ihn zu sehen, verstand Belle auch, dass es ein Vertrauensbruch zwischen ihnen gewesen war. Und das zu enthüllen, würde bedeuten, dass sie die Existenz des Spiegels und der Frau, die durch ihn zu ihr gesprochen hatte, erklären müsste, und dazu war sie einfach noch nicht bereit.

„Ich habe dich auch vermisst“, flüsterte sie. „Ich habe es vermisst, einen Partner zu haben. Ich mag es nicht besonders, wenn alles auf meine Schultern fällt. Ich wollte nie Königin sein.“

„Ich weiß.“ Er küsste sie auf die Stirn. „Ich hatte auf meiner Tour auch nicht gerade die beste Zeit meines Lebens.“

„Ist es nicht besser geworden?“, fragte sie, obwohl sie die Antwort bereits kannte.

Lio seufzte, und sie befürchtete, er würde ihr antworten, dass er nicht darüber reden wollte. „Es gab auch gute Momente. Ich habe ein paar Edelmänner und -frauen mit fortschrittlichen Neigungen getroffen. Das war ermutigend, aber die meiste Zeit über bin ich auf Menschen gestoßen, die der Ansicht waren, dass sie auch ohne mich ganz wunderbar klargekommen sind. Sie schienen irgendeine Form der Bestechung im Gegenzug für ihre Loyalität zu erwarten. Ich konnte die Stimme meines Vaters in meinem Kopf hören, wie er sie alle als Verräter bezeichnete, aber mein Vater musste nie etwas Ähnliches durchmachen wie ich.“ Er zog sie näher an sich heran. „Ich weiß, dass wir viele Dinge zu besprechen haben, aber bitte sag mir, dass sie bis zum Morgen warten können. Im Moment will ich einfach nur mit dir in meinen Armen einschlafen und all die Sorgen vergessen, die mich seit meiner Abreise verfolgt haben.“

Als sie schwieg, schien er sich etwas zu überlegen. „Aber wenn es etwas gibt, von dem du meinst, dass ich es wissen sollte, dann werde ich zuhören und versuchen zu helfen.“

Sie wusste nicht, was sie ihm sagen sollte. Als ein paar Augenblicke in Stille verstrichen waren, klang seine Stimme besorgt. „Belle, gibt es etwas, das du mir erzählen willst?“

Ihre Gedanken wanderten zu dem Spiegel, dem letzten Überbleibsel des Fluches, von dem sie dachten, dass sie ihn zerstört hätten, und zu der mysteriösen Frau, die daraus zu ihr sprach. Lio bot ihr die Gelegenheit, ihm davon zu erzählen, aber sie brachte es nicht übers Herz. Es würde nichts Gutes dabei herauskommen, wenn sie ihm offenbarte, dass der Fluch auf irgendeine Weise die Zeit überdauert hatte. Dieses Wissen wollte sie tief in ihrem Inneren verwahren und hoffen, dass sie nicht daran zerbrach.

„Nein, nichts Wichtiges“, erwiderte sie, aber ihre Stimme klang falsch in ihren Ohren, doch Lio bemerkte es nicht.

„Dann werden wir in der Früh darüber reden.“ Er drückte ihr einen Kuss auf die Stirn und fiel beinahe augenblicklich in einen tiefen Schlaf, Belle weiterhin fest an sich gepresst.

Belle wünschte sich nichts sehnlicher, als in seinen Armen Frieden zu finden, nachdem sie so lange allein und unruhig geschlafen hatte. Aber dieser Frieden blieb ihr verwehrt. Bei all dem, was augenblicklich um sie herum geschah, konnte Belle ihre Ängste nicht abschütteln. Eine leise Stimme in ihrem Kopf, die sie weder kontrollieren noch ausschalten konnte, flüsterte ihr zu, dass dieser kurze, friedliche Moment mit Lio nur die Ruhe vor dem Sturm war.

Als sie erwachte, lag Lio in tiefem Schlummer neben ihr. Wie die Strahlen der frühen Morgensonne durch ihre Vorhänge lugten, hob Belles Stimmung. Lio hatte es durch die Nacht geschafft, ohne einem Albtraum zum Opfer zu fallen.

Sie wollte ihn nicht aufwecken, wusste aber, dass es ihr nicht gelingen würde, still neben ihm liegen zu bleiben. Sie beschloss, aufzustehen und der Bibliothek einen raschen Besuch abzustatten, um sicherzustellen, dass die Vorbereitungen wie geplant voranschritten. Wahrscheinlich war Marguerite auch bereits dort.

Sie kleidete sich leise an, obwohl sie wusste, dass es viel mehr bedurfte, um Lio zu wecken. Sein Atem ging tief und gleichmäßig, so anders, als sie es im Spiegel beobachtet hatte. Sie betete, dass die schlimmsten Albträume nun hinter ihm lagen.

Die Korridore waren leer und kühl in der Morgenluft. Es war noch früher, als sie vermutet hatte. Sie erreichte die Bibliothek, und als sie eintrat, blieb ihr beinahe das Herz stehen. Sie hatte nicht erwartet, sie so verwandelt vorzufinden. Der Raum konnte mit dem, was Belle sich in ihren wildesten Träumen ausgemalt hatte, durchaus mithalten. Sie wusste, dass sie ihn kaum wiedererkennen würde, wenn die Feuer erst einmal entzündet waren und ihre Gäste sich versammelt hatten. Zwei lange Tafeln erstreckten sich über die gesamte Länge des Raumes und ächzten schon jetzt unter dem Gewicht zahlreicher Erfindungen, die mit dicken weißen Tüchern abgedeckt waren. Belle konnte es kaum erwarten zu sehen, was sich darunter verbarg.

Im Rest des Raumes waren runde Tische verteilt, um die sich die Teilnehmer versammeln konnten, um zu debattieren oder sich gegenseitig herauszufordern. Belle stellte sich vor, wie sie zwischen den Tischen umherwanderte, auf der Suche nach Gesprächsfetzen, die sich zuerst in Diskussionen und später in Reformen für ihr Königreich verwandeln würden. Sie dehnte ihre Schreibhand und betete, dass sie mit dem Tempo mithalten konnte.

Belle fühlte sich entspannt. Trotz der Litanei an Dingen, die sie nervös machten, war die Bibliothek zumindest bereit, ihre Gäste am nächsten Tag zu empfangen. Nun blieb nur noch eine Hürde: der Eröffnungsball, auf dem Bastien für ihre nobleren Gäste bestanden hatte. Belle versuchte, das bevorstehende Ereignis nicht zu verteufeln, und entschied sich, stattdessen das Gute darin zu sehen. Bastien hatte ihr berichtet, dass die erfolgreichsten Salons in Paris stets von einem Ball eröffnet wurden, und als sie Marguerite danach gefragt hatte, hatte sie dies bestätigt. Da sie ihren Salon nicht sabotieren wollte, bevor er überhaupt begonnen hatte, hatte Belle dem Plan schließlich zugestimmt.

Wenn alles so lief, wie sie es sich gedacht hatte, würde der Salon zu einem Wendepunkt in der Geschichte ihres Königreiches werden. Und vielleicht könnte er dasselbe auch für sie und Lio bedeuten. Aber nur Ehrlichkeit könnte ihnen den Weg in die Zukunft ebnen.

Vielleicht war es an der Zeit, Lio gegenüber ehrlich über alles zu sein, was sie in seiner Abwesenheit gesehen und getan hatte. Vielleicht war sie bereit, ihm von der Frau in Paris und dem Spiegel zu erzählen und von LeFou, der wieder aufgetaucht war und im nahen Plesance zur Revolution aufrief. Vielleicht war sie endlich bereit, die Last von ihren Schultern zu nehmen, damit sie sie teilen konnten, wie sie auch alles andere geteilt hatten. Sie hatte kein Recht, anzunehmen, dass er damit nicht umgehen könnte. Lio hatte schon viel Schlimmeres überstanden, und gemeinsam hatten sie den Fluch schon einmal gebrochen.

Mit einem klaren Ziel vor Augen verließ Belle die Bibliothek. Es war an der Zeit, Lio alles zu erzählen.

Die Korridore waren so leer und still, dass Belle wie angewurzelt stehen blieb, als sie hinter einer Tür zu ihrer Linken eine gedämpfte Unterhaltung vernahm, die lauter als wohl beabsichtigt nach draußen drang. Sie wollte schon weitergehen, aber wie immer gewann auch dieses Mal ihre Neugier die Oberhand.

Sie presste ein Ohr gegen die Tür und versuchte angestrengt, die Stimmen dahinter zu verstehen.

„… sicher, dass wir einen Weg nach draußen haben?“ Es war die Stimme eines Mannes, rau und leise.

„Sobald die Tat vollbracht ist, ist unser Weg frei“, erwiderte ein anderer Mann mit etwas höherer Stimme und einem undefinierbaren Akzent.

„Wie kann er da sicher sein?“

„Vertraust du ihm nicht?“

„Natürlich vertraue ich ihm. Ich kann mir nur nicht vorstellen, dass unser Weg aus dem Schloss frei sein wird, nachdem wir den verfluchten König abgemurkst haben.“

Belles Herz setzte einen Schlag lang aus: Die Männer hinter dieser Tür sprachen davon, ein Attentat auf Lio zu verüben. Sie wusste nicht, was sie tun sollte. Weiter lauschen, um Beweise zu sammeln? Oder fliehen und jemanden suchen, dem sie davon berichten konnte? Die Unentschlossenheit hielt sie an Ort und Stelle gefangen.

„Wenn er sagt, dass wir einen Weg nach draußen haben werden, dann bleibt uns keine andere Wahl, als ihm zu vertrauen."

„Stimmt schon, aber es muss mir ja nicht gefallen."

Zum Teufel mit Beweisen, dachte sie. Es war an der Zeit, Hilfe zu holen. Doch als sie sich von der Tür wegdrehte, stolperte sie direkt in die Arme von jemandem, der viel größer war als sie. Ein Gesicht ragte über ihr auf.

„Wo soll's denn hingehen?" Der Mann trug die Uniform einer Schlosswache, aber Belle hatte ihn noch nie zuvor gesehen.

Sie holte tief Luft, um zu schreien, aber seine Hand presste sich grob auf ihren Mund. Er zerrte sie durch die Tür, während sie sich so heftig, wie sie nur konnte, gegen ihn zur Wehr setzte. Sie biss ihn in die Handfläche und krallte sich auf der Suche nach Halt an allem fest, was sie in die Finger bekam, aber es war sinnlos. Er war viel stärker als sie.

„Hab sie beim Lauschen erwischt", grunzte er den Männern zu, die sie hatte reden hören. Im Raum war es dunkel, aber sie konnte gerade genug von ihren Gesichtern ausmachen, um zu sehen, dass sie die beiden nicht erkannte. Sie trugen dieselben Uniformen wie der Mann, der sie entdeckt hatte. Er schleuderte sie auf einen Stuhl, und einer der anderen baute sich vor ihr auf und presste ihr einen Dolch an die Kehle. Belle wurde mucksmäuschenstill.

„Merde", murmelte einer von ihnen. „Was machen wir mit ihr?"

„Wer bist du?", wollte der dünnste der drei Männer wissen.

„Ich bin ein Dienstmädchen", hauchte sie, während sich der Dolch fester in ihre Haut grub. Sie spürte, wie heißes Blut ihren Hals hinunterlief, war aber zu verängstigt, um den Schmerz zu bemerken. Sie wusste, dass sie nicht wie ein Dienstmädchen gekleidet war, aber sie hoffte inständig, dass die Männer es nicht bemerken würden.

„Wir sollten sie einfach töten und es hinter uns bringen."

„Nein", flehte sie. „Lassen Sie mich einfach gehen. Ich habe nichts gehört. Ich muss zurück in die Küche. Sie werden mich bald vermissen."

Ein Geräusch an der Tür deutete darauf hin, dass noch jemand den

Raum betreten hatte, aber Belle konnte nichts sehen, und der Dolch an ihrer Kehle hinderte sie daran, den Kopf zu drehen.

„Verdeckt ihr den Mund und die Augen“, sagte der Neuankömmling. „Das ist die Königin von Aveyon.“

Der Druck an ihrer Kehle ließ nach. „Niemand hat was von einer Königin gesagt“, beschwerte sich der Mann mit dem Messer. Sein ranziger Atem war so faulig wie seine Zähne.

„Macht schon“, befahl die Stimme. „Bringt sie nach unten. Er wird sich später um sie kümmern.“

Belle brannte darauf zu erfahren, wer da sprach. Sie fragte sich, ob sie ihn erkennen würde, wenn er ein Verräter aus den Reihen der Schlosswache war.

Einer von ihnen holte ein langes Stück Tuch hervor und band es ihr um den Mund, bis sie geknebelt dasaß. Sie schrie gegen den Stoff an, aber es nützte nichts. Gleich darauf wurde ihr ein Sack über den Kopf gestülpt, und die Welt wurde schwarz.

Sie wehrte sich mit Händen und Füßen, als ihr ein verstörender Gedanke kam. Konnte der „Er“, von dem ihre Entführer gesprochen hatten, etwa …? Aber nein. Nur weil jemand nicht vertrauenswürdig, hinterhältig und über alle Maßen arrogant war, bedeutete das noch lange nicht, dass er imstande war, einen Mord zu begehen.

Und trotzdem, konnte es sein? Der Gedanke ließ Belle nicht mehr los. Er dröhnte in ihrem Kopf wie ein Paukenschlag.

War es Bastien?

Was, wenn es dem Duc gelungen war, sie alle zu hintergehen und sich sowohl in Lios Vertrauen als auch in das Schloss zu schleichen? Ihr Verstand protestierte gegen diese Theorie. Belle hatte nie miterlebt, dass Bastien ihrem Ehemann gegenüber etwas anderes getan hatte, als ihn zu unterstützen. Und es ergab keinen Sinn, dass er sein eigenes Fleisch und Blut töten wollte.

Aber was, wenn seine Unterstützung trügerisch gewesen war? Was, wenn seine Spionage für König Louis größeren Einfluss auf ihn ausgeübt hatte, als sie alle vermutet hatten? Belle dachte an seine gehorteten Pamphlete, seine Anwesenheit vor dem Hôtel de Ville an dem Tag, an dem der Marquis de Launay den Kopf verloren hatte, seine unterstützenden Worte über die Sansculottes und daran, wie er Belle zurechtgewiesen hatte, als sie Kritik an ihnen geübt hatte. Sie dachte an seine Beharrlichkeit, dass sie sich von Frankreich abspalten müssten, daran, wie er Lio dazu gedrängt hatte, einzig und allein an seine Edelleute zu denken, obwohl es sein Volk war, das ihn am meisten gebraucht hätte, und wie er Belles Bemühungen bei jeder sich bietenden Gelegenheit untergraben hatte.

Außer ihre Idee, einen Salon auszurichten, eine Veranstaltung, die Hunderte von Fremden ins Schloss locken würde, wodurch sich ein so kompliziertes und nervenaufreibendes Unterfangen wie ein Attentat viel leichter umsetzen ließe.

Belle blieb das Herz stehen.

Was, wenn der Duc de Vincennes überhaupt nicht daran gearbeitet hatte, das Königreich von Aveyon zusammenzubringen, sondern es von Anfang an seine Absicht gewesen war, es auseinanderzureißen?

KAPITEL FÜNFUNDZWANZIG

Die Männer zerrten Belle rasch aus dem Raum. Sie versuchte, sich die vielen Abzweigungen einzuprägen, die sie durch das Schloss nahmen, aber mit bedecktem Kopf und rasenden Gedanken gelang ihr das nicht lange.

Sie stiegen eine schmale Treppe hinunter – Belle stolperte ein paarmal gegen raue Steinwände – und erreichten schließlich deren Fuß. Die Gänge unter dem Schloss waren ein Labyrinth aus Kühlkammern und halb fertigen Tunneln, das Belle noch nicht erforscht hatte. Während der Zeit des Fluches war der Zugang dazu verrammelt gewesen. Jetzt bereute sie es, den Befehl gegeben zu haben, diesen Bereich wieder zu öffnen. Sie war nicht sicher, ob sie sich jemals verzeihen könnte, falls diese Tunnel für das Komplott gegen Lio genutzt worden waren.

Die Männer drückten sie auf einen wackligen Stuhl und banden ihr die Hände auf dem Rücken zusammen. Sie sicherten das Seil am Stuhl und zogen es brutal fest. Es würde kein Entkommen aus den Fesseln geben, die sie hielten. Sie war einmal mehr eine Gefangene in diesem Schloss. Wenn die sehr reale Panik sie nicht fest im Griff gehalten hätte, hätte Belle über die Ironie der Situation lachen können.

Ohne ein Wort ließen die Männer sie zurück, aber so wie die Schritte ihrer Stiefel von den Wänden widerhallten, musste sie sich in einem engen Raum befinden, was auch immer diese Information ihr nutzen würde.

Belle hörte, wie eine Tür zugezogen und ein Schlüssel umgedreht wurde, und spürte, wie die nackte Angst ihr in die Glieder fuhr. Sie hatte keine Ahnung, wo sie war, und keine Möglichkeit, irgendjemanden zu warnen, dass ein Anschlag auf Lios Leben bevorstand. Immer wieder wiegte sie sich auf dem Stuhl vor und zurück, aber ihre Fesseln saßen fest. Sie konnte nicht riskieren, mitsamt dem Stuhl umzukippen und sich dabei zu verletzen, besonders da sie ihre genaue Umgebung nicht kannte. Sollte sie sich den Kopf stoßen und das Bewusstsein verlieren, wäre sie nicht in der Lage, irgendjemanden vor der kommenden Katastrophe zu warnen.

Bleib ruhig.

Ihre Gedanken wanderten zurück zu Bastien. Jetzt, da sie die einzelnen Teile des Puzzles zusammengesetzt hatte, war sie von seiner Schuld so gut wie überzeugt. Er hatte sie gedrängt, sich von Frankreich loszusagen, hatte Lio in den Nachbeben der Sezession angestiftet, sich nur um Aveyons Adel zu sorgen, hatte Belle über die Bittsteller belogen, um zu verhindern, dass sie positive Veränderungen einführte, und hatte versucht, Marguerite aus dem Schloss zu verbannen, als diese Wind von seiner Falschheit bekommen hatte. Alles an dem Duc de Vincennes war ein Trick: seine Zügellosigkeit, seine Genusssucht, seine verblendeten Freunde, die lächerliche Kleidung, das knochenweiß geschminkte Gesicht, die Trinkerei. All das diente dem Zweck, den Betrachter zu täuschen und das Bild eines verzogenen, trägen Edelmannes zu zeichnen. Belle durchschaute diese Fassade jetzt, aber es war zu spät.

Ihre Gedanken rasten. Schweiß rann ihr über die Stirn und in die Augen. Sie fragte sich, ob sie in diesem Raum sterben würde. Würde irgendjemand ihre Abwesenheit bemerken und auf die Suche nach ihr gehen? Oder wären alle viel zu beschäftigt mit ihren eigenen Aufgaben, um sich zu fragen, wo sie abgeblieben war?

Bleib ruhig, Belle.

Die Stimme in ihrem Kopf war nicht ihre eigene.

„Wer ist da?" Durch den engen Knebel kamen die Worte nur verzerrt aus ihrem Mund. Tränen liefen ihr aus den Augen, und die Hitze ihres eigenen Atems unter dem Stoff drohte sie zu ersticken.

Als Belle die Stimme das nächste Mal hörte, ertönte sie von einem Ort außerhalb ihrer Gedanken, beinahe als befände sie sich mit ihr in diesem Raum.

„Mein Name ist Orella."

Irgendetwas an dem Klang dieser Stimme ließ die Härchen in Belles Nacken zu Berge stehen. Sie hatte eine Vertrautheit an sich und zugleich eine Fremdartigkeit, die sie nicht zu fassen bekam. Als gehörte diese Stimme zu jemandem, der ihr sowohl so nahe stand wie Familie und ihr gleichzeitig so unbekannt war wie eine Fremde. Doch die Panik hielt sie noch immer fest gepackt.

Holen Sie mich hier raus, dachte Belle und kam sich töricht vor.

Aber Orella schien ihre Bitte vernommen zu haben. „Ich kann dir nicht auf diese Art helfen. Ich bin ... eingeschränkt in dem, was ich tun kann."

Und mit einem Mal brach die Erkenntnis über sie herein. Die Stimme gehörte der Frau aus dem Geschäft, der Frau, die sie in dem Spiegel gesehen und von der sie anschließend geträumt hatte. Die Frau war seit jenem schicksalhaften Tag in Paris Belles Schatten gewesen, und obwohl Belle in den letzten Monaten versucht hatte, die Frau zu vergessen, fühlte es sich fast natürlich an, sie in diesem Moment größter Not wiederzufinden.

Belle war viel zu verzweifelt, um sich vor der Frau zu fürchten.

Wer bist du?

War sie wirklich da, so wie in dem Spiegelgeschäft? Oder war dies eher wie das eine Mal, als sie ihr im Traum erschienen war? Die scheuernden Fesseln an Belles Handgelenken und der Knebel in ihrem Mund banden sie an die Realität. Dies war kein Traum. Es war ein Albtraum, aus dem sie nicht aufwachen konnte.

„Ich glaube, ich bin dir eine Erklärung schuldig, aber vielleicht wäre es einfacher, wenn ich es dir zeige. Darf ich?"

Belle hatte keine Ahnung, was sie damit meinte, aber die Aussicht, die Wahrheit über den Spiegel und Orella zu erfahren, war einfach zu verlockend. Sie nickte.

„Hab keine Angst", sagte Orella.

Der Raum drehte sich und schleuderte Belles Bewusstsein in eine Art

Traum. Sie war ungebunden und konnte sich, wie es ihr gefiel, in dem endlosen Weiß des Raumes bewegen, in dem sie sich schon einmal wiedergefunden hatte. Sie blickte auf und sah die Frau vor sich stehen. Orella, so atemberaubend wie bei Belles erster Begegnung mit ihr.

„Vor langer Zeit und an einem weit entfernten Ort lebte einmal eine Prinzessin …“, begann Orella zu erzählen, und plötzlich wurden sie in einen Raum mit grob behauenen Steinwänden gezogen, die mit dick gewebten Wandteppichen behängt waren. Der stechende Geruch von brennendem Zedernholz lag in der Luft. Auf einem mit Tierfellen bedeckten Stuhl saß ein junges Mädchen mit sonnengelbem Haar und einem dicken Goldreif um die Stirn. Sie bemerkte ihr plötzliches Auftauchen nicht, und da begriff Belle, dass es sich um eine Vision aus der Vergangenheit handelte.

„Sie war die Tochter eines mächtigen Königs und einer Frau, die einer magischen Blutlinie entstammte, die seit langer Zeit ruhte. Aber sie hütete ein dunkles Geheimnis: Die Magie, die im Blut ihrer Mutter geschlafen hatte, war in ihrem eigenen erwacht, und wenn irgendjemand herausfinden sollte, dass sie über besondere Kräfte verfügte, würde man sie aus ihrem Zuhause verbannen. Und so unterdrückte die Prinzessin ihre Magie und verbarg die Wahrheit vor jeder Menschenseele. Denn sie fürchtete, was geschehen würde, sollte sie je entdeckt werden.“

Die Vision wandelte sich und zeigte, wie das Mädchen sich in ihrem Bett unter der Decke versteckte und ein unnatürliches Licht zwischen ihren Fingern schwebte. „Bei einem tragischen Unfall verlor sie ihre Eltern, und so wurde sie zur Königin, weit vor ihrer Zeit. Ihr Onkel drängte sie, ein Turnier um ihre Hand zu veranstalten. Er bestand darauf, dass die einzige Möglichkeit, ihr Königreich zu schützen, darin bestünde, den Mann zu heiraten, der als Sieger aus dem Wettbewerb hervorgehen würde. Die junge Königin sträubte sich gegen die Vorstellung, dass sie der Preis eines Eroberers sein sollte oder dass sie unfähig wäre, ihr eigenes Volk zu beschützen. Aber sie widersprach ihm mit keinem Wort, da sie fürchtete, zu wenig über den Lauf der Welt zu wissen, um sich ihm zu widersetzen.“

Die Vision verschwamm erneut und zeigte Szenen einer Hochzeit. Das

Mädchen war inzwischen ein wenig älter und stand vor einem Mann mit dunklem, kurz geschorenem Haar und einer zornigen Narbe auf der Wange. „Ihr Gemahl stammte aus einem Land, gefangen in ewigem Krieg. Er sah Feinde in den Gesichtern jeder einzelnen Person, der er begegnete, und er vergiftete ihren Verstand mit düsteren Warnungen und Dunkelheit, bis auch sie überall Verrat sah. Als er einen Kreuzzug gegen die früheren Verbündeten der Königin anführte, vertraute sie darauf, dass er dies nicht grundlos tun würde. Und als die Berater der Königin sie anflehten, ihn aufzuhalten, weigerte sie sich."

Nun verwandelte die Vision sich in eine Armee, die auf den Sitz der Königin zumarschierte. „Erst als ihr Gemahl im Kampf gefallen war, begriff sie, dass seine Feinde nichts als Hirngespinste gewesen waren. Aber es war zu spät. Ihre ehemaligen Verbündeten wandten sich gegen ihr Königreich, vereint in ihrem Hass, und in ihrer Verzweiflung rief die Königin ihre fast vergessene Magie herbei, um ihr Volk zu beschützen."

Abermals veränderte die Vision sich und zeigte nun die Königin, wie sie mit ihren Fingern große Felsbrocken aus der Erde heraufbeschwor und daraus eine undurchdringliche Mauer um ihr Königreich errichtete. „Ihre Magie wehrte die Angreifer ab, aber indem sie das tat, hatte die Königin sich als Hexe offenbart, und in ihrem Königreich gab es kein größeres Verbrechen als Hexerei. Und so wandten sich die Menschen, die sie mit ihrer Magie beschützt hatte, gegen sie, weil sie diese Magie besaß."

Die nächste Vision zeigte die Königin, festgebunden auf einem Scheiterhaufen. Brennende Pfeile regneten auf die Bündel aus Zweigen und getrocknetem Gras zu ihren Füßen hinunter. Belle konnte die Hitze des Feuers spüren, als stünde sie selbst vor den Flammen. „Als ihr Körper brannte, kristallisierte sich eine Überzeugung aus ihren rasenden Gedanken heraus: Sie hatte schreckliche Fehler begangen, die sie auf diesen Pfad der Dunkelheit geführt hatten. Der größte Fehler von allen war, dass sie nicht auf ihre eigenen Instinkte gehört hatte, sondern stattdessen zugelassen hatte, dass andere Stimmen ihren Geist vernebelten. Wenn sie noch einen letzten Wunsch hatte, dann den, dass niemals wieder jemand dieselben Fehler begehen sollte wie sie. Die Magie in ihrem Blut lauschte ihrem Wunsch, und während ihr Körper zu Asche verbrannte, stieg ihre Seele auf und verwandelte sich in etwas anderes."

Belle wurde zurück in ihren Körper geschleudert, ihre Augen waren nun verbunden. Sie spürte den Schmerz der Wunde von der Klinge ihres Entführers und das Rinnsal von Blut, das weiter daraus hervorsickerte. Obwohl sie den Raum nicht sehen konnte, drehte er sich in ihrem Kopf. Ihr war übel.

„Auf gewisse Weise bin ich diese Königin." Orella war noch immer bei ihr. Das verschaffte Belle eine seltsame Erleichterung. „Als sie starb, war es ihr letzter Wunsch, sicherzustellen, dass zukünftige Herrscher ihre Fehler nicht wiederholten, und zu diesem Zweck blieb ihre Magie bestehen."

Und was macht das aus dir?

„Ich trage die Weisheit jeder Königin und jeder weiblichen Herrscherin in mir, der ich geholfen habe. Aus diesem Grund haben manche mich den Rat der Königinnen genannt, aber die Wahrheit ist, dass ich keine feste Gestalt besitze. Ich erscheine stets in der Gestalt, die am besten zu jenen passt, die meine Hilfe benötigen. Zum Teil bin ich ein Echo der Macht der ersten Königin, aber ich bin auch jene, die nach ihr kamen. Ich bin ihre Schwächen und ihre Stärken, ihre Ängste und ihre Überzeugungen, ihre Fehler und ihre Siege."

Du musst mir helfen. Du musst mir sagen, was ich tun kann, um mich aus diesem Ort zu befreien.

Die Stille schien eine Ewigkeit anzudauern. „Ich habe für Aveyon getan, was ich kann, selbst wenn es die Menschen verletzt hat, die du liebst."

Belle mühte sich zu verstehen, was Orella damit meinte. In dem Geschäft, in dem Spiegel und in ihren Träumen, nie waren ihre Aussagen bestimmt gewesen oder hatten Belle auf einen bestimmten Pfad geführt. Sie hatte Belle gedrängt, ihrem Bauchgefühl zu vertrauen, Entscheidungen zu treffen, die Rolle anzunehmen, die sie bisher von sich gewiesen hatte. Aber was meinte sie damit, dass sie die Menschen verletzt hatte, die Belle liebte?

Und dann traf es sie mit der Wucht eines einschlagenden Blitzes.

Du warst die Zauberin.

Orella sagte nichts, sondern ließ Belle Zeit, es selbst herauszufinden.

Du hast Lio und dieses Königreich verflucht. Du hast sie zehn lange Jahre über leiden lassen, und wofür?

„Für dich, Belle."

Ich habe nicht darum gebeten. Tränen strömten ihr über das Gesicht, und sie stemmte sich gegen das Seil um ihre Handgelenke, sodass es noch tiefer in ihre Haut schnitt.

„Ein Teil meiner Magie ist Voraussicht. Ich trug die Last um das Wissen, was auf Frankreich und später auch auf Aveyon zukommen würde. Aber meine Macht ist begrenzt. Ohne jemanden, der meiner Hilfe bedurfte, konnte ich nicht einschreiten. Ich sah Visionen deiner Zukunft, und ich wusste, dass du über die Macht verfügen würdest, dieses Königreich zu retten, und somit der Gewalt ein Ende setzen könntest. Also tat ich, was ich tun musste. Ich habe Lio zu einem Mann gemacht, der deiner Liebe würdig ist. Ich habe dich in seinen Pfad gesetzt, aber, Belle, ich schwöre, mehr habe ich nicht getan. Von dem Moment an, da du einen Fuß in dieses Schloss gesetzt hattest, waren deine Entscheidung allein deine eigenen."

Belle stellte die eine Frage, die über die Macht verfügte, alles zu verändern, und sie fürchtete sich vor der Antwort.

Weiß Lio Bescheid?

Ihre Liebe zu Lio war in all dem verankert, was sich zwischen ihnen beiden in dem verfluchten Schloss abgespielt hatte, aber diese Liebe würde in der Sekunde zu Asche zerfallen, in der sie herausfand, dass er von Orella gewusst hatte oder dass er ein Teil der Täuschung gewesen war.

„Er hat es nie gewusst. Ich bin ihm in einer anderen Gestalt erschienen und ließ ihn in dem Glauben, ich sei eine Zauberin."

Belle kämpfte mit ihren rasenden Gedanken. *Er brauchte Liebe, keinen Fluch.*

„Ich habe getan, was notwendig war, und mit dieser Entscheidung habe ich zehn Jahre lang gelebt." Sie klang verletzt, und Belle hoffte, dass sie es tatsächlich war. Ein Kind zu verfluchen, um es in etwas anderes zu verwandeln, es *würdig* zu machen, war nichts, das Belle jemals verstehen würde.

„Ich weiß, dass es falsch war, aber ich werde bereits seit einer langen

Zeit von Visionen eines brennenden Europas heimgesucht. Tausende Tote, ganze Generationen ausgelöscht, eine Herrschaft des Schreckens. Das einzige Mal, dass sich meine Vision veränderte, war, als ich ihn verfluchte und dich mit einer Krone auf dem Haupt sah."

Ich will keine Krone. Ich habe nie eine gewollt.

„Ich weiß, aber womöglich bedeutet das, dass du besser darauf vorbereitet bist als die meisten, eine zu tragen." Sie führte es nicht weiter aus, und Belle befürchtete, dass Orella noch mehr von einer Zukunft gesehen hatte, die Belle nicht wollte. Sie widerstand dem Drang, sie zu fragen, was vor ihr lag, sie wollte es nicht wissen. „Ich wünschte, ich könnte mehr tun, aber meine Macht ist begrenzt. Deine Zukunft steht auf Messers Schneide, gebunden an das Schicksal von Aveyon. Ich kann nichts deutlich erkennen. Alles, was ich mit Sicherheit weiß, ist, dass du einmal mehr einen Blick hinter die Dunkelheit werfen und das versteckte Licht im Inneren finden musst."

Ich weiß nicht, was das zu bedeuten hat. Du musst mir mehr verraten.

„Du kannst es nicht sehen, aber ich verblasse allmählich. Meine Kräfte kommen und gehen, wie die Gezeiten. Ich kann diese Gestalt nicht länger aufrechterhalten. Alles, was ich dir auf deinen Weg mitgeben kann, ist, dass du auf deinen Instinkt vertrauen musst."

Das hast du bereits gesagt.

„Es tut mir leid, Belle. Aber du musst wissen, dass es immer noch in deiner Macht liegt, jene zu retten, die du liebst. Ich werde für dich tun, was ich kann, auf meine eigene Weise."

Ihre letzte Frage fühlte sich hoffnungslos an. *Haben wir den Fluch jemals gebrochen?*

Aber sie erhielt keine Antwort.

Belle spürte den Augenblick, in dem Orella sie verließ, und in ihrer Abwesenheit war die Stille im Raum ohrenbetäubend.

Kapitel Sechsundzwanzig

Die Stunden strichen dahin, bis neue Schritte im Raum ertönten, und Belle wappnete sich innerlich. Ihr Herzschlag hämmerte durch ihren ganzen Körper, und ihre Haut brannte in Erwartung dessen, was als Nächstes geschehen würde. Sie dachte, dass es Bastien sein musste, der gekommen war, um sie ein für alle Mal zum Schweigen zu bringen. Eine Hand packte den Stoff über ihrem Kopf und riss ihn herunter. Das gedämpfte Licht im Raum kam ihr so strahlend hell vor wie die Sonne, und Belle konnte einige Augenblicke nichts erkennen, während sie gierig die frischere Luft durch die Nase einatmete.

Als ihre Augen sich endlich an das Licht gewöhnt hatten, fiel ihr Blick auf LeFou.

„Überrascht?", fragte er und wedelte mit einer Pistole vor ihrem Gesicht herum. Sie stieß ein heiseres Geräusch gegen den Knebel in ihrem Mund aus. „Das ist wohl kaum nötig", murmelte er und zog das Tuch zwischen ihren Zähnen hervor. Kaum dass sie davon befreit war, begann Belle um Hilfe zu schreien. Sie erkannte den Raum nicht wieder, in dem sie sich befanden, und Furcht drohte ihr die Kehle zuzuschnüren. „Niemand kann dich hören, Belle. Weißt du denn nicht, wo du hier bist?"

Sie beschloss, ihm zu glauben, ganz gleich wie sehr sie sich auch wünschte, dass er log. „Nein", krächzte sie. Der Raum war klein und fensterlos.

Der Stuhl, auf dem sie saß, war eines von nur wenigen Möbelstücken. Es roch modrig, und die Luft war feucht, als wären sie unter der Erde.

„Wir befinden uns in der hintersten Ecke deines Schlosskellers. Warum sollte irgendjemand dich hier hören?"

Als sie nichts erwiderte, stieß er ein grausames Lachen aus. „Ich möchte, dass du weißt, dass wir schon seit vor eurer Abreise nach Paris gegen euch gearbeitet haben."

„Wer ist wir?"

„Ich und meine Gefährten." Er legte eine Pause ein, aber als sie seinen Worten anscheinend nicht folgen konnte, präzisierte er seine Aussage. „Ich wurde vom Duc de Vincennes für die Sache rekrutiert, der in mir eine verwandte Seele sah."

Also hatte Bastien sie von Anfang an hintergangen. Ihre Furcht wich Zorn. „Du bist mir nie wie ein sonderlich politischer Mann vorgekommen, LeFou."

Er zielte mit der Pistole auf sie. „Mein Name ist Hercule, aber das wusstest du nicht, nicht wahr?" Er kam einen Schritt auf sie zu. „Und du hast recht. Ich interessiere mich einen Dreck für die Revolution. Mir geht es nur um Rache."

Bei diesen Worten erfasst sie eine Eiseskälte bis ins Mark. LeFou hätte alles vergessen sollen, nachdem der Fluch gebrochen wurde, genau wie all die anderen, die in jener Nacht das Schloss gestürmt hatten. Wenn dem nicht so war, steckten Lio und Belle in Schwierigkeiten.

„Rache für was?"

„Versuch nicht, mich zu beleidigen, Belle. Du weißt genau, wovon ich rede."

„Nein, das weiß ich nicht", versicherte sie und versuchte, sich dumm zu stellen.

„Erzähl mir nicht, dass du es auch vergessen hast! Weißt du etwa nicht, mit wem du verheiratet bist?" Bei dem Gedanken, dass er derjenige sein könnte, der Belle die ganze Geschichte offenbarte, erschien ein manisches Funkeln in seinen Augen. „Erinnerst du dich etwa nicht mehr an *das Biest*?"

Also erinnerte er sich tatsächlich, obwohl er alles vergessen haben sollte. Irgendwie war es LeFou gelungen, sich an seinen Erinnerungen festzuklammern, und er war nicht bereit, sie loszulassen, selbst als der Fluch um ihn herum sich auflöste. Sie wusste nicht, was das bedeutete oder warum er sich dem Fluch hatte widersetzen können. Belle konnte die Scharade nicht länger aufrechterhalten.

„Natürlich erinnere ich mich, LeFou. Ich erinnere mich an alles. Ich erinnere mich daran, wie du danebengestanden hast, während Gaston mich wie einen Preis behandelt hat, den es zu gewinnen galt, während er versuchte, mich in eine Verlobung zu zwingen, die ich nie gewollt habe. Und während er sich aufspielte, als hätte ich ihm ein Unrecht angetan, als ich seine Avancen ablehnte." Der Gedanke, wie er damals durch das Haus gestürmt war, das sie mit ihrem Vater geteilt hatte, machte sie immer noch wütend. Gaston war der Meinung, sie sollte für seine Aufmerksamkeit dankbar sein, dabei hatte er ihr immer nur das Gefühl gegeben, klein und unbedeutend zu sein.

„Ich erinnere mich daran, wie ihr versucht habt, meinen Vater in eine Irrenanstalt einzuweisen, als er seine Nachbarn um Hilfe anflehte. Er dachte, er hätte mich für immer verloren, und alles, was ihr getan habt, war, ihn auszulachen." Der Anblick ihres Vaters, wie er verloren durch den Wald irrte und um Hilfe schrie, füllte ihr Herz noch heute mit einer tiefen Traurigkeit. Das Biest hatte sie zu ihm gehen lassen, obwohl es geglaubt hatte, dass dies bedeutete, für immer mit dem Fluch leben zu müssen. Dieses Opfer hatte für Belle alles verändert. Und was als Nächstes geschehen war, hatte ihre Gefühle in ihrem Herzen nur noch verstärkt.

„Ich erinnere mich daran, wie ihr das Schloss gestürmt habt." Wenn sie die Augen schloss, konnte sie immer noch sehen, wie die Dorfbewohner von Plesance sie und ihren Vater wegsperrten und gegen etwas zu den Waffen riefen, das sie nicht verstanden. Sie erinnerte sich, wie die Hilflosigkeit sie zu überwältigen drohte, und an die Woge des Trotzes, die sie befreit hatte. Sie erinnerte sich, wie sie zum Schloss zurückgeeilt war, das ihr Gefängnis gewesen war.

„Und warum das alles, LeFou? Was hat das Biest dir je angetan?"

Er wich einen Schritt vor ihr zurück. „Warum sollte es einem Monster erlaubt sein, in einem Schloss zu leben?"

„Er war nie ein Monster, aber Gaston war eines und du auch."

Er schüttelte den Kopf, unwillig, auch nur das kleinste bisschen Verantwortung zu übernehmen. „Er hat mir alles genommen, und jetzt wirst du so leiden, wie ich es getan habe." Die Waffe lag schwer in seiner Hand.

Belle war panisch. „Was soll das heißen? Was hast du vor?" LeFou hatte Gefährten erwähnt, also konnten andere den größeren Plan umsetzen, Lio zu ermorden, obwohl er hier unten bei ihr war.

Aber er achtete überhaupt nicht auf sie. „Niemand hat mir geglaubt, als ich ihnen erzählte, was an jenem Tag hier geschehen war. Die Leute haben mich verrückt genannt." Ein trockenes Lachen entfuhr seiner Kehle. „Ich bin es gewohnt, dass die Leute mich auslachen und nicht ernst nehmen, aber dieses Mal wusste ich genau, was geschehen war. Ich hatte den Körper, um es zu beweisen."

Da fiel es Belle wieder ein. „Du sprichst von Gaston." Das war keine Frage, und der Schmerz, der bei der Erwähnung von Gastons Namen über sein Gesicht huschte, war Bestätigung genug. „Er hat versucht, Lio zu töten", sagte sie, und ihre Gedanken wanderten einmal mehr zurück zu dem Moment, in dem sie und das Biest nach ihrer Rückkehr beschlossen hatten, sich zu verteidigen. Sie war auf Philippe durch das zerstörte Schloss geritten und hatte ihn so schnell, wie sie nur konnte, den Westturm hinaufgetrieben. „Ich habe mitangesehen, wie das Biest ihn gehen ließ, selbst nachdem Gaston es mit einem Pfeil angeschossen hatte. Aber er kehrte zurück und stach von hinten auf Lio ein, wie ein Feigling." Sie hatte beobachtet, wie das Licht in den Augen vom Biest erloschen war, und wusste noch, wie ihr plötzlich klar wurde, dass sie sich seit Wochen selbst belogen hatte. Sie erinnerte sich daran, wie sie ihn in gleichen Teilen geliebt und um ihn getrauert hatte, ihr Herz zugleich so voll und so zerbrochen. „Gaston ist in den Tod gestürzt. Lio hatte nichts damit zu tun."

Aber LeFou hörte ihr immer noch nicht zu. Als er erneut sprach, kehrte er ihr den Rücken zu. „Ich habe beobachtet, wie das Schloss sich wie von Zauberhand verwandelte, zurück zu seiner alten Pracht. Ich habe darauf gewartet, dass Gaston daraus auftaucht, aber das hat er nie getan. Hunderte von Menschen kamen heraus, ihre Erinnerungen wie weggewischt, aber ich erinnerte mich an alles."

Nun wandte er sich zu ihr um. „Ich hatte ihn zuletzt oben auf dem Turm gesehen, zusammen mit dem Biest. Aber als ich dort oben ankam, war er verschwunden. Ich bin den ganzen Weg hinunter an den Fuß der Schlucht gestiegen, um seinen Körper zu suchen. Ich musste es mit eigenen Augen sehen." Er rang zitternd nach Luft. „Und da war er, zerschlagen, aber immer noch wunderschön." LeFou sah sie an, und in seinen Augen stand nichts als Schmerz. „Ich habe an diesem Tag alles verloren, und jetzt wirst auch du alles verlieren."

Und mit einem Mal ergab Orellas verschwommene Vision einen Sinn. LeFou lebte in der Dunkelheit, und es war an Belle, ihn zurück ins Licht zu führen. Sie hatte es schon einmal getan, als sie hinter Lios monströse Fassade geblickt und den Mann in seinem Inneren entdeckt hatte. Aber Belle hatte sich in Lio verliebt. Das würde ihr bei LeFou mit Sicherheit nicht passieren. Wie sollte sie ihn zurückholen? Und wollte sie das überhaupt?

„Ich hatte keine Ahnung, dass du so für ihn empfunden hast", murmelte sie. Es war ein schwacher Versuch, aber sie wusste nicht, was sie sonst sagen könnte.

Er schüttelte den Kopf. „Ich hatte diese Gefühle so lange verdrängt, dass ich es selbst nicht wusste. Erst nach seinem Tod wurde alles wieder an die Oberfläche gezerrt. Ich war immer zu spät – zu spät, um ihm die Wahrheit zu sagen, zu spät, um ihn zu retten." Er stieß ein freudloses Lachen aus und wog die Pistole in seiner Hand. „Aber was hätte ich tun können? Wenn er gewusst hätte, wie ich für ihn empfinde, hätte er mich dafür gehasst, und wenn ich es rechtzeitig auf die Spitze des Turmes geschafft hätte, wäre ich ebenfalls gestorben. Ich hätte ihn schon im Dorf aufhalten sollen, bevor er überhaupt auf den Gedanken gekommen war, das Schloss zu stürmen. Es ist meine Schuld, dass er tot ist."

„Der Hass hat Gaston auf diesen Turm getrieben, nicht du, LeFou."

Er ließ sich ihr gegenüber auf einen Tisch sinken. „Der Krieg in Amerika hat ihn verändert. Du hast den Gaston von vorher nie kennengelernt, du kanntest nur den Mann, der zurückgekehrt ist."

„Gaston war ein komplizierter Mann." Das war das Beste, was sie LeFou anbieten konnte. „Es tut mir leid, dass deine Freundschaft für ihn nicht genug war."

Er sah zu ihr auf, und sein Blick verdunkelte sich. „Vielleicht wäre sie das gewesen, aber jetzt werden wir das nie erfahren."

Sie war erleichtert, dass er zumindest bereit war, mit ihr zu reden. Vielleicht war sein Herz noch nicht vollständig von Hass zerfressen, wenn er noch bereit war, ihr zuzuhören.

„Du hast Jahre an seiner Seite verbracht, aber hat er dich je bei deinem richtigen Namen genannt?"

„Nein", gab er zu, und Schmerz verzerrte seine Züge. „Das Schlimmste daran ist, dass Gaston derjenige war, der mir meinen Spitznamen gegeben hat, als wir noch Jungen waren."

„Warum hat er das getan?", stupste Belle ihn sanft an.

„Wir sind miteinander aufgewachsen und wurden Freunde. Vielleicht aus der Not heraus, aber wir hatten beide eine blühende Vorstellungskraft und spielten jahrelang unsere Spiele, bis er irgendwann begann, sich mehr für Schwertkämpfe und Prügeleien mit den anderen Jungen aus dem Dorf zu interessieren. Aber ich konnte meine Fantasien nicht einfach so loslassen, und ich glaube, ich war ihm peinlich. Als er mich vor seinen neuen Freunden abfällig als *LeFou* bezeichnete, war das schmerzhaft, aber ich beschloss, lieber das zu sein, was er von mir verlangte, als ihn zu verlieren. Und so habe ich über Jahre hinweg den Narren gespielt, bis ich mich nicht mehr daran erinnern konnte, je etwas anderes gewesen zu sein."

„Das klingt nicht nach Freundschaft, Hercule."

Er wirkte erschüttert. „Gaston hat mir auf seine eigene Art gezeigt, dass ich ihm etwas bedeute. Es mag dir so vorkommen, als wäre er grausam gewesen, aber ich war froh, einfach nur in seinem Dunstkreis zu bleiben." Er senkte den Blick zu Boden. „Ich weiß, dass er kein guter Mann war, Belle. Ich weiß von all seinen dunklen Seiten, aber man kann nun mal nicht ändern, wen man liebt."

Belle seufzte. „Das weiß ich wohl besser als die meisten.“

Er schielte zu ihr hinauf, schenkte ihr ein vorsichtiges Lächeln und legte die Pistole neben sich auf den Tisch. „Ja, das tust du wohl.“

Sie beschloss, an dem Teil festzuhalten, der sich ihr geöffnet hatte. „Du brauchst den Rest deines Lebens nicht seinem Andenken zu widmen, Hercule. Du kannst ihn geliebt haben, und du kannst es hinter dir lassen. Er ist unter tragischen Umständen ums Leben gekommen, aber sie waren von eigener Hand geschaffen.“

In seine Augen stiegen Tränen auf, und Belle spürte, dass sie zu ihm durchdrang. „Die größte Tragödie ist die, dass Gaston gestorben ist, ohne zu erfahren, wie viel er dir bedeutet hat, ganz gleich ob er diese Gefühle erwidert hätte oder nicht.“

LeFou zögerte. „Ich weiß nicht, wer ich ohne ihn bin.“

„Wäre es nicht schön, dich selbst neu zu entdecken? Nicht länger *LeFou* zu sein und einmal mehr zu Hercule zu werden?“

Bei der Vorstellung leuchteten seine Augen auf, aber dann wurden sie wieder schwarz. „Ich habe schreckliche Dinge getan …“

„Ich weiß. Aber jemand anderem Schmerz zuzufügen, wird deinen eigenen niemals heilen können, Hercule. Lio zu töten, wird Gaston nicht zurückbringen.“

Was folgte, war Stille. Hercule war aufgestanden und ging vor ihr auf und ab, er kämpfte mit ihren Worten und seinen eigenen Gefühlen. Belle wusste nicht, was sie tun sollte, und entschied, ihn mit seinen Gedanken allein zu lassen. Sie hatte getan, was sie konnte. Außer ihn anzuflehen, sie gehen zu lassen, gab es nichts mehr zu versuchen.

Der Blick, den er ihr schließlich zuwarf, brannte vor Kummer. „Ich wünschte, ich könnte alles zurücknehmen, was ich getan habe.“

„Das kannst du, Hercule. Du weißt, wer hinter dieser Verschwörung gegen Lio steckt. Du kannst sie aufhalten, bevor das Schlimmste eintritt.“ Sie bemühte sich, ihrer Stimme einen festen Klang zu verleihen. „Du kannst beweisen, dass Bastien geplant hat, den König von Aveyon zu ermorden. Du kannst mich freilassen, damit ich zumindest *versuchen* kann, ihn aufzuhalten.“

„Aber, Belle, das kann ich nicht. Ich bin LeFou. Niemand würde mir Glauben schenken, nicht wenn ich ohne jeden Beweis einen Duc beschuldige. Er ist viel zu gerissen für so einen Trick." Er schluckte schwer. „Wenn du entkommst oder ich dich freilasse, haben Bastiens Männer den Befehl, Lio auf der Stelle zu töten, zum Teufel mit den Konsequenzen. Er will, dass das Attentat sauber über die Bühne geht, aber er ist sich auch nicht zu schade, sein Ziel auf anderem Weg zu erreichen."

Bei dem Gedanken schlug ihr das Herz bis zum Hals. „Kannst du Lio hierherbringen? Oder ihm zumindest eine Nachricht zukommen lassen? Er muss sich bereits Sorgen um mich machen."

„Er weiß nicht, dass etwas nicht stimmt. Bastien hat ihn gedrängt, in die Garnison in Faverges zu reiten, um die neuesten Berichte aus Paris mit seinen Kommandanten zu besprechen. Er glaubt, dass du noch ein paar letzte Vorbereitungen mit deiner Assistentin zu treffen hast und ihn darum nicht begleiten kannst. Er weiß nicht einmal, dass du verschwunden bist. Ich habe die Aufgabe bekommen, dich im Auge zu behalten, bis die Tat vollbracht ist."

„Was schlägst du also vor? Dass ich nichts tue?", fauchte sie und sträubte sich gegen ihre Fesseln. Hercule wich vor ihr zurück, erschrocken von ihrem plötzlichen Wutausbruch, nachdem sie sich solche Mühe gegeben hatte, ruhig zu bleiben.

Sie hatte getan, was Orella ihr geraten hatte. Sie hatte die Hand nach dem tiefsten Inneren von Hercule ausgestreckt und ihn gezwungen, den Zorn zu begraben, der ihn beherrscht hatte. Aber für was? Welchen Nutzen würde er ihr bringen, wenn er zu verängstigt war, um ihr zu helfen? Und wie sollte sie jemanden finden, der bereit war, sich dem Duc de Vincennes entgegenzustellen, wenn sie hier in einem vergessenen Keller gefesselt war?

„Belle, es tut mir so leid …", setzte er an.

Aber sie unterbrach ihn. „Du sagtest, du hättest Gefährten." Sie dachte zurück an die Männer, die sie gefangen genommen hatten. „Weißt du, wer sie sind?"

„Wir benutzen keine Namen. Sie sind hauptsächlich Sansculottes und der ein oder andere Angehörige der Bourgeoisie, soweit ich weiß." Er hielt inne, nachdenklich. „Obwohl, da ist ein Neuankömmling, der sich so gebildet ausdrückt wie Bastien. Ich glaube nicht, dass der Duc ihn unter dem Pöbel gefunden hat."

„Beschreibe ihn mir."

Hercule zögerte. „Er ist groß, hat dunkle Haut."

„Wann ist er angekommen?", fragte sie, obwohl sie die Antwort bereits kannte.

„Gestern Morgen." Er warf ihr einen neugierigen Blick zu. „Warum, kennst du ihn?"

„Ich denke schon", erwiderte sie, und ein Plan begann in ihren Gedanken Gestalt anzunehmen. „Hercule, du musst etwas für mich tun."

Er zögerte. „Was?"

„Du musst mir meinen Spiegel bringen."

Hercule ließ sie gefesselt in dem feuchten Keller zurück, für den Fall, dass ein anderer von Belles Entführern beschloss, nach ihr zu sehen. Es war das Risiko nicht wert, dass einer von ihnen sie ungefesselt entdeckte und entschied, drastische Schritte zu unternehmen, um den Plan nicht zu gefährden.

Hercule war eine gefühlte Ewigkeit weg, und es kostete Belle alles, nicht völlig die Fassung zu verlieren. Als er zurückkehrte, legte er ihr den Spiegel in den Schoß und machte sich daran, sie zu befreien.

„Wie soll ein Spiegel uns helfen?", fragte er sie mit einem skeptischen Blick über die Schulter.

„Weißt du nicht mehr?", erwiderte sie. „Ich habe diesen Spiegel benutzt, um dem Dorf zu beweisen, dass mein Vater nicht über das Biest gelogen hatte." Sie musste ihn nicht daran erinnern, was danach geschehen war. Ein zorniger Mob hatte das Schloss gestürmt, um den Mann zu töten, den sie liebte, angeführt von dem Mann, den er geliebt hatte.

Ihre Handgelenke fielen schlaff an ihre Seite, endlich frei. Er richtete sich vor ihr auf und warf ihr einen verlegenen Blick zu. „Dann ist er magisch?"

„Ja."

Seine Augen leuchteten auf. „Du kannst ihn benutzen, um zu beweisen, dass Bastien den König umbringen will!“

„Nein, das kann ich nicht. Dem Königreich die Existenz von Magie zu offenbaren, würde mehr Schaden anrichten, als dass es uns nutzen würde. Wie könnte ich all das erklären, ohne auch den Fluch erklären zu müssen?“ Sie schüttelte den Kopf. „Wir können uns nicht auf die Magie verlassen, und wir dürfen nicht riskieren, unseren Trumpf auszuspielen, ohne über einen Beweis zu verfügen. Lio würde mir natürlich glauben, aber wie können wir sicherstellen, dass Bastiens Männer ihn nicht einfach erschießen, bevor wir da ein Wörtchen mitreden können? Da sie in die Uniformen der Schlosswachen gekleidet sind, kann ich mir vorstellen, dass sie ihm auf Schritt und Tritt folgen. Wenn wir nicht zu ihm durchdringen können, müssen wir einen anderen Weg finden.“

Hercule warf ihr einen anerkennenden Blick zu. „Du hast an alles gedacht.“

„Lass uns hoffen, dass ich mit dieser Vermutung nicht vollkommen danebenliege.“ Sie hielt den Spiegel in die Höhe und ließ die wohltuende Wärme der Magie auf ihre Hände und ihre Arme hinauf wandern. Die giftgrünen Ranken leuchteten in dem Keller noch heller als zuvor. Hercule hielt den Atem an, als sie ihren Befehl aussprach. „Zeig mir Aurelian de Lambriquet.“

Der Spiegel erwachte zum Leben und zeigte das Bild eines Raumes, den Belle als Bastiens erkannte. Aurelian stand am Schreibtisch und wühlte sich durch Stapel von Pergamenten, verzweifelt auf der Suche nach etwas. Sein Haar war zerzaust, seine Uniformjacke achtlos zur Seite geworfen. Er wirkte hektisch und verängstigt.

„Das ist der Neuankömmling“, flüsterte Hercule.

„Er wirkt nicht gerade wie jemand, der auf Bastiens Seite steht, nicht wahr?“ Die Vision verblasste, sie hatte ihren Dienst getan. Belle ließ den Spiegel sinken und sah Hercule an. „Wir müssen zu ihm.“

„Ist das eine gute Idee?“

Sie sah ihn an und seufzte. „Es ist die einzige, die ich habe. Aber wir werden deine Pistole brauchen.“

Sie bewegten sich wie Geister durch das Schloss, voller Angst, entdeckt zu werden, aber die Flure waren so gut wie ausgestorben. Anfangs war es Belle ein Rätsel, aber dann erinnerte sie sich an Orellas ausklingendes Versprechen.

Ich werde für dich tun, was ich kann, auf meine eigene Weise.

Sie nahm an, dass sie ihren freien Weg Orella verdankte, gleichzeitig war sie sich überdeutlich bewusst, dass ihr Zeitfenster, um das Attentat zu verhindern, mit jeder Minute kleiner wurde. Sollte jemand in den Keller gehen und ihr Verschwinden bemerken, könnte sie ihre letzte Chance verlieren. Das war kein beruhigender Gedanke.

Vor Bastiens Tür kamen sie zum Stehen und betätigten die Klinke. Es war abgeschlossen. Belle schenkte Hercule einen bedeutungsvollen Blick, und er warf sich mit seinem ganzen Gewicht gegen die Tür, die unter der Wucht aufbrach.

Aurelian war vor Schreck wie erstarrt und hielt die Hände abwehrend in die Luft. „Sacré", fluchte er und entspannte sich ein wenig, als er sah, dass sie nicht Bastien waren, der ihn dabei erwischt hatte, wie er seine Sachen durchsuchte. „Was tut Ihr denn hier?" Belle erkannte seine Stimme als die des Entführers, der darauf bestanden hatte, ihr die Augen zu verdecken.

Sie zielte mit der Pistole auf ihn, obwohl sie nicht die leiseste Ahnung hatte, wie man eine Waffe bediente. Aber das musste der Marquis de Lambriquet nicht erfahren.

„Was wisst Ihr über Bastiens Plan, meinen Gemahl zu ermorden?", verlangte sie zu wissen.

Wieder hob er beschwichtigend die Hände. „Vage Details, aber genug, um zu wissen, dass ich versuchen musste, ihn aufzuhalten."

Belle ging einen Schritt auf ihn zu. „Warum sollte ich Euch glauben?"

Aurelian blickte auf den Tisch hinunter, den er praktisch zerstört hatte. „Ich tue das nicht, um Bastien zu *helfen*. Ich suche nach einem Beweis für seinen Plan. Einen Beweis, den ich zu jemandem bringen kann, der ihn aufhält."

„Warum habt Ihr Euch an meiner Entführung beteiligt?"

Er ließ den Kopf hängen, die Scham färbte seine Wangen rot. „Ich wusste nicht, was ich sonst tun sollte. Bastien ist eine geladene Kanone. Ich befürchtete, dass er in Aktion treten könnte, wenn ich auch nur im Ansatz von dem Plan abweichen würde. Das tut mir leid."

Belle spürte sein schlechtes Gewissen, aber sie hatte noch eine Frage. „Wo ist Eure Schwester?"

Er verzog das Gesicht. „Ganz ähnlich gefangen, in den Gemächern, die man mir zur Verfügung gestellt hat. Ich wusste, dass sie sich nur selbst in Gefahr begeben würde, wenn ich ihr verrate, was ich vorhabe."

Belle seufzte und ließ die Waffe sinken. „Dafür wird sie Euch wahrscheinlich umbringen", sagte sie ihm. Dann sah sie zu Hercule. „Weißt du, wo seine Gemächer sind?" Er nickte. „Geh sie holen. Wir brauchen sie."

Kaum dass Hercule den Raum verlassen hatte, machte Aurelian sich wieder daran, die Papiere auf dem Tisch durchzusehen, und Belle ging ihm dabei rasch zur Hand. „Ihr seid also nach Aveyon gekommen, um Euch mit Marguerite auszusöhnen?"

Er hielt sich ein Stück Pergament dicht vor die Augen, um die winzige Schrift zu entziffern. „Das war meine Absicht. Aber als Bastien mir einen Teil seines Komplottes offenbarte, wusste ich, dass ich so tun müsste, als würde ich ihn in seinen Zielen unterstützen wollen, um mehr herauszubekommen." Er sah zu Belle. „Ich hoffe, Ihr habt einen Plan. Denn sobald jemand bemerkt, dass Ihr verschwunden seid …"

„Wird mein Ehemann getötet", beendete sie den Satz für ihn. „Ihr müsst mir nicht erklären, was auf dem Spiel steht."

„Also wie sieht Euer Plan aus?"

„Uns bleibt keine andere Wahl, als einen Beweis dafür zu finden, dass Bastien von Anfang an gegen Lio gearbeitet hat. Und solange er noch glaubt, dass Ihr auf seiner Seite steht, haben wir einen kleinen Vorteil. Ich kann nicht einfach so in den Ballsaal spazieren, ohne Lios Kopf zu riskieren, aber Ihr schon."

Aurelian nickte. „Die Suche geht also weiter?"

„Ja, aber Bastien ist nicht so dumm, den Beweis für seinen Verrat offen herumliegen zu lassen. Wir müssen denken wie er."

Er warf die Papiere beiseite, die er in der Hand gehalten hatte. „Ist er denn überhaupt so dumm, ihn zu behalten? Woher sollen wir wissen, dass er nicht einfach alles verbrannt hat, was ihn belasten könnte?"

Einen Moment dachte Belle über diese Möglichkeit nach, aber irgendetwas daran fühlte sich nicht richtig an. Ihr fiel seine sorgfältige Sammlung von Pamphleten und Flugblättern wieder ein. „Bastien ist berechnend. Er würde Beweise gegen andere nicht aus der Hand geben, für den Fall, dass er sie je benötigen sollte. Er kennt keine nennenswerten Loyalitäten und würde bestimmt nicht zögern, seine gesammelten Informationen auch gegen seine vermeintlichen Verbündeten einzusetzen, wenn er der Ansicht wäre, dadurch seinen Hals retten zu können." Sie ging hinter den Schreibtisch und begann, ihn nach einem geheimen Verschluss abzutasten. „Sein Schreibtisch in Paris hatte eine versteckte Schublade. Wir sollten auch hier die Augen danach offen halten."

Die beiden hatten beinahe den ganzen Raum auseinandergenommen, als Hercule mit Marguerite zurückkehrte. Sie wirkte erschüttert, aber auch entschlossen.

„Hat er dir alles erzählt?", fragte Belle.

Ihre Freundin nickte. „Belle, es tut mir so leid, dass ich Bastiens Täuschung nicht schon früher durchschaut habe. Ich kenne ihn. Ich hätte ihn verdächtigen müssen, aber ich bin ihm aus dem Weg gegangen, wegen unserer Vergangenheit in Paris. Vielleicht wenn ich ihm näher gewesen wäre …"

Belle unterbrach sie. „Der Duc hat uns alle hinters Licht geführt, und die Schuld liegt einzig und allein bei ihm. Er hat dich auf Abstand gehalten, weil es ein Teil seines Plans war. Selbst wenn du es versucht hättest, hättest du nichts daran ändern können."

Ihre Suche erwies sich mehr und mehr als fruchtlos, und Belle geriet allmählich in Panik. „Ich weiß nicht, was wir tun sollen. Ohne einen Beweis hat Aurelian keinerlei Rechtfertigung, um Bastien zu beschuldigen. Vielleicht sollte ich das Risiko eingehen und selbst mit ihm reden."

In seinem Frust schlug Aurelian mit beiden Händen auf den Tisch. „An jedem Eingang sind Wachen postiert, und sie haben genaue Anweisungen. Wenn Ihr dort hineingeht, gibt es ein Blutbad."

„Es muss doch einen anderen Weg geben", warf Marguerite ein.

„Die Zeit ist nicht auf unserer Seite."

„Bastiens Männer müssen doch einen gewissen Selbsterhaltungstrieb haben. Sicherlich ist ihnen bewusst, dass sie nicht mit dem Leben davonkommen können, wenn sie den König von Aveyon erschießen."

Hercule schüttelte den Kopf. „Ihr Wunsch, die Revolution voranzutreiben, stellt jede andere Sorge in den Schatten. Sie würden für die Sache sterben."

Nach allem, was sie in Paris gesehen hatte, glaubte Belle ihm aufs Wort.

Aurelian ging auf die Tür zu. „Ich werde gehen und mich ihm entgegenstellen, vielleicht kann ich es ihm ausreden."

„Um dann selbst getötet zu werden?", protestierte Marguerite und versperrte ihm den Weg.

„Ohne einen Beweis, welche Wahl bleibt uns da noch?"

Hercule sah zu Belle, seine Augen waren mit einem Mal voller Hoffnung. „Warum benutzen wir nicht den Spiegel?"

„Was?", fragten Aurelian und Marguerite im Chor.

Belle schüttelte den Kopf und ignorierte ihre Verwirrung. „Der Spiegel hat mir bisher immer nur die Person gezeigt, die ich am meisten zu sehen begehrte. Ich glaube nicht, dass er mir ein Objekt zeigen würde." Aber noch während sie die Worte aussprach, wurde ihr klar, dass das nicht stimmte. In Paris hatte sie den Spiegel aufgefordert, ihr ihre Zukunft zu zeigen, woraufhin der Spiegel ihr die Vision eines brennenden Aveyon offenbart hatte. Sie hatte dieses Bild so lange Zeit abgetan, ohne zu wissen, dass Bastien derjenige sein würde, der die Flammen anfachte.

„Du glaubst es nicht, aber du *weißt* es auch nicht. Bestimmt ist es einen Versuch wert", warf Hercule ein.

Er hatte recht. Ein Teil von Orella steckte in dem Spiegel, dazu verzaubert, das Brechen des Fluches zu überstehen. Belle hatte keine Ahnung, wozu es imstande wäre. Belle zog den Spiegel aus der Tasche ihrer Röcke und hielt ihn hoch. Sie wartete nicht einmal darauf, dass er ihr die Hände wärmte, bevor sie ihre Forderung stellte. „Zeig mir, wie wir Bastien aufhalten können."

Aber der Spiegel erwachte nicht zum Leben, wie er es sonst getan hatte.

Er blieb vollkommen still, seine Oberfläche spiegelte nur ihr eigenes Gesicht. Belle war am Boden zerstört.

„Hat es … funktioniert?“, fragte Marguerite, offensichtlich verunsichert, was genau Belle und Hercule sich erhofft hatten.

„Nein“, erwiderte Belle verbittert, aber noch während sie das sagte, ergriff ein seltsames Gefühl von ihr Besitz. Als hätte sich ein Faden um ihr Herz gelegt und zöge sie an einen ihr unbekannten Ort.

Es erinnerte sie an das Gefühl, das sie in Paris zu dem Spiegelgeschäft getrieben hatte, nur dass sie es dieses Mal nicht fürchtete. Orella versuchte ihr zu helfen, auf welche Art auch immer. Belle wusste, dass sie diesem Gefühl folgen musste, diesem unsichtbaren Faden, der an ihr zupfte. Er würde sie zu den Antworten führen.

„Ich kann es nicht erklären, aber ich weiß, wo ich hinmuss“, sagte sie den anderen. „Hercule, kannst du dich in den Ballsaal stehlen und herausfinden, wie viele bewaffnete Männer dort Bastien treu ergeben sind? Ich muss wissen, womit ich es zu tun habe.“ Er nickte. „Aurelian, Ihr solltet in den Ballsaal gehen und so tun, als wäre alles in bester Ordnung. Versucht, Bastien hinzuhalten, falls er ungeduldig werden sollte. Der Ball müsste inzwischen in vollem Gange sein, daher wird es im Saal voll und unübersichtlich sein. Wartet auf mich, bevor Ihr etwas Waghalsiges unternehmt.“ Auch er nickte.

„Marguerite …“, begann sie.

„Ich komme mit dir.“ Es war keine Frage.

Belle machte sich nicht die Mühe zu streiten. „Wenn dieses … Gefühl sich als richtig erweist und ich tatsächlich einen Beweis für Bastiens Verrat finde, dann werde ich ihn in den Ballsaal bringen. Was danach geschieht, werden wir dann entscheiden müssen.“ Sie holte tief Luft und verdrängte die Angst, die sie zu ersticken drohte. Sie hatte keine Zeit dafür. „Lasst uns hoffen, dass wir den Überraschungseffekt auf unserer Seite behalten können.“

Das Blut in Belles Adern stand in Flammen. Alle bewegten sich auf die Tür zu, aber gerade als sie den Raum verlassen wollten, ergriff Marguerite das Wort.

„Hat denn niemand vor, mir zu erklären, was diese Sache mit dem Spiegel zu bedeuten hatte?“

Belle hielt auf der Türschwelle inne. „Marguerite, ich schwöre dir, wenn wir diesen Tag überleben, werde ich dir alles erzählen.“

Kapitel Siebenundzwanzig

Der Spiegel hatte Belle nicht gezeigt, was sie tun sollte, aber Orellas Magie führte sie dennoch aus dem Schloss und in Richtung der Stallungen, was in etwa der ungünstigste Ort für zwei Menschen war, die nicht entdeckt werden wollten.

Den ganzen Tag über waren Kutschen und Pferde in hoher Zahl eingetroffen, um Gäste für den Eröffnungsball zum Schloss zu bringen. Belle bewegte sich wie in Trance und scherte sich nicht darum, wer sie sah. Sie war wild entschlossen, das zu bekommen, weswegen sie gekommen war. Marguerite war die Vernünftigere der beiden und zwang Belle, methodischer vorzugehen.

„Dieser ganze Plan wird vollkommen nichtig, wenn Bastien Wind davon bekommt“, zischte sie und hielt Belle am Ellenbogen gepackt, um sie davon abzuhalten, in gerader Linie über den Innenhof zu laufen, getrieben von der Gewissheit in ihrem Herzen, dass sie in den Ställen finden würde, was sie suchte. „Du musst davon ausgehen, dass der Duc seine Augen und Ohren überall hat und sie nur darauf warten, dich zu verraten.“

„Du hast recht.“ Belle zog sich die Kapuze über den Kopf, dankbar für den leichten Frost, der in der Luft lag. Im Oktober ging die Sonne in Aveyon bereits früh unter. „Ich werde vorsichtig sein.“

Die beiden Frauen hielten sich im Schatten und arbeiteten sich langsam zu den Stallungen vor. Sie waren voller Knechte und Stallburschen, aber die meisten von ihnen waren zu sehr in ihre Aufgaben vertieft, als dass sie zwei Dienstmädchen Beachtung geschenkt hätten, die zwischen ihnen hindurchhuschten. Belle war so auf das Gefühl eingestimmt, das sie vorwärtstrieb, dass sie kaum innehielt, bis sie die Rückwand erreicht hatten. So tief in den Stallungen trafen sie auf keine Menschenseele. Hier hinten gab es nur ein paar leere Boxen, die für die Ankömmlinge des nächsten Tages reserviert waren.

Belle hielt inne, ließ ihren Blick über die steinerne Wand gleiten und wartete darauf, dass Orellas Magie ihr die Antworten gab, die sie suchte. Aber nichts geschah.

„Wonach suchen wir denn?", fragte Marguerite.

„Ich warte darauf, etwas zu spüren." Zum Glück bezeichnete Marguerite sie daraufhin nicht als verrückt. Belle ging näher an die Wand und streckte eine Hand aus, um den rauen Stein zu berühren. Sie ließ ihre Fingerspitzen darübergleiten, auf der Suche nach einer Art Bestätigung.

„Nun, beeil dich", flüsterte Marguerite.

Und dann blieben Belles Finger an einer scharfen Kante hängen. Der Stein darunter war lose, aber mit bloßem Auge hätte man das niemals erkannt. Ihr wurde warm ums Herz, als sie den Stein aus der Wand zog und ihn ihrer Freundin in die Hand drückte, die angesichts seines Gewichts aufstöhnte. Der dunkle Spalt in der Wand enthüllte nichts, aber Belle steckte ohne Zögern eine Hand hinein und zog eine lederne Mappe daraus hervor. Genugtuung durchströmte sie, als sie die Mappe aufschlug und mehrere Umschläge zum Vorschein kamen.

„Was ist das?", fragte Marguerite.

Belle blätterte durch den Inhalt des ersten Umschlags. „Das sind … Informationen", erwiderte sie.

Sie zog einen Umschlag hervor, auf dem in großen Buchstaben *MONTARLY* geschrieben stand, und stöberte darin herum. Sie stieß auf die handschriftliche Aussage einer Dienstmagd in Diensten des Seigneurs, die schwor, er sei der Vater ihrer unehelichen Kinder. Andere Umschläge trugen die Namen von Lios restlichen Beratern und hohen aveyonischen Beamten. Die Mappe war zum Bersten gefüllt mit Beweisen, dass Bastien

Informationen über diese Menschen gesammelt hatte, um sie damit zu erpressen. In diesem Moment dämmerte Belle, dass an dem Bericht, wonach Adlige einen Aufstand planten, wahrscheinlich nie etwas dran gewesen war. Der Duc wusste, wie schlecht es aussehen würde, wenn es Lios erste Amtshandlung als König wäre, seine Adligen zu besänftigen. Und die Berater hatten mitgespielt, weil Bastien vertrauliche Informationen über sie in der Hand hatte. Ihre Korruption ging tiefer, als sie vermutet hatte.

„Was noch?“, drängte Marguerite. Belle wühlte sich durch den restlichen Inhalt, bis sie auf einige unbeschriftete Umschläge stieß. Sie zog ein gefaltetes Stück Pergament aus einem davon hervor und überflog seinen Inhalt.

Bleiben die Pläne in Aveyon unverändert? Vertraut L dir noch?

Ich habe Kopien der Uniformen der Schlosswachen geschickt. Der Schneider beteuert, dass sie so nah an der Perfektion sind wie nur möglich.

Erweist sich B immer noch als schwierig zu handhaben? Werde sie los, wenn es sein muss.

Belles Herzschlag beschleunigte sich. „Der Beweis, den wir brauchen.“

Es ist schon seltsam, dachte sie, *etwas zu lesen, das meinem eigenen Todesurteil gleichkommt, und dabei Erleichterung zu empfinden.* Sie hielt den Beweis in Händen, dass Bastien von Anfang an gegen sie vorgegangen war. Orellas Magie hatte Belle alles gegeben, was sie brauchte, um den Duc zu Fall zu bringen. Zum ersten Mal seit sie den dunklen Keller verlassen hatte, hatte sie das Gefühl, dass es ihnen tatsächlich gelingen könnte, ihn aufzuhalten.

Marguerite richtete sich auf und sah hinüber zum Schloss. „Dann lass uns gehen und dem ein Ende setzen.“

Sie beschlossen, sich dem Ballsaal vom Balkon aus zu nähern, in der Hoffnung, Bastien zu überrumpeln, aber das Spalier zu erklimmen, war für keine von ihnen ein leichtes Unterfangen, schon gar nicht in Röcken. Als sie die Spitze erreicht hatten, versteckten sie sich hinter den Topfpflanzen, die das Geländer des Balkons säumten, und versuchten, durch die Fenster etwas zu erkennen.

„Vertraust du Aurelian?", fragte Belle, während sie angestrengt durch die Zweige und Blätter spähte.

„Ich wäre nicht hier, wenn ich das nicht täte."

„Es ist nur …"

„Ich weiß. Er ist wie aus dem Nichts aufgetaucht, um uns zu helfen. Er kam einfach ein bisschen zu gelegen. Aber ich habe mich gestern stundenlang mit ihm unterhalten, Belle. Unsere Trennung hat ihm das Herz gebrochen. Das hätte er mir nicht vormachen können, nicht mein Bruder, dazu kenne ich ihn zu gut."

Die Menschen, die sich im Saal versammelt hatten, waren tadellos gekleidet. Belle war sich nicht sicher, ob sie irgendjemanden wiedererkannte, aber diesen Teil der Gästeliste hatte Marguerite übernommen. Es waren nicht Belles Gäste. Diese Gäste waren ausgewählt worden, um den Stammbaum des Salons zu vervollständigen.

„Mit Sicherheit wäre die Szenerie dort drinnen ein klein wenig chaotischer, wenn jemand gerade den König von Aveyon erschossen hätte", versuchte Marguerite sie zu beruhigen.

„Was für ein tröstlicher Gedanke. Ich werde ihn in meinem Herzen bewegen, während wir daran arbeiten, Lios Ermordung zu verhindern."

„Entschuldige. Wenn ich nervös bin, sage ich dumme Dinge." Sie drückte Belles Schulter. „Ich werde mal sehen, ob ich Aurelian ausmachen kann. Es hat keinen Sinn hineinzugehen, wenn er nicht dort ist."

Marguerite ließ Belle in ihrem Versteck zurück, allein mit ihren Gedanken. Jetzt, da sie still saß, kehrten all ihre Ängste auf einen Schlag zurück. Sie war nur einen falschen Schritt davon entfernt, Lio zu verlieren, und konnte nicht absehen, ob sie in der Lage sein würde, dies zu verhindern. Ihn zu retten, hing nicht von ihrem Wissen oder ihrer Gerissenheit ab, sondern vom Zufall. Wenn sie Bastien zu früh provozierte, wenn sie ihr Vertrauen in die falschen Menschen setzte, selbst wenn sie alles richtig machte, könnte sie ihn dennoch verlieren. Ihre finsteren Gedanken verschmolzen zu einer einzigen Erkenntnis: *Ich hätte Lio und unser Königreich besser beschützen können, wenn ich den Titel einer Königin angenommen hätte.* Indem sie dies nicht getan hatte, hatte Belle den Leuten Raum gegeben, sie infrage zu stellen und an ihrer Hingabe zu Aveyon zu zweifeln. Marguerite hatte falschgelegen, als sie sagte, dass Belle nur dem Namen nach keine Königin sei. Indem sie den Titel ablehnte, hatte Belle dafür gesorgt, dass ihre Autorität jederzeit bezweifelt werden konnte. Sie hatte sich dieser Autorität nicht für würdig befunden, aber was sie nicht begriffen hatte, war, dass in ihrer Abwesenheit jemand anderes kommen und diese Autorität an sich reißen würde.

Bastien hatte in Aveyon nur dank ihrer Ängste erfolgreich sein können. Aber ihre größte Angst, das erkannte sie jetzt, war, dass ihr Königreich von Menschen überrannt werden könnte, die sich nichts aus Aveyon machten. Und die einzige Möglichkeit, diese Angst zu überwinden, war Stärke. Belle würde für ihr Königreich stark genug sein müssen, und trotz ihrer Ängste verspürte sie zum ersten Mal die Gewissheit, dass sie das auch war.

Marguerite steckte ihren Kopf durch die Zweige. „Er ist dort und bleibt nah an Bastiens Seite. Lio steht am anderen Ende des Saals mit einer Gruppe von alten Pariser Lieblingen. Ich kann es kaum erwarten, dass sie Zeugen einer weiteren völlig überzogenen Darbietung von mir werden. Sie sind umgeben von Wachen." Sie reichte Belle eine Hand und zog sie auf die Füße. „Aber ich glaube nicht, dass sich uns eine bessere Gelegenheit bieten wird."

„Ich bin bereit." Das war das Wahrhaftigste, was Belle hätte sagen können. Sie *war* bereit, und sie betete, dass Bastien es nicht war.

So selbstbewusst, wie sie nur konnten, schritten sie durch die gläsernen Balkontüren und betraten einen Saal, in dem es vor Geplauder und lebhafter Musik geradezu summte. Kaum jemand schenkte Marguerite und Belle Beachtung. Ihre einfachen Kleider gingen in dem Meer der Pracht unter. Die wenigen, die ihnen irritierte Blicke zuwarfen, hielten sie wahrscheinlich für Dienstmädchen, die sich von ihren Pflichten davongestohlen hatten.

Der Saal war so üppig dekoriert, wie Belle ihn noch nie gesehen hatte. Belle hatte bereits einige Male mitangesehen, wie der große Kronleuchter entzündet wurde, aber der Anblick von Hunderten Kerzen, deren Licht durch Tausende feinster Kristalle fiel, raubte ihr jedes Mal wieder den

Atem. Geistesabwesend dachte sie, dass dieser Abend ohne Bastien ein immenser Erfolg hätte werden können.

In der Mitte des Saals tat sich eine Lücke auf, und zum ersten Mal erblickte Belle den Duc de Vincennes. Er bemerkte sie nicht. Aurelian hatte ganze Arbeit geleistet. Bastien wirkte gelassen und hegte offensichtlich nicht den leisesten Verdacht, dass sein Komplott gegen den König aus dem Ruder gelaufen war. Sie musterte ihn aus der Ferne und bemerkte die Rückkehr zu seinem schneeweiß gepuderten Gesicht. Die gepflegte Perücke, die mit Juwelen besetzten Finger und die perfekt geschneiderte Kleidung … alles Teil seiner Maske.

Marguerite stupste sie leicht an. „Ich habe etwa vierzig Wachen gezählt, und mit Sicherheit sind zumindest ein paar davon eure Wachen und keine Eindringlinge."

Belle sah zum oberen Ende der ausladenden Doppeltreppe hinauf und entdeckte Hercule, aber nur weil sie nach ihm Ausschau gehalten hatte. Sie glaubte nicht, dass er dort jemand anders aufgefallen war. Er hielt seine Fäuste hoch und öffnete sie zweimal. Sie nickte, und er kam die Treppe wieder herunter, hoffentlich um die Männer im Blick zu behalten, die er gerade verraten hatte.

„Mindestens zwanzig von ihnen stehen treu zu Bastien", sagte Belle.

„Es ist ein Risiko", räumte Marguerite ein. „Sacré, können wir Lio nicht einfach hier rausholen? Um die Konsequenzen können wir uns doch später noch sorgen."

„Wir wissen nicht, wie viele Männer, die Bastien treu ergeben sind, im Rest des Schlosses verblieben sind oder wie weit die, die wir kennen, zu gehen bereit sind, um ihre Ziele zu erreichen. Ich werde nicht jede Seele hier im Saal in Gefahr bringen." Belle drückte die Schultern durch. „Die einzige Möglichkeit, Bastien aufzuhalten, liegt darin, ihm auch noch den letzten Zentimeter seiner Kontrolle zu entreißen. Ich werde direkt auf ihn zugehen, als ob rein gar nichts geschehen wäre. Geh und such deinen Bruder und haltet Lio aus dem Getümmel fern. Er wird ziemlich verwirrt sein."

Sie entfernte sich von Marguerite, bevor ihre Freundin sie aufhalten konnte. Mit jedem Schritt schien ihr Herzschlag schneller zu werden, bis sie überzeugt war, dass ihre Brust jeden Augenblick platzen würde. Bastiens bloßer Anblick erfüllte sie mit einer maßlosen Wut. Aber Wut würde sie jetzt nicht weiterbringen. Offenbar spürte er, dass etwas auf ihn zukam, und als er sich umwandte und Belle sah, war sein Gesichtsausdruck die Sache beinahe wert.

Der Duc de Vincennes war nur selten überrascht. Er dachte, Belle säße gefesselt in einem vergessenen Kellerraum, gut versteckt, bis er sein Ziel erreicht hätte. Aber ausnahmsweise war Belle diejenige, die ihn ausgetrickst hatte.

Trotzdem erholte er sich bemerkenswert schnell.

„Belle, was für eine *interessante* Kleiderwahl für einen Ball." Er verfiel in das neckische Geplänkel, das stets zwischen ihnen geherrscht hatte, als könnte er sie allein durch seinen Charme in die Knie zwingen. Sie war es leid, dass er dachte, er habe die Kontrolle.

Belle konnte nicht sprechen, aus Furcht, die Nerven zu entzünden, die ihr durch die Haut zu brennen drohten. So viele Dinge konnten schiefgehen, und obendrein hatte sie ihre Freunde in Gefahr gebracht. Sie durfte sich dem Zorn nicht hingeben, der durch ihre Adern strömte. Sie musste schlauer sein als das.

Bastien bedachte sie mit einem berechnenden Blick und unterschätzte sie einmal mehr. „Komm, tanz mit mir." Er zog sie mit festem Griff auf eine freie Fläche. Niemand sonst tanzte – es war noch früh –, aber Belle ließ es geschehen, und wenn nur, um ihm ein falsches Gefühl von Kontrolle zu geben.

Er hob ihre Hand in seiner hoch in die Luft. „Du weißt doch sicher, wie man ein Menuett tanzt?"

Sie knickste kokett und hielt ihre Röcke hoch. „Natürlich."

Sie begannen den höfischen Tanz, den Lumière ihr vor ihrer Hochzeit unbedingt hatte beibringen wollen. Belle war ein wenig eingerostet, der Duc dagegen anmutig, da er die meiste Zeit seines Lebens am französischen Hof getanzt hatte.

Die Schritte hielten sie für einige Zeit auf Distanz. Belle wusste, dass

Bastien sie bei jeder Bewegung einzuschätzen versuchte. Als sie sich einander wieder näherten, flüsterte er ihr ins Ohr: „Was hat Aurelian dir erzählt? Du weißt, er ist so labil wie seine Schwester."

Sie warf ihm einen verspielten Blick zu. „Oh, Bastien, ich glaube kaum, dass ich imstande wäre, mir ein Urteil über die offenkundige Labilität einer Person zu erlauben."

Sie drehte sich von ihm weg, bevor er zu einer Antwort ansetzen konnte. In der Zwischenzeit hatte sich eine Menge um sie angesammelt. Einige wenige Paare hatten sich ihnen in der Nähe angeschlossen, aber zum größten Teil schienen Belles Gäste damit zufrieden zu sein zuzusehen, wie die Situation sich ausspielte, ohne zu begreifen, was dabei auf dem Spiel stand. Es war nicht gerade ein Pluspunkt für sie, dass Bastien so glänzend aussah wie eh und je, während sie in einem absurd schlichten Kleid zu einem Ball erschienen war, mit zerzaustem Haar, einem Schnitt am Hals und Schürfwunden an den Handgelenken. Sie wusste, dass Lio sie noch nicht entdeckt hatte. Er hätte auf der Stelle wissen wollen, was los war. Dass Bastien ihre Wunden mit keinem Wort erwähnte, zeugte von seiner Verzweiflung.

Sie tanzten wieder näher beisammen. Belle ließ zu, dass Bastien sein Grab noch tiefer schaufelte. „Du darfst kein Wort glauben, das er dir erzählt. Hast du gewusst, dass er ein Revolutionär ist? Bis vor Kurzem hat er noch in Philippe Égalités Palast in Paris gelebt und die Ausbreitung der blutigen Bewegung angezettelt. Nur deswegen ist er hierhergekommen. Ich hätte nie zulassen dürfen, dass er die Schlosstore passiert."

Belle warf ihm einen neugierigen Blick zu. „Aber wer die Schlosstore passiert, liegt nicht in deinem Zuständigkeitsbereich, Bastien."

Zum ersten Mal, seit sie ihn kannte, errötete er. Sie brauchte einen Augenblick, um zu begreifen, dass es nicht Scham war, die ihm die Röte ins Gesicht trieb, sondern Wut. Er schien begriffen zu haben, dass Belle nicht länger auf seine Märchen hereinfallen würde. Plötzlich wirkte er wie ein verwundetes Tier, das in der Falle saß und verzweifelt nach etwas suchte, woran es sich festkrallen konnte. Sein Blick fiel auf ihren blutigen Hals, und er keuchte in gespielter Überraschung auf. „Belle, was ist geschehen? Du bist verletzt." Er sprach laut, in der Hoffnung, dass andere ihn hörten.

Sie hielt mitten im Tanz inne und musste ihn im Stillen zu seinen Schauspielkünsten beglückwünschen. Bastien hatte Belle nicht entführt und in den Keller verschleppt, er hatte weder ihre Handgelenke zusammengebunden noch sie geknebelt. Während der gesamten Tortur hatte sie ihn nicht ein einziges Mal zu Gesicht bekommen. Hätte Orellas Magie sie nicht zu dem Beweis für den Verrat des Ducs geführt, hätte Belle ihre Anschuldigungen nie untermauern können.

Einige der Anwesenden stießen erschrockene Rufe aus, als sie Belles Verletzungen bemerkten.

Bastien schnippte mit den Fingern und rief einige Wachen zu sich. „Bitte geleiten Sie Madame auf ihre Gemächer. Sie fühlt sich nicht wohl."

Belle wusste, dass ihr nur diese eine Chance blieb, um dafür zu sorgen, dass Bastien den Ballsaal nicht ohne Eisen um die Handgelenke wieder verließ. Er war zu charismatisch, zu gerissen, als dass sie außerhalb dieses Augenblickes mit ihm hätte fertigwerden können.

Sie zwang ihre Stimme, klar und deutlich zu klingen. „Bastien, erlaube mir, dich offiziell eines Komplotts gegen den König von Aveyon zu bezichtigen."

Die Menge konnte kaum an sich halten. Belle stand wie angefroren da, während um sie herum das Chaos ausbrach. Sie fing Seigneur Montarlys Blick auf und sah, wie der Mann sich an die Brust griff. Kurz erwischte sie sich bei dem grausamen Gedanken, dass sie ihn nicht vermissen würde, falls der Schock ihn das Leben kosten sollte.

Sie sah, wie sich ein überhebliches Lächeln auf den Zügen des Ducs ausbreitete. Er glaubte, sie hätte außer ihren Anschuldigungen nichts gegen ihn in der Hand, und sie würde ihn noch eine Weile in seinem Glauben lassen. „Ich habe nicht die geringste Ahnung, wovon du redest, Belle, aber mich eines Komplotts gegen meinen Cousin zu verdächtigen, *mein eigenes Blut*, übersteigt jegliches Maß."

Aurelian trat vor, Lio und Marguerite auf den Fersen.

„Ich unterstütze die Anschuldigung", sagte Aurelian. „Der Duc de Vincennes ist mit dem Vorsatz nach Aveyon gekommen, die Revolution über die Grenzen Frankreichs hinaus zu verbreiten, beginnend mit der Ermordung des Königs."

Jetzt warf Bastien entrüstet die Arme in die Luft. „Ohne einen Beweis ist das nichts als eine böswillige Verleumdung." Er sah Lio an und ließ die Verletzlichkeit in seiner Miene durchscheinen. „Cousin, du darfst das nicht glauben. Niemals würde ich etwas unternehmen, das dir schaden könnte. Wir haben unser Leben lang so viel gemeinsam durchgestanden." Belle beobachtete, wie er seine Lippe erbeben ließ. Sie hätte ihm am liebsten vor die Füße gespuckt. „Du kennst deine Frau doch kaum. Wie kannst du mit Sicherheit sagen, dass nicht *sie* die geisterhafte Revolutionärin ist, die du suchst? Ist es nicht möglich, dass sie mich ihrer eigenen Verbrechen beschuldigen?"

Lio war verdutzt, aber Bastien hatte einen entscheidenden Nachteil. Er hatte keine Ahnung, was Belle und Lio zusammen überstanden hatten. Keine Ahnung, wie die Zerstörung eines Fluches mit der Kraft ihrer Liebe ein Band zwischen ihnen geschmiedet hatte, das weit über Blutsbande hinausging.

Es war an der Zeit, dass Belle ihren Trumpf ausspielte. Sie zog die lederne Mappe zwischen ihren Röcken hervor und hielt sie so, dass Bastien sehen konnte, was sie in der Hand hielt.

Wie von Zauberhand wandelten sich seine Gesichtszüge. Fort war jede geheuchelte Verletzlichkeit, jede verbliebene Überheblichkeit oder Arroganz. Alles, was zurückblieb, war reiner Zorn. Es war kein Ausdruck, den Belle je an Bastien gesehen hatte, aber sie verfügte über genug Verstand, um ihn zu fürchten. Bastien hatte verloren. Zu beobachten, wie er sich dieser Lage bewusst wurde, war nicht der Triumph, den sie erwartet hatte. Sie fand keinen Gefallen daran, die einzige Familie, die Lio noch hatte, zu zerstören und Bastien als den Schurken zu brandmarken, den sie schon lange in ihm vermutet hatte. Aber Belle hatte getan, was sie tun musste, um ihren Ehemann und ihr Königreich zu retten.

Die Zeit schien zu einem tröpfelnden Rinnsal zusammenzuschrumpfen, als sie sah, wie Bastien eine Pistole aus der Innentasche seines Mantels zog. Hercules Worte hallten ihr in den Ohren.

Sie würden für die Sache sterben.

Bastien richtete den Lauf der Pistole auf Lio, dessen falsche Wachen ihn im Stich gelassen hatten. Menschen stürzten zu Boden. Belle konnte sich kaum bewegen, konnte kaum hinsehen. Ihr Blut rauschte mit der Macht eines Hurrikans durch ihren Körper. Bastiens Mund bewegte sich, formte Wörter, aber über dem Dröhnen in ihren Ohren verstand sie sie nicht.

Er drückte den Abzug. Belle sah, wie der Funken aufflammte.

Aber Hercule kam wie aus dem Nichts herbeigestürmt und riss Bastiens Arm gen Himmel. Die Kugel zerschoss den Kronleuchter in tausend Stücke, Scherben aus Kristall regneten auf sie herab, manche scharf genug, um Haut zu zerschneiden.

Dann kehrten die Geräusche im Saal mit voller Lautstärke zurück. Schreie drangen an Belles Ohr, als sie sah, wie Aurelian die wenigen Männer, die Lio treu geblieben waren, anführte und sie den Duc de Vincennes zu Boden warfen.

„Belle, geht es dir gut?“ Lio war dicht an ihrem Ohr, aber ihre ganze Aufmerksamkeit galt Bastien, der sich gegen die Männer zur Wehr setzte, die ihn am Boden hielten.

„Belle?“ Lio hielt sie vor sich. „Belle, rede mit mir.“

Ihr Blick wanderte langsam zu ihrem Ehemann, der zum Glück unverletzt und vollkommen verwirrt war. „Sacré, Lio. Ich habe mir gar keine Gedanken darüber gemacht, wie ich dir alles erklären soll, wenn wir es irgendwie schaffen sollten.“ Ihre Gedanken wirbelten unter dem Gewicht all dessen, was sie ihm erzählen musste.

Er blickte hinauf zur Decke, wo bis vor Kurzem noch der Kronleuchter gehangen hatte, dann zurück zu seinem Cousin. „Ich glaube, ich verstehe zumindest einen Teil davon. Aber was ist mit dir geschehen? War das gerade LeFou, der mich vor einem frühzeitigen Tod bewahrt hat?“

Bastien unterbrach sie mit den letzten Schreien eines verdammten Mannes.

„Vive la révolution! Tod dem König! Tod der Monarchie! Wir müssen uns erheben!“

Aber der Ballsaal war nicht das Atelier d’ébénisterie nach einem langen Arbeitstag. Er war nicht die Taverne in Mauger, mit vom Bier gelockerten Zungen. Bastien war im Schloss, und er hatte gerade versucht, den König zu ermorden. In diesem Moment bedeutete seine Botschaft rein gar nichts. Doch Belle wusste, dass es noch nicht vorbei war.

Sie wandte sich an einen von Lios Männern. „Wecken Sie die Magistrate in Mauger. Wir können nicht darauf vertrauen, dass diejenigen im Schloss keine falschen Eide abgelegt haben.“ Der Mann nickte und ging. Lio warf ihr einen besorgten Blick zu. „Ich erkläre es dir später“, sagte sie ihm.

Cogsworth und Lumière erschienen an ihrer Seite. Der Haushofmeister war krebsrot und außer Atem, als hätte er gerade die gesamte Länge des Schlosses im Laufschritt zurückgelegt. „Sire, Madame, wir müssen Euch beide von hier fortschaffen. Hier ist es nicht sicher.“

Lio wollte schon protestieren, aber Lumière unterbrach ihn. „Sire, eine Pistole ist nicht das einzige Mittel, um einen König zu töten.“ Er wandte sich an die panische Menge und sprach mit seiner charmantesten Stimme. „Mesdames et Messieurs, lasst mich Euch versichern, dass die Situation unter Kontrolle ist. Wir möchten Euch bitten, hierzubleiben, sicher in diesem Saal, wo es Euch freisteht, sich an allem gütlich zu tun, was unsere Küche zu bieten hat, während wir das Schloss durchsuchen. Vielen Dank.“ Er verbeugte sich höflich vor ihnen, und tatsächlich begann sich ein Gefühl der Ruhe im Saal zu verbreiten. Er warf dem noch immer hochroten Cogsworth einen Blick zu und grinste. „Siehst du, mon ami? Ich bin es, den man rufen sollte, wenn es darum geht, eine Menge zu händeln.“

Cogsworth verdrehte die Augen so heftig, dass Belle schon befürchtete, er könnte diesen Gesichtsausdruck nicht mehr rückgängig machen. Er wandte sich an Lio. „Bitte gestattet uns, Euch beide aus dem Ballsaal zu eskortieren und unter bewaffneten Schutz stellen, bis wir sicher sein können, dass das Schloss gründlich durchsucht wurde. Ich möchte Euch nicht beunruhigen, aber es besteht ein nicht geringer Verdacht, dass einige

Anhänger des Ducs den Auftrag zu Ende bringen wollen." Er spuckte das Wort „Duc" in einem Tonfall aus, in dem man sonst „Kakerlake" sagen würde.

Belle dachte einen Moment nach. Sie war am Ende ihrer Kräfte, und der Hunger, den sie den ganzen Tag über vollkommen ignoriert hatte, kehrte plötzlich mit ganzer Macht zurück. „Wir könnten hinunter in die Küche gehen", schlug sie vor. Sie dachte an Madame Pottines weise Ratschläge und Tassilos verschmitztes Grinsen, an warme Öfen und den Herd und an die Berge von Gebäck, die nur darauf warteten, verzehrt zu werden.

„Die Küche?", hustete Cogsworth ungläubig.

Belle warf ihm einen vielsagenden Blick zu. „Wenn wir uns schon in tödlicher Gefahr befinden, würde ich mir zumindest gern den Magen füllen."

Kapitel Achtundzwanzig

Sie erreichten die Küche fast ohne Zwischenfall. Der betörende Duft von frisch gebackenem Brot ließ Belle glauben, die Gefahr sei gebannt. Bastien war gefasst worden, sie waren von loyalen Wachen umgeben, und niemand war in dem Chaos verletzt worden.

Da prallte eine Kugel von einer Rüstung ab und schlug in die Wand direkt neben Lios Kopf ein, und das Chaos holte sie wieder ein.

Wachen sprangen in Aktion, mit erhobenen Musketen suchten sie nach dem Ursprung der Kugel. Die Angst kehrte mit voller Wucht zurück. Sie griff nach Lios Hand, als Cogsworth sich zwischen sie und die Richtung stellte, aus der die Kugel gekommen war. Lumière führte ihren kleinen Trupp an. Zum ersten Mal seit der Mob das Schloss gestürmt hatte, hielt er wieder eine Waffe in den Händen.

Rufe ertönten in der Ferne. „Cogsworth, schaff sie fort von hier. Wir werden die Verräter ausmerzen“, rief Lumière hastig.

„Ich komme mit“, protestierte Lio, während irgendwo im Schloss weitere Schüsse ertönten.

Ein Wachmann schüttelte den Kopf. „Ihr seid uns eine größere Hilfe, wenn Ihr Euch in Sicherheit bringt, Sire.“

Lio akzeptierte seine Worte nur widerwillig, und ihre Eskorte ging in die Offensive. Cogsworth zog sie beide einen anderen Korridor hinunter und bugsierte sie in einen Besenschrank.

„Vergebung, Sire, aber ich denke nicht …"

Belle legte ihm eine Hand auf den Arm. „Es ist in Ordnung, Cogsworth, obwohl ich nicht glaube, dass hier drinnen genügend Platz für uns alle ist."

Er straffte die Schultern und salutierte. „Meine Pflicht liegt anderswo, Madame." Das Geräusch gedämpfter Kanonenschüsse erreichte ihre Ohren. Cogsworth zog einen kleinen Kerzenleuchter aus der Tasche und entzündete ihn an einer Wandleuchte, die neben dem Schrank hing. „Öffnet diese Tür für niemandem, dem Ihr nicht vertraut."

„Das werden wir nicht", versicherte Lio und nahm die Kerze entgegen.

Cogsworth schloss sie ein. Der Raum war unerträglich eng und roch stark nach Essig. Aber alles, was für Belle in diesem Moment zählte, war Lio, der ihre Hand festhielt, lebendig und unverletzt. Gemeinsam machten sie es sich auf einer verstaubten Kiste bequem, so gut es eben ging.

„Geht es dir gut?", fragte sie, obwohl ihr die Frage nach dem Tag irgendwie lächerlich vorkam.

Lio zog ihre Hand naher zu sich. „Wie ist LeFou in diesen ganzen Schlamassel hineingeraten?"

Es überraschte Belle, dass sich gerade dieses Detail in seinem Kopf festgesetzt hatte. „Er kam zu mir, als ich gefangen gehalten wurde."

„*Gefangen* gehalten?" Lio klang zutiefst erschüttert, aber nach allem, was ihr heute zugestoßen war, würde sie ihre Worte nicht mehr auf die Goldwaage legen.

„Ich habe dich heute Morgen zurückgelassen, um nach den Fortschritten in der Bibliothek zu sehen, und bin über Bastiens Männer gestolpert, die gerade dabei waren, deine Ermordung zu planen. Sie haben mich aufgegriffen, bevor ich fliehen konnte, und in die Keller gebracht. Irgendwann ist dann LeFou aufgetaucht und hat seine Rolle in all dem offenbart."

„Und die wäre?"

Sie hielt inne, unsicher, wie sie es am besten beschreiben konnte. „Er wollte Rache."

Lio starrte sie ungläubig an. „Rache für was?"

„Gastons Tod." Lio öffnete den Mund, um etwas zu sagen, aber Belle sprach weiter. „Er hat ihn geliebt, Lio, so wie ich dich liebe. Wir müssen seine Taten nicht gutheißen, aber wir können zumindest versuchen, ihn zu verstehen." Sie drückte seine Hand. „Versuch dir vorzustellen, wie du reagieren würdest, wenn du glaubtest, jemand hätte mich getötet. Natürlich habe ich eine ganze Weile gebraucht, um ihm zu erklären, dass du Gaston nicht getötet hast, aber Rache ist eine dornige Angelegenheit. Ich glaube, er brauchte nur jemanden, dem er die Schuld geben konnte."

„Wie bist du entkommen?"

„Das bin ich nicht; er hat mich freigelassen. Hör mal, das ist nicht von Bedeutung. Er mag nicht geplant haben, in Aveyon eine Revolution anzuzetteln, aber Bastien hat das auf jeden Fall. Wenn es mir nicht gelungen wäre, zu LeFou durchzudringen und den anständigen Mann zum Vorschein zu bringen, der in seinem Inneren begraben war, dann säße ich jetzt immer noch in diesem Keller und du wärst tot."

Nachdem gerade ein Anschlag auf sein Leben verübt worden war, ausgeheckt von seinem eigenen Cousin, war das alles zu viel für Lio. Er vergrub sein Gesicht in den Händen. „Was habe ich getan?"

„Du hast getan, was du für das Richtige gehalten hast", erwiderte Belle voller Mitgefühl.

„Und sieh nur, wo uns das hingeführt hat", schnaubte er. „Ich hätte nie auf Bastien hören sollen. Ich hätte meine Zeit nicht mit meinen Edelleuten verschwenden dürfen, sondern auf dich hören sollen, als du gesagt hast, dass wir uns auf Aveyons Bürger konzentrieren müssen."

Die Worte hätten wie Balsam für ihre Seele sein sollen, aber dennoch ärgerte Belle sich über sein verspätetes Eingeständnis. „Ja, das hättest du."

Die ausgedehnte Pause, die darauf folgte, machte deutlich, dass er etwas mehr Mitgefühl von ihr erwartet hatte und keine Kritik. „Es ist nicht so, als gäbe es ein Handbuch dafür, wie man ein guter König wird", murmelte er schließlich.

„Sicher nicht, aber es ist nichts gewonnen, wenn man die Angelegenheiten immer nur aus einem bestimmten Blickwinkel betrachtet."

„Was meinst du damit?"

Sie holte tief Luft. „Du wurdest dazu erzogen, als Prinz über das Volk von Aveyon zu herrschen, und das hat deinen Blickwinkel von Anfang an beeinflusst. Deine Berater wurden auf ganz ähnliche Weise dazu erzogen, über der Klasse der gewöhnlichen Menschen zu stehen, das hat sie ebenfalls beeinflusst." Sie legte sich eine Hand auf die Brust. „Ich wurde dazu erzogen, zwischen Aveyons Bürgern zu leben. Ich *bin* eine Bürgerliche und war die Einzige, die ihre vielen Tausend Stimmen vertreten konnte gegen sieben Männer, die die Stimmen der Aristokratie vertraten. Wie kann das gerecht sein? Wie kann dein Rat ausgewogen sein, wenn es sieben Stimmen zu einer steht?"

Lio wirkte niedergeschlagen. „Wahrscheinlich dachte ich, dass wir genügend Zeit haben würden, um unsere Probleme anzugehen. Ich hätte nie gedacht, dass ich einmal König über dieses Land sein würde. Ich hätte nie gedacht, dass alles so plötzlich auf meinen Schultern lasten würde."

„*Ich* verstehe das, aber das Volk hat nicht den Vorteil, in deine geheimsten Gedanken eingeweiht zu werden. Aveyons verschiedene Interessen mussen gleiches Gewicht erhalten. Du warst so damit beschäftigt, sicherzustellen, dass dein Adel zufrieden war, dass dir nie in den Sinn gekommen ist, dasselbe auch für den Rest deines Volkes zu tun. Und darum hast du beinahe alles verloren, Lio. Ich habe dich beinahe verloren."

Er raufte sich in einer hilflosen Geste die Haare. „Ich war so damit beschäftigt, meinen Thron zu schützen ..." Er hielt inne, auf der Suche nach den richtigen Worten.

„Dass du darüber vergessen hast, dass der Zweck deiner Krone ist, deinem Volk zu dienen?", beendete Belle den Satz für ihn.

„Und ich hatte solche Angst, dich zu verlieren, dass ich aufgehört habe, in dir meine Partnerin zu sehen. Ich konnte dich nur noch als etwas sehen, das ich beschützen muss." Er lehnte sich gegen die Wand. „Ich habe mich von meinen Ängsten beherrschen lassen, Belle. Ich bin kaum besser als das Biest, das ich zurückgelassen habe."

Belle erweichte. „Das ist nicht wahr", sagte sie und stupste ihn sanft in die Rippen. „Das Biest war viel schlimmer."

Er lächelte schwach, wurde aber gleich darauf wieder ernst. „Ich will die Dinge in Ordnung bringen, mehr als alles andere, aber ich weiß nicht einmal, wo ich damit anfangen soll."

„Nun, sei dankbar, dass du dich in einer Position befindest, in der du überhaupt etwas verändern kannst. Die meisten Menschen sind das nicht."

Lärm drang durch den Schlitz in der Tür. Lio löschte die Kerze und griff schützend nach Belle, als sie sich erhoben. Sie klammerte sich an einem Besenstiel fest, den sie als Waffe einsetzen wollte, sollte es nötig sein. Das Herz pochte ihr bis zum Hals. Belle und Lio hielten den Atem an, als sie Schritte hörten, die sich ihnen näherten, aber dann verhallten sie wieder.

Nach einer Weile zog Lio sie an sich und küsste sie auf die Stirn. Sie ließen sich zurück auf die Kiste sinken, jetzt in vollständiger Dunkelheit. „Ich glaube, die Luft ist rein", flüsterte er. Aber die Angst hielt Belle noch fest im Griff, und sie spürte, dass es an der Zeit war, dass Lio alles erfuhr.

„Ich muss dir etwas erzählen."

Er verlagerte das Gewicht in der Dunkelheit. „Das klingt bedrohlich."

Belle zögerte. „Es ist nicht … *nicht* bedrohlich."

„Nun, es kann wohl kaum schlimmer sein als das, was du meinetwegen durchmachen musstest. Also, lass es mich hören."

„Ich glaube, ich weiß, warum deine Albträume angedauert haben, obwohl wir dachten, den Fluch besiegt zu haben."

Er richtete sich neben ihr auf. „Wir *dachten*? Was soll das heißen?"

Sie holte tief Luft, um ihre Nerven zu beruhigen. Lio verdiente es, die Wahrheit zu erfahren, ganz gleich wie schmerzhaft sie war. „Damals in Paris, an dem Tag des Sturms auf die Bastille, geriet ich unter die Aufrührer, weil ich wie eine Motte zum Licht gezogen worden war, den ganzen Weg von Bastiens Anwesen zu einem Geschäft, das ich zuvor noch nie besucht hatte."

„Sprich weiter …"

„Darin traf ich auf eine seltsame Frau, die mit mir sprach, als würde sie mich kennen. Sie zeigte mir eine Vision in einem Spiegel, ganz ähnlich dem, den du mir gegeben hast. Ich sah Aveyon brennen, in Brand gesteckt von unserem eigenen Volk. Ich habe es damals nicht verstanden, aber ich glaube, es war eine Vision dessen, was geschehen würde, wenn Bastiens Plan gelingen sollte. Ich war so verstört, dass ich aus dem Geschäft geflohen bin, mitten hinein in den Mob." Sie rang die Hände. „Ich habe mir nichts dabei gedacht, bis ich die Frau erneut sah, nur dieses Mal war es in *deinem* verzauberten Spiegel."

„Meinem *was*?" Er sprang auf.

„In der Nacht, in der du aufgewacht bist und allein in unserem Bett lagst, war ich in die Bibliothek gegangen …"

„Ich erinnere mich." Seine Stimme war angespannt.

„Der Spiegel steckte hinter dem Buch, das ich gesucht hatte. Als ich ihn in die Hand nahm, sprach die Frau erneut zu mir und warnte mich, dass ich nicht darauf warten dürfte, dass andere Aveyon retten. Ich floh aus der Bibliothek und wollte dir alles erzählen, aber als ich zurückkehrte, quälten dich deine Albträume. Da habe ich es nicht über mich gebracht, dir noch eine weitere Sorge aufzulasten."

Lio setzte an, etwas zu sagen.

„Lass mich ausreden", bat sie. „Ich habe den Spiegel aus meinen Gedanken verbannt, und während du fort warst, hatte ich eine Menge zu tun, um mich abzulenken. Aber dann erschien sie mir in einem Traum und sagte mir, dass Aveyon der Revolution zum Opfer fallen würde, so wie Frankreich. Sie sagte, dass es in meiner Macht läge, es aufzuhalten. Als ich erwachte, versuchte Bastien gerade, Marguerite mit Gewalt aus dem Schloss zu entfernen. Die drängende Warnung der Frau blieb in meinen Gedanken haften." Wieder holte sie tief Luft, und Lio wartete still darauf, dass sie fortfuhr. „Sie kam ein weiteres Mal zu mir, als ich LeFous Gefangene war. Sie erzählte mir etwas, das ich bereits zu begreifen begonnen hatte, wenn auch nur in meinem Unterbewusstsein. Sie war …"

„Die Zauberin, die mich verflucht hat", beendete Lio ihren Satz.

Belle keuchte auf. „Woher weißt du das?"

„Jemand hat mich in letzter Zeit in meinen Träumen besucht, und nach einer Weile begann ich zu ahnen, dass wir uns bereits zuvor begegnet waren."

„In deinen Träumen? Was hat sie gesagt?"

„Nicht so viel, wie sie dir gesagt hat. Aber sie versuchte, mich von dem Pfad abzubringen, den ich eingeschlagen hatte. Sie sagte mir, dass die einzige Möglichkeit, eine Revolution in Aveyon zu verhindern, darin bestünde, zu dir zurückzukehren. Das war auch ein Grund, aus dem ich die ganze Nacht durchgeritten bin, um wieder bei dir zu sein, Belle.“ Er griff nach ihrer Hand. Belle drückte sie und spürte die Anziehung, die sie in jener Nacht auf dem Turm verbunden hatte.

„Ich weiß nicht, was das alles zu bedeuten hat, aber die Frau behauptete, dass sie dich mit dem Fluch belegt habe, um uns zusammenzuführen.“

Er wand sich unbehaglich. „Ich werde niemals so tun können, als wäre ich ihr dankbar für die Hölle, die wir durchmachen mussten, aber wenn das stimmt, kann ich vielleicht zumindest im Ansatz begreifen, warum es geschehen ist.“

Sie legte ihren Kopf an seine Schulter. „Ich glaube, wir haben den Fluch besiegt. Was zurückbleibt, ist nur ein Echo.“

Lio hob die Hand, die ihre umfasst hielt, und legte sie sich an die Brust. „So wie ich das sehe, war der Fluch in dem Moment gebrochen, als ich mich wieder in mich selbst zurückverwandelt habe. Mit einem Echo kann ich fertigwerden.“

Belles Herzschlag beruhigte sich ein wenig. „Es tut mir leid, dass ich dir nicht schon früher davon erzählt habe.“

„Ich weiß, dass du es versucht hast. Bitte entschuldige, dass ich nicht zuhören wollte.“

Sie saßen still beisammen und warteten ab, was als Nächstes geschehen würde. Tief in ihren Herzen spürten beide, dass sie nun womöglich ein wenig besser darauf vorbereitet waren, was auch immer es sein mochte.

„Wenn du mich fragst, ich glaube, die Zauberin hatte recht, was dich betrifft“, sagte Lio schließlich.

Ihr stockte der Atem, und sie spürte das Gewicht dessen, was er gerade gesagt hatte. „Wie meinst du das?“

„Du warst schon immer diejenige, die Aveyon retten würde.“

Kapitel Neunundzwanzig

Nach einer Weile kehrte Cogsworth zu ihnen zurück. Das Halstuch hing dem Haushofmeister schlaff auf die Brust, seine Haare standen zu Berge, und er schien von Kopf bis Fuß mit Ruß bedeckt zu sein. Dermaßen zerzaust hatte Belle ihn noch nie zu Gesicht bekommen.

Er verneigte sich so steif wie eh und je. „Ich bin gekommen, um Euch abzuholen und Bericht zu erstatten …“

„Cogsworth, geht es Euch gut?“, verlangte Belle zu wissen.

„Ja, Madame.“ Er fuhr unbeirrt mit seinem Vortrag fort. „Es gab ein Scharmützel, aber macht Euch keine Sorgen, wir konnten die Eindringlinge mit minimalen Verlusten auf unserer Seite dingfest machen.“

„Aber es gab *Verluste*?“, fragt sie entsetzt.

Er neigte den Kopf. „Einer unserer Männer wurde angeschossen, Madame, aber er wird bereits versorgt.“

Lio verzog das Gesicht. „Wie ernst ist es, Cogsworth?“

„Sire, Eure Sicherheit ist noch nicht gewährleistet. Unsere Männer stellen das Schloss auf den Kopf, aber die Arbeit wird noch eine ganze Weile andauern. Bitte begleitet mich in die Küche, einem der einzigen Orte im Schloss, von dem wir gewiss sein können, dass Bastiens Männer ihn nicht infiltriert haben.“

„Wie könnt Ihr da so sicher sein?“, fragte Belle.

Cogsworth hob eine Augenbraue. „Ich denke nicht, dass ein Agent der

Revolution Madame Pottines prüfendem Blick standhalten könnte, geschweige denn dass er ihren Anforderungen gerecht würde."

Das Trio eilte in die Küche. Vor dem Eingang waren Wachen postiert, aber darin empfing sie eine Oase der Normalität. Die Bediensteten bewegten sich in einem geübten Tanz aus Schneiden, Kochen, Sautieren und Waschen, als ob an diesem Abend kein Anschlag auf Lios Leben verübt worden wäre. Es war genau das, was Belle sich erhofft hatte. Erleichterung strömte ihr durch die Glieder, als sie sich ein Croissant von einem vorbeikommenden Tablett schnappte.

„Gute Güte! Ich war halb verrückt vor Sorge!", rief Madame Pottine aus, als ihr Blick auf die beiden fiel. Alle anderen bemerkten nun ebenfalls, dass Belle und Lio sich unter ihnen befanden, aber Madame Pottine scheuchte sie davon, bevor es zu Unruhen kommen konnte. „Ab mit euch zur Speisekammer. Alle anderen zurück an die Arbeit. Wir haben da oben eine Menge Gäste, die sich ihre Ängste wegessen."

Sie führte Belle, Lio und Cogsworth in eine kleine Kammer und zog die Tür hinter sich ins Schloss. Ohne ein Wort zu verlieren, machte sie sich daran, die Wunde an Belles Hals mit einem feuchten Tuch zu versorgen. Belle ließ sie klaglos gewähren.

„Mon dieu!" Madame Pottine schnalzte mit der Zunge. „Ist es wahr, was man sich erzählt? Hat der Duc de Vincennes wirklich versucht, Euch zu schaden?"

Lio sank auf ein Fass, sein starrer Blick ging ins Leere. „Ist es", seufzte er. „Aber zum Glück wurde sein Plan vereitelt."

Die Tür wurde aufgerissen und offenbarte Lumière, Aurelian, und eine wutentbrannte Marguerite. Als sie Belle entdeckte, warf sie sich ihr in die Arme.

„Was hat das zu bedeuten?", schreckte Cogsworth so empört hoch, dass er einen Sack Zwiebeln umstieß. Madame Pottine bedachte ihn mit einem eisigen Blick, während sie ein längliches Tuch in Streifen zerschnitt, um Belles Handgelenke zu verbinden.

Der Maître d'hôtel zuckte entschuldigend die Schultern. „Ich hatte keine Wahl, mon ami. Als Mademoiselle de Lambriquet mich erst einmal auf dem Korridor entdeckt hatte, weigerte sie sich, mir von der Seite zu weichen, bis ich sie zu Belle gebracht hätte."

Marguerite wich einen Schritt zurück, packte Belle bei den Schultern und schüttelte sie leicht. „Du hast es geschafft, Belle. Du hast den nicht auszutricksenden Bastien ausgetrickst. Du hast das Attentat verhindert."

„Es ist ja nicht so, als hätte ich das ganz allein geschafft." Belle errötete. „Es tut mir leid, dass wir euch im Ballsaal zurückgelassen haben."

„Das kann man euch kaum zum Vorwurf machen", erwiderte Marguerite. „Außerdem war es mir den Anblick wert, wie meine alten Freunde sich fast ein Bein ausgerissen haben, um zu erklären, dass sie *schon immer gewusst haben, dass Bastien revolutionäre Sympathien hegt*. Verlogene Schleimer, allesamt."

Belles Blick wanderte zu dem blutenden Schnitt auf Lumières Wange. „Was ist passiert?", entfuhr es ihr erschrocken.

Seine Hand flog unwillkürlich zu der Wunde, als hätte er sie vergessen. „Ich habe mit dem falschen Ende eines Bajonetts Bekanntschaft gemacht, Madame. Es ist nichts."

Aber Madame Pottine wandte sich ihm bereits zu, um den Schnitt zu versorgen, wie sie es auch bei Belle getan hatte, und der Maître d'hôtel nahm ihre Hilfe dankbar an.

„Wie schlimm ist es dort draußen?", fragte Belle.

Marguerite ließ sich auf einen Sack Mehl plumpsen. „Deine adligen Gäste haben die Zeit ihres Lebens, um die Wahrheit zu sagen. Ein Anschlag auf das Leben des frisch gekrönten Königs von Aveyon? Das wird *das* Gesprächsthema auf dem ganzen Kontinent."

Aurelian ließ sich neben seiner Schwester nieder, und Belle bemerkte zum ersten Mal, wie sehr sich die beiden in Verhalten und Aussehen ähnelten. „Eure Wache arbeitet hart daran, jeden einzelnen von Bastiens Männern ausfindig zu machen. Aber es braucht Zeit, alle Räume und Flügel des Schlosses zu durchsuchen. Allem Anschein nach hat sich der Duc auf einen Krieg vorbereitet."

„Da ist so vieles, was ich nicht verstehe …", begann Madame Pottine, aber die Worte erstarben ihr auf den Lippen.

Lio nahm einen tiefen Zug aus einer Flasche Cognac, die er aus einem Regal gezogen hatte. „Sollen wir am Anfang beginnen?“

Und so machten sich alle sieben daran, alles auseinanderzunehmen, was seit Belles und Lios Ankunft in Paris geschehen war. Alle steuerten ihren Teil zu der Geschichte bei, aber Belle ließ in ihrer Version jegliche Andeutungen von Orella und Spiegeln aus. Als sie zu der Stelle kam, an der sie begriffen hatte, dass Bastien von Anfang an gegen sie gearbeitet hatte, unterbrach Marguerite sie.

„Was ich nicht verstehe, ist, warum Bastien überhaupt auf der Seite der Revolutionäre stand. Er ist ein Adliger. Im Falle eines Aufstandes hat er alles zu verlieren.“

Belle trommelte nachdenklich mit den Fingern auf das Fass, neben dem sie saß. „Damals in Paris habe ich eine versteckte Sammlung von revolutionären Dokumenten gefunden, die er zusammengetragen hatte, und er hat mir seine Sympathien für die Sansculottes bei mehr als einer Gelegenheit offenbart. Aber ich hatte nie genug Beweise, um ihn wegen irgendetwas zu beschuldigen. Er hatte die perfekte Tarnung.“

„Und die wäre?“, fragte Cogsworth.

„Er hat als Agent der französischen Krone agiert und die rebellischen Gruppierungen infiltriert, um Informationen zu sammeln und seine vorgeblichen Kameraden auszuspionieren. Aber offensichtlich hat sich seine Haltung an einem gewissen Punkt gewandelt.“

Aurelian meldete sich zu Wort. „Bastien hat nicht alles mit mir geteilt, aber je näher wir uns standen, desto offensichtlicher wurde seine Verachtung gegenüber der französischen Aristokratie. Es war, als könne er es einfach nicht länger verbergen, weswegen er es nur umso entschlossener versuchte. Es gab eine Zeit, da hat er sich das Gesicht nicht geschminkt wie ein Prince du sang, aber irgendwann im Laufe der vergangenen zwei Jahre hat er es sich angewöhnt, zusammen mit den Perücken und den Juwelen und dem Spazierstock aus Elfenbein.“

„Um es als Maske zu verwenden“, mutmaßte Belle.

Aurelian nickte. „Die Ereignisse in Paris und Versailles haben in diesem Jahr die Ansichten vieler Menschen verändert, meine eingeschlossen.

Aber ich würde niemals so tief sinken, einen Mord als Mittel zu benutzen, um eine Botschaft zu verbreiten oder ein Ziel zu erreichen."

Lio seufzte. „Und ich glaubte, ihn zu kennen." Er sah sich in der Kammer unter den Gesichtern seiner engsten Verbündeten um, fassungslos, da erst jetzt die Tragweite der Ereignisse dieses Tages auf ihn einstürzte. „Ich habe ihm vertraut, und er hat mich manipuliert und glauben lassen, dass meine Instinkte falsch wären und ein Edelmann aus Paris besser wüsste als ich selbst, was mein Königreich braucht."

Madame Pottine tätschelte ihm mitfühlend die Schulter.

Belle seufzte. „Ich glaube nicht, dass irgendjemand so geschickt von Bastien hinters Licht geführt wurde wie ich. Ich habe die meiste Zeit mit ihm verbracht und zugelassen, dass er mich unzählige Male an mir selbst zweifeln ließ. Himmel, es ist ihm sogar gelungen, dass ich mich fragte, ob Marguerite die geheime Revolutionärin ist, vor der ich mich in Acht nehmen sollte." Lio und Aurelian sahen sie an, als wäre ihr ein zweiter Kopf gewachsen. „Das ist eine lange Geschichte", murmelte sie.

„Zu lang", stimmte Marguerite ihr zu.

„Der Punkt ist, ich hätte auf mein Bauchgefühl hören sollen, als es mich angeschrien hat, ihm nicht zu vertrauen." Jetzt, mit der Gewissheit der Rückschau, ergaben Orellas drängende Warnungen einen Sinn. Sie hatte Belle gesagt, dass die Revolution näher war, als sie dachte. Aber Belle hatte zugelassen, dass sie von eben jenem Mann manipuliert wurde, der das Blutvergießen an Aveyons Türschwelle bringen sollte. „Ich hatte befürchtet, einen Keil zwischen Lio und die einzige Familie zu treiben, die ihm noch geblieben ist."

„Er ist nicht die einzige Familie, dir mir noch geblieben ist." Lio strich ihr sanft über den Handrücken. „Aber ich denke, wir haben jetzt alle gelernt, mehr auf unseren Instinkt zu vertrauen."

Belle schreckte auf und stellte überrascht fest, dass ihr ein Sack Mehl als Kissen gedient hatte. Die Kammer war angenehm warm, und Marguerite und Aurelian schlummerten zusammengesunken ganz in der Nähe.

Sie wusste, dass sie nicht lange geschlafen hatte, aber ein nagender Gedanke war aus den Tiefen ihres Verstandes aufgetaucht, einer, der sich nicht ignorieren ließ. Belle erhob sich und streckte ihre steifen Glieder, während sie in Richtung der Stimmen ging, die sie aus der Küche hörte. Sie trat aus der Kammer und stieß auf Lio, Madame Pottine, Lumière und Cogsworth, die bei einer Kanne Tee die Lage besprachen.

„Was ist mit Hercule geschehen?", fragte sie in die Runde.

„Mit wem?", fragte Lio.

„LeFou", korrigierte Belle. „Ich habe ihn nach dem Pistolenschuss aus den Augen verloren."

Madame Pottine erblasste. „Warum interessiert Ihr Euch dafür, wo er sich befindet?"

Belle fühlte sich seltsam in die Defensive gedrängt. „Nur seinetwegen ist es uns gelungen, Bastien aufzuhalten."

Lumière räusperte sich. „Er wurde in eine Zelle gebracht, für seinen Anteil an dem Komplott." Als er den Ausdruck auf Belles Gesicht bemerkte, wurde seine Miene sanft. „Er hat sich bereitwillig gefügt, Madame."

Belle holte tief Luft. „Darf ich alle hier daran erinnern, dass er verhindert hat, dass Lio von einer Kugel durchlöchert wird?"

„Das ist wahr", bestätigte Lio, so als hätten sie es nicht mit eigenen Augen gesehen oder die Geschichte schon mindestens zehnmal von anderen zu hören bekommen.

Sie schienen dies als ein Zeichen seiner Fähigkeit zur Veränderung zu betrachten. Aber dann musste Belle wieder an das Schlimmste daran denken. Sie warf einen verstohlenen Blick zurück zu der Kammer und senkte die Stimme. „Außerdem erinnert er sich an alles."

Cogsworth warf ihr einen stählernen Blick zu. „Alles?"

„Alles. Den Fluch. Das Biest. Wie Gaston in den Tod gestürzt ist. Ich weiß nicht, wie das möglich ist. Aber er hat heute nicht nur Lio gerettet, er hat auch mich gerettet, und ich finde nicht, dass er es verdient hat, dafür eingesperrt zu werden."

Seit Belle und Lio den Fluch zerstört hatten, hatte niemand mehr so offen darüber gesprochen. Belle wusste, dass sie damit ein unausgesprochenes Gesetz brach, das unter ihnen herrschte. Aber nach allem, was direkt vor ihrer aller Nasen geschehen war, war sie nicht länger bereit so zu tun, als wäre in Aveyon alles in bester Ordnung.

Es war Lio, der das Schweigen schließlich brach. „Ich weiß nicht …“, setzte er an.

„Können wir nicht wenigstens zu ihm gehen? Dann kannst du mit ihm reden und dich selbst davon überzeugen, dass er sich verändert hat.“

Lio ballte die Hand, die auf dem Tisch lag, zu einer Faust. „Schön.“ Er stand auf. „Aber ich tue das nur für dich.“

Belle war nicht mehr im Verlies des Schlosses gewesen, seit sie anstelle ihres Vaters kurzzeitig eine Zelle dort bewohnt hatte. Als sie und Lio nun die Treppen zum Turm hinaufstiegen, musste sie sich zwingen, einen Fuß vor den anderen zu setzen, während dunkle Erinnerungen sie zu überwältigen drohten. *So viel Gutes ist seitdem geschehen*, ermahnte sie sich. Aber nach dem Mordanschlag auf Lio fiel es ihr schwer, daran zu denken.

Die Zellen, normalerweise leer, waren gefüllt mit Männern, die treu zu Bastien und der Revolution standen. Sie johlten und buhten Belle und Lio aus, als sie an ihnen vorbeikamen, riefen „Vive la révolution“ und spuckten ihnen vor die Füße. Lio zog Belle näher zu sich heran, aber er unternahm keinen Versuch, sie davon abzuhalten weiterzugehen. Belle machte sich nichts aus ihren Beleidigungen. Diese Männer kannten weder Lio noch sie, und vor allem kannten sie Aveyon nicht.

Sie erreichten einen Wachmann, der an einem Tisch saß und die Namen und Vergehen der inhaftierten Männer notierte. Schon bald würde der Magistrat offiziell Anklage erheben und sie in das Gefängnis in Mauger verlegen lassen, wo ihnen der Prozess gemacht würde.

Bei ihrem Anblick sprang der Wachmann rasch auf die Füße und verbeugte sich. „Sire?“ Er neigte fragend den Kopf, unsicher, was der König von Aveyon in seinem Verlies suchte.

„Wir sind hier, um einen Gefangenen zu sehen, einen Mann namens Hercule …“ Aber sie kannten Hercules Nachnamen nicht.

Eine Stimme drang aus einer nahen Zelle. „Garoutte. Hercule Garoutte.“

Belle ging hinüber und schielte durch die Gitterstäbe. „Hercule?“

Er blickte von seinem Platz auf dem engen, mit Stroh bedeckten Steinboden zu ihr auf. „Belle?"

Belle schritt näher an die Gitterstäbe heran. „Ich wollte dir danken …"

„Bitte, Belle, du musst mir nicht danken."

„Doch, ohne dich hätte dieser Tag ganz anders enden können."

„Ohne mich …"

„Bastien hätte einen anderen Weg gefunden", unterbrach sie ihn.

Die Zeit würde kommen, sich mit den Sünden dieses Tages auseinanderzusetzen, aber Orella hatte Belle verständlich gemacht, dass die Suche nach dem Guten in Hercule der einzige Weg nach vorne war. Sie würde ihn jetzt nicht im Stich lassen.

Hercule schluckte, und Belle erkannte trotz der Dunkelheit, dass er rot anlief. Er sah auf, und seine Augen wurden kugelrund, als Lio hinter ihr auftauchte. Hastig rappelte er sich vom Boden hoch und klopfte das Stroh von seiner Hose. Aber beide Männer blieben still. Belle wusste genau, dass sie ihren Mann nicht drängen sollte zu sprechen.

Schließlich ergriff Lio das Wort. „Wie es scheint, schulde ich dir mein Leben." Es war keine Dankbarkeit, aber es war auch keine Herausforderung.

Hercule rang nervös die Hände und starrte zu Boden. „Betrachtet es als einen kleinen Schritt auf dem Pfad, die immense Schuld zurückzuzahlen, die ich auf mich geladen habe."

Keiner von beiden brauchte laut auszusprechen, was er damit meinte. Hercule hatte im Mittelpunkt von zwei Verschwörungen gegen Lio gestanden. Es war eine dunkle Wolke, die über ihnen allen schwebte.

Als Lio wieder sprach, überraschte er alle mit seinen Worten. „Ich kann mir einen besseren Weg vorstellen, das zu tun."

Hercule hob den Blick, beinahe hoffnungsvoll. „Wie?"

„Wirst du gegen den Duc de Vincennes aussagen? Ich weiß, dass wir zahlreiche Zeugen haben, die bestätigen werden, dass er versucht hat, mich zu erschießen. Aber ich hätte gerne, dass er auch für seinen weniger … öffentlichen Verrat die Konsequenzen zu spüren bekommt. Du warst in sein Komplott eingeweiht. Vielleicht kannst du dabei helfen, eine stärkere Anklage gegen ihn auf die Beine zu stellen."

Hercule nickte. „Selbstverständlich, Euer Majestät."

Lio holte einmal tief Luft und winkte den Wachmann herbei, der augenblicklich bereitstand. „Bitte lassen Sie Hercule frei und sämtliche Anklagepunkte gegen ihn fallen."

Der Wachmann verneigte sich leicht und zog einen Schlüsselring aus seiner Tasche. Er trat vor und schloss einem ungläubigen Hercule die Zellentür auf.

„Warum?", flüsterte der. „Warum tut Ihr das? Warum lasst Ihr mich frei, nach allem, was ich Euch angetan habe?"

Lios Lippen waren zu einem schmalen Strich zusammengepresst, und Belle begriff, dass es für ihn keine leichte Entscheidung gewesen war, Hercule freizulassen.

„Weil ich weiß, wie es sich anfühlt, mit Hass im Herzen zu leben, und wie schwer es ist, sich davon zu befreien." Lio ging in die Zelle und bot Hercule seine ausgestreckte Hand an. „Und außerdem, wozu bin ich denn König, wenn ich nicht hin und wieder jemanden begnadigen kann?"

Hercule ergriff seine ausgestreckte Hand und schüttelte sie, und auf einen Schlag hatte sich die Anspannung in Luft aufgelöst.

„Sorgen Sie dafür, dass Hercule für heute Nacht ein Zimmer bekommt", wies Lio den Wachmann an.

„Ich … ich kann Euch gar nicht genug danken", stammelte Hercule.

„Ich danke *dir*, dass du Belle befreit und mein Leben gerettet hast."

Hercule verneigte sich vor ihnen beiden und folgte dem Wachmann die Treppe hinunter, begierig, so viel Distanz wie möglich zwischen sich und die Zelle zu bringen, aus der er gerade befreit worden war.

„Das hatte ich nicht erwartet", sagte Belle.

„Ich versuche nur, ein klein wenig mehr wie meine Frau zu sein, indem ich das Gute in den Menschen sehe anstatt nur das Böse." Er streckte die Hand nach ihr aus, aber sie nahm sie nicht. „Hercule hat uns geholfen das Königreich zu retten. Das kann ich nicht einfach ignorieren." Verwundert sah er auf ihre Hand hinunter, die noch immer unbewegt an ihrer Seite hing. „Lass uns von diesem Ort verschwinden."

Sie zögerte. Da war ein Gefühl in ihrer Magengegend, das es ihr nicht gestattete, sich einfach abzuwenden, jetzt, da sie sich im Verlies befand. „Ich glaube, ich will ihn sehen, Lio, aber du musst mich nicht begleiten."

Er musste nicht fragen, von wem sie sprach. Sein Mund ähnelte einmal mehr einer grimmigen Linie, aber er nickte und ließ sie vorangehen.

Bastien wurde allein in der Zelle an der Spitze des Turmes festgehalten, in derselben Zelle, in der Belles Vater noch vor nicht allzu langer Zeit gesessen hatte. Beim Aufstieg über die enge Wendeltreppe wurde ihr schwindelig.

Als sie den Treppenabsatz erreicht hatten, blieb Lio hinter ihr im Schatten zurück. Belle konnte es ihm nicht verdenken. Sie war sich nicht sicher, ob sie an Lios Stelle in der Lage gewesen wäre, Bastien gegenüberzutreten. Aber Belle war mehr als nur bereit, die Quelle ihres Leids zu konfrontieren. Der Raum wurde nur von dem fahlen Mondlicht erhellt, das durch das schmale Fenster in seiner Zelle fiel, und vom Schein von Belles Kerze. Sie schritt an die Zelle heran und ließ das flackernde Licht über den Gefangenen darin huschen.

Der Duc de Vincennes war nicht überrascht, sie zu sehen.

„Ihr habt den falschen Mann. Das wurde mir angehängt. Ich bin der Duc de Vincennes", ratterte er vollkommen emotionslos herunter, als hätte er die Worte auswendig gelernt. Er wusste, dass Belle keinem einzigen Wort Glauben schenken würde, das aus seinem Mund kam. Er tat es, um sie zu verspotten, und wandte gemächlich den Kopf in ihre Richtung. „Bist du gekommen, um die Fehler zu beweinen, die du begangen hast?"

Sie betrachtete ihn, wie er dasaß, zusammengesunken in einer Zelle, all der Dinge beraubt, die er in Paris als Maske genutzt hatte. Sein braunes Haar war zerzaust, was ihn um Jahre jünger erscheinen ließ. Er war seiner feinen Oberbekleidung entledigt worden, sodass er nur noch ein weißes Hemd und eine schwarze Hose trug, so unscheinbar, wie sie ihn noch nie gesehen hatte. Dies war nicht Bastien, Duc de Vincennes. Dies war ein gebrochener Mann.

„Mein einziger Fehler war es, dir zu vertrauen."

Er erhob sich und kam an die Gitterstäbe, ein neugieriges Funkeln in den Augen.

„Willst du *meinen* größten Fehler erfahren?" Sie blieb still, aber er sprach ohnehin weiter. „Mein größter Fehler war meine Überzeugung, dich am Leben lassen zu müssen. Ich hätte dich so viele Male töten können, Belle. Aber ich war mir sicher, dass dein Tod es mir erschweren würde, meine Ziele zu erreichen. Ich dachte, dass die Menschen dich zu sehr liebten, und ich wollte, dass Aveyon sich hinter die Revolution stellt und nicht hinter eine tote Königin, die zu früh aus dem Leben gerissen wurde." Er streckte seine Hände aus, um das Eisen zu packen. „Aber jetzt begreife ich, dass ich bloß das Chaos gebraucht hätte. Das Volk hätte den Rest erledigt."

„Du hast so viel Vertrauen darin, dass das Volk von Aveyon rebelliert hätte?"

Er warf ihr einen mitleidigen Blick zu. „Du warst dort, Belle, in Paris. Du weißt, dass die Masse nur einen Funken benötigt, um in Flammen aufzugehen."

„Aveyon ist nicht Paris, aber das scheinst du noch nie verstanden zu haben." Er versuchte, etwas zu erwidern, aber sie unterbrach ihn. „Und du liegst falsch, Bastien. Dein größter Fehler war es, zu glauben, dass etwas zerbrochen werden muss, bevor es repariert werden kann."

Sie wandte sich von ihm ab. Sie hatte das wenige an Abschluss bekommen, weswegen sie gekommen war.

Aber Bastien sprach weiter. „Wo steckt mein lieber Cousin, der petit lionceau? Versteckt er sich bei seinen Adligen? Du musst wissen, dass er dich niemals wirklich lieben wird, Belle. Du bist eine Bäuerin. Ein Titel wird nichts daran ändern. Lio wird stets das Gefühl haben, über dir zu stehen."

Belle kam kurz vor den Schatten zum Stehen, die Lios Gestalt verbargen. Ihr Blut kochte. Sie wünschte sich nichts sehnlicher, als alles in ihrer Macht Stehende zu tun, um Bastien zu verletzten, ihn anzuschreien und ihm jeden einzelnen abscheulichen Gedanken entgegenzuschleudern, den sie je über ihn gehabt hatte. Aber dann hätte er gewonnen.

Stattdessen schritt Lio aus den Schatten und trat ins fahle Mondlicht. Belle wurde beinahe von der Erinnerung überwältigt, wie sie von ihm verlangt hatte, genau das zu tun, als er das Biest gewesen war und sie sich ihm als seine Gefangene angeboten hatte.

Aber dies war etwas anderes.

Hinter ihr verschluckte Bastien sich an seinem Gelächter und musste sich räuspern. „Lio, was für eine unerwartete Überraschung."

Als Lio sprach, war seine Stimme von einer tödlichen Ruhe. „Wenn ich von hier weggehe, Cousin, werde ich alles daran setzen, dich zu vergessen." Er schritt näher an die Zelle heran. „Wenn ich mich der Krone würdig erweise, die du mir aufgedrängt hast, in der Hoffnung, dass sie mein Ende sein würde, dann nicht wegen deiner Bemühungen." Er legte eine Pause ein und ließ die Worte zwischen ihnen im Raum schweben. „Dein Vermächtnis ist nichts als Asche und Verderben, und deine größte Strafe wird es sein, niemals zu erleben, wie Aveyon zu dem Königreich heranwächst, dass es sein sollte, das Königreich, von dem du geträumt hast. Schade für dich, dass man solche Dinge nicht aus einer Gefängniszelle heraus spüren kann."

Bastien, Mann der ständigen Machenschaften und Manöver, hatte keine Antwort für ihn. Lio kehrte seinem Cousin den Rücken und nahm Belles Hand. Der letzte Ausdruck, den sie auf dem Gesicht des Ducs de Vincennes sah, war geprägt von einer tiefen Leere.

Dunkelheit verschluckte die Zelle einmal mehr, und Belle dachte bei sich, dass sie den Duc letzten Endes vielleicht sogar verstehen konnte. Sie hatte geglaubt, dass er unfähig sei, irgendjemandem außer sich selbst treu zu sein, aber sie lag falsch. Die Eide, die er seinem König geschworen hatte, spielten keine Rolle. Das Blut, das er mit Lio teilte, spielte keine Rolle. Alles, was zählte, war, seine Sache voranzubringen, die Botschaft der Revolution zu verbreiten. Es hätte bewundernswert sein können, wenn es ihn nicht auf den dunkelsten aller Pfade getrieben hätte.

Als sie die Wendeltreppe von Bastiens Zelle hinabstiegen, fragte sie sich, was wohl geschehen wäre, wenn er nicht so sehr auf Gewalt als Mittel zum Zweck fixiert gewesen wäre. Wenn er mit dem ehrlichen Bedürfnis nach Aveyon gekommen wäre, mit ihnen anstatt gegen sie zu arbeiten. Dann hätte aus dieser Verbindung etwas Gutes entstehen können. Sie wusste, dass es eine Zeit gegeben hatte, in der Bastien ihr Verbündeter hätte sein können, aber er sah in ihr nur eine Feindin.

Belle und Lio wussten beide, dass das, was in Frankreich geschah, aus den Fehlern des Königs erwachsen war, und sie würden ihr Bestes geben, um dafür zu sorgen, dass sie in Aveyon nicht dieselben Fehler begingen.

Aber Bastien konnte nicht über seine eigene Überheblichkeit hinwegsehen, und nun war alles, was er für den Rest seines Lebens sehen würde, das Innere einer Gefängniszelle.

Kapitel Dreissig

Als sie vom Verlies in die oberen Räume zurückkehrten, war Belle dem Zusammenbruch nahe. Sie hatte nicht mehr richtig geschlafen, seit sie Lio an diesem Morgen in ihrem Bett zurückgelassen hatte, und mit einem Mal stürzte einfach alles auf sie ein. Sie schwankte, bevor Lio sie in eine Nische zog.

„Belle", sagte er. „Ist alles in Ordnung?"

Sie hatte nicht gewusst, dass sie so viel Schmerz in sich trug, bis sie sich gestattete, in Lios Armen zu weinen, um den Stress und das Leid loszuwerden, die ihr aus Paris gefolgt waren. Aber es waren auch Tränen der Erleichterung. Trotz allem hatten sie überlebt. Sie schluchzte in seinen Armen, während er ihr über den Rücken strich, und wusste, dass ihre Liebe zueinander ein Geschenk war, das sie nicht verspielen durfte. Als ihre letzten Tränen Lios Hemd durchnässten, fühlte sie sich viel leichter als zuvor.

„Was sollen wir jetzt tun?", fragte Lio, seine Stimme kaum lauter als ein Flüstern.

„Weswegen?" Es war eine lächerliche Frage, das wusste sie.

„Allem. Ich weiß überhaupt nicht, wo ich anfangen soll, die Kluft zu überbrücken, die ich zwischen mir und meinem Volk geschaffen habe."

„Du hast einen Anhaltspunkt, wo du anfangen kannst", murmelte sie.

„Und welcher ist das?"

„In Frankreich kämpft die Nationalversammlung für eine Konstitution und ein Zweikammersystem des Parlaments. Louis hat sich ihnen verweigert, bis es zu spät war. Was, wenn wir das nicht täten?“

Lio dachte einen Augenblick darüber nach. „Wir könnten sämtlichen Unruhen in Aveyon zuvorkommen, indem wir unserem Volk geben, wofür andere in Frankreich ihr Blut und ihr Leben gelassen haben.“

„Ganz genau. Monarchien rund um die Erde müssen zur Rechenschaft gezogen werden, und die gewöhnlichen Menschen in aller Welt verdienen es, dass ihre Stimme gehört wird. Lass uns die veralteten französischen Gesetze abschaffen und neue, moderne Gesetze einführen.“

Lio drückte ihr einen Kuss aufs Haar. „Ich kann mir gar nicht ausmalen, wie dieses Königreich aussehen würde, wenn wir uns nie begegnet wären.“

Belle dachte an Orella, die sie vor etwas mehr als zehn Jahren auf einen Weg geschickt hatte, der sie unweigerlich zusammenführen würde. Allmählich begann Belle zu begreifen, warum Orella so gehandelt hatte. Manchmal musste ein Opfer erbracht werden, um die Welt zu einem besseren Ort zu machen. Und während Belle nicht für ihren Ehemann sprechen konnte, so wusste sie doch tief in ihrem Herzen, dass sie nicht das Geringste rückgängig machen wollte.

Ein Wachmann stürmte an ihren vorbei, kam schlitternd zum Stehen und drehte um, als er bemerkte, dass er sie übersehen hatte. „Das Schloss ist freigegeben, Eure Majestät, aber es herrscht einiger Aufruhr in den Gärten.“

„Was ist geschehen?“, fragte Belle und rechnete mit dem Schlimmsten.

„Wenn ich es nicht besser wüsste, würde ich denken, dass sich ganz Aveyon auf den Schlossländereien versammelt hat.“ Sie ließen ihn stehen und eilten in Richtung des Ballsaals. „Es ist nicht sicher, Sire!“, rief der Wachmann ihnen noch hinterher, aber sie ignorierten seine Warnung.

Sie bahnten sich einen Weg durch den überfüllten Saal, taub für die Rufe ihrer Gäste. Wachen flankierten sie zu beiden Seiten und hinderten jeden daran, ihnen durch den Saal zu folgen.

Noch bevor sie einen Fuß auf den Balkon gesetzt hatten, konnten sie die Menschenmenge bereits hören.

„Sollten wir warten? Klingen sie aufgebracht?", fragte Belle.

Lio schüttelte den Kopf. „Ich weigere mich, mein eigenes Volk zu fürchten."

Sie hielten einander bei der Hand und schritten auf den Balkon. Die Sonne reckte sich in Verheißung eines neuen Tages gerade erst über den Horizont und tauchte die Schlossgärten in sanftes Licht. Die Menschenmenge wogte und lärmte, aber erst als Belle und Lio bis an die Balustrade herangetreten waren, gingen die Schreie in Jubelrufe über. Tausende von Menschen mussten dort unten stehen, die zum Schloss geströmt waren, nachdem die Nachricht von dem Attentatsversuch die Dörfer und Städte von Aveyon erreicht hatte.

Lio winkte ihnen zu und wandte sich an Belle. „Es geht doch nichts über einen Mordversuch, um einen König bei seinem Volk beliebt zu machen, ganz gleich was für ein Idiot er gewesen ist."

Belle lachte ihm ins Gesicht und winkte der Menge ebenfalls zu. Es dauerte nicht lange, bis sich „Vive-le-roi"-Rufe in der Menge ausbreiteten und mit der Kraft einer Flutwelle über sie hinwegspülten. Lio verstärkte den Griff um ihre Hand, und Belle wurde warm ums Herz. Im Moment waren die Jubelrufe und Gesänge eine fast unwillkürliche Reaktion auf den Anblick ihres Königs. Aber schon bald würde das Volk von Aveyon wissen, was sie in dieser Nacht beschlossen hatten, versteckt in einer dunklen Nische. Bald würde Lio sich diesen Jubel verdient haben und ihnen beweisen, dass sie recht hatten. Belle konnte es kaum erwarten, dass der Rest ihres Königreichs erfuhr, wie würdig er seiner war.

Aber dann geschah etwas vollkommen Unerwartetes. Der Gesang veränderte sich, langsam zunächst, verteilt über die vielen Tausend Menschen, aber schon bald konnte es keinen Zweifel mehr geben.

„Vive la reine!"

„Vive la reine!"

„Vive la reine!"

Lio warf Belle einen Blick zu, vielleicht in der Erwartung, dass sie vor dem Gesang zurückzuckte. Aber sie stellte fest, dass sie sich nicht mehr so sehr gegen den Titel sträubte, wie sie es früher getan hatte. Belle hatte begonnen zu begreifen, dass eine Königin zu werden nicht nur bedeutete, sich eine Krone auf ihr Haupt zu setzen, sondern auch ein Werkzeug war, mit dem sie das Leben ihres Volkes verbessern konnte. Es war nichts, vor dem sie sich fürchten musste. Es war etwas, das sie annehmen und sich zu eigen machen konnte.

Sie drückte seine Hand, sagte aber nichts, und Lio schien zu verstehen.

Seit ihrem Wunsch, Aveyon für immer hinter sich zu lassen und Abenteuer zu erleben, wie sie sie in ihren Büchern gelesen hatte, hatte Belle einen weiten Weg zurückgelegt. Jetzt wusste sie, dass Abenteuer nicht immer bedeuten mussten, dem endlosen Horizont hinterherzujagen. Es konnte ein Abenteuer sein, brillante Köpfe wie Marguerite und ihren Vater und viele andere an ihrem Hof zu versammeln, damit sie ihre Sichtweisen infrage stellten. Es konnte ein Abenteuer sein, in jeden Winkel ihres Königreiches zu reisen und Menschen in jeder nur erdenklichen Lebenslage zu treffen, um von ihnen zu lernen. Es konnte ein Abenteuer sein, daran zu arbeiten, ihr Königreich für die Menschen, die darin lebten, zu einem besseren Ort zu machen, mit dem Mann, den sie liebte, an ihrer Seite.

Sie lehnte sich zu Lio hinüber und flüsterte ihm ins Ohr: „Das Volk von Aveyon scheint bereit zu sein, uns noch eine Chance zu geben. Wir sollten sie nicht vergeuden, meinst du nicht auch?“

Epilog

Belle war nicht mit dem Wunsch nach einer Krone aufgewachsen. In all ihren Träumen hatte sie das Königreich, in dem sie zur Welt gekommen war, weit hinter sich zurückgelassen und sich in der weiten Welt in Abenteuer gestürzt. Aveyon war ihr immer zu klein erschienen, zu festgefahren in seinen Traditionen, zu still. Erst als sie es verließ, war ihr klar geworden, wie sehr sie sich geirrt hatte. Jetzt würde sie seine Königin werden.

Die Sonne schien durch die bunten Glasfenster in der östlichen Schlossmauer und tauchte den Thronsaal in tanzende Farben. Es war ein himmelweiter Unterschied zu dem ersten Mal, als sie einen Fuß hier hineingesetzt hatte, damals, als der Saal noch unter einem Jahrzehnt von Staub und Verfall begraben lag. Aber wie allem anderen im Schloss hatte der gebrochene Fluch auch dem Thronsaal im Bruchteil eines Wimpernschlags zurück zu seiner alten Pracht verholfen. Jede Seele innerhalb der Schlossmauern war auf ähnliche Weise verwandelt worden, und geschmiedet durch das Feuer von Orellas uralter Magie, waren sie alle gestärkt daraus hervorgegangen. Auch Belle hatte sich verändert. Aus dem armen, provinziellen Mädchen, das sie einmal gewesen war, hatte sie sich in eine starke Königin verwandelt.

Sie stand aufrecht, in einem Kleid so golden wie die Sonne. Es ging zurück auf das Kleid, das sie an dem Abend getragen hatte, als sie mit dem

Biest gespeist und getanzt hatte. Als das Biest ihr eine Vision ihres Vaters gezeigt und sie hatte gehen lassen, ungeachtet der Tatsache, dass ihr Verschwinden eine Ewigkeit als Monster auslösen würde. Manchmal fiel es ihr schwer zu begreifen, wie viel sich seitdem verändert hatte und wie weit sie gekommen waren.

Obwohl sie sie nicht sehen konnte, spürte sie das Gewicht von Hunderten Blicken auf ihrem Rücken. Ihr Herz schlug wie eine gleichmäßige Trommel gegen ihre Rippen, als sie die Worte wiederholte, die sie zur Königin machen würden.

„Ich schwöre, dem Königreich Aveyon zu dienen und sein Volk in Übereinstimmung mit seinen Gesetzen und Gebräuchen zu regieren."

Es waren die Worte, die sie zusammen mit Lio einige Monate zuvor niedergeschrieben hatte, am Vorabend seiner Krönung. So vieles hatte sich seitdem verändert. Erst wenige Wochen waren vergangen, seit Lio die erste Konstitution von Aveyon ratifiziert hatte, in der die unveräußerlichen Rechte eines jeden Bürgers des Königreichs verankert waren. Bald würden Wahlen stattfinden, um Vertreter aus allen Städten, Dörfern und Weilern zu ernennen, die das erste Parlament von Aveyon bilden sollten. Auch die Katalogisierung von Belles Bibliothek war fast abgeschlossen, und Marguerite und Cogsworth beaufsichtigten die notwendigen Vorbereitungen, um sie für ganz Aveyon zu öffnen.

„Ich schwöre, dass ich meine Pflicht gewissenhaft erfüllen und bei allen meinen Entscheidungen Recht und Barmherzigkeit walten lassen werde."

Der Bischof salbte ihre Stirn mit Öl und murmelte ein Gebet, während die Anwesenden ihm die Krone präsentierten, die er auf ihr Haupt setzen würde. Es handelte sich um ein einfaches goldenes Diadem, besetzt mit kleinen Rubinen, das einst Lios Mutter gehört hatte. Belles Ehemann hatte ihr angeboten, eine neue Krone für sie anfertigen zu lassen, aber sie hatte darauf bestanden, Delphines Krone zu tragen. Sie wusste, dass es ihm viel mehr bedeuten würde, wenn sie dieselbe Krone trug, die auch seine Mutter zu Lebzeiten getragen hatte.

Maurice war gerade rechtzeitig von seinen Reisen nach Hause zurückgekehrt, um ihr ein Goldstück zu schenken, das in einer seiner alten Erfindungen als Leiter fungiert hatte und nun in die Krone eingeflochten war. Ihr Vater hatte so viel geopfert, um dafür Sorge zu tragen, dass Belle mehr Möglichkeiten offenstanden als ihm selbst, und die Krone bedeutete ihr jetzt so viel mehr, da ein Stück ihres Vaters darin steckte. „Wollen wir doch mal sehen, ob es jetzt noch jemand wagt, dich als seltsam zu bezeichnen“, hatte er ihr ins Ohr geflüstert, kurz bevor sie die Länge des Thronsaals durchquert und auf das Podium zugeschritten war. Sie hatte ihn in dem Glauben gelassen, dass sie sich von dem merkwürdigen Mädchen, das sie früher gewesen war, gelöst hätte, aber sie wusste es besser.

Der Bischof setzte ihr die Krone aufs Haupt, als sie die letzten Worte ihres Schwurs ablegte.

„Ich schwöre Aveyon meine Treue, vor allem anderen.“

Als der Bischof sie ankündigte, schien der ganze Saal den Atem anzuhalten.

„Lang lebe Belle, Königin von Aveyon!“

Die Menge erwachte mit einem Aufschrei zum Leben, als sie sich umdrehte und in dem Meer aus Menschen nach ihrem Vater suchte. Er und Madame Pottine hielten einander aufrecht, beiden strömten die Tränen übers Gesicht. Tassilo sah in amüsierter Verwirrung zwischen den beiden hin und her. Cogsworth stand neben ihnen, einen Ausdruck von unbeherrschtem Stolz auf dem Gesicht, Lumière zu seiner Linken, weinend wie ein kleines Kind. Marguerite stand bei Aurelian und Hercule, und alle drei strahlten zu ihr hinauf. Belles Herz schlug höher beim Anblick ihrer Familie, der, in die sie hineingeboren worden war, und der, die sie sich selbst geschaffen hatte. Belle und Lio hatten seinen Rat an dem Tag aufgelöst, nachdem sie ihn fast an einen Fanatiker verloren hätte. Aber das bedeutete nicht, dass sie und ihr Ehemann allein über Aveyon herrschen würden. Sie wussten, dass einem Königreich am besten gedient war, wenn es von einem Mosaik aus Stimmen und Ansichten vertreten wurde. Die Zukunft von Aveyon würde nicht länger von den Stimmen einiger weniger bestimmt.

„Vive la reine!“, ertönte die dröhnende Stimme des Bischofs, und die Menge erwiderte den Ruf gerade, als ein Wirbel blutroter Rosenblätter wie Regentropfen von der Decke fielen.

Inmitten des Chaos fanden Belles Augen Lios Blick. Sie hatte sich in seine Seele verliebt, lange bevor sie ihn in diesem Körper kennengelernt hatte, aber die Augen waren dieselben. Er lächelte ihr durch die Rosenblätter hindurch zu, und sie zog kaum merklich eine Augenbraue hoch. Er zuckte mit den Schultern und hielt die Hände auf, um die Blätter aufzufangen.

Der Fluch besaß keine Macht mehr über ihn. Seit der Nacht, in der sie hinaus auf den Balkon getreten waren und einander versprochen hatten, dass sie Aveyon zu einem besseren Ort machen würden, war Lios Schlummer ungestört gewesen.

In einer Ecke des Thronsaals konnte Belle gerade so eine vertraute Gestalt ausmachen. Es war eine Gestalt, die ihr von einem Spiegelgeschäft in Paris bis in einen Keller gefolgt war, der sich in ihr Gefängnis verwandelt hatte. Aber sie war nicht gekommen, um dringliche Warnungen auszusprechen oder ihr Visionen zu zeigen. Belle verstand inzwischen, dass die Magie nicht wie ein breiter Fluss durch ihr Königreich strömte. Sie war auf die Geister aller Königinnen und Herrscherinnen beschränkt, die vor ihr gekommen waren, gebunden an Orella, damit sie denen helfen konnte, die in Not geraten waren, so wie Belle.

Belle beobachtete, wie Orellas Gestalt gleich einer verlöschenden Flamme verblasste, und stellte fest, dass sie keinen Groll mehr gegen die Zauberin hegte. Orella hatte getan, was sie tun musste, um Aveyon vor einem Sturm zu bewahren. Belle und Lio hatten den Rest erledigt.

Sie sah zu dem Porträt von Lios Vater und Großvater auf, die ihre schweren Kronen auf den Häuptern trugen, als wögen sie nicht mehr als Luft. Sie waren geboren worden, um zu herrschen, wohingegen sie zu nichts geboren war. Die Schwüre, die sie abgelegt hatten, galten der französischen Krone, aber ihr Schwur galt allein ihrem Königreich.

Tief in ihrem Herzen wusste Belle, dass sie das zu einer besseren Herrscherin machen würde.

Und sie lebten glücklich bis ans Ende ihrer Tage …

ENDE

Danksagung

Ich kann mich an keine Phase meines Lebens erinnern, von der Belle nicht ein Teil war.

Da ich gerade mal zwei Jahre alt war, als der Film veröffentlicht wurde, ergibt das wohl Sinn, aber es reicht auch noch tiefer als das. Ich bin mit Belle als einer Art Vorbild aufgewachsen. Für mich repräsentierte sie sowohl die Person, die ich war, als auch die Person, zu der ich eines Tages werden wollte. Wie so viele andere erkannte ich Teile von mir selbst in ihr wieder, in ihrer Hartnäckigkeit, ihrem Einfühlungsvermögen, ihrer Freimütigkeit und ihrem Mut. Belle hat uns gezeigt, dass es in Ordnung ist, seltsam zu sein, anders zu sein, wir selbst zu sein, auch wenn die Welt manchmal das Gegenteil von uns verlangt. Ich bin so dankbar für die Gelegenheit, einen Teil ihrer Geschichte erzählen zu dürfen.

Mein erstes Dankeschön gilt meiner unermüdlichen Meisterin einer Agentin, Suzie Townsend, ohne die nichts von alldem möglich gewesen wäre. Danke, dass du dir niemals anmerken lässt, dass meine panischen E-Mails tatsächlich so maßlos übertrieben sind, wie ich vermute. Vielen Dank an Dani Segelbaum für deine Unterstützung in allen großen und kleinen Angelegenheiten. Ein großes Dankeschön geht an alle bei New Leaf, die mich auf dieser Reise unterstützt haben.

Ein riesiges Dankeschön gilt meiner Verlegerin Jocelyn Davies, die mir eine Chance gegeben und sich so bedingungslos hinter meine Vision für diese Geschichte gestellt hat. Dieses Buch (und seine Autorin) wären ohne dich vollkommen verloren. Ich danke allen bei Disney Hyperion für alles, was sie getan haben, um dieses Buch zum Leben zu erwecken – insbesondere danke ich Cassidy Leyendecker, Kieran Viola, Emily Meehan, Jamie Alloy, Marci Senders, Guy Cunningham, Sara Liebling, Lyssa Hurvitz, Melissa Lee, Seale Ballenger, Tim Retzlaff, Elke Villa, Dina Sherman, dem gesamten Vertriebsteam, Steve Borell, Lauren Burniac und Alison Giordano.

Ohne die Schreibfreunde, die ich auf meinem Weg gefunden habe, wäre ich verloren. Vielen Dank an meine VIPs: Alexa Donne, Emily Duncan, Rosiee Thor, Rory Power, Christine Lynn Herman, June Tan, Kevin van Whye und Deeba Zargarpur. Ein besonderer Dank an Rory und Christine für die Sprints, die dieses Buch vorangebracht haben. Danke an meine Zweitbesatzung: Hannah Whitten, Tori Bovalino und Jessica Bibi Cooper. Danke an meine AMMFam, aber besonders an Leanne Schwartz. Riesiger Dank gilt meinen Mitstreitern: Suzie Samin und Brendon Zatirka. Ein großes Dankeschön an Kelsey Rodkey, Kat Dunn, Dante Medema und Rachel Griffin für ihre Unterstützung in den DMs. Unzähliger Dank gilt Alwyn Hamilton, die seit dem Tag für mich da gewesen ist, an dem ich meine Anfrage geschrieben habe. Gewaltigen Dank an Elizabeth Lim und Alexandra Bracken für ihre Unterstützung und ihren Rat. Danke auch an meine hinreißenden Agentinnen Laura Steven und Claribel Ortega, danke, dass ihr mich immer inspiriert. Und ein besonderes Grußwort geht an meine Freundin/Pilz/amerikanische Zwillingsschwester Victoria Aveyard, die es seit 2013 mit mir aushält.

Ich danke meinen Freunden Tarek, Kerstin, Carrie, Jon, Steve, Michelle, Ted, Jennifer, Brandon, Celeste, Emma und Max für ihren Enthusiasmus und ihren kritischen Blick, selbst im Angesicht meiner ermüdenden Ausführungen über die Verlagsbranche.

Danke an Biz und Kelly Williams für eure beständige Liebe und Unterstützung im Laufe des vergangenen Jahrzehnts und an den Rest der Familie Williams. Ihr seid die besten Cheerleader, die sich ein Mädchen nur wünschen kann.

Ich danke meinem Dad und Anna für ihre ständige Ermutigung. Danke, Onkel John und Tee Wei für eure Liebe, die ich von Australien bis hierher spüren kann.

Vielen Dank an Lauren und Wade, dass ihr mich nie vergessen lasst, was für eine schreckliche große Schwester ich in eurer Kindheit war. Ich liebe euch beide so sehr.

Ein riesiger Dank gilt meiner Mom, die vom ersten Tag an mich geglaubt und jede einzelne meiner Errungenschaften mit einem Ausflug zum Buchladen belohnt hat.

Ich danke dir, Byron. You are the bacon to my eggs! Meine Bücher würden ohne dich in meiner Ecke nie geschrieben werden. Danke, dass du für Harriet und Gatsby der weltbeste Katzendad bist. (Und danke, H & G, dass ihr die besten Katzen der Welt seid. Punkt.)

Zu guter Letzt gilt mein größter Dank euch, liebe Leserinnen und Leser. Bücher sind nichts als Worte auf einem Stück Papier, bis jemand sich dazu entschließt, sie zu lesen. Danke, dass ihr euch entschieden habt, meine zu lesen.

WEITERE FANTASTISCHE Disney-BÜCHER BEI CARLSEN

★ Villains ★

978-3-551-28020-6

978-3-551-28021-3

978-3-551-28034-3

978-3-551-28036-7

WEITERE BÄNDE ERHÄLTLICH

★ Twisted Tales ★

978-3-551-28049-7

978-3-551-28048-0

978-3-551-28047-3

978-3-551-28051-0

WEITERE BÄNDE ERHÄLTLICH

★ DANGEROUS SECRETS ★

978-3-551-28060-2

978-3-551-28064-0

978-3-551-28067-1

978-3-551-28062-6

WEITERE BÄNDE FOLGEN ...

CARLSEN

www.carlsen.de